EDITH WHARTON

# THE AGE OF INNOCENCE

# 纯真年代

[美] 伊迪丝·华顿 著　赵兴国　赵玲 译

上海文艺出版社

**图书在版编目(CIP)数据**

纯真年代/(美)伊迪丝・华顿著;赵兴国,赵玲译.—上海:上海文艺出版社,2016
(企鹅经典丛书)
ISBN 978-7-5321-6070-9

Ⅰ.①纯… Ⅱ.①伊… ②赵… ③赵… Ⅲ.①长篇小说-美国-现代 Ⅳ.①I712.45

中国版本图书馆 CIP 数据核字(2016)第 113233 号

Edith Wharton
**The Age of Innocence**

---



“企鹅经典”丛书由上海文艺出版社联合上海九久读书人文化实业有限公司及企鹅图书有限公司共同策划。



总 策 划:黄育海　陈　征
责任编辑:望　越
特约策划:邱小群　潘丽萍
封面绘图:杨　猛
封面设计:汪佳诗

**纯真年代**
〔美〕伊迪丝・华顿　著
赵兴国　赵玲　译
上海文艺出版社出版、发行
地址:上海绍兴路 74 号
新华书店经销　上海利丰雅高印刷有限公司印刷
开本 890×1240　1/32　印张 10　插页 2　字数 258,000
2016 年 9 月第 1 版　2016 年 9 月第 1 次印刷
ISBN 978-7-5321-6070-9/I・4844　定价:39.00 元

# 企鹅经典丛书

## 出版说明

这套中文简体字版“企鹅经典”丛书是上海文艺出版社携手上海九久读书人与企鹅出版集团（Penguin Books）的一个合作项目，以企鹅集团授权使用的“企鹅”商标作为丛书标识，并采用了企鹅原版图书的编辑体例与规范。“企鹅经典”凡一千三百多种，我们初步遴选的书目有数百种之多，涵盖英、法、西、俄、德、意、阿拉伯、希伯来等多个语种。这虽是一项需要多年努力和积累的功业，但正如古人所云：不积小流，无以成江海。

由艾伦·莱恩（Allen Lane）创办于一九三五年的企鹅出版公司，最初起步于英伦，如今已是一个庞大的跨国集团公司，尤以面向大众的平装本经典图书著称于世。一九四六年以前，英国经典图书的读者群局限于研究人员，普通读者根本找不到优秀易读的版本。二战后，这种局面被企鹅出版公司推出的“企鹅经典”丛书所打破。它用现代英语书写，既通俗又吸引人，裁减了冷僻生涩之词和外来成语。“高品质、平民化”可以说是企鹅创办之初就奠定的出版方针，这看似简单的思路中植入了一个大胆的想象，那就是可持续成长的文化期待。在这套经典丛书中，第一种就是荷马的《奥德赛》，以这样一部西方文学源头之作引领战后英美社会的阅读潮流，可谓高瞻远瞩，那个历经磨难重归家园的故事恰恰印证着世俗生活的传统理念。

经典之所以谓之经典，许多大学者大作家都有过精辟的定义，时间的检验是一个客观标尺，至于其形成机制却各有说法。经典的诞生除作品本身的因素，传播者（出版者）、读者和批评者的广泛参与同样是经典之所以成为经典的必要条件。事实上，每一个参与者都可能是一个主体，经典的生命延续也在于每一个接受个体的认同与投入。从企鹅公司最早出版经典系列那个年代开始，经典就已经走出学者与贵族精英的书斋，进入了大众视野，成为千千万万普通读者的精神伴侣。在现代社会，经典作品绝对不再是小众沙龙里的宠儿，所有富有生命力的经典都存活在大众阅读之中，它已是每一代人知识与教养的构成元素，成为人们心灵与智慧的培养基。

处于全球化的当今之世，优秀的世界文学作品更有一种特殊的价值承载，那就是提供了跨越不同国度不同文化的理解之途。文学的审美归根结底在于理解和同情，是一种感同身受的体验与投入。阅读经典也许可以被认为是对文化个性和多样性的最佳体验方式，此中的乐趣莫过于感受想象与思维的异质性，也即穿越时空阅尽人世的欣悦。换成更理性的说法，正是经典作品所涵纳的多样性的文化资源，展示了地球人精神视野的宽广与深邃。在大工业和产业化席卷全球的浪潮中，迪士尼式的大众消费文化越来越多地造成了单极化的拟象世界，面对那些铺天盖地的电子游戏一类文化产品，人们的确需要从精神上作出反拨，加以制衡，需要一种文化救赎。此时此刻，如果打开一本经典，你也许不难找到重归家园或是重新认识自我的感觉。

中文版“企鹅经典”丛书沿袭原版企鹅经典的一贯宗旨：首先在选题上精心斟酌，保证所有的书目都是名至实归的经典作品，并具有不同语种和文化区域的代表性；其次，采用优质的译本，译文务求贴近作者的语言风格，尽可能忠实地再现原著的内容与品质；另外，每一种书都附有专家撰写的导读文字，以及必要的注释，希望这对于帮助读者更好地理解作品会有一定作用。总之，我们给自己设定了一个绝对不低的标准，期望用自己的努力将读者引入庄重而温馨的文化殿堂。

关于经典，一位业已迈入当今经典之列的大作家，有这样一个简单而生动的说法——“‘经典’的另一层意思是：搁在书架上以备一千次、一百万次被人取下。”或许你可以骄傲地补充说，那本让自己从书架上频繁取下的经典，正是我们这套丛书中的某一种。

上海文艺出版社编辑部

上海九久读书人文化实业有限公司

二〇一四年一月

# 目 录

# 上　　卷

# 一

七十年代初一个一月的晚上，克里斯廷·尼尔森在纽约的音乐学院演唱歌剧《浮士德》。

虽然人们早就议论着要在第四十街以北的远郊兴建一座新的歌剧院，其造价与规模将和欧洲那些著名首都的歌剧院媲美，然而上流社会却依然满足于每年冬天在这座历史悠久的音乐学院红黄两色的旧包厢里进行社交聚会。保守派的人们欣赏它的窄小不便，这样可以把纽约社会开始惧怕但又为之吸引的“新人”拒之门外；多愁善感的人们因为它引起许多历史的联想而对它恋恋不舍；而音乐爱好者则留恋它优质的音响效果——对专为欣赏音乐而修建的厅堂来说，音响效果向来都是个棘手的质量问题。

这是尼尔森夫人当年冬天的首场演出。那些被日报称为“超凡脱俗的听众”已经云集来听她的演唱。他们或乘私人马车、或乘宽敞的家庭双篷马车、或者乘档次较低却更为便利的“布朗四轮马车”，经过溜滑多雪的街道来到了这里。乘坐布朗马车来听歌剧，几乎跟坐自己的马车一样体面；而且，离开剧场时还有极大的优越性（对民主原则开一句玩笑）：你可以抢先登上线路上第一辆布朗马车，而不用等待自己那个因寒冷和烈酒而充血的红鼻子车夫在音乐学院门廊下面闪现。美国人离开娱乐场所的愿望比想去的时候更加迫切，这是那位了不起的马车行店主凭绝妙的直觉获得的伟大发现。

当纽兰·阿切尔打开包厢后面的门时，花园场景的帷幕刚刚升起。这位年轻人本可以早一点来到。他七点钟和母亲与妹妹一起用了餐，其后又在哥特式图书室里慢慢吞吞地吸了一支雪茄。那间放了光亮的黑色胡桃木书橱和尖顶椅子的房间，是这所房子里阿切尔太太惟一允许吸烟的地方。然而，首先，纽约是个大都市，而他又十分清楚，在大都市里听歌剧早到是"不合宜"的。而是否"合宜"，在纽兰·阿切尔时代的纽约，其意义就像几千年前支配了他祖先命运的不可思议的图腾恐惧一样重要。

他晚到的第二个原因是个人方面的。他吸烟慢慢吞吞，是因为他本质上是个业余的艺术爱好者，玩味行将来到的快乐，常常会使他比快乐真的来到时感到更微妙的满足。当这种快乐十分雅致时尤其如此，而他的乐趣多半属于这种类型。这一次他期盼的时机非常珍贵，其性质异常微妙——呃，假若他把时间掌握得恰到好处，能与那位首席女演员的舞台监督合上拍，到场时正赶上她一边唱着"他爱我——他不爱我——他爱我！"一边抛洒着雏菊花瓣，其暗示像露水般清澈——要是果真如此，他进音乐学院的时机就再美妙不过了。

当然，她唱的是"嗬啊嘛"，而不是"他爱我"，因为音乐界那不容改变、不容怀疑的法则要求，由瑞典艺术家演唱的法国歌剧的德语文本，必须翻译成意大利语，以便讲英语的听众更清楚地理解。这一点纽兰·阿切尔觉得和他生活中遵循的所有其他惯例一样理所当然：比如，要用两把带有蓝瓷漆姓名缩写的银背刷子分开他的头发，纽扣洞里得插一朵花（最好是栀子花）才在社交界露面。

"嗬啊嘛……依嗬啊嘛……"首席女演员唱道，她以赢得爱情后的最后爆发力唱出"嗬啊嘛！"一面把那束乱蓬蓬的雏菊压在唇上，抬起一双大眼睛，朝那位阴郁的小浮士德——卡布尔做作的脸上望去。他穿一件紫色的丝绒紧身上衣，戴一顶鼓囊囊的便帽，正徒劳地装出与那位天真的受害者一样纯洁真诚的表情。

纽兰·阿切尔倚在俱乐部包厢后面的墙上，目光从舞台上移开，扫视着剧场对面。正对着他的是老曼森·明戈特太太的包厢。可怕的肥胖病早已使她无法来听歌剧，不过在有社交活动的晚上，她总是由家庭的某些年轻成员代表出席。这一次，占据包厢前排座位的是她的儿媳洛弗尔·明戈特太太和她的女儿韦兰太太。坐在这两位身着锦缎的妇人身后的是一位穿白衣的年轻姑娘，正目不转睛地注视着那对舞台恋人。当尼尔森夫人"呣啊嘛"的颤音划破音乐学院静寂的上空时（演唱雏菊歌期间，各包厢总是停止交谈），一片潮红泛起在姑娘的面颊，从额头涌向她美丽发辫的根际，漫过她那青春的胸部斜面，直至她系着一朵栀子花的薄纱领的领线。她垂下眼睛望着膝上那一大束铃兰。纽兰·阿切尔看见她戴白手套的指尖轻抚着花朵。他满足地深吸了一口气。他的目光又回到舞台上。

布景的制作是不惜工本的，连熟悉巴黎和维也纳歌剧院的人也承认布景很美。前景直至脚灯铺了一块鲜绿色的画布，中景的底层是若干覆盖着毛茸茸绿色地衣的对称小丘，与槌球游戏的拱门邻接，上面的灌木丛形状像橘子树，但点缀其间的却是大朵大朵粉红色和红色的玫瑰花。比这些玫瑰更大的是紫罗兰，颇似教区女居民为牧师制作的花形擦笔布，从玫瑰树底下的绿苔中拔地而起；在一些鲜花怒放的玫瑰枝头，嫁接着朵朵雏菊，预告着卢瑟·伯班克[①]先生园艺试验遥远的奇观。

在这座魔幻般的花园中心，尼尔森夫人身穿镶淡蓝色缎子切口的白色开司米外衣，一个网状手提包吊在蓝腰带上晃来晃去，一条宽大的黄色织带精心地排列在她那件细棉紧身胸衣的两侧。她低垂着眼睛倾听卡布尔热烈的求爱，每当他用话语或目光劝诱她去从右侧斜伸出来的那座整洁的砖造别墅一楼的窗口时，她都装出一副对他的意图毫不理解的天

---

① 卢瑟·伯班克（1849—1926），美国植物育种家。

真的样子。

“亲爱的！”纽兰·阿切尔心里想。他的目光迅速回到那位手持铃兰的年轻姑娘身上。“她一点儿也看不懂啊。”他注视着她全神贯注的稚嫩面庞，心中不由涌出一阵拥有者的激动，其中有对自己萌动的丈夫气概的自豪，也有对她那深不可测的纯洁的温馨敬意。“我们将在一起读《浮士德》……在意大利的湖畔……”他心想，迷迷糊糊地把自己设计的蜜月场面与文学名著搅在一起。向自己的新娘阐释名著似乎是他做丈夫的特权。仅仅在今天下午，梅·韦兰才让他猜出她对他感到“中意”（纽约人尊崇的未婚少女认可的用语），而他的想象却早已跃过了订婚戒指、订婚之吻以及走出卢亨格林教堂的婚礼行列，勾画起古老欧洲某个令人心醉的场景中她偎依在他身旁的情景了。

他绝不希望未来的纽兰·阿切尔太太是个呆子。他要让她（由于他朝夕相伴的启蒙）养成一种圆通的社交能力，随机应变的口才，能与“年轻一代”那些最有名气的已婚女子平起平坐。在那些人中间，一条公认的习俗是，既要卖弄风情，引起男人的热情，同时又要装聋作哑，不让他们得寸进尺。假如他早一些对他的虚荣心进行深入的探索（有时候他几乎已经做到了），他可能早已发现那儿有个潜藏的愿望：希望自己的妻子跟那些已婚女士一样的世故圆通，一样的渴望取悦他人。那些太太们的妩媚曾使他心醉神迷，让他度过了两个稍显焦虑的年头——当然，他没露出一丁点脆弱的影子，尽管那险些毁了他这位不幸者的终生，并且整整一个冬天搅乱了他的计划。

至于如何创造出这火与冰的奇迹，又如何在一个冷酷的世界上支撑下去，他可是从来没有花时间想过；他只是满足于不加分析地坚持自己的观点，因为他知道这也是所有那些精心梳了头发、穿白背心、扣洞里别鲜花的绅士们的观点。他们一个接一个地进入俱乐部包厢，友好地和他打招呼，然后带着批评的眼光把望远镜对准了作为这个制度产物的女士们。在智力与艺术方面，纽兰·阿切尔觉得自己比老纽约上流阶层这些精选的典型明显要高一筹：他比这帮人中任何一位大概都读得多、思考得多，并且也见识得多。单独来看，他们都处于劣势，但凑在一起，他们却代表着“纽约”，而男性团结一致的惯例使他在被称作道德的所有问题上都接受了他们的原则。他本能地感到，在这方面他若一个人标新立异，肯定会引起麻烦，而且也很不得体。

“哎哟——我的天！”劳伦斯·莱弗茨喊道，突然把他的小望远镜从舞台的方向移开。总体而言，劳伦斯·莱弗茨在“举止”问题上是纽约的最高权威。他研究这个复杂而诱人的问题所花费的时间大概比任何人都多。单只研究还不能说明他驾轻就熟的全才，人们只需看他一眼——从光秃秃的前额斜面与好看的金黄胡髭的曲线，到那瘦削优雅的身体另一端穿漆皮鞋的长脚——便会觉得，一个知道如何随便地穿着如此贵重的衣服并保持极度闲适优雅的人，在“举止”方面的学识一定是出自天赋。正如一位年轻崇拜者有一次谈起他时所说的：“假如有谁能告诉你什么时间打黑领带配晚礼服恰到好处，什么时候不行，那么，这个人就是劳伦斯·莱弗茨。”至于网球鞋与漆皮“牛津”鞋孰优孰劣的问题，他的权威从未有人提出过怀疑。

“我的上帝！”他说，接着默默地将望远镜递给了老西勒顿·杰克逊。

纽兰·阿切尔随着莱弗茨的目光望去，惊讶地发现他的感叹是因为一个陌生的身影进入明戈特太太的包厢而引起的。那是位身材苗条的年轻女子，比梅·韦兰略矮一点，棕色的头发在鬓角处变成浓密的发鬈，用一条钻石窄带固定住。这种发型使她具有一种时下称作“约瑟芬式”的模样，这一联想在她那件深蓝色丝绒晚礼服的款式上得到了印证，那礼服用一条带老式大扣子的腰带在她胸下十分夸张地挽住。她穿着这一身奇特的衣服，十分引人注目，可她似乎一点儿也未发觉。她在包厢中间站了一会儿，与韦兰太太讨论占据她前排右面角落座位的礼节问题，接着便莞尔听命，与坐在对面角落里的韦兰太太的嫂嫂洛弗尔·明戈特太太在同一排就座。

西勒顿·杰克逊先生把小望远镜还给了劳伦斯·莱弗茨。全俱乐部的人都本能地转过脸，等着听这位老者开讲。因为正如劳伦斯·莱弗茨在“举止”问题上的地位，老杰克逊先生在“家族”问题上是最高权威。他了解纽约那些堂、表亲戚关系的所有支派；不仅能说清诸如明戈特家族（通过索利家族）与南卡罗来纳州达拉斯家族之间的关系，以及上一支费城索利家族与阿尔巴尼·奇弗斯家族（决不会与大学区的曼森·奇弗斯族混淆）复杂的亲缘，而且还能列举每个家族的主要特点。比如莱弗茨家年轻一代（长岛那些人）无比吝啬；拉什沃斯一家极其愚蠢，总是在婚配问题上犯下致命错误；再如，阿尔巴尼·奇弗斯家每隔一代就会出现一个神经病，他们纽约的表兄妹一直拒绝与之通婚——惟独可怜的梅多拉·曼森是个不幸的例外，她——人所共知……不过她的母亲本来就是拉什沃斯家的人。

除了这种家族谱系的丰富知识之外，西勒顿·杰克逊在凹陷狭窄的两鬓之间、柔软浓密的银发下面，还保存着郁结在纽约社会平静表层底下的最近五十年间多数丑闻与秘史的记录。他的信息的确面广量大，他的记忆的确精确无误，所以人们认为惟有他才能说出银行家朱利叶斯·博福特究竟是何许人，老曼森·明戈特太太的父亲、漂亮的鲍勃·斯派塞的结局究竟如何。后者结婚不到一年，就在一位美丽的西班牙舞蹈演员登船去古巴的那一天神秘地失踪了（带着一大笔委托金），她在巴特利的老歌剧院曾令蜂拥的观众欢欣鼓舞。不过这些秘闻——还有许多其他的——都严严实实锁在杰克逊先生心中。因为，不仅强烈的道义感不许他重复别人私下告诉他的任何事情，而且他十分清楚，谨慎周到的名声会给他更多的机会，以便查明他想了解的情况。

所以，当西勒顿·杰克逊先生把小望远镜还给劳伦斯·莱弗茨的时候，俱乐部包厢的人带着明显的悬念等待着。他用布满老筋的眼睑下那双朦胧的蓝眼睛默默地审视一番那伙洗耳恭听的人，然后若有所思地抖动一下胡髭，仅仅说了一句："没想到明戈特家的人会摆出这种架势。"

## 二

在这个短暂的插曲中间，纽兰·阿切尔陷入一种奇怪的尴尬境地。

讨厌的是，如此吸引着纽约男性世界全部注意力的包厢竟是他未婚妻就座的那一个，她坐在母亲与舅妈中间。他一时竟认不出那位穿着法国三十年代服装的女士，也想象不出她的出现为什么会在俱乐部会员中引起如此的兴奋。接着，他明白过来，并随之产生一阵愤慨。的确，没有人会想到明戈特家的人会摆出这种架势！

然而他们这样做了。毫无疑义，他们就是这样做了；阿切尔身后低声的评论使他心中没有丝毫怀疑，那位年轻女子就是梅·韦兰的表姐，那位家里人一直称作"可怜的埃伦·奥兰斯卡"的表姐。阿切尔知道她一两天前突然从欧洲回来了，甚至还听韦兰小姐（并非不满地）说过，她已经去看过可怜的埃伦了，她住在老明戈特太太那儿。阿切尔完全拥护家族的团结。他最崇拜的明戈特家族的品德之一，就是他们对家族中出的几个不肖子弟的坚决支持。他并不自私，也不是小肚鸡肠；他未来的妻子没有一味假模假式地（私下）善待她不幸的表姐，他还为此感到高兴。然而，在家庭圈子内接纳奥兰斯卡伯爵夫人是一回事，把她带到公共场所，尤其是歌剧院这样的地方，则完全是另一回事。而且就在那位年轻姑娘的包厢里，她与他纽兰·阿切尔的订婚消息几周之内就要宣布。是的，他的感觉与老西勒顿·杰克逊一样：他没想到明戈特家的人会摆出这种架势！

他当然知道，男人敢做的任何事（第五大街范围之内），老曼森·明戈特太太这位女族长都敢做。他一向崇拜这位高大刚毅的老夫人，尽管她原来不过是斯塔腾岛的凯瑟琳·斯派塞，有一位神秘的名誉扫地的父亲，那件事无论金钱还是地位都难以让人们忘记。然而，她却与富有的明戈特家族的领头人联了姻，把两个女儿嫁给了“外国人”（一个意大利侯爵，一个英国银行家），并且在中央公园附近交通极端不便的荒地里建了一所乳白色石头大宅院（而正如长礼服是午后唯一的着装，棕色砂岩是当时唯一的建筑材料），她的大胆就此达到了登峰造极的地步。

老明戈特太太的两个外籍女儿成了一则传奇。她们从不回来看望母亲。她们的母亲依恋故土且身体肥胖，像许多思想活跃意志专横的人那样，一直达观地留在家中，而那幢乳白色的房子（据说是仿照巴黎贵族的私人旅馆建造的）却成了她大无畏精神的见证。她在里面登上宝座，平静地生活在独立战争前的家具与路易·拿破仑杜伊勒利宫（她中年时曾在那儿大出风头）的纪念品中间，仿佛住在三十四街以北、用像门一样开关的法式窗户代替推拉式吊窗一样不足为怪。

人人（包括西勒顿·杰克逊先生）都一致认为，老凯瑟琳从没拥有过美貌，而在纽约人眼中，美貌是成功的保证，也可作为某些失败的借口。不友善的人们说，像与她同名的那位王后①一样，她获得成功靠的是意志力量与冷酷心肠，外加一种由于私生活绝对正派而使她在一定程度上免遭非议的傲慢。曼森·明戈特先生去世的时候，她只有二十八岁。出于对斯派塞家族的不信任，他用一条附加条款“冻结”了自己的遗产。他那位年轻、果敢的遗孀大无畏地走着自己的路，她无拘无束地混迹在外国的社交界，把女儿嫁到天知道何等腐化时髦的圈子里，与公爵大使们开怀畅饮，与教皇政治家亲密交往，款待歌剧演员，并成为了芭蕾名门之后塔戈里奥尼夫人的密友。与此同时（正如西勒顿·杰克逊首先宣布的），关于她的名声却从没有一句口舌。这是她惟一一点，他总是接着说，与以前那位凯瑟琳的不同之处。

曼森·明戈特太太早已解冻了丈夫的财产，并殷殷实实地活了半

---

① 指英国国王亨利八世的王后。

个世纪。早年困境的记忆使她格外节俭，虽然她在买衣服或添置家具时总是关照要最好的，但却舍不得为餐桌上瞬间的享乐过多破费。所以，由于完全不同的原因，她的饭菜跟阿切尔太太家一样差，她的酒也不能为之增光添彩。亲戚们认为，她在餐桌上的吝啬损害了明戈特家的名誉——它一向是与吃喝讲究连在一起的。然而人们还是不顾那些“拼盘”与走味的香槟，继续到她家来。针对她儿子洛弗尔的劝告（他企图雇佣纽约最好的厨师以恢复家族的名誉），她常常笑着说：“既然姑娘们都嫁出去了，我又不能用调味品，一个家庭有两个好厨师还有什么用？”

纽兰·阿切尔一边沉思着这些事情，一边把目光转向了明戈特包厢。他见韦兰太太与她的嫂嫂正带着老凯瑟琳向族人灌输的那种明戈特家特有的自恃面对着组成半圆形的批评者。只有梅·韦兰面色绯红（也许由于知道他在看她），流露出事态严峻的意味。至于引起骚动的那一位，依然优雅地坐在包厢角落里，两眼凝视着舞台。由于身体前倾，她肩膀和胸部露得比纽约社会习惯看到的稍稍多了一点，至少对那些有理由希望不引起注意的女士们来说是如此。

在纽兰·阿切尔看来，很少有什么事比与“品味”相悖更难堪的了。品味是一种看不见的神韵，“举止”仅仅是它直观的替代物与代表。奥兰斯卡夫人苍白而严肃的面孔，按他的想象是适合于这种场合及她的不幸处境的，但她的衣服（没有衣领）从那单薄的肩头披下去的样式却令他震惊不安。他不愿设想梅·韦兰受到一个如此不顾品味和情趣的年轻女子的影响。

“究竟——”他听到身后一个年轻人开口说（在靡菲斯特与玛莎的几场戏中，大家自始至终都在交谈），“究竟发生了什么事？”

“哦——她离开了他；谁也不会去否认这一点。”

“他是个可怕的畜生，不是吗？”年轻人接着说，他是索利家族中一位直率的人，显然准备加入那位女士的护花使者之列。

“一个糟糕透了的家伙；我在尼斯见过他，”劳伦斯·莱弗茨以权威的口气说。“老喝得半醉，苍白的面孔上露出讥笑——但脑袋倒很漂亮，不过眼睫毛太多。噢，我来告诉你他那德行：他不是跟女人在一起，就是去收集瓷器。据我所知，他对两者都不惜任何代价。”

这话引出一阵哄堂大笑，那位年轻的护花使者说：“唔，后来——？”

“唔，后来，她跟他的秘书逃跑了。”

“噢，我明白了。”护花使者的脸沉了下来。

“可是，这并没有持续多久：我听说她几个月后就独自住在威尼斯，我相信洛弗尔·明戈特那次出国是去找她的。他曾说她非常地不快活。现在没事了——不过在歌剧院里这样炫耀她却另当别论。”

“也许，”那位小索利冒险地说，“她太不快活了，不会愿意一个人被晾在家里。”

这话引来一阵无礼的笑声，年轻人脸色深红，竭力装出他是想巧妙使用聪明人所说的“双关语”的样子。

“唔——不管怎么说，把韦兰小姐带来总是令人费解，”有人一边悄悄地说，一边斜视了阿切尔一眼。

“噢，这是运动的一个组成部分嘛：肯定是老祖宗的命令，”莱弗茨笑着说。“老夫人要是干一件事，总要干得完全彻底。”

这一幕结束了，包厢里一阵普遍的骚动。纽兰·阿切尔突然感到必须采取果断行动。他要第一个走进明戈特太太的包厢，第一个向期望中的社交界宣布他与梅·韦兰的订婚消息，第一个去帮助她渡过表姐的异常处境可能使她卷入的任何难关。这一冲动猛然间压倒了一切顾虑与迟疑，促使他匆匆穿过一节节红色走廊，向剧院较远的一端走去。

进入包厢的时候，他的眼睛遇到了韦兰小姐的目光，而且他发现她立即明白了他的来意，尽管家族的尊严不允许她对他明讲——两个人都认为这是一种很高尚的美德。他们这个圈子的人都生活在一种含而不露、稍显矜持的气氛中，年轻人觉得，他与她不用说一句话就能互相沟通，任何解释都不能使他们更加贴近。她的眼睛在说："你明白妈妈为什么带我来。"他的眼睛则回答："无论如何我都不肯让你离开这儿。"

"你认识我的侄女奥兰斯卡伯爵夫人吗？"韦兰太太与她未来的女婿握手时问道。按照引见给女士的习惯，阿切尔欠一下身子，没有伸出手；埃伦·奥兰斯卡轻轻低一下头，两只戴浅色手套的手继续握着那把大鹰毛扇子。与洛弗尔·明戈特太太打过招呼后——她是个大块头的金发女人，穿一身窸窣作响的缎子衣裙——他在未婚妻的身旁坐下，低声说："我希望你已经告诉奥兰斯卡夫人我们订婚了。我想让每个人都知道——我要你允许我今晚在舞会上宣布。"

韦兰小姐的脸变成曙光般的玫瑰红色，她两眼发光地看着他。"如果你能说服妈妈的话，"她说，"不过，已经定了的事，干吗要改变呢？"他没有说话，只用眼睛做了回答。她信心更足地笑着补充说："你自己告诉我表姐吧，我允许你。她说你还是孩子的时候，她常和你一起玩耍。"

她把椅子向后推了推，给他让出了路。阿切尔怀着一种让全场的人都能看见自己举动的愿望，立刻示威性地坐到了奥兰斯卡伯爵夫人身边。

"我们过去的确常在一起玩，不是吗？"她问道，一边用严肃的目光看着他的眼睛。"你那时是个很讨厌的男孩，有一次你在门后面吻了我，但那时我爱的却是你的堂兄范迪·纽兰，可他从来不看我一眼。"她的目光扫视着那些马蹄形排列的包厢。"啊，这场面多让我回想起过去的一切啊——我发现这里人人都穿灯笼裤或宽松裤，"她带着略微拖长的异国口音说，目光又回到他的脸上。

这番话尽管表达的感情是令人愉快的，却竟然使他想到了威严的法庭，这一不相称的联想令年轻人感到震惊。而此时此刻，这个法庭就摆在她的面前，她的案子正在进行审理。没有什么东西比不合时宜的轻率更有伤大雅了。他有点生硬地回答说："是啊，你离开这儿已经很久了。"

"啊，好像有好儿百年了。太久了，"她说，"让我觉得自己已经死了，被埋掉了，而这方亲切的故土就是天堂。"说不清是什么理由，纽兰·阿切尔只觉得这样形容纽约社会就更加失礼了。

## 三

事情还是按老样子进行，一成不变。

在举办一年一度的舞会的这天晚上，朱利叶斯·博福特太太决不会忘记去歌剧院露露面。真的，为了突出她执掌家务的全能与高明，显示她拥有一班有才干的仆人，能够在她不在时安排好招待活动的种种细节，她总是在有歌剧演出的晚上举办舞会。

博福特家的住宅是纽约为数不多的有舞厅的住宅之一（甚至先于曼森·明戈特太太家和黑德利·奇弗斯家）。正当人们开始认为在客厅的地板上"乒乒乓乓"把家具搬到楼上显得"土气"的时候，人们觉得，拥有一个不作他用的舞厅，一年三百六十四天把它关闭在黑暗中，镀金的椅子堆在角落里，枝形吊灯装在袋子里——这种毋庸置疑的优越性足以补偿博福特历史上任何令人遗憾的事情。

阿切尔太太喜欢将自己的社交哲学提炼成格言，她曾说："我们全都有自己宠幸的平民——"虽然这句话说得很大胆，但它的真实性却得到许多势利者暗中的承认。不过博福特夫妇并不属于严格意义上的平民，有人说他们比平民还要差。博福特太太确实属于美国最有名望的家族之一，她原本是可爱的里吉纳·达拉斯（属于南卡罗来纳的一个家系）一位分文不名的美人，是由她鲁莽的表姐梅多拉·曼森引荐到纽约社交界的，而梅多拉·曼森老是好心做坏事。谁若是与曼森家族和拉什沃斯家族有了亲缘关系，那么谁就会在纽约上流社会取得"公民权"

（像西勒顿·杰克逊先生说的那样，他早年经常出入杜伊勒利王宫）；但是，有没有人会因为嫁给朱利叶斯·博福特而不丧失这种公民权呢？

问题在于：博福特究竟是何许人？他被认为是个英国人，彬彬有礼，仪表堂堂，脾气很坏，但却诙谐好客。他原是带着老曼森·明戈特太太那位英国银行家女婿的推荐信来到美国的，并很快在社交界赢得了重要地位；然而他生性放荡，言辞尖刻，而他的履历又很神秘。所以当梅多拉·曼森宣布她表妹与他订婚的消息时，人们认定，在可怜的梅多拉长长的鲁莽纪录中又增加了一次愚蠢行动。

然而愚蠢与聪明一样，常常会给她带来良好的结果。年轻的博福特太太结婚两年之后，人们已公认她拥有了纽约最引人注目的住宅。没有人知道这一奇迹究竟是怎样发生的。她懒散驯服，刻薄的人甚至称她呆笨。但她打扮得像个玩偶，金发碧眼，珠光宝气，变得一年比一年年轻，一年比一年漂亮。她在博福特先生深棕色的石头宫殿里登上宝座，无须抬一抬戴钻戒的小手指便能把整个社交界的名人都吸引到身边。知情的人说，博福特亲自训练仆役，教厨师烹调新的菜肴，吩咐园丁在温室中栽培适宜餐桌与客厅的鲜花。他还亲自挑选宾客，酿制餐后的潘趣酒，并口授妻子写给朋友的便函。假若他果真如此，那么，这些家务活动也都是私下进行的；在社交界面前出现的他，却是一位漫不经心、热情好客的百万富翁，像贵宾一样潇洒地走进自己的客厅，赞不绝口地说：“我妻子的大岩桐真令人叫绝，不是吗？我相信她是从伦敦国立植物园弄来的。”

人们一致认为，博福特先生的秘诀在于他成功的处事方法。虽然有传闻说，他是得了雇佣他的国际银行的“帮助”才离开英国的，但他对这一谣言跟对其他谣言一样满不在乎。尽管纽约的商业良心跟它的道德准则一样敏感，但他搬走了挡在前面的一切障碍，并把全纽约的人搬进了他的客厅。二十多年来，人们说起“要去博福特家”，那口气就跟说去曼森·明戈特太太家一样心安理得，外加一种明知会享受灰背野鸭与陈年佳酿而非劣酒与炸丸子的满足。

于是，跟往常一样，博福特太太在《珠宝之歌》开唱之前准时出现在她的包厢里；她又跟往常一样在第三幕结束时站起来，拉一拉披在她可爱肩膀上的歌剧斗篷，退场了。全纽约的人都明白，这意味着半小时后舞会即将开始。

博福特的家是纽约人乐于向外国人炫耀的一处住宅，尤其是在举办一年一度的舞会的晚上。博福特夫妇是纽约第一批拥有自己的红丝绒地毯的人。他们在自己的凉棚下面，让自己的男仆把地毯从门阶上铺下来；而不是像晚餐和舞厅用的椅子一样从外面租来。他们还开创了让女士们在门厅里脱下斗篷的风习，而不是把斗篷乱堆到楼上女主人的卧室里，再用煤气喷嘴重卷头发。据悉博福特曾经说过，他认为妻子所有的朋友出门时都已由女佣替她们做好了头发。

而且，那幢带舞厅的住宅设计得十分气派，人们不必穿过狭窄的过道（像奇弗斯家那样），便可昂首阔步地从两排相对的客厅（海绿色的、猩红色的、金黄色的）中间走进舞厅。从远处即可看到上光的镶花地板上映出许多蜡烛的光辉。再往远处看，可以望见一座温室大棚的深处，山茶与桫椤的枝叶在黑、黄两色的竹椅上空形成拱顶。

纽兰·阿切尔到得稍微晚了一点，这符合他这样的年轻人的身份。他把大衣交给穿长丝袜的男仆（这些长袜是博福特为数不多的蠢事之一），在挂着西班牙皮革、用工艺品和孔雀石装饰的书房里磨蹭了一会儿——那儿有几位男子一边闲聊一边戴跳舞时用的手套——最后才加入到博福特太太在深红色客厅门口迎接的客人之中。

阿切尔显然有些紧张不安。看完歌剧他没有回俱乐部（就像公子哥儿们通常那样），而是趁着美好的夜色沿第五大街向上走了一段，然后才回过头朝博福特家的方向走去。他肯定是担心明戈特家的人可能会做出离谱的事情，生怕他们会执行明戈特老太太的命令，把奥兰斯卡伯爵夫人带到舞会上来。

从俱乐部包厢的气氛中，他已经意识到那将是多么严重的错误。而且，虽然他无比坚决地要“坚持到底”，但他觉得，他要保护未婚妻的表姐的豪侠热情，没有在歌剧院与她简短交谈之前那么高涨了。

阿切尔漫步走到金黄色客厅（博福特大胆地在里面挂了一幅引起不少争议的裸体画《得胜的爱神》），只见韦兰太太和她的女儿站在舞厅门口。那边，一对对的舞伴已经在地板上滑步，烛光撒落在旋转的纱裙上，撒落在少女们头上戴的雅致的花环上，撒落在少妇们头上浮华的枝形宝石饰品及装饰物上，撒落在光亮的衬衫前胸与上光的新手套上。

韦兰小姐显然正准备加入跳舞的人群。她待在门口，手中握着铃兰（她没带别的花），脸色有点苍白，真切的兴奋使她两眼灼灼发光。一群年轻的小伙和姑娘聚在她的周围，不少人与她握手，笑着与她寒暄。稍稍站开一点的韦兰太太笑容满面，表达出得体的赞赏。很明显，韦兰小姐正在宣布她的订婚消息，而她母亲则装出一副与这种场合相称的家长们不情愿的模样。

阿切尔踌躇了一会儿。订婚消息是按他明确的意愿宣布的，但他的本意却不是这样把自己的幸福公布于众。在拥挤喧闹的舞厅里公布它等于强行剥掉个人秘密的保护层，那本是属于最贴近心灵的东西。他的喜悦非常深沉，所以这种表面的损伤没有触及根本，不过他还是宁愿让表面也一样纯洁。令人满意的是，他发现梅·韦兰也有同样的感受。她用眼睛向他投来恳求的目光，仿佛是在说：“别忘记，我们这样做是因为它符合常理。”

任何恳求都不会在阿切尔心中得到比这更快的响应了，然而他仍希望他们之所以必须在此宣布有一个更充分的理由，而不仅仅是为了可怜的埃伦·奥兰斯卡。韦兰小姐周围的人面带会意的笑容给他让开了路。在接受了对他的那份祝贺之后，他拉着未婚妻走到舞厅中央，把胳膊搭在了她的腰际。

“现在我们用不着非得讲话了，”他望着她那双真诚的眼睛露出笑容说。两人乘着《蓝色多瑙河》柔和的波浪漂流而去。

她没有回话，双唇绽出一丝微笑，但眼神依然淡漠庄重，仿佛正凝神思考某种抹不去的幻象。“亲爱的，”阿切尔悄声说，一边用力拉近她。他坚信，订婚的最初几个小时即使在舞厅里度过，也包含着重大与神圣的内容。有这样一位纯洁、美丽、善良的人在身边，将是怎样的一种新生活啊！

舞会结束了，他们俩既然已成了准夫妻，便漫步到温室里；坐在一片桫椤与山茶的屏障后面，纽兰将她戴着手套的手紧紧压在唇上。

“你知道，我是照你的要求做的，”她说。

“是的，我不能再等待了，”他含笑回答。过了一会儿又补充说，“我只是希望不是在舞会上宣布。”

“是的，我知道，”她会意地迎着他的目光说。“不过，毕竟——就是在这儿，我们也是单独在一起，不是吗？”

“哦，最亲爱的——永远！”阿切尔喊道。

显然，她将永远理解他，永远讲得体的话。这一发现使得他乐不可支。他开心地接着说：“最糟糕的是我想吻你却吻不到，”说着，他朝温室四周迅速瞥了一眼，弄清他们暂时处于隐蔽之中，便把她揽在怀里，匆匆地吻了一下她的双唇。为了抵消这一出格举动的影响，他把她带到温室不太隐蔽部分的一个长竹椅上。他在她身边坐下，从她的花束上摘下一朵铃兰。她坐着一语不发，整个世界像阳光灿烂的峡谷横在他们脚下。

“你告诉我的表姐埃伦了吗？”过了一会儿她问，仿佛在梦中说话一样。

他醒悟过来，想起他还没有告诉她。他没有向那位陌生的外籍女子讲这种事，一种无法克服的反感使他没有说出到嘴边的话。

“没——我一直没得到机会，”他急忙扯个小谎说。

“噢，”她看上去很失望，但决意温和地推行她的主张。“那么，你一定要讲，因为我也没讲，我不愿让她以为——”

“当然，不过话说回来，不是该由你去告诉她吗？”

她沉思了一会儿说：“假如早先有适当的时机，我去说也行。不过现在已经晚了，我想你必须向她说明，我在看歌剧时曾经让你告诉她，那可是我们在这儿告诉大家之前呀。否则她会以为我忘记她了。你知道她是家族的一员，又在外面待了很久，因而她非常——敏感。”

阿切尔满面红光地望着她。“我亲爱的天使！我当然要告诉她的，”他略带忧虑地朝喧闹的舞厅瞥了一眼。“不过我还没见着她呢。她来了吗？”

“没有，她在最后一刻决定不来了。”

“最后一刻？”他重复道，她居然会改变主意，这使他十分惊讶。

“是的，她特别喜欢跳舞，”姑娘坦率地回答说。“可是她突然认定她的衣服在舞会上不够漂亮，尽管我们觉得它很美。所以我舅妈只得送她回家了。”

“噢——”阿切尔无所谓地说。其实，他这时倒是十分快乐。他的未婚妻竭力回避他们俩在其中长大成人的那个“不快”的阴影，这比什么都使他高兴。

“她心里跟我一样明白她表姐避不露面的真正原因，”他心想。“不过我决不能让她看出一点迹象，让她知道我了解可怜的埃伦·奥兰斯卡名誉上的阴影。”

## 四

第二天，进行了第一轮例行的订婚互访。在这类事情上，纽约的礼规一丝不苟，毫无变动可言。遵照礼节，纽兰·阿切尔先与母亲、妹妹一起去拜访了韦兰太太，然后再与韦兰太太和梅乘车去曼森·明戈特老太太家接受这位尊敬的老祖宗的祝福。

拜访曼森·明戈特太太永远是年轻人的一件乐事。那房子本身就是一个历史的见证，尽管它自然不会像大学区与第五大街南部某些住宅那样令人肃然起敬。那些住宅清一色是一八三〇年建的，里面那些百叶蔷薇图案的地毯、黄檀木的蜗形支腿桌案、黑大理石面饰的圆拱形壁炉，还有锃亮的红木大书橱，显得既古板又协调。而明戈特老太太的住宅建得晚一些，她悉数摈弃了年轻时代那些笨重的家具，将第二帝国轻浮的室内装饰品与明戈特的传家宝熔为一炉。她坐在一楼客厅的窗户后面，仿佛是在安详地等候着社交活动与时尚的潮流滚滚北上，流向她冷落的门槛。她看起来并不急于让它们到来，因为她的耐心与她的信心不相上下。她深信那些囤积物与猎获物，那些单层的厅房、荒芜花园里的木制暖房以及山羊登临的石基，不久就会随着新住宅的推进而提前消逝，而那些新的宅邸将跟她的房子一样富丽堂皇——或许（她是个不带偏见的女人）比她的更为壮观。而且，那些老式公共马车咔嗒咔嗒颠簸于其上的卵石路也将被平滑的柏油路取代，就像人们传闻在巴黎见过的那样。同时，由于她乐于接见的人全都会过来看她（她能像博福特夫妇那样，轻而易举把她家的客厅塞满，而且无须往晚餐菜单里加一道菜），她也并不因为住处偏僻而受与世隔绝之苦。

脂肪的激增在她中年时期突然降临，就像火山熔岩降临到一个行将覆没的城市那样凶猛，使她由一位丰满好动、步伐灵活的小巧女人变成如自然奇观般的庞然大物。她像对待其他一切磨难一样达观地接受了这一大灾大难。如今，她在耄耋之年终于得到了报偿：镜子里的她，是一堆几乎没有皱纹的白里透红的结实肌肤，在其中央，一张小小的面孔形迹犹存，仿佛在等待着挖掘；光溜溜的双下巴下方，是掩映在雪白的麦斯林纱底下令人炫目的雪白的胸膛，一枚已故明戈特先生的微形像章固定其间；四周及以下部位，一波接一波的黑丝绸在大扶手椅的边棱上流泻而下，两只雪白的小手摆在那里犹如海面上的两只海鸥。

曼森·明戈特太太脂肪的负担早已使她无法上下楼梯，她以特有的独立精神将客厅设在楼上，并且（公然违背纽约的所有行为规范）在住宅的一楼居住；因此，当你与她一起坐在起居室的窗口，就能意外地（透过始终开着的门和卷起的打环黄锦缎门帘）看到卧室。里面有一张装饰得像沙发一样的特大矮床，一张梳妆台上面摆着花哨的丝带荷叶边，还有一面镀金框架的镜子。

客人们对这种布置的异国情调既惊讶又为之倾倒。它使人想起法国小说中的那些场景，以及单纯的美国人做梦也不会想到的那些伤风败俗行径的建筑学诱因。在旧时不道德的上流社会里，那些偷情的女人的住所都是如此。在她们居住的公寓里，所有的房间都在同一层，从而可以使她们能像小说中描写的那样轻而易举地暗度陈仓。想象她在通奸的舞台背景中过着白璧无瑕的生活，纽兰·阿切尔（他暗中把《卡莫斯先生》中的爱情场面设定在明戈特太太的卧室里）觉得颇为有趣，但与此同时，他又在心里津津有味地想道：假如有个情人符合她的要求，这位刚毅的女人一定也会投入他的怀抱。

令大家都感到宽慰的是，在这对订婚青年造访时，奥兰斯卡伯爵夫人并不在她祖母的客厅里。明戈特太太说她外出了。在这样一个阳光明媚的日子，又是在“购物时间”，一个受过创伤的女子外出，本身虽不算得体，但不管怎样，却免去了他俩面对她的窘境，还避免了她不幸的过去可能投到他们光辉前程上的淡淡阴影。正如事前预料的那样，这次拜访进展十分顺利。明戈特老太太对这桩婚事很中意，留心的亲戚们早有预见，并在家族的会议上给予了认可。那枚订婚戒指镶着一块很厚的大蓝宝石，嵌在几个隐形的爪内，得到了她毫无保留的赞赏。

“是新式镶嵌：宝石当然显得十分完美，不过老眼光的人觉得它有点光秃秃的，”韦兰太太解释说，一边用眼睛的余光安抚地看着她未来的女婿。

“老眼光？我希望你不是指我吧，亲爱的？我喜欢一切新奇的东西，”老祖母说着，把钻戒举到她那双明亮的小眼睛跟前，她的眼睛从未受过眼镜的损伤。"非常漂亮，"她又说，一边把钻戒还回去，"非常独特。我年轻的时候，用一块彩玉镶在几颗珍珠之间就觉得很好了。不过戒指是靠手来衬托的，对吧，亲爱的阿切尔先生？"她挥动着一只留了尖指甲的小手说，老年肥胖形成的圈圈如象牙手镯一般环绕着她的手腕。"我的戒指是罗马著名的费里加尼设计的。你该找人为梅定做，毫无疑问他会做好的，我的孩子。她的手很大——现在的这些运动把人的关节都变大了——不过皮肤还是很白的——可婚礼什么时候举行呢？"她收住话头，两眼紧盯着阿切尔的脸。

"哦——"韦兰太太嗫嚅道。年轻人却朝未婚妻露出笑脸，回答说："越快越好，明戈特太太，只要你肯支持我。"

"妈妈，我们得给他们时间，让他们互相多了解一点，"韦兰太太插言说，同时又恰如其分地装出一副不情愿的样子。老祖母回言道："互相了解？瞎说！在纽约，谁不了解谁！让年轻人按他自己的方式去办吧，我亲爱的，可别等得美酒走了味。大斋节前就让他们成婚。到了冬天我哪一天都可能染上肺炎，可我还想给他们办喜宴呢。"

对她接二连三的表态，客人相宜作出了喜悦、怀疑、感激的反应。正在这时，门被打开，迎进了奥兰斯卡伯爵夫人。她戴着帽子和面纱进了屋，身后还跟着个不期而至的朱利叶斯·博福特。温和愉悦的叙谈气氛中断了。

夫人与小姐愉快地说起表姐妹间的悄悄话，明戈特太太则把费里加尼款式的戒指拿给银行家看。"哈！博福特，这可是难得的优待！"（她用奇特的异国方式直呼男士的姓。）

"多谢多谢，我希望这种事多有几次，"客人妄自尊大地从容说道。"我老是脱不开身；在麦迪逊广场遇上了埃伦伯爵夫人，她十分客气地要我陪她回家。"

"啊——既然埃伦回来了，我希望这个家热闹起来！"明戈特太太毫无顾忌地大声说。"请坐——请坐，博福特，把那把黄色扶手椅推过来；既然你来了，咱们就要好好聊一聊。听说你家的舞会棒极了，据我所知，你还邀请了勒姆尔·斯特拉瑟斯太太？哎——我倒很想亲自见见那个女人。”

她忘记了自己的亲眷，他们正在埃伦·奥兰斯卡的带领下向外面的门厅移动。明戈特老太太一贯宣称对朱利叶斯·博福特非常赞赏，他们俩在专横无理及对待传统的删繁就简方面有某种相似之处。此时她急于了解是什么原因促使博福特夫妇下决心（首次）邀请了斯特拉瑟斯的“鞋油”寡妇勒姆尔·斯特拉瑟斯太太。她一年前刚结束在欧洲漫长的启蒙侨居，回来围攻纽约这个坚固的小城堡。“当然，如果你和里吉纳请了她，事情就成定局了。嗯，我们需要新鲜的血液和金钱——而且我听说她依然十分漂亮，”这位爱吃肉的老夫人断言说。

门厅里，韦兰太太与梅在穿毛皮外衣的时候，阿切尔见奥兰斯卡伯爵夫人略有疑问地对他微笑着。

“当然你已经知道了——我和梅的事，”他说，并腼腆地一笑回答她的注视。“她责备我昨晚在歌剧院没把消息告诉你，她曾嘱咐我把我们订婚的事告诉你——但守着那么多人，我未能办到。”

笑容从奥兰斯卡夫人的眼睛传到她的双唇，她看上去更年轻了，更像他孩提时那个大胆的棕发小姑娘埃伦·明戈特。“是的，我当然知道，而且非常高兴。不过这样的事是不应在拥挤的人群中首先宣布的。”另两位女士已经到了门口，她伸出手来。

“再见。改日过来看我，”她说，眼睛依然看着阿切尔。

沿第五大街下行，他们在马车里重点谈论的是明戈特太太：她的年纪，她的精神，以及她那些不可思议的性情。没有人提及埃伦·奥兰斯卡；然而阿切尔知道韦兰太太心里正在想：“埃伦的露面是个错误——在她刚回来的第二天，就在拥挤时刻与朱利叶斯·博福特一起沿第五大街大摇大摆地走——”而年轻人心里补充道：“她还应当知道，一个刚订婚的男人一般是不会花时间去拜访已婚女子的。不过我敢说，在她生活过的那个圈子里，他们一定是那样做的——保准没错。”而且，尽管他自夸了解那些大都市人的观点，却十分庆幸自己是个纽约人，而且就要与他的一位同类联姻。

## 五

第二天晚上，老西勒顿·杰克逊先生前来与阿切尔一家共进晚餐。

阿切尔太太是一个腼腆的女人。她畏避社交界，但却喜欢对其中的种种活动了解得一清二楚。她的老朋友西勒顿·杰克逊善于将收藏家的耐心与博物学家的知识应用于对朋友们私事的调查，而与他同住的胞妹索菲·杰克逊，受到那些无法接触她那位广受欢迎的兄长的人们的款待，则把闲言碎语带回家来，有效地充实他的生动描述。

因此，每有阿切尔太太想了解的事情发生，她便请杰克逊先生前来一聚。由于蒙她邀请的人寥若晨星，又由于她与她的女儿詹尼都是极出色的听众，杰克逊先生通常都是亲自赴约，而不是派他的妹妹代劳。假如一切都能由他做主，他会选择纽兰不在家的晚上前来，这并非因为年轻人与他情趣不投（他两人在俱乐部相处甚笃），而是由于这位喜谈轶闻的老人有时候感到，纽兰有一种掂量他的证据的倾向，这在女眷们身上却是绝对见不到的。

假如能做到尽善尽美，杰克逊先生还会要求阿切尔太太的饭菜稍加改善。然而那时的纽约上流社会，自人们能记得的时候起就一直分成两大派。一派是明戈特与曼森两姓及其宗族，他们关心吃、穿与金钱；另一派是阿切尔-纽兰-范德卢顿家族，他们倾心于旅游、园艺以及最佳的小说，对粗俗的享乐形式则不屑一顾。

毕竟，一个人不可能好事样样有份。假如你与洛弗尔·明戈特一家共餐，你可以享用灰背野鸭、水龟和陈年佳酿；而在艾德琳·阿切尔家，你却可以高谈阔论阿尔卑斯山的风景和“大理石的半人半羊神像”，而且幸运的是，那位阿切尔·马迪拉曾经游历过好望角。因此，当阿切尔太太发来友好的召唤时，喜欢兼收并蓄的杰克逊先生往往会对妹妹说："上次在洛弗尔·明戈特家吃饭以后我一直有点痛风——到艾德琳家忌忌口对我会有好处的。"

寡居多年的阿切尔太太与儿子、女儿住在西二十八街。二楼全部归纽兰专用，两个女人挤在楼下的小房间里。一家人兴趣爱好和谐一致，他们在沃德箱[①]内种蕨类植物，织花边饰带，用亚麻布做毛绣，收藏"独立战争"时期上釉的器皿，订阅《名言》杂志，并为了追求意大利情调而读韦达的小说。（由于风景描写与情调欢快的缘故，他们更爱读反映农民生活的小说，尽管总体上他们喜欢描写上流社会人物的作品，因为这些人的动机与习惯容易理解。他们不喜欢狄更斯，因为此人"从未刻画过一位绅士"。他们还认为，萨克雷不及布尔沃通晓贵族社会，不过人们已开始觉得后者已经过时。）

阿切尔太太与阿切尔小姐都极爱秀丽的风光，这是她们在偶尔进行的国外旅行中主要的追求与憧憬。她们认为，建筑与绘画是属于男人的课题，而且主要属于那些读过拉斯金著作的有学问的人。阿切尔太太天生是纽兰家的一员，母女俩像姐妹般相像，如人们说的，她们都属于纯正的"纽兰家族"：身材高大，脸色苍白，肩膀略圆，长长的鼻子，甜甜的笑容，还有一种目光低垂的特征，就像雷诺兹某些褪了色的画像里画的那样。不过年迈发福已使阿切尔太太身上的黑色缎服绷得紧而又紧，而阿切尔小姐穿的棕紫色的毛织衣服，却在她那处女的身架上一年比一年宽松。不然的话，她们形体上的相似真可说是惟妙惟肖了。

就纽兰所知，她们在精神领域的相似却不像她们相同的习性所表现的那样一致。长期的共同生活、相互依存的亲情赋予她们相同的语汇

---

① 沃德箱，培育蕨类植物的玻璃容器。

以及开口讲话时相同的习惯。无论哪一位想提出自己的意见，总是先说“妈妈以为”或“詹尼以为”；但实际上，阿切尔太太却是明显地缺乏想象力，容易满足于公认的事实与熟悉的东西，而詹尼却容易受幻想支配，产生冲动和越轨，那些幻想随时会从压抑的浪漫喷泉中迸发出来。

母女俩相互敬慕，并且都尊重她们的儿子和兄长。而阿切尔也满怀柔情地爱着她们俩，她们对他过分的赞赏使他惴惴不安，他从中得到的内心满足又令他失去鉴别力。他想，一个男人的权威在自己家中受到尊重毕竟是件好事，尽管他的幽默感有时也使他怀疑自己得到的信赖到底有多大威力。

这一次，年轻人十分肯定杰克逊先生宁愿让他外出赴宴，然而他有自己的理由不照办。

老杰克逊当然是想谈论埃伦·奥兰斯卡的事，阿切尔太太与詹尼当然也想听一听他要讲的内容，三个人都会由于纽兰的在场而略显尴尬：因为他与明戈特家族未来的关系已经公之于众。年轻人饶有兴趣地想看一看，他们将如何解决这一难题。

他们转弯抹角地从勒姆尔·斯特拉瑟斯太太开始谈起。

“遗憾的是，博福特夫妇还请了她，”阿切尔太太态度温和地说。“不过话又说回来了，里吉纳总是照他的吩咐办事，而博福特——”

“博福特对细节问题常常是不加留意，”杰克逊先生说，一边仔细审视着盘里的烤河鲱。他第一千次纳闷，阿切尔太太的厨师为何老是把鱼子烧成灰渣。（纽兰早就与他持有同样的困惑，且总能够从老人阴沉非难的脸色中看出这一点。）

“嗯，那是自然啰；博福特是个粗人嘛，”阿切尔太太说，“我外公纽兰过去老对我母亲说：‘你干什么都成，可千万别把博福特那个家伙介绍给姑娘们。’可他起码在结交绅士方面已占据了优势；在英国的时候据说也是如此。事情非常神秘——”她瞥了詹尼一眼，收住话头。她与詹尼对博福特的秘密了如指掌，不过在公开场合，阿切尔太太却继续装出这话题不适合未婚女子的样子。

“不过那位斯特拉瑟斯太太，”阿切尔太太接着说，“你说她是干什么的，西勒顿？”

“她来自矿区，或者不如说来自矿井口上一个酒馆。后来跟随‘活蜡像’剧团在新英格兰巡回演出，剧团被警方解散之后，人们说她跟——”这次轮到杰克逊先生朝詹尼瞥了一眼，她的两眼开始从突起的眼睑底下向外膨胀。对她来说，斯特拉瑟斯太太的历史仍有若干空白之处。

“后来，”杰克逊先生接着说（阿切尔发现他正纳闷为什么没有人吩咐仆人绝不能用钢刀切黄瓜），“后来勒姆尔·斯特拉瑟斯出现了。人们说，他的广告商用那姑娘的头做鞋油广告画，她的头发漆黑，你知道——是埃及型的。总之他——最后终于——娶了她。”他在给“最后终于”几个字留出的间隔中，隐含着丰富的寓意，每一个音节都作了充分的强调。

“唉，可这——按我们如今面临的尴尬局面来说，也算不了什么，”阿切尔太太冷淡地说。此刻两位女士真正感兴趣的并非斯特拉瑟斯太太，因为埃伦·奥兰斯卡的话题对她们太新鲜、太有魅力了。的确，阿切尔太太之所以提起斯特拉瑟斯太太，只不过为了可以十分便当地说：“还有纽兰那位新表姐——奥兰斯卡伯爵夫人？她也在舞会上吗？”

她提到儿子的时候，话里略带一点讽刺。阿切尔自然听得一清二楚，而且一点也不觉得意外。世间人事很少让她称心如意的阿切尔太太，对儿子的订婚却是一百个高兴。（“特别是在他与拉什沃思太太那桩蠢事之后，”她曾对詹尼这样说。她指的那件事，纽兰曾经视为一场悲剧，将在他灵魂上留下永难磨灭的伤痕。）无论你从何种角度考虑，纽约再也没有比梅·韦兰更好的姑娘了；当然，这样一段姻缘也只有纽兰才配得上。可年轻男人却都那么傻，那么缺少心计，而有些女人又那样不知羞耻地设置圈套。所以，看到自己惟一的儿子安然无恙地通过塞壬[1]岛，驶进无可挑剔的家庭生活的港湾，这完全是一个奇迹。

这一切阿切尔太太都感觉到了，她儿子也知道她感觉到了。但是，他同时还知道，她被过早宣布的订婚消息搅得很不安，或者不如说被过早宣布的原因搅得很不安。正是由于这个原因——因为总体上讲他是个极为温情宽容的人——今天晚上他才留在家中。“我并非不赞成明戈特家的集体精神；可为什么要把纽兰的订婚与奥兰斯卡那个女人的事搅在一起，我弄不明白，”阿切尔太太对詹尼抱怨说，后者是她稍稍背离温柔的惟一见证人。

在对韦兰太太的拜访中，她一直是举止优雅的；而她的优雅举止是无与伦比的。不过纽兰明白（他的未婚妻无疑也猜得出），在整个拜访过程中，她和詹尼都紧张地提防着奥兰斯卡夫人的闯入；当他们一起离开那所住宅时，她不加掩饰地对儿子说：“我很高兴奥古斯塔·韦兰单独接待了我们。”

这些内心不安的暗示让阿切尔更加感动，以致他也觉得明戈特家有点过分了。但是，母亲与儿子之间谈论心中刚生的念头，是完全违背他们的道德规范的，所以他只是回答说：“唉，一个人订婚后总要参加一系列的家族聚会，这种活动结束得越快越好。”听了这话，他母亲只是隔着从饰有霜冻葡萄的灰丝绒帽上垂下的网状面纱撇了撇嘴。

他觉得，她的报复——她的合法的报复——就是要在今晚从杰克逊先生口中“引出”奥兰斯卡伯爵夫人的事。年轻人既然已经当众尽了明戈特家族未来成员的义务，他并不反对听一听对那位夫人的私下议论——只不过这话题已经开始让他感到厌烦。

杰克逊先生吃了一片那位脸色阴沉的男仆带着跟他相同的怀疑目光递给他的半冷不热的鱼片。他用让人难以觉察的动作嗅了嗅蘑菇浇头，就拒绝了它。他脸色沮丧，样子很饿。阿切尔心想，他很可能要靠谈论

---

① 塞壬（Siren），希腊神话传说中半人半鸟的海妖。

埃伦·奥兰斯卡来充饥了。

杰克逊先生在椅子里向后靠了靠，抬眼看了看烛光下挂在昏暗墙壁上深色相框里的阿切尔们、纽兰们，以及范德卢顿们。

“唉，你的祖父阿切尔多么喜爱丰盛的晚餐啊，亲爱的纽兰！”他说，眼睛盯着一位胖胖的胸部饱满的年轻人的画像，那人打着宽领带，穿一件蓝外套，身后是一所带白色圆柱的乡间别墅。“可——可——可不知他会如何看待这些异国婚姻！”

阿切尔太太没有理睬他有关老祖母的菜肴的话，杰克逊先生从容地接下去说：“不，她没到舞会上去。”

“噢——”阿切尔太太低声说，那口气仿佛是说：“她总算还知礼。”

“也许博福特夫妇不认识她，”詹尼带着不加掩饰的敌意推测说。

杰克逊先生轻轻呷了一口，仿佛是在想象中品尝马德拉葡萄酒。“博福特太太可能不认识，但博福特却肯定认识，因为今天下午全纽约的人都看见她和他一起沿第五大街散步。”

“我的天——”阿切尔太太痛苦地呻吟道。她显然明白，试图把外国人的这种行径与高雅的概念挂上钩简直是徒劳。

“不知下午她戴的是圆檐帽还是软帽，”詹尼猜测说。“我知道她在看歌剧时穿的是深蓝色天鹅绒，普普通通的，就像睡衣一样。”

“詹尼！”她母亲说，阿切尔小姐脸一红，同时想装出无所顾忌的样子。

“不管怎么说，她没有去舞会，总算是知趣的了，”阿切尔太太接着说。

一种乖僻的情绪使做儿子的接腔道：“我认为这不是她知趣不知趣的问题。梅说她本来是打算去的，只是后来又觉得你们刚刚说到的那身衣服不够漂亮而已。”

阿切尔太太见儿子用这样的方式证实她的推断，仅仅报之一笑。“可怜的埃伦，”她轻描淡写地说道，接着又同情地补充，“我们什么时候都不能忘记，梅多拉·曼森对她进行了什么稀奇古怪的培养教育。在进入社交界的舞会上，居然让她穿黑缎子衣服，你又能指望她会怎样呢？”

“哎呀——她穿的那身衣服我还记得呢！”杰克逊先生说。他接着又补一句，“可怜的姑娘！”那口气既表明他记着那件事，又表明他当时就充分意识到那光景预兆着什么。

“真奇怪，”詹尼说，“她竟一直沿用埃伦这么个难听的名字。假若是我早就改成伊莱恩了。”她环顾一眼餐桌，看这句话产生了什么效果。

她哥哥失声笑了起来。“为什么要叫伊莱恩？”

“不知道，听起来更——更有波兰味，”詹尼涨红了脸说。

“这名字听起来太引人注意，她恐怕不会乐意，”阿切尔太太漠然地说。

“为什么？”儿子插言道，他突然变得很爱争论。“如果她愿意，为什么就不能引人注意？她为什么就该躲躲闪闪，仿佛自己给自己丢了脸似的？她当然是‘可怜的埃伦’，因为她不幸结下了倒霉的婚姻。但我不认为她因此就得像罪犯一样躲起来。”

“我想，”杰克逊先生沉思地说，“这正是明戈特家的人打算采取的立场。”

年轻人脸红了。“我可没有必要等他们家的暗示——如果你是这个意思的话，先生。奥兰斯卡夫人经历了一段不幸的生活，这不等于她无家可归。”

“外面有些谣传，”杰克逊先生开口说，瞥了詹尼一眼。

“噢，我知道，是说那个秘书，”年轻人打断他的话说。“没关系，母亲，詹尼是大人了。人们不就是说，”他接下去讲，“是那个秘书帮她离开了把她当囚犯看待的畜生丈夫吗？哎，是又怎么样？我相信，我们这些人遇到这种情况，谁都会这么干的。”

杰克逊先生从肩头斜视了一眼那位脸色阴沉的男仆说：“也许……那个佐料……就要一点，总之——”他吃了一口又说，“我听说她在找房子，打算住在这儿。”

“我听说她打算离婚，”詹尼冒失地说。

“我希望她离婚！”阿切尔大声地说。

这话像一块炸弹壳落在了阿切尔家高雅、宁静的餐厅里，阿切尔太太耸起她那优雅的眉毛，那根特殊的曲线表示：“有男仆在——”而年轻人自己也意识到公开谈论这类私事有伤风雅，于是急忙把话题岔开，转而去讲他对明戈特老太太的拜访。

晚餐之后，按照自古以来的习惯，阿切尔太太与詹尼拖着长长的绸裙到楼上客厅里去了。当绅士们在楼下吸烟的时候，她们在一台带镂刻灯罩的卡索式灯旁，面对面地在一张黄檀木缝纫桌两边坐下，桌底下挂一个绿色丝绸袋，两人在一块花罩毯两端缝缀起来。这块以鲜花铺底的罩毯被预订用来装饰年轻的纽兰·阿切尔太太的客厅里那把“备用”椅子。

这一仪式在客厅里进行的同时，在那间哥特式的图书室里，阿切尔正让杰克逊先生坐进火炉近处的一把扶手椅，并递给他一支雪茄。杰克逊先生舒舒服服坐在椅子里，信心十足地点着了雪茄（这是纽兰买的）。他把瘦削的脚踝朝煤炉前伸了伸，说：“你说那个秘书仅仅是帮她逃跑吗，亲爱的？可一年之后他仍然在继续帮助她呢。有人在洛桑亲眼看见他们住在一起。”

纽兰脸红了。“住在一起？哎，为什么不可以？假如她自己没有结束她的人生，又有谁有权去结束呢？把她这样年轻的女子活活葬送，而她的丈夫却可以与娼妓在一起鬼混。我痛恨这种伪善的观点。”

他打住话头，气愤地转过身去点着雪茄。“女人应当有自由——跟我们一样的自由，”他断然地说。他仿佛有了一种新的发现，而由于过分激动，还无法估量其可怕的后果。

西勒顿·杰克逊先生把脚踝伸得离炉火更近一些，嘲讽地打了一个唿哨。

“嗯，”他停了一下说，“奥兰斯基伯爵显然和你持相同的观点；因为我从未听说他动过一根指头去把妻子弄回来。”

## 六

这天晚上，杰克逊先生离开之后，两位女士回到她们挂着印花布窗帘的卧室，纽兰·阿切尔沉思着上楼进了自己的书房。勤快的仆人已跟平时一样把炉火燃旺，调好了灯的光亮。屋子里放着一排排的书，壁炉炉台上放着一个个铜制与钢制的“击剑者”小雕像，墙上挂着许多名画的照片——这一切看起来格外温馨。

他坐进自己那把靠近炉火扶手椅时，目光落在梅·韦兰的一张大照片上，那是在他们恋爱初期这位年轻姑娘送给他的，如今已经取代了桌子上所有其他的画像。他带着一种敬畏的新感觉注视着她那坦诚的前额、庄重的眼睛，以及天真快乐的嘴巴。他就要成为这位年轻女子的灵魂监护人了，作为他归属并信奉的这个社会制度的令人惊叹的产物，这位年轻姑娘对一切都全然不知，却又期待着得到一切。她就像一个陌生人，借助梅·韦兰那熟悉的容貌回望着他；他又一次深刻地认识到：婚姻并非如他惯常认为的那样，是一个安全的港湾，而是在未知的大洋上的航行。

奥兰斯卡伯爵夫人的事搅乱了那些根深蒂固的社会信条，并使它们在他的脑海里危险地飘移。他个人的断言——“女人应当是自由的——跟我们一样自由”——击中了一个问题的要害，而这个问题在他那个圈子里却被一致认为是不存在的。“有教养”的女子，无论受到怎样的伤害，都绝不会要求他讲的那种自由，而像他这样心胸博大的男人却因此越发豪侠地——在激烈辩论中——准备把这种自由授予她们。这种口头上的慷慨陈词实际上只是骗人的幌子而已，在它背后正是束缚世事、让人因袭守旧的不可动摇的习俗。不过，他在这里发誓为之辩护的未婚妻的表姐的那些行为，若是出现在自己妻子身上，他即使请求教会和国家给她最严厉的惩罚也会是正当的。当然，这种两难的推测纯属假设；既然他不是个恶棍般的波兰贵族，现在来假设他是，再来推断他妻子将有什么权力，这未免荒唐。然而纽兰·阿切尔想象力太强，难免不想到他与梅的关系也可能会由于远没有如此严重和明显的原因而受到损害。既然作为一个“正人君子”，向她隐瞒自己的过去是他的义务，而作为已到婚龄的姑娘，她的义务却是把过去的历史向他袒露，那么，两个人又怎能真正相互了解呢？假如因某种微妙的原因使他们两人互相厌倦、误解或发生不愉快，那该怎么办呢？他回顾朋友们的婚姻——那些被认为是美满的婚姻——发现没有一个（哪怕一点点）符合他为自己与梅·韦兰构想的那种终生相伴的热烈而又温柔的友爱关系。他意识到，作为这种构想的前提条件——她的经验、她的多才多艺、她的判断自由——早已被精心训练得不具备了。预感让他打了个冷颤，他发现自己的婚姻变得跟周围大部分人完全相同：一种由一方的愚昧与另一方的虚伪捏合在一起的物质利益与社会利益的乏味的联盟。他想到，劳伦斯·莱弗茨就是一个彻底实现了这一令人羡慕的理想的丈夫。那位仪态举止方面的权威，塑造了一位给他最大方便的妻子。在他与别人的妻子频繁发生桃色事件而大出风头的时刻，她却照常喜笑颜开，不知不觉，四处游说：“劳伦斯极其循规蹈矩。”有人在她面前提及朱利叶斯·博福特拥有纽约人所说的“外室”时（籍贯来历不明的“外国人”常常如此），据说她气得脸都红了，并且把目光移开。

阿切尔设法安慰自己，心想他跟拉里·莱弗茨那样的蠢驴绝不可相提并论，梅也不是可悲的格特鲁德那样的傻瓜；然而这差别毕竟只是属于才智方面的，而不是原则性的。他们实际上都生活在一种用符号表示的天地里，在那里真实的事情从来不说、不做，甚至也不想，而只是用一套随心所欲的符号来表示；就像韦兰太太那样，她十分清楚阿切尔为什么催她在博福特的舞会上宣布女儿的订婚消息（而且她确实也希望他那样做），却认为必须假装不情愿，装出勉为其难的样子，这颇似文化超前的人们开始阅读的关于原始人的书中所描绘的情景：原始时代未开化的新娘是尖叫着被人从父母的帐篷里拖走的。

其结果必然是，处于精心策划的神秘体制中心的年轻姑娘因为坦诚与自信反而越发不可思议。她坦诚——可怜的宝贝——因为她没有什么需要隐瞒；她自信，因为她不知道有什么需要防范；仅仅有这点准备，一夜之间她便投身于人们含糊称谓的“生活常规”之中去了。

阿切尔真诚却又冷静地坠入爱河，他喜爱未婚妻光华照人的容貌、她的身体、她的马术、她在游戏中的优雅与敏捷，以及在他指导下刚刚萌发的对书籍与思想的兴趣。（她已经进步到能与他一起嘲笑《国王牧歌》，但尚不能感受《尤利西斯》与《食忘忧果者》的美妙。）她直爽、忠诚、勇敢，并且有幽默感（主要依据是听了他的笑话后大笑）。他推测，在她天真、专注的心灵深处有一种热烈的感情，唤醒它是一种快乐。然而对她进行一番解剖之后，他重又变得气馁起来，因为他想到，所有这些坦率与天真只不过是人为的产物。未经驯化的人性是不坦率、不天真的，而是出自本能的狡猾，充满了怪僻与防范。他感到自己就受到这种人造的假纯洁的折磨。它非常巧妙地由母亲们、姑姨们、祖母们及早已过世的祖先们合谋制造出来——因为他应该需要它并有权得到它——以便让他行使自己的高贵意志，把它像雪人般打得粉碎。

这些想法未免有些迂腐，它们属于临近婚礼的年轻人惯常的思考，不过伴随这些思考的往往是懊悔与自卑，但纽兰·阿切尔却丝毫没有这种感觉。他不想哀叹（这是萨克雷的主人公们经常令他恼怒的做法）他没有一身的清白奉献给他的新娘，以换取她的白璧无瑕。他不想回避这样的事实：假如他受的教养跟她一样，他们的适应能力就无异于那些容易上当的老好人。而且，绞尽脑汁也看不出有何（与他个人的一时寻欢与强烈的男性虚荣心不相干的）正当理由，不让他的新娘得到与他同样的自由与经验。

这样一些问题，在这样一种时刻，是必然会浮上他心头的；然而他意识到，它们那样清晰、那样令人不快地压在他的心头，全是因为奥兰斯卡伯爵夫人来得不合时宜，使他刚好在订婚的时刻——思想纯净、前景光明的时刻——突然被推入丑闻的混浊漩涡，引出了所有那些他宁愿束之高阁的特殊问题。“去他的埃伦·奥兰斯卡！”他一边抱怨地咕哝道，一边盖好炉火，开始脱衣。他真的不明白她的命运为何会对他产生影响，然而他朦胧地感觉到，他只是刚刚开始体验订婚强加给他的捍卫者这一角色的风险。

几天之后，意外的事情发生了。

洛弗尔·明戈特家散发请柬，要举办所谓“正式宴会”（即增加三名男仆，每道菜两份，中间上罗马潘趣酒），并按好客的美国方式——把陌生人当成王亲贵族、或者至少是他们的大使对待——在请柬开头用了“为欢迎奥兰斯卡伯爵夫人”这样的措辞。

对客人的挑选颇具胆识，内行人从中看得出这是大人物凯瑟琳的大手笔。被邀请的常客有塞尔弗里奇·梅里夫妇——他们到处受邀请是因为历来如此，博福特夫妇——人们主动要求与他们建立联系，以及西勒顿·杰克逊先生与妹妹索菲（哥哥让她去哪儿她就去哪儿）。与这些中坚人物为伍的是几对最时髦却又最无懈可击、超群出众的“年轻夫妇”；还有劳伦斯·莱弗茨夫妇，莱弗茨·拉什沃斯太太（那位可爱的寡妇），哈里·索利夫妇，雷杰·奇弗斯夫妇，以及小莫里斯·达格尼特和他妻子（她姓范德卢顿）。这伙客人真可谓最完美的组合，因为他们都属于那个核心小团体，在纽约漫长的社交季节里，他们热情不减地日夜在一起寻欢作乐。

四十八小时之后，令人不可思议的事情发生了。除去博福特夫妇及老杰克逊先生和妹妹，所有的人都拒绝了明戈特家的邀请。甚至属于明戈特家族的雷杰·奇弗斯夫妇也加盟作梗。而且他们的回函措辞也十分统一，都是直截了当地说“抱歉不能接受邀请”，连一般情况下出于礼貌而常用的“事先有约”这种缓冲性借口都没有。这一事实突出了人们的故意怠慢。

那时候的纽约社交界范围还很小，娱乐活动也少得可怜，远不至于使其中任何人（包括马车行的老板、男仆及厨师在内）无法确知人们哪些晚上有空闲。正因为如此，接到洛弗尔·明戈特太太请柬的人不愿与奥兰斯卡伯爵夫人会面的决心，才表达得那么明确、那么无情。

这一打击是出乎意料的；然而明戈特一家以他们惯有的方式勇敢地迎接了这一挑战。洛弗尔·明戈特太太把情况秘密告知了韦兰太太，韦兰太太又秘密告知了纽兰·阿切尔，他听了大为光火，急忙像下达命令似的要求母亲立即采取行动。做母亲的虽然内心里极其不愿，外表上却又不能不对他尽力抚慰。经过一段痛苦的斗争之后，还是屈从了他的要求（她一贯如此），她立即采纳他的主张，且由于先前的犹豫而干劲倍增，戴上她的灰丝绒帽说：“我去找路易莎·范德卢顿。”

在纽兰·阿切尔那个时代，纽约的上流社会还是个滑溜溜的小金字塔，人们很难在上面开凿裂缝，找到立足点。其底部的坚实基础，由阿切尔太太所说的“平民”构成，他们多数属于相当有身份的家庭，尽管体面，却没有名望，通过与某个占支配地位的家族联姻而崛起（就像斯派塞夫妇、莱弗茨夫妇与杰克逊夫妇那样）。阿切尔太太总是说，人们不像过去那样讲究了；有老凯瑟琳·斯派塞把持第五大街的一端，朱利叶斯·博福特把持另一端，你无法指望那些老规矩能维持多久。

从这个富有却不引人注目的底部坚固地向上收缩，便是由明戈特家族、纽兰家族、奇弗斯家族及曼森家族代表的那个举足轻重的紧密群体。在多数人的想象中，他们便是金字塔的顶端了，然而他们自己（至少阿切尔太太那一代人）却明白，在职业系谱学家的心目中，只有为数更少的几个家族才有资格享有那份显赫。

阿切尔太太经常对孩子们说：“不要相信现在报纸上关于纽约有个

贵族阶层的胡说八道。假如有的话，属于它的既不是明戈特家族，也不是曼森家族，更不是纽兰或奇弗斯家族。我们的祖父和曾祖父仅仅是有名望的英国或荷兰商人，他们来到殖民地发家致富，因为干得特别出色而留在了这里。你们的一位曾祖签署过《独立宣言》，另一位是华盛顿参谋部的一名将军，他在萨拉托加之役后接受了伯戈因将军的投降。这些事情是应该引以为荣的，不过这与身份、阶级毫无关系。纽约向来都是个商业社会，按字面的真正含义，能称得上贵族出身的不超过三个家族。”

跟纽约所有的人一样，阿切尔太太与她的子女知道拥有这一殊荣的人物是谁：华盛顿广场的达戈内特夫妇。他们出身于英国古老的郡中世家，与皮特和福克斯家族有姻亲关系；兰宁家族，他们与德格拉斯伯爵的后代近亲通婚；还有范德卢顿一家。他们是曼哈顿首任荷兰总督的直系后代，独立战争前与法国及英国的几位贵族有姻亲关系。

兰宁家族目前只剩下两位年迈却很活跃的兰宁小姐。她们喜欢怀旧，兴致勃勃地生活在族人的画像与切宾代尔式的家具中间；达戈内特是个了不起的家族，他们与巴尔的摩和费城最著名的人物联了姻；而范德卢顿家虽然地位比前两家都高，但家道已经败落，成了残留在地面上的一抹夕照，目前能给人留下深刻印象的只有两个人物，即亨利·范德卢顿先生与他的太太。

亨利·范德卢顿太太原名路易莎·达戈内特，其母是杜拉克上校的孙女。杜拉克属于海峡岛的一个古老家族，曾在康沃利斯[①]麾下征战，战后携新娘圣奥斯特利伯爵的五小姐安吉莉卡·特利文纳定居马里兰。达戈内特家、马里兰的杜拉克家及其康沃尔郡的贵族亲戚特利文纳家之间的关系一直密切而融洽。范德卢顿先生与太太不止一次对特利文纳家的现任首脑、圣奥斯特利公爵进行长时间拜望，到过他在康沃尔郡的庄

---

① 查尔斯·康沃利斯（1738—1805），美国独立战争中的英军司令。

园及格罗斯特郡的圣奥斯特利，而且公爵大人经常宣布有朝一日将对他们进行回访的意向（不携公爵夫人，她害怕大西洋）。

范德卢顿先生与太太把他们的时间分别花在马里兰的特利文纳宅邸以及哈德逊河沿岸的大庄园斯库特克利夫。庄园原是荷兰政府对著名的首任总督的赏赐，范德卢顿先生如今仍为“庄主”。他们在麦迪逊大街那座庄严肃穆的宅邸很少开门。他们进城时只在里面接待至交。

“希望你跟我一起去，纽兰，”母亲在布朗马车的门前突然停步说。“路易莎喜欢你；当然，我是为了亲爱的梅才走这一步的——同时还因为，假如我们不团结，上流社会也就不复存在了。”

## 七

亨利·范德卢顿太太默不作声地听着表妹阿切尔太太的叙述。

范德卢顿太太一向不爱讲话；而且，她的性格和所受的训练都使她不肯轻易作出承诺，但她对真心喜欢的人还是很有同情心的。对于这些情况，提前做好思想准备固然不错，但即使你有过亲身体验，也难保就能抵御得住麦迪逊大街白壁高顶的客厅里袭来的阵阵寒意。浅色锦缎的扶手椅显然是为这次接待刚刚揭去盖罩，一层薄纱依然罩着镀金的壁炉装饰及雕刻精美的盖恩斯巴罗所画的“安吉莉卡·杜拉克小姐”画像的相框。

由亨廷顿绘制的范德卢顿太太的画像（身着带威尼斯针绣花边的黑丝绒），面对着她那位可爱的女前辈的画像。这张画像被公认为“像卡巴内尔①的作品一样精致”，虽然已经画了二十年，至今仍然显得“惟妙惟肖”。的确，坐在画像下面听阿切尔太太讲话的范德卢顿太太，与画框中那位靠在绿布窗帘前那把镀金扶手椅上、眼睛低垂的年轻美女很

① 卡巴内尔（1823—1889），法国画家，以画像著称。

像一对孪生姐妹。范德卢顿太太参加社交活动——或者不如说她打开自己的家门迎接社交活动（因为她从不外出用餐）的时候，仍然穿着带威尼斯针绣花边的黑丝绒，她的金发虽然已经褪色，但并未变成灰白，依然从额前的交叠部位平分开。两只淡蓝色眼睛中间笔直的鼻子，仅仅是鼻孔附近比画像中的略显消瘦。实际上，她总是让纽兰·阿切尔觉得，仿佛她一直被可怕地保存在一个没有空气的完美实体之中，就像那些被冷冻在冰川中的尸体，好多年还保持着虽死犹生的红润。

跟家中所有的成员一样，他敬重并崇拜范德卢顿太太，不过他发现，她那略带压制的亲切态度还不如母亲几位老姑的严厉容易让人接近，那几位恶狠狠的老处女不等弄清别人的要求，就会照例说一声“不行”。

范德卢顿太太的态度看不出是与否，总显示出仁慈宽厚的样子，直至她的薄嘴唇撇出一丝笑意，才几乎是千篇一律地回答说：“我得先和我丈夫商量一下。”

她与范德卢顿先生是那样相似，阿切尔常常纳闷，经过四十年亲密的夫妻生活，两个如此融洽的人，怎么还能分出你我，还有什么争端需要商量。然而，由于这对夫妻谁也未曾不经双方秘密会谈就独自做出过决定，阿切尔太太和儿子阐明他们的问题之后，只好安心地等待熟悉的措辞。

然而很少给人意外的范德卢顿太太这时却令母子二人大吃一惊：她伸出长长的手去够铃绳。

“我想，”她说道，“我要让亨利听一听你对我讲的情况。”

一名男仆出现了，她又严肃地对他说：“如果范德卢顿先生读完了报，请他劳神过来一趟。”

她讲“读报”的口气宛如一位大臣的妻子讲“主持内阁会议”，这并非由于她成心妄自尊大，而是因为终生的习惯及亲友们的态度致使她认为，范德卢顿先生的一举一动犹如执掌大政般重要。

行动的迅速表明她跟阿切尔太太一样觉得情况紧迫；不过惟恐给人未与丈夫商量就率先表态的印象，她又极为亲切地补充说："亨利一直很乐意见你，亲爱的艾德琳，他还想祝贺纽兰。"

双扇门又被庄严地打开，亨利·范德卢顿先生从中间走了进来。他又高又瘦，穿着长礼服，一头已经稀薄的金发，跟妻子一样笔直的鼻子，一样冷淡斯文的目光，只不过两只眼睛是灰色而不是浅蓝色。

范德卢顿先生以表亲的和蔼与阿切尔太太打过招呼，又用跟妻子同样的措辞向纽兰低声表示了祝贺，然后又以在位君主的简洁在一张锦缎扶手椅里就座。

"我刚刚读完《纽约时报》，"他说，一边收拢长长的指尖。"在城里上午事情太多，我发现午饭后读报更合适。"

"噢，这样安排是很有道理的——我想我舅舅埃格蒙特过去确实常常说，他发现把晨报留到晚餐后读，不会使人心烦意乱。"阿切尔太太附和地说。

"不错。我亲爱的父亲就讨厌忙乱，可我们如今却经常处于紧张状态。"范德卢顿先生很有分寸地说，一边从容而又愉快地打量着遮蔽严实的大房间。阿切尔觉得这屋子是其主人完美的化身。

"我希望你真的已经读完报纸了，亨利？"他妻子插嘴道。

"完了——读完了。"他向她保证说。

"那么，我想让艾德琳对你讲一讲——"

"哦，其实是纽兰的事，"母亲面带笑容地说，接着又复述了一遍洛弗尔·明戈特太太蒙受公开侮辱的咄咄怪事。

"当然，"她最后说，"奥古斯塔·韦兰跟玛丽·明戈特都认为——尤其是考虑到纽兰的订婚——你和亨利是应当知道的。"

"噢——"范德卢顿先生深深吸了一口气说。

接下来是一阵沉默，白色大理石壁炉台上那架巨大的镀金时钟发出的嘀嗒声变得像葬礼上一分钟鸣放一次的炮声那样轰轰隆隆。阿切尔敬畏地思忖着这两个瘦弱衰老的人，他们肩并肩坐在那儿，像总督一样严肃。是命运强迫他们做了远古祖先的权威代言人，尽管他们可能巴不得深居简出，在斯库特克利夫完美的草坪上挖除看不见的杂草，晚上一起玩纸牌游戏。

范德卢顿先生第一个开口。

“你真的以为这是劳伦斯·莱弗茨故意——捣乱的结果吗？”他转向阿切尔问道。

“我敢肯定，大人。拉里最近特别放荡——但愿路易莎表姐不介意我提这事——和他们村邮电局长的妻子还是什么人打得火热；每当可怜的格特鲁德·莱弗茨产生怀疑，担心要出乱子的时候，就挑起这类事端，以显示他多么讲道德。他扯着嗓门嚷嚷，说邀请他妻子去见他不愿让她见的人是多么不合适。他纯粹是利用奥兰斯卡夫人做避雷针，他这种把戏我以前见得够多了。”

“莱弗茨这家人！——”范德卢顿太太说。

“莱弗茨这家人！——”阿切尔太太应声说。“假若埃格蒙特舅舅听到劳伦斯·莱弗茨对别人社会地位的看法，他会说什么呢？这说明上流社会已经到了那种地步。”

“我们但愿还没到那种地步。”范德卢顿先生坚定地说。

“唉，要是你和路易莎多出去走走就好了！”阿切尔太太叹息道。

然而她立即意识到了自己的错误。范德卢顿夫妇对有关他们隐居生活的任何批评都敏感得要命。他们是时尚的仲裁人，是终审法院，而且他们深知这一点，并听从命运的安排。但由于他们都属于怯懦畏缩的人，对他们的职责天生缺乏热情，所以他们尽可能多地住在斯库特克利夫幽僻的庄园中，进城的时候也以范德卢顿太太的健康为由，谢绝一切邀请。

纽兰·阿切尔赶紧出来为母亲解围。“在纽约，人人都明白你和路易莎表姐代表着什么。正因为如此，明戈特太太才觉得，不应该不与你商量，而听任人家这样侮辱奥兰斯卡伯爵夫人。”

范德卢顿太太瞥了丈夫一眼，他也回头瞥了她一眼。

“我不喜欢那种做法，”范德卢顿先生说。“只要出身名门的人受到家族的支持，就应该把这种支持看做是——永远不变的。”

“我也有同感。”他妻子仿佛提出一种新观点似的。

“我原来并不知道，”范德卢顿先生接着说，“事情已经到了如此尴尬的地步。”他停住话头，又看了看妻子。“我想，亲爱的，奥兰斯卡伯爵夫人已经算是亲戚了——通过梅多拉·曼森的第一位丈夫。不管怎么说，等纽兰结了婚，她总算是个亲戚了。”他又转向年轻人说，“你读过今天上午的《时报》了吗，纽兰？”

“当然，读过了，先生。”阿切尔说，他通常在早晨喝咖啡时匆匆翻阅报纸。

丈夫与妻子又互相对视了一下。他们的浅色眼睛交汇在一起，进行了长时间的认真协商；接着，一丝笑意掠过范德卢顿太太的面庞，她显然已经猜到结果并且也已经同意了。

范德卢顿先生转向阿切尔太太说：“假如路易莎的健康状况允许她外出赴宴——希望你转告洛弗尔·明戈特太太——我和她会很愉快地出席她家的宴会——呃——去补劳伦斯·莱弗茨夫妇的缺。”他停顿一下，以便让大家领会其中的讽刺意味。“不过你知道，这是不可能的。”阿切尔太太同情地应了一声表示赞同。“不过纽兰告诉我他已读过上午的《时报》；因此他可能已经发现，路易莎的亲戚圣奥斯特利公爵下周将乘俄罗斯号抵达纽约。他是来为他的帆船几内维亚号参加明年夏天的国际杯比赛进行登记的。他还要在特里文纳打一阵野鸭。”范德卢顿先生又停顿了一下，接着更慈祥地说，“在说服他去马里兰之前，我们准备请几位朋友在这儿见见他——只不过是个小型宴会——事后还要举行欢迎会。如果奥兰斯卡伯爵夫人肯做我们的客人，我相信路易莎会跟我一样高兴的。”他站了起来，以生硬的友好态度向表妹弯了弯他那修长的身体，又说道，“我想我可以代表路易莎说，她马上就要乘车外出，亲自递送宴会请柬，还有我们的名片——当然还有我们的名片。”

阿切尔太太明白这是让她告辞的暗示，便匆匆低声道着谢站起身来。范德卢顿太太眉开眼笑地看着她，那笑容仿佛是以斯帖[①]正在向亚哈随鲁[②]说情，不过她丈夫却抗议似的举起一只手。

“没什么好谢的，亲爱的艾德琳，一点也不用谢。这种事情不能允许在纽约发生；只要我办得到，就不准再发生。”他带着王者的风范说，一面领着表亲走向门口。

两小时后，人人都已知道有人见到范德卢顿太太一年四季乘坐兜风的那辆C形弹簧大马车曾在明戈特太太的门前逗留，并递进去一个方形大信封。而当晚在歌剧院里，西勒顿·杰克逊便会说明，那信封里装着一份请柬，邀请奥兰斯卡伯爵夫人参加范德卢顿夫妇下周为表弟圣奥斯特利公爵举办的宴会。

听了这一通报，俱乐部包厢里几个青年人微笑着交换了一下眼色，并斜眼瞅了瞅劳伦斯·莱弗茨。他在包厢前排坐着，正漫不经心地扯弄他那金色的长胡髭。女高音的歌声一停，他便权威地说：“除了帕蒂，谁都不配演桑那布拉这个角色。”

## 八

在纽约，人们普遍认为奥兰斯卡伯爵夫人“红颜已衰”。

她在纽兰·阿切尔童年时期第一次在这里露面，那时她是个光彩照人的漂亮小姑娘，九、十岁的样子。人们说她“应该让人画像”。她的父母是欧洲大陆的漫游客，经过幼年的漂泊之后，她失去了双亲，被姑

---

① 以斯贴（Esther），《圣经》中的犹太女王。

② 亚哈随鲁（Ahasuerus），《圣经》中的波斯国王，娶以斯贴为妻。

妈梅多拉·曼森收养。梅多拉也是位漫游客，刚刚要回纽约“定居”。

可怜的梅多拉一再成为寡妇，经常回来定居（每一次回来住房的档次都要降低一点），并带着一位新丈夫或者新收养的孩子。然而几个月之后，她又总是与丈夫分道扬镳或者与被监护人闹翻，赔本卖掉房子，又动身出去漫游。由于她母亲原姓拉什沃斯，而最后一次的不幸婚姻又把她与疯癫的奇弗斯家族的一个成员联在一起，所以纽约人都十分宽容地看待她的偏执行为。不过，当她带着成了孤儿的小侄女回来的时候，人们还是觉得把那个美丽的小姑娘托付给这样的人很可惜。孩子的父母尽管因爱好旅游令人遗憾，生前却颇有名望。

人人都对小埃伦·明戈特怀有善意，尽管她那黑黝黝的红脸蛋与密实的鬈发使她显得神情愉快，看起来与一个仍在为父母服丧的孩子很不相称。轻视美国人哀悼活动的那些不容改变的规矩，是梅多拉错误的怪癖之一。当她从轮船上出来的时候，家人们见她为其兄戴的黑纱比嫂嫂的短了七英寸，而小埃伦居然穿着深红色美利奴呢，戴着琥珀色珍珠项链，像个吉卜赛弃儿一样，大家都极为震惊。

然而纽约早已对梅多拉听之任之，只有几位老夫人对埃伦花哨俗气的穿着摇摇头，而另外的亲属却被她红扑扑的脸色与勃勃生气征服了。她是个大胆、无拘无束的小姑娘，爱问些不相宜的问题，发表早熟的议论，还掌握一些域外的艺术形式，比如跳西班牙披肩舞，伴着吉他唱那不勒斯情歌。在姑妈（她的真名是索利·奇弗斯太太，但她接受教皇所授爵位后恢复了第一任丈夫的姓，自称曼森侯爵夫人，因为在意大利这个姓可以改为曼佐尼）指导下，小姑娘接受的教育虽开支昂贵却很不连贯，其中包括以前做梦都想不到的“照模特的样子画像”，与职业乐师一起弹钢琴五重奏。

这样的教育当然是无益的。几年之后，可怜的奇弗斯终于死在疯人院里，他的遗孀（穿着奇特的丧服）又一次收摊搬家，带着埃伦走了。这时埃伦已长成一个又高又瘦的大姑娘，两只眼睛分外引人注意。有一段时间她们音讯全无，后来消息传来，说埃伦嫁给了在杜伊勒利宫舞会上认识的一位富有传奇色彩的波兰贵族富翁，据说他在巴黎、尼斯和佛罗伦萨都拥有豪华住宅，在考斯有一艘游艇，在特兰西瓦尼亚还有许多平方英里的猎场。正当人们说得沸沸扬扬之时，她却突然销声匿迹。又过了几年，梅多拉为第三位丈夫服着丧，又一次穷困潦倒地回到纽约，寻找一所更小的房子。这时，人们不禁纳闷，她那富有的侄女怎么不伸出手来帮帮她。后来又传来了埃伦本人婚姻不幸终结的消息，她自己也要回家，到亲属中求得安宁与忘却。

一周之后，在那次重大宴会的晚上，纽兰·阿切尔看着奥兰斯卡伯爵夫人走进范德卢顿太太的客厅时，想起了这些往事。这是个难得一见的场合，他心情有点紧张，担心她将怎样应付。她到得很晚，一只手还未戴手套，正在扣着腕上的手镯，然而她走进汇集了纽约大多数名流的客厅时，并没有流露丝毫的匆忙与窘迫。

她在客厅中间停住脚步，抿着嘴，两眼含笑地打量着四周。就在这一瞬间，纽兰·阿切尔否定了有关她的容貌的普遍看法。不错，她早年的那种光彩的确已经不见了，那红扑扑的面颊已变成苍白色。她瘦削、憔悴，看上去比她的年龄稍显老相——她一定快三十岁了。然而她身上却散发着一种美的神秘力量，在她毫不做作的举目顾盼之间有一种自信，他觉得那是经过高度训练养成的，并且充满一种自觉的力量。同时，她的举止比在场的大多数夫人小姐都纯朴，许多人（他事后听詹尼说）对她打扮得不够“时新”感到失望——因为“时新”是纽约人最看重的东西。阿切尔沉思，也许是因为她早年的活力已经消失了，她才这样异常地沉静——她的动作、声音、低声细气的语调都异常沉静。纽约人本指望有着这样一段历史的年轻女子声音会是十分洪亮的。

宴会有点令人提心吊胆。和范德卢顿夫妇一起用餐，本来就不是件轻松事，而与他们一位公爵表亲一起用餐，更不啻是履行一种宗教仪式了。阿切尔愉快地想道，只有一个老纽约，才能看出一位普通公爵与范德卢顿家的公爵之间的细微差异（对纽约而言）。纽约人根本不把到处漂泊的贵族放在眼里，对他们甚至还带有几分不信任的傲慢（斯特拉瑟斯那伙人除外）；但是，当他们证明自己和范德卢顿这样的家族有某种关系之后，便能受到老式的真诚热情的接待，这往往使他们大错特错地把这种接待完全归功于自己在《德布利特贵族年鉴》中的地位。正是由于这种差别，年轻人即使在嘲笑他的老纽约的时候也依然怀念它。

范德卢顿夫妇竭尽全力突出这次宴会的重要性。他们把杜拉克·塞沃尔与特利文纳·乔治二世的镀金餐具拿了出来。范德卢顿太太看起来比任何时候都更像一幅卡巴内尔的画像，而阿切尔太太佩戴着她祖母的米珠项链和绿宝石，让她儿子不由得想起了伊莎贝的微型画像。所有的夫人小姐都戴着她们最漂亮的首饰，不过她们的首饰大部分镶嵌得特别老式，成了这所住宅与这一场合独有的特点；被劝来的拉宁小姐戴的是她母亲的浮雕玉，还披了件亚麻色的西班牙披肩。

奥兰斯卡伯爵夫人是宴会上惟一的年轻女子，然而在阿切尔细细端详那些钻石项链与高耸的鸵鸟翎毛中间光滑丰满的老年人的脸庞时，令他感到奇怪的是，她们竟显得不及她成熟。想到造就她那副眼神所付的代价，他不觉有些惊恐。

坐在女主人右首的圣奥斯特雷公爵自然是今晚的首要人物。然而，如果说奥兰斯卡伯爵夫人没有人们预期的那样突出，那么这位公爵就更不引人注目了。作为一个有教养的人，他并没有（像最近另一位公爵客人那样）穿着猎装来出席宴会，但是他穿的晚礼服是那样蹩脚，那样寒酸，他那副尊容益发显出衣着的粗陋（躬腰坐着，一把大胡子披散在衬衫前），让人很难看出是出席宴会的打扮。他身材矮小，弯腰曲背，晒得黝黑的皮肤，肥厚的鼻子，小小的眼睛，脸上挂着不变的微笑。他少言寡语，讲话的时候语调特别低，尽管餐桌上的人不时静下来等待聆听他的高见，但除了邻座，他的话谁也听不见。

餐后男士与女士汇合的时候，公爵径直朝奥兰斯卡伯爵夫人走去。

他们在角落里刚一坐下，便热烈交谈起来。两个人似乎谁也没有意识到，公爵应该先向洛弗尔·明戈特太太与黑德利·奇弗斯太太致意，而伯爵夫人则应该与那位和蔼的癔症患者、华盛顿广场的厄本·达戈内特交谈。他为了能与她幸会，甚至不惜打破了一至四月份不外出用餐的常规。两个人一起聊了将近二十分钟，然后伯爵夫人站了起来，独自走过宽敞的客厅，在纽兰·阿切尔身边坐了下来。

一位女士起身离开一位绅士，去找另一位绅士作伴，这在纽约的客厅里是不合常规的。按照礼节，她应该像木偶似的坐在那儿等待，让希望与她交谈的男士一个接一个地到她身边来。但伯爵夫人显然没有意识到自己违背了任何规矩，她悠然自得地坐在阿切尔身旁沙发的角落里，用最亲切的目光看着他。

“我想让你对我讲讲梅的事。”她说。

他没有回答，反问道：“你以前认识公爵吗？”

“唔，是的——过去在尼斯时我们每年冬天都和他见面。他很爱赌博——他是我们家的常客。”她直言不讳地说，仿佛在讲：“他喜欢拈花惹草。”过了一会儿她又坦然地补充道：“我觉得他是我见过的最蠢的男人。”

这句话令她的同伴异常快活，竟使他忘记了她前一句话使他产生的些许震惊。不可否认，遇见一位认为范德卢顿家的公爵愚蠢、并敢于发表这一见解的女士，的确令人兴奋。他很想问问她，多听一听她的生活情况——她漫不经心的话语已经很有启发地让他窥见了一斑；然而他又担心触动她伤心的回忆。还没等他想出说什么，她已经转回到她最初的话题上了。

“梅非常可爱，我发现纽约没有哪个年轻姑娘像她那样漂亮、聪明。你很爱她吧？”

纽兰·阿切尔红了脸，笑道：“男人对女人的爱能有多深，我对她的爱就有多深。”

她继续若有所思地打量着他，仿佛不想漏掉他话中的任何一点含义似的。“这么说，你认为还有个极限？”

“你是说爱的极限？假如有的话，我现在还没有发现呢！”

她深受感动地说：“啊——那一定是真实、忠诚的爱情了？”

“是最最热烈的爱情！”

“太好了！这爱完全是由你们自己找到的——丝毫不是别人为你们安排的吧？”

阿切尔奇怪地看着她，面带笑容地问：“难道你忘了——在我们国家，婚姻是不允许由别人安排的？”

一片潮红升上她的面颊，他立即懊悔自己说过的话。

“是的，”她回答说，“我忘了。如果有时候我犯了这样的错误，你一定得原谅我。在这儿人们看做是好的事情，在我来的地方却被当成坏事，可我有时候会忘记这一点。”她低头看着那把维也纳鹰毛扇，他发现她的双唇在颤抖。

“非常抱歉，”他冲动地说。“可你知道，你现在是在朋友中间了。”

“是的——我知道。我走到哪里都有这种感觉。这正是我回家来的原因。我想把其他的事全部忘掉，重新变成一个彻底的美国人，就像明戈特家和韦兰家的人一样，像你和你令人愉快的母亲，以及今晚在这里的所有其他的好人一样。啊，梅来了，你一定想立即赶到她身边去。”她又说，但没有动弹，她的目光从门口转回来，落到年轻人的脸上。

餐后的客人渐渐地挤满了客厅。顺着奥兰斯卡夫人的目光，阿切尔看到梅·韦兰正和母亲一起走进门。身穿银白色服装，头上戴着银白色花朵的花环，那位身材高挑的姑娘看起来就像刚狩猎归来的狄安娜女神。

“啊，”阿切尔说，“我的竞争者可真多呀；你瞧她已经被包围住了。那边正在介绍那位公爵呢。”

“那就跟我多待一会儿吧。”奥兰斯卡夫人低声说，并用她的羽毛扇轻轻碰了一下他的膝盖。虽然只是极轻的一碰，但却如爱抚一般令他震颤。

"好的，我留下，"他用同样的语气说，几乎不知道自己在讲什么。但正在这时，范德卢顿先生过来了，后面跟着老厄本·达戈内特先生。伯爵夫人以庄重的微笑与他们招呼，阿切尔觉察到主人对他责备的目光，便起身让出了他的座位。

奥兰斯卡夫人伸出一只手，仿佛要向他告别。

"那么，明天，五点钟以后——我等你。"她说，然后转身为达戈内特先生让出位置。

"明天——"阿切尔听见自己重复说，尽管事先没有约定，他们交谈时她也没向他暗示想再见他。

他走开的时候，看见身材高大、神采奕奕的劳伦斯·莱弗茨，正领着妻子走来准备被引荐给伯爵夫人。他还听见格特鲁德·莱弗茨满脸堆着茫然的笑容高兴地对伯爵夫人说："我想我们小时候经常一起去舞蹈学校——"在她身后，等着向伯爵夫人通报姓名的人中间，阿切尔注意到还有几对是曾在洛弗尔·明戈特太太家拒绝欢迎她的倔强夫妇。正如阿切尔太太所说的：范德卢顿夫妇只要乐意，他们知道如何教训人。奇怪的是，他们乐意的时候却太少了。

年轻人觉得胳膊被碰了一下。他发现范德卢顿太太穿着一身名贵的黑丝绒，戴着家族的钻石首饰，正居高临下地看着他。"亲爱的纽兰，你毫无私心地关照奥兰斯卡夫人，真是太好了。我告诉你表哥亨利，要他一定过来帮忙。"

他发觉自己茫然微笑着望着她，她仿佛俯就他腼腆的天性似的又补充说："我从没见过梅像今天这么可爱，公爵认为她是客厅里最漂亮的姑娘。"

## 九

奥兰斯卡伯爵夫人说的是"五点钟以后"。五点半的时候，纽兰·阿切尔摁响了她家的门铃。那是一所灰墁剥落的住宅，一株硕大的紫藤压迫着摇摇欲坠的铸铁阳台。房子是她从四处漂泊的梅多拉手中租下的，在西二十三街的最南端。

她住进的确实是个陌生的地段，小裁缝、卖假货的及“搞写作的”是她的近邻。沿着这条乱哄哄的街道再往南去，在一段石铺小路的尽头，阿切尔认出一所快要倒塌的木房子，一位名叫温塞特的作家兼记者住在里面，此人阿切尔过去时常遇见，他说起过他住在这里。温塞特从不邀请人到他家做客，不过有一次夜间散步时他曾向阿切尔指出过这幢房子，当时阿切尔曾不寒而栗地自问，在其他大都市里，人们是否也住得如此简陋？

奥兰斯卡夫人住所惟一的不同之处，仅仅是在窗框上多涂了一点儿漆。阿切尔一面审视着这幢屋子简陋的外观，一面想道：那个波兰伯爵抢走的不仅是她的财产，而且还抢走了她的幻想呢。

阿切尔闷闷不乐地过了一天。他与韦兰一家一起吃的午饭，指望饭后带着梅到公园去散散步。他想单独跟她在一起，告诉她昨天晚上她那神态有多么迷人、他多么为她感到自豪，并设法说服她早日和他成婚。然而韦兰太太却态度坚决地提醒他，家族拜访的行程还不到一半呢。当他暗示想把婚礼的日期提前时，她责怪地皱起眉头，叹息着说：“还有十二打手工刺绣的东西没有……”

他们挤在家用四轮马车里，从族人的一个门阶赶到另一个门阶。下午的一轮拜访结束，阿切尔与未婚妻分手之后，觉得自己仿佛是一头被巧妙捕获的野兽，刚刚被展览过一番。他想可能是因为他读了些人类学的书，才对家族感情这种单纯与自然的表露持如此粗俗的看法；想起韦兰夫妇指望明年秋天才举办婚礼，他展望这段时间的生活，心里像被泼了一盆冷水。

“明天，”韦兰太太在他身后喊道，“我们去奇弗斯家和达拉斯家。”他发现她准备按字母顺序走遍他们的两个家族，而他们目前仅仅处于字母表的前四分之一。

他本打算告诉梅，奥兰斯卡伯爵夫人要求——或者不如说命令——他今天下午去看她，可是他俩单独在一起的短暂时刻，他还有更要紧的事要讲，而且他觉得提这件事有点不合情理。他知道，梅特别希望他善待她的表姐。不正是出于这种愿望，才加快了他们订婚消息的宣布吗？若不是伯爵夫人的到来，即使他不再是一个自由人，至少也不会像现在这样无可挽回地受着婚约的束缚。一想到此，他心里产生了一种奇怪的感觉。可这一切都是梅的意愿，他不由觉得自己无须承担更多的责任；因而只要他乐意，他完全可以去拜访她的表姐，而无须事先告诉她。

他站在奥兰斯卡夫人住宅的门口，心里充满了好奇。她约他时的口吻令他困惑不解，他断定她并不像表面上那样单纯。

一位黑黝黝的异国面孔的女佣开了门。她胸部高高隆起，戴着花哨的围巾，他隐隐约约觉得她是个西西里人。她露出满口洁白的牙齿欢迎他，对他的问询困惑地摇了摇头，带他穿过狭窄的门廊，进了一间生了火的低矮客厅。客厅里空无一人，她把他留在那儿，给他足够的时间琢磨她是去找女主人呢，还是仍未明白他来此有何贵干。或者她会以为他是来给时钟上弦的吧——他发觉惟一看得见的那只钟已经停摆。他知道南欧人常用手语相互交谈，而现在他却无法理解她的耸肩与微笑，感到十分难堪。她终于拿着一盏灯回来了，阿切尔这时已从但丁与彼特拉克的作品中拼凑出一个短语，引得她回答说："拉西格诺拉埃夫奥里；马维拉苏比托。"① 他认为这句话的意思是："她出去了——不过一会儿你就能见到她。"

同时，他借助灯光发现这屋子自有一种幽冥淡雅的魅力，与他熟悉的任何房间都不相同。他知道奥兰斯卡伯爵夫人带回来少量的财物——她称作残骸碎片。他想，这几张雅致的深色小木桌，壁炉上那一尊优美的希腊小青铜像，还有几幅装在老式画框里的好像是意大利的绘画（后

---

① 原文为意大利语。

面是钉在褪色墙纸上的一片红色锦缎）——便是其代表了。

纽兰·阿切尔以懂得意大利艺术而自豪。他童年时代受过拉斯金[①]的熏陶，读过各种各样的新书：像约翰·阿丁顿·西蒙兹的作品，弗农·李[②]的《尤福里翁》，P.G. 哈默顿[③]的随笔，以及瓦尔特·佩特[④]一本叫做《文艺复兴》的绝妙新书。他谈论博蒂塞里[⑤]的画如数家珍，说起拉安吉里克[⑥]更有点儿不可一世。然而这几幅画却让他极为困惑，因为它们与他在意大利旅行时看惯（因此也能看懂）的那些画毫无相似之处；也许，还因为发现自己处境奇特的感觉削弱了他的观察力——他置身在这个陌生的空房子里，显然又没有谁在恭候他。他为没有把奥兰斯卡伯爵夫人的要求告诉梅·韦兰而懊悔，并且有点忐忑不安。他想，他的未婚妻有可能来这儿看望她的表姐，倘若她发现他坐在这儿，只身在一位夫人家炉边的昏暗中等待着，对这种亲密的样子她会怎样想呢?

不过既然来了，他就要等下去；于是他坐进椅子里，把脚伸向燃烧着的木柴。

她那样子召他前来，然后又把他忘掉，真是好生奇怪。但阿切尔的好奇心却超过了窘迫。屋子里的气氛是他从未体验过的，这种差异非常之大，以致他的局促不安已为冒险精神所取代。他以前也曾进过挂着红锦缎和“意大利派”绘画的客厅；使他深受触动的是，梅多拉·曼森租住的这个以蒲苇和罗杰斯小雕像为背景的寒伧住宅，通过巧用几件道具，转手之间竟改造成一个具有“异国”风味的亲切场所，令人联想起古老的浪漫情调与场面。他想分析其中的窍门，找到它的线索——从桌椅布置的方式中，从身边雅致的花瓶只放了两支红玫瑰的事实中（而其

---

① 约翰·拉斯金（1819—1900），英国艺术评论家、作家。
② 弗农·李（1856—1935），英国女散文作家、小说家。
③ P.G. 哈默顿（1834—1894），英国艺术家、随笔作家。
④ 瓦尔特·佩特（1839—1894），英国随笔作家、批评家。
⑤ 博蒂塞里（1445—1510），意大利画家。
⑥ 拉安吉里克（1400—1455），意大利文艺复兴早期画家，佛罗伦萨画派。

他任何人一次购买都不少于一打），从隐约弥漫的香气中——不是人们洒到手帕上的那一种，而更像从遥远的集市上飘来的，由土耳其咖啡、龙涎香和干玫瑰花配成的那种香味。

他的心思又转到梅的客厅上。她的客厅将会是什么样子呢？他知道韦兰先生表现“十分慷慨”，已经盯上了东三十九街一所新建住宅。据说，那个街区很僻静，房子是用灰蒙蒙的黄绿色石头建的，这种色调是年轻一代的建筑师刚开始启用的，用以对抗像冷巧克力酱一般覆盖着纽约的清一色的棕石，但房子的管道却十分完备。按阿切尔的心愿，他喜欢先去旅行，住宅的问题以后再考虑。然而，尽管韦兰夫妇同意延长去欧洲度蜜月的时间（也许还可到埃及待一个冬天），但对于小夫妻回来后需要一所住宅的问题坚定不移。年轻人觉得自己的命运像加了封印似的已成定局：在他的余生中，每天晚上都要走过那个黄绿色门阶两旁的铸铁护栏，穿过庞贝城式的回廊，进入带上光黄木护壁的门厅。除此之外，他的想象力就无从驰骋了。他知道楼上的客厅有一个凸窗，可他想不出梅会怎样处理它。她欣然接受了韦兰家客厅里的紫缎子与黄栽绒，以及里面的赝品镶木桌与时新的萨克森蓝镀金玻璃框。他找不出任何理由推测她会要求自己的住宅有任何不同；惟一的安慰是她很可能让他按自己的爱好布置他的书房——那里面当然要摆放“纯正的”东湖牌家具，还有不带玻璃门的单色新书橱。

胸部丰满的女佣进来了，她拉上窗帘，往火炉里捅进一块木柴，并安慰地说：“维拉——维拉。”① 她离开之后，阿切尔站了起来，开始来回踱步。他还要再等下去吗？他的处境变得相当可笑，也许他当时误解了奥兰斯卡夫人的意思——也许她根本就没有邀请他。

从静悄悄的街道上传来卵石路面上迅跑的马蹄声。马车在房子前面停了下来，他瞥见马车的门打开了。他撩开窗帘，朝外面初降的薄暮中

① 原文为意大利语。

望去，对面是一盏街灯，灯光下他见朱利叶斯·博福特小巧的英式四轮马车由一匹高大的花马拉着，那位银行家正搀扶着奥兰斯卡夫人下车。

博福特站住了，手里拿着帽子说着什么，似乎被他的同伴否决了。接着，他们握了握手，他跳进马车，她走上门阶。

她进了客厅，见到阿切尔一点儿也没表现出惊讶；惊讶似乎是她最不喜欢的感情。

“你觉得我这可笑的房子怎么样？”她问，“对我来说这就算天堂了。”

她一边说着，一边解开小丝绒帽的系带，把帽子连同长斗篷扔到一边。她站在那里，用沉思的目光望着他。

“你把它收拾得挺可爱的。”他回答道，意识到了这句话的坦率，却摆脱不了他这言简意赅、出语惊人的习惯。

“噢，这是个可怜的小地方，我的亲戚们瞧不起它。但不管怎样，它不像范德卢顿家那样阴沉。”

这话使他无比震惊，因为很少有人敢无法无天地说范德卢顿家宏伟的住宅阴沉。那些获得特权进去的人在里面战战兢兢，并且都称它“富丽堂皇”。猛然间，他为她说出了令众人不寒而栗的话而变得很开心。

“你把这儿拾掇得——很怡人。”他重复说。

“我喜欢这个小房子，”她承认道。“不过我想，我喜欢的原因是它在这里，在我自己的国家、我自己的城市，并且是我一个人住在里面。”她说得声音很低，他几乎没听清最后几个字，不过却在尴尬中理解了其要点。

“你很喜欢一个人生活？”

“是的，只要朋友们别让我感到孤单就行。”她在炉火旁边坐下，“纳斯塔西娅马上就送茶过来。”她示意让他坐回到扶手椅里，又说，“我看你已经选好坐的位置了。”

她身子向后一仰，两只胳膊交叉放在脑后，眼睑垂下，望着炉火。

“这是我最喜欢的时间了——你呢？”

一种体面的自尊使他回答：“刚才我还担心你已经忘掉了时间呢。博福特的话题一定很有趣吧。”

她看上去很高兴。“怎么——你等了很久？博福特先生带我去看了几处房子——因为看来我不能继续住在这儿了。”她好像把博福特和他都给忘了似的接着说，“我从没见过哪个城市像这儿一样，认为住在偏远地区有何不妥。住得偏远不偏远有什么关系？听人说这条街是很体面的呢。”

“这儿不够时髦。”

“时髦！你们都很看重这个问题吗？为什么不创造自己的时尚呢？不过我想，我过去生活得太无拘无束了，不管怎样，你们大家怎么做，我就要怎么做——我希望得到关心，得到安全感。”

他深受感动，就像前一天晚上听她说到她需要指导时那样。

“你的朋友们就是希望你有安全感，纽约是个极为安全的地方。”他略带挖苦地补上一句。

“不错，是这样。我能感觉到，”她大声地说，并没有觉察他话中的讽刺。“住在这儿就像——就像——一个听话的小姑娘做完所有的功课，被带去度假一样。”

这个比喻本是善意的，但却不能让他完全满意。他不在乎自己对纽约社会说些轻浮的话，却不喜欢听别人使用同样的腔调。他不知她是否真的还没看出，纽约社会是个威力强大的机器，曾经险些将她碾得粉碎。洛弗尔·明戈特家的宴会动用了各种社交手段，才在最后时刻得到补救——这件事应该让她明白，她的处境是多么危险。然而，要么她对躲过的灾难压根儿一无所知，要么是范德卢顿晚会的成功使她视而不见。阿切尔倾向于前一种推测。他想，她眼中的纽约对人依然是一视同仁的，这一揣测让他心烦意乱。

“昨天晚上，”他说，“纽约社交界竭尽全力地欢迎你；范德卢顿夫妇干什么事都是全心全意。”

“是啊，他们对我太好了！这次聚会非常愉快。人们好像都很敬重他们。”

这说法很难算得上准确；她若如此评价可爱的老拉宁小姐的茶会还差不多。

阿切尔自命不凡地说：“范德卢顿夫妇是纽约上流社会最有影响的人物。不幸的是——由于她的健康原因——他们极少接待客人。”

她松开脑袋后面的两只手，沉思地看着他。

“也许正是这个原因吧？”

“原因——？”

“他们有巨大影响力的原因啊；他们故意很少露面。”

他脸色有点发红，瞪大眼睛看着她——猛然顿悟了这句话的洞察力。经她轻轻一击，范德卢顿夫妇便垮台了。他放声大笑，让他们做了牺牲品。

纳斯塔西娅送来了茶水，还有无柄的日本茶杯和小盖碟。她把茶盘放在一张矮桌上。

“不过你要向我解释所有这些事情——你要告诉我我应了解的全部情况。”奥兰斯卡夫人接着说，一边向前探探身子，递给他茶杯。

“现在是你在开导我，让我睁开眼睛认清那些我因看得太久而不能认清的事物。”

她取下一个小小的金烟盒，向他递过去，她自己也拿了一支香烟。烟囱上放着点烟的长引柴。

“啊，那么我们两人可以互相帮助了。不过更需要帮助的是我，你一定要告诉我该做些什么。”

他差一点就要回答：“不要让人见到你跟博福特一起坐车逛街——”然而他此刻已被屋子里的气氛深深吸引住了，这是属于她的气氛，他如果提出这样的建议，就好像告诉一个正在撒马尔罕[①]讨价还价买玫瑰油的人，在纽约过冬需要配备橡皮套靴。此刻，纽约似乎比撒马尔罕远多了。而假如真的要互相帮助，那么，她就应该向他提供互相帮助的证据，先帮他客观地看待他的出生地。这样就像从望远镜的反端观察，纽约显得异常渺小与遥远；不过，站到撒马尔罕那边看，情况就是如此。

一片火焰从木柴中跃起，她朝炉火弯了弯身，瘦削的双手伸得离火很近，一团淡淡的光晕闪烁在她那椭圆的指甲周围。亮光使她发辫上散逸出的浅黑色发髻变成了黄褐色，并使她苍白的脸色更加苍白。

"有很多人会告诉你该做些什么。"阿切尔回答说，暗暗妒忌着那些人。

"噢——你是说我那些姑妈？还有我亲爱的老奶奶？"她不带偏见地考虑这一意见。"她们都因为我要独立生活而有点恼火——尤其是可怜的奶奶，她想让我跟她住在一起，可我必须有自由——"她说起令人畏惧的凯瑟琳轻松自如，让他佩服；奥兰斯卡夫人甚至渴望最孤独的自由，想到个中原因，也令他深深感动。不过一想到博福特，他又变得心烦意乱。

"我想我能理解你的感情，"他说，"不过你的家人仍然可以给你忠告，说明种种差异，给你指明道路。"

她细细的黑眉毛向上一扬。"难道纽约是个迷宫吗？我还以为它像第五大街那样直来直去——而且所有的十字路都有编号！"她似乎猜到他对这种说法略有异议，又露出给她脸上增添魅力的难得的笑容补充说，"但愿你明白我多么喜欢它这一点——直来直去，一切都贴着诚实的大标签！"

他发现机会来了。"东西可能会贴了标签——人却不然。"

"也许如此，我可能想得过于简单了——如果是这样，你可要警告

① 现乌兹别克斯坦东部城市。

我呀。”她从炉火那边转过身看着他，“这里只有两个人让我觉得好像理解我的心思，并能向我解释世事：你和博福特先生。”

阿切尔对这两个名字联在一起感到一阵本能的畏缩；接着，经过迅速调整，继而又产生了理解、同情与怜悯。她过去的生活一定是与罪恶势力太接近了，以至于现在仍觉得在他们的环境中反倒更自由。然而，既然她认为他也理解她，那么，他的当务之急就是让她认清博福特的真面目，以及他代表的一切，并且对之产生厌恶。

他温和地回答说：“我理解。可首先，不要放弃老朋友的帮助——我指的是那些老太太——你祖母明戈特，韦兰太太，范德卢顿太太。她们喜欢你、称赞你——她们想帮助你。”

她摇摇头，叹了口气。“噢，我知道——我知道！不过前提是她们听不见任何不愉快的事。当我想跟韦兰姑妈谈一谈的时候，她就是这样讲的。难道这里没有人想了解真相吗，阿切尔先生？生活在这些好人中间才真的孤独呢，因为他们只要求你假装！”她抬起双手捂到脸上，他发现她那瘦削的双肩因啜泣在颤抖。

“奥兰斯卡夫人！唉，别这样，埃伦，”他喊着，惊跳起来，俯身对着她。他拉下她的一只手，紧紧握住，像抚摩孩子的手似的抚摩着，一边低声说着安慰话。但不一会儿她便挣脱开，睫毛上带着泪水，抬头看着他。

“这儿没有人哭，对吗？我想他们压根儿就没有哭的必要，”她说，接着笑了一声，理了理松散的发带，俯身去拿茶壶。他刚才居然叫她“埃伦”，而且叫了两次，她却没有注意到。他觉得心头滚烫。对着倒置的望远镜，在很远很远的地方，他依稀看见梅·韦兰的白色身影——那是在纽约。

突然，纳斯塔西娅探头进来，用她那圆润的嗓音说了句意大利语。

奥兰斯卡夫人又用手理了下头发，喊了一声“吉啊——吉啊”① 表

① 原文为意大利语。

示同意。紧接着，圣奥斯特雷公爵便走了进来，身后跟着一位身材高大的夫人，她头戴黑色假发与红色羽饰，身穿紧绷绷的裘皮外套。

“亲爱的伯爵夫人，我带了我的一位老朋友来看你——斯特拉瑟斯太太。昨晚的宴会她没得到邀请，但她很想认识你。”

公爵满脸堆笑地对着大伙儿，奥兰斯卡夫人低声说了一句欢迎，朝这奇怪的一对走去。她似乎一点也不明白，他们两人凑在一起有多奇怪，也不知道公爵带来这样一位伙伴是多么冒昧——说句公道话，据阿切尔观察，公爵本人对此也一无所知。

“我当然想认识你啦，亲爱的，”斯特拉瑟斯太太喊道，那响亮婉转的声音与她那肆无忌惮的羽饰和假发十分相称。“每一个漂亮有趣的年轻人我都想认识。公爵告诉我你喜欢音乐——对吗，公爵？我想，你本人就是个钢琴家吧？哎，你明晚想不想到我家来听萨拉塞特的演奏？你知道，每个星期天晚上我都会搞点儿活动——这是纽约社交界无所事事的一天，于是我就说：‘都到我这儿来乐一乐吧。’而公爵认为，你会对萨拉塞特感兴趣的，而且你还会结识一大批朋友呢。”

奥兰斯卡夫人高兴得容光焕发。“太好了，难得公爵能想着我！”她把一把椅子推到茶桌前，斯特拉瑟斯太太美滋滋地坐了进去。“我当然很高兴去。”

“那好吧，亲爱的。带着这位年轻绅士一起来。”斯特拉瑟斯太太向阿切尔友好地伸出手。“我叫不出你的名字——可我肯定见过你——所有的人我都见过，在这儿，在巴黎，或者在伦敦。你是不是在外交部工作？所有的外交官都到我家来玩。你也喜欢音乐吧？公爵，你一定要带他来。”

公爵从胡子底下哼了声“当然”，阿切尔向后退缩着生硬地鞠了个躬。他觉得自己就像一名害羞的小学生站在一群毫不在意的大人中间一样充满勇气。

他并不因这次造访的结局感到懊悔：他只希望收场来得快些，免得他浪费感情。当他出门走进冬季的黑夜时，纽约又成了庞然大物，而那位可爱的女子梅·韦兰就在其中。他转身去花店吩咐为她送去每天必送的一匣铃兰。他羞愧地发现，早上竟把这事忘了。

他在名片上写了几个字。在等待店员给他拿信封时，他环顾弓形的花店，眼睛一亮，落在一簇黄玫瑰上。他过去从没见过这种阳光般金黄的花，他第一个冲动是用这种黄玫瑰代替铃兰，送给梅。然而这些花看样子不会中她的意——它们太绚丽太浓烈。一阵心血来潮，他几乎是下意识地示意店员把黄玫瑰装在另一个长匣子里，他把自己的名片装入第二个信封，在上面写上了奥兰斯卡伯爵夫人的名字。接着，他刚要转身离开，又把名片抽了出来，只留个空信封在匣子上。

“这些花马上就送走吗？”他指着那些玫瑰问道。

店员向他保证，立刻就送。

## 十

第二天，他说服梅脱出身来，午饭后到公园去散步。按照纽约圣公会教徒的老习惯，她在星期天下午一般是要陪父母去教堂的。不过就在上午，韦兰太太刚刚说服她将订婚期延长，以便有时间准备足够的手工刺绣作嫁妆，所以就宽容了她的偷懒。

天气十分怡人。碧蓝的天空衬托着林荫大道上那些树木光秃秃的圆顶，树顶下面的残雪像无数水晶碎片熠熠闪光。这天气使得梅容光焕发，像霜雪中的一棵小枫树那样光彩夺目。阿切尔为路人投向她的目光而感到自豪，占有者率直的幸福感清除了他内心深处的烦恼。

“每天清晨醒来在自己屋里闻到铃兰的香味，真是太美了！”她说。

“昨天送晚了，上午我没时间——”

“可你天天都想到送鲜花来，这比长期预订更让我喜欢。而且每天早晨都按时送到，就像音乐教师那样准时——比如就我所知，格特鲁德·莱弗茨和劳伦斯订婚期间，她的音乐教师就是这样。”

“啊，对他们来说不足为怪！”阿切尔笑着说，觉得她那热诚的样子很有趣。他斜视着她苹果般的脸颊，想起昨天送花的事，觉得虽然荒唐却也很安全，不由得说道，“我昨天下午给你送铃兰的时候，看到几支漂亮的黄玫瑰，便叫人给奥兰斯卡夫人送去了。你说好吗？”

“你真可爱！这样的事会让她十分高兴的。奇怪，她怎么没提呢？她今天跟我们一起吃的午饭，还说起博福特先生给她送去了漂亮的兰花，亨利·范德卢顿送了满满一篮斯库特克利夫的石竹呢。她收到花好像十分惊讶。难道欧洲人不送鲜花吗？不过她认为这种风俗非常好。”

“噢，一准是我的花被博福特的比下去了。”阿切尔烦躁地说。接着他想起自己没有随玫瑰花附上名片，又懊悔说出了这件事。他想说“我昨天拜访了你的表姐”，但又犹豫了。假如奥兰斯卡夫人没有讲起他的拜访，他说出来似乎有些尴尬。然而不讲又会使事情带上一层神秘色彩，他不喜欢那样。为了甩掉这个问题，他开始谈论他们自己的计划，他们的未来，以及韦兰太太坚持要延长订婚期的事。

“这还算长！伊莎贝尔·奇弗斯和里吉的订婚期是两年，格雷斯和索利差不多有一年半。我们这样不是很好吗？”

这是少女习惯性的反问，他觉得特别幼稚，并为此感到惭愧。她无疑是在重复别人对她说过的话，可是她都快满二十二岁了，他不明白，“有教养”的女子要到多大年龄才能开始替自己说话。

“她们永远不会的，假如我们不允许她们。”他在心里想道。他突然记起了他对西勒顿·杰克逊说过的那句义正词严的话：“女人应当跟我们一样自由——”

他眼下的任务是取下蒙在这位年轻女子眼上的绷带，让她睁开眼睛看一看世界。然而，在她之前，已经有多少代像她这样的女人，带着蒙在眼上的绷带沉入了家族的地下灵堂呢？他不禁打了个冷颤，想起在科学书籍中读到的一些新思想，还想起经常被引证的肯塔基的岩洞鱼，那种鱼由于眼睛派不上用场，它们的眼睛已经大大退化了。假如他让梅·韦兰睁开眼睛，她只能茫然地看到一片空白，那该怎么办呢？

“我们可以过得更快乐，我们可以始终在一起——我们可以去旅行。”

她脸上露出喜色：“那倒是很美。”她承认她喜爱旅行，但他们想做的事那么与众不同，她母亲是不会理解的。

“好像这还不仅仅是‘与众不同’的问题！”阿切尔坚持说。

“纽兰！你是多么独特呀！”她高兴地说。

他的心不由一沉。他觉得自己讲的完全是处于同样情况下的年轻人肯定要讲的内容，而她的回答却完全是本能与传统教她的那种回答。她居然会说他“独特”！

“有什么‘独特’的！我们全都跟用同一块折叠的纸剪出的娃娃一样相似，就像用模板印在墙上的图案。难道你我不能走自己的路吗，梅？”

他打住话头，面对着她，沉浸在因讨论产生的兴奋之中；她望着他，目光里闪烁着欣喜明朗的倾慕。

“天哪——我们私奔好吗？”她笑着说。

“如果你肯——”

“你确实很爱我，纽兰！我真幸福。”

“那么——为什么不更幸福些？”

“可是，我们也不能像小说中的人那样啊，对吗？”

“为什么不——为什么不——为什么不呢？”

她看上去对他的执拗有点不悦，她很清楚他们不能那样做，不过要说清道理却又很难。“我没那么聪明，无法跟你争论。可那种事有点——粗俗，不是吗？”她暗示说，因为想出了一个肯定能结束这个话题的词而松了口气。

“这么说，你就那么害怕粗俗？”

她显然被这话吓了一跳。“我当然会讨厌了——你也会的。”她有点生气地回答说。

他站在那儿一言不发，神经质地用手杖敲着他的靴子尖，觉得她的确找到了结束争论的好办法。她心情轻松地接着说：“喂，我让埃伦看过我的戒指了，我告诉过你了吗？她认为这是她见过的最美的镶嵌了。她说，贝克斯大街上根本没有能与之相比的货色。我太爱你了，纽兰，因为你这么有艺术眼光。”

第二天晚饭之前，阿切尔正心情阴郁地坐在书房里吸烟，詹尼漫步进来走到他跟前。他今天从事务所回来的路上，没有去俱乐部逗留。他从事法律职业，对待工作像纽约他所处的那个富有阶级的其他人一样漫不经心。他情绪低落，心烦意乱。每天在同一时间都要干同样的事，这使他脑子里塞满了挥之不去的痛苦。

“千篇一律——千篇一律！”他看着玻璃板后面那些百无聊赖的戴高帽子的熟悉身影咕哝说，这话像纠缠不休的乐曲在他脑袋里不停地回响，平时这个时候他都是在俱乐部逗留，而今天他却直接回了家。他不仅知道他们可能谈论什么，而且还知道每个人在讨论中站在哪一方。公爵当然会是他们谈论的主题，不过那位乘坐由一对黑色矮脚马拉的淡黄色小马车的金发女子在第五大街的露面（此事人们普遍认为归功于博福特）无疑也将会被他们深入研究。这样的“女人”（人们如此称呼她们）在纽约还很少见，自己驾驶马车的就更稀罕了。范妮·琳小姐在社交时间出现在第五大街，深深刺激了上流社会。就在前一天，她的马车从洛弗尔·明戈特太太的车旁驶过，后者立即摇了摇身边的小铃铛，命令车夫马上送她回家。“这事若发生在范德卢顿太太身上，又会怎样呢？”人们不寒而栗地相互问道。此时此刻，阿切尔甚至仿佛能听见劳伦斯·莱弗茨正就社交界的分崩离析发表高见。

妹妹詹尼进屋的时候，他烦躁地抬起头来，接着又迅速俯身读他的书（斯温伯恩的《沙特拉尔》——刚出版的），仿佛没看见她一样。她瞥了一眼堆满书籍的写字台，打开一卷《幽默故事》，对着那些古法语愁眉苦脸地说："你读的东西好深奥呀！"

"嗯——？"他问道，只见她像卡姗德拉[①]一样站在面前。

"妈妈非常生气呢。"

"生气？跟谁？为什么？"

"索菲·杰克逊小姐刚才来过，捎话说她哥哥晚饭后要来我们家；她不能多讲，因为他不许她讲，他要亲自告诉我们全部细节。他现在跟路易莎·范德卢顿在一起。"

"老天爷，我的好姑娘，求你从头讲一遍。只有全能的上帝才能听明白你讲的究竟是什么事。"

"这可不是亵渎神灵的时候，纽兰……你没去教堂的事让妈妈伤心透了……"

他哼了一声，又埋头读他的书去了。

"纽兰！你听着，你的朋友奥兰斯卡夫人昨晚参加了莱姆尔·斯特拉瑟斯太太的宴会，她是跟公爵和博福特先生一起去的。"

听了最后一句话，一团无名业火涌上年轻人的心头。为了压住怒火，他放声大笑起来。"哈哈，这有什么了不起？我本来就知道她要去的。"

詹尼脸色煞白，两眼发直。"你本来就知道她要去——而你却没有设法阻止她，警告她？"

"阻止她，警告她？"他又大笑起来。"我又不是要娶奥兰斯卡伯爵夫人！"

"可你就要跟她的家庭结亲了。"

"哼，家庭——家庭！"他嘲笑说。

---

① 卡姗德拉，希腊神话中特洛伊国王之女。

“纽兰——难道你不关心家庭吗？”

“我毫不在乎。”

“连路易莎·范德卢顿会怎样想也不在乎？”

“半点都不——假如她想的是这种老处女的废话。”

“妈妈可不是老处女。”身为处女的妹妹撅着嘴说。

他想朝她大叫大嚷：“不，她就是个老处女。范德卢顿夫妇也是老处女。而且一旦被现实廓清面目之后，我们大家全都是老处女。”然而，一看到她那张文静的长脸皱缩着流下了眼泪，他又为使她蒙受痛苦而感到惭愧了。

“去他的奥兰斯卡伯爵夫人！别像个小傻瓜似的，詹尼——我可不是她的监护人。”

“对，可你要求韦兰家提前宣布你的订婚消息，还不是为了让我们都去支持她？而且，若不是这个理由，路易莎表姐也决不会请她参加为公爵举办的宴会。”

“哎——邀请了她又有何妨？她成了客厅里最漂亮的女人，她使得晚宴比范德卢顿平日那种宴会少了不少丧葬气氛。”

“你知道亨利表哥邀请她是为了让你高兴，是他说服了路易莎。他们现在很烦恼，准备明天就回斯库特克利夫去。我想，你最好下楼一趟，纽兰。看来你还不理解妈妈的心情。”

纽兰在客厅里见到了母亲。她停下针线活，抬起忧虑的额头问道：“詹尼告诉你了吗？”

“告诉了，”他尽量用像她那样审慎的语气说，“不过我看问题没那么严重。”

“得罪了路易莎表姐和亨利表哥还不严重？”

“我是说奥兰斯卡伯爵夫人去了一个他们认为是平民的女人家，他们不会为这样一件小事生气。”

“认为——！”

“哦，她就是平民；不过她有好的音乐天赋，在星期天晚上整个纽约空虚得要命时给人们助兴。”

“音乐天赋？据我所知，有个女人爬到了桌子上，唱了那种你在巴黎会去的那些地方才唱的东西。还吸烟喝香槟呢。”

“唔——这种事在其他地方也有，可地球还不是照转不误！”

“我想，亲爱的，你不是当真在为法国的星期天辩护吧？”

“妈妈，我们在伦敦的时候，我可是常听你抱怨英国的星期天呢。”

“纽约既不是巴黎，也不是伦敦。”

“噢，对，不是！”儿子哼着说。

“我想，你的意思是这里的社交界不够出色？我敢说，你说得很对；但我们属于这里。有人来到我们中间就应该尊重我们的生活方式，尤其是埃伦·奥兰斯卡：她回到这儿不就是为了摆脱在出色的社交界过的那种生活嘛。”

纽兰没有回答。过了一会儿，她母亲又试探地说：“我刚才正要戴上帽子，让你在晚饭前带我去见一见路易莎。”他皱起了眉头，她接着说，“我想你可以向她解释一下你刚刚说过的话：国外的社交界有所不同……人们并不那么计较。还有，奥兰斯卡夫人可能没想到我们对这种事情的态度。你知道，亲爱的，”她故作天真地巧言补充说，“如果你这么做，对奥兰斯卡夫人是很有好处的。”

“亲爱的妈妈，我真不明白，我们与这件事有什么相干。是公爵带奥兰斯卡夫人到斯特拉瑟斯太太家去的——实际上是他先带了斯特拉瑟斯太太去拜访了她。他们去的时候我在那儿。假如范德卢顿夫妇想跟谁吵架，真正的教唆犯就在他们自己家。”

“吵架？纽兰，你听说过亨利表哥吵架吗？而且，公爵是他的客人，又是个外国人，外国人不见怪，他们怎么会见怪呢？奥兰斯卡伯爵夫人是纽约人，她倒是应该尊重纽约人的感情。”

“嗯，如果他们一定要找一个牺牲品，那我同意你把奥兰斯卡夫人交给他们，”儿子恼怒地喊道，“我是不会——你也未必会——自动替她抵罪的。”

“你当然只会为明戈特一方考虑了。”母亲回答说，她语气很敏感，眼看就要发怒了。

脸色阴郁的管家拉起了客厅的门帘，通报说：“亨利·范德卢顿先生到。”

阿切尔太太扔下手中的针，用颤抖的手把椅子向后推了推。

“再点一盏灯。”她向退出去的仆人喊道，詹尼这时正低头抚平母亲的便帽。

范德卢顿先生的身影出现在门口，纽兰·阿切尔走上前去欢迎这位表亲。

“我们正在谈论你呢，大人。”他说。

范德卢顿先生听了这一消息似乎深受感动，他脱掉手套去跟女士们握手，然后小心地抚平他的高礼帽，这时詹尼将一把扶手椅推到前边，阿切尔则接着说：“还说到奥兰斯卡伯爵夫人。”

阿切尔太太脸色煞白。

“啊——一个迷人的女子。我刚去看过她。”范德卢顿先生说，得意的神情又回到他的脸上。他坐到椅子上，按老习惯把礼帽和手套放在身旁的地板上，接着说：“她布置鲜花可真有天分，我给她送去一点斯库特克利夫的石竹花。让我吃了一惊的是，她不是像园丁那样把它们集成一束一束的，而是随意地散开，这儿一些，那儿一些……我无法形容。公爵事前告诉过我，他说：‘去瞧瞧她布置客厅有多巧吧。’确实不错。我本想带路易莎去看她来着，若不是周围环境那样——不愉快。”

迎接范德卢顿先生非同寻常的滔滔话语的是一阵死寂。阿切尔太太从篮子里抽出她刚才紧张地塞在里面的刺绣，阿切尔倚在壁炉边，拧着手中的蜂鸟羽毛帘子，他看见詹尼目瞪口呆的表情被送来的第二盏灯照得一清二楚。

“事实上，”范德卢顿先生接着说，一面用一只没有血色的手抚摩着他那长长的灰靴筒，手上戴着那枚硕大的庄园主图章戒指。“事实上，我的顺访是为了感谢她为那些花而写的非常漂亮的回函；还想——这一点可别向外传——向她提出友好的警告，叫她别让公爵随便带着去参加聚会。我不知你们是否听到了——”

阿切尔太太脸上露出尽情的微笑。“公爵一直带她参加聚会吗？”

“你知道这些英国显贵的德性，他们全都一样。路易莎和我很喜欢我们这位表妹——不过别指望习惯了欧洲宅邸的人劳神去留心我们共和主义的小小差别，那是绝对办不到的。哪里能寻开心，公爵就到哪里去。”范德卢顿停顿一下，但没有人吭声。“是的——看来昨晚是他带她到莱姆尔·斯特拉瑟斯太太家去的。西勒顿·杰克逊刚才到我们家去过，讲了这件荒唐事。路易莎很不安。所以我想最好的捷径就是直接去找奥兰斯卡伯爵夫人，并向她说明——仅仅是暗示，你知道——在纽约我们对某些事情的看法。我觉得我可以做到这一点，而且不会有什么不得体，因为她和我们共进晚餐的那天晚上，她好像说过——让我想想看——她会感激对她的指导，而她的确如此。”

范德卢顿先生四面看了看，那神态若是出现在普通的庸俗之辈的脸上，满可以称得上是一种自鸣得意。但在他的脸上，却是一种淡淡的仁慈；阿切尔太太一见，马上义不容辞地露出了同样的表情。

“你们俩真是太仁慈了，亲爱的亨利——而且是一贯如此呀！你对他亲爱的梅和他那些新亲戚的关照，纽兰会分外感激的。”

她向儿子投去敦促的目光。儿子说：“感激不尽，大人。不过我早知道你会喜欢奥兰斯卡夫人的。”

范德卢顿先生极有风度地看着他说：“亲爱的纽兰，我从来不请任何我不喜欢的人到我家作客。我刚才也对西勒顿·杰克逊这样讲过。”他瞥了一眼时钟，站了起来，接着说：“路易莎要等我了。我们准备早点儿吃饭，带公爵去听歌剧。”

门帘在客人身后庄严地合拢之后，一片沉寂降临在阿切尔的家人之中。

“真高雅——太浪漫了！”詹尼终于爆发出这几个字。谁都不明白什么事激发了她这简洁的评论，她的亲人早已放弃了解释这种评论的企图。

阿切尔太太叹口气摇了摇头。“但愿结果是皆大欢喜，”她说，那口气却是明知绝对不可能。“纽兰，你一定要待在家里，等晚上西勒顿·杰克逊先生来的时候见见他，我真的不知该对他说些什么。”

“可怜的妈妈！可是他不会来了——”儿子笑着说，一边躬身吻开她的愁眉。

## 十一

大约两个星期之后，在莱特布赖—拉姆森—洛律师事务所中，纽兰·阿切尔正坐在自己的隔间里闲得发呆，这时，事务所的上司要召见他。

老莱特布赖先生，这位受纽约上层阶级三代人信托的法律顾问，端坐在他的红木写字台后面，显然遇到了麻烦。他用手捋了捋浓密的白胡须，理理突起的眉头上方那凌乱的灰发，他那位不敬的年轻合伙人心想，他多像一位因为无法判断病人症状而苦恼的家庭医生啊。

“亲爱的先生，”他一贯称阿切尔为“先生”，“我请你来研究一件小事，一件我暂时不想让斯基普沃思先生和雷德伍德先生知道的事。”他所说的这两位绅士是事务所另外两名资深合伙人。正如纽约别的历史悠久的法律事务所那样，这家事务所的信笺头上列有姓名的那几个原来的合伙人都早已作古，像这位莱特布赖先生，就其职业称谓而言，他实际上成了自己的祖父。

他在椅子里朝后一仰，皱起眉头，然后说：“由于家庭的原因——”

阿切尔抬起头来。

“明戈特家，”莱特布赖微笑着欠身解释说，“曼森·明戈特太太昨天派人请我去。她的孙女奥兰斯卡伯爵夫人想向法庭起诉，要求与丈夫离婚，有些文件已交到我手上。”他停了一会儿，敲敲桌子。“考虑到你将要与这个家庭联姻，我愿在采取进一步行动之前，先找你咨询一下——与你商量商量这件案子。”

阿切尔觉得热血涌上了太阳穴。拜访过奥兰斯卡伯爵夫人之后，他只见过她一次，那是在看歌剧的时候，在明戈特的包厢里。这段时间，由于梅·韦兰在他心目中恢复了应有的地位，奥兰斯卡夫人的形象正在消退，已经不那么清晰、萦绕心头了。第一次听詹尼随便说起她要离婚时，他把它当做毫无根据的流言，并没在意。此后，他再也没有听人说过这事。从理论上讲，他对离婚几乎跟母亲一样抱有反感；令他恼火的是，莱特布赖先生（无疑受了老凯瑟琳·明戈特的怂恿）显然打算把他拉进这件事情。明戈特家能干这种事的男人多着哩，何况他目前还没有通过婚姻变成明戈特家的一分子。

他等待老合伙人说下去。莱特布赖先生打开一个抽屉，抽出了一包东西。

“如果你愿意浏览一下这些文件——”

阿切尔皱起了眉头。“请原谅，先生；可正因为未来的亲戚关系，我更希望你与斯吉普沃思先生或雷德伍德先生商讨这件事。”

莱特布赖先生似乎颇感意外，而且有点生气。一位下级拒绝这样的开场白是很少见的。

他点了点头，说：“我尊重你的顾虑，先生，不过对这件事，我以为真正的审慎还是要按我说的去做。说老实话，这并不是我的提议，而是曼森·明戈特和她的儿子们的提议。我已经见过洛弗尔·明戈特，还有韦兰先生，他们全都指名要你办。”

阿切尔感到怒火在上升。最近两个星期，他一直有点不由自主地随波逐流，以梅的漂亮容貌和光彩个性去对付明戈特家那些纠缠不休的要求。然而老明戈特太太的这道谕旨却使他清醒地看到，这个家族认为他们有权强迫未来的女婿去干些什么，他被这种角色激怒了。

“她的叔叔们应该处理这件事。”他说。

“他们处理了。全家人进行了研究，他们反对伯爵夫人的意见，但她很坚决，坚持要求得到法律的判决。”

年轻人不作声了：他还没有打开手上的纸包。

“她是不是想再嫁人？”

“我认为有这个意思；但她否认这一点。”

“那么——”

“阿切尔先生，劳驾你先看一遍这些文件，好吗？以后，等我们把情况讨论之后，我会告诉你我的意见。”

阿切尔无可奈何地带着那些不受欢迎的文件退了出来。他们上次见面以来，他一直漫不经心地对待社交活动，以便使自己摆脱奥兰斯卡夫人的负担。他与她在炉火旁单独相处建立的短暂亲密关系，由于圣奥斯特利公爵与莱姆尔·斯特拉瑟斯太太的闯入，以及伯爵夫人对他们愉快的欢迎，已经天助神佑般地破灭了。两天之后，在她重获范德卢顿夫妇欢心的喜剧中，阿切尔助了一臂之力，他不无尖酸地心想，对于有权势的老绅士用一束鲜花表示的善意，一位夫人是知道如何感激的，她不需要他这样能力有限的年轻人私下的安慰，也不需要他公开的捍卫。这样一想，就把他个人的问题简化了，同时也令人惊奇地修复了他模糊的家庭观念。无论梅遇到什么紧急情况，他都无法想象她会对陌生男人大讲自己的困难，不加考虑地信赖他们。在随后的一个星期中，他觉得她比以往任何时候都更优雅、更美丽。他甚至屈从了她延长订婚期的愿望，因为她找到了解除争端的办法，使他放弃了尽快结婚的要求。

“你知道，从你还是个小姑娘的时候起，只要你说到点子上，你父母一直都是容许你自行其是的。”他争辩说。她神色十分安详地回答道：“不错；正是由于这个原因，才使得我难以拒绝他们把我看做小姑娘而提的最后一个要求。”

这是老纽约的调子；这是他愿永远确信他妻子会做的那种回答。假如一个人一直习惯于呼吸纽约的空气，那么，有时候，不够清澈的东西似乎就会让他窒息。

他回来后阅读的那些文件实际上并没有告诉他多少情况，却使他陷入一种窒息和气急败坏的心情。文件主要是奥兰斯卡伯爵夫人的律师与法国一个法律机构的往来信件，伯爵夫人曾请求该机构澄清她的经济状况；另外还有一封伯爵写给妻子的短信。读过那封信后，纽兰·阿切尔站起来，把文件塞进信封，重新走进了莱特布赖的办公室。

“还给你这些信，先生。如果你愿意，我想见见奥兰斯卡夫人。”他声音有些不自然地说。

“谢谢你——谢谢你，阿切尔先生。如果你有空，今晚请过来一起吃饭，饭后我们把事情研究一下——假如你想明天拜访我们的委托人的话。”

纽兰·阿切尔这天下午又是直接走回家的。这是个明净清澈的冬季傍晚，一弯皎洁的新月刚升起在房顶上方。他想让灵魂内部注满纯净的光辉，在晚饭后与莱特布赖先生关进密室之前这段时间，不想跟任何人说一句话。再做其他决定是不可能的，一定得按他的意见办：他必须亲自去见奥兰斯卡夫人，而不能让她的秘密暴露给其他人。一股同情的洪流已经冲走了他的冷漠与厌烦。她像一个无人保护的弱者站在他面前，等待着他不惜一切代价去拯救，以免她在对抗命运的疯狂冒险中受到进一步的伤害。

他记起她对他讲过，韦兰太太曾要求她免谈她过去任何“不愉快的事”。想到也许正是这种心态才使得纽约的空气如此纯净，他不觉有些畏缩。“难道我们竟是法利赛人[①]不成？”他困惑地想，为了摆平憎恶

① 古代犹太教的一个派别，《圣经》中称他们为言行不一的伪善者。

人类罪恶与同情人类脆弱这两种本能的感情，他大伤脑筋。

他第一次认识到他恪守的那些原则是多么初级。他被认为是个不怕冒险的年轻人，他知道他与傻乎乎的托雷·拉什沃斯太太的桃色秘密还不够秘密，无法给他蒙上一层名副其实的冒险色彩。然而拉什沃斯太太属于“那种女人”：愚蠢、虚荣、生性喜欢偷偷摸摸，事情的秘密性与冒险性对她的吸引力远大于他的魅力与品质。当他明白真相之后，难受得差点心碎，不过现在真相却起到了补偿作用。总之，那段恩怨属于跟他同龄的多数年轻人都经历过的那一种，它的发生于良心是平静的，且丝毫不会动摇这样一种信念：一个人尊重、爱恋的女人与他欣赏并怜悯的女人是有天壤之别的。按照这种观点，年轻人都受到他们的母亲、姑姨及其他女长辈百般的怂恿和支持，她们都与阿切尔太太持同样的看法：“发生这种事”，对于男人无疑是愚蠢的，而对于女人——不知何故——却是罪恶的。阿切尔太太认识的所有上年纪的夫人们都认为，任何轻率与人相爱的女人都必然是寡廉鲜耻、工于心计，而心地单纯的男人在其控制下则无能为力。惟一的办法是尽早说服他娶一位好姑娘，然后委托她去照管他。

阿切尔开始想，在复杂的老式欧洲社会里，爱情问题恐怕不这么简单，不这么容易分门归类。富足、悠闲、喜欢招摇的上流社会必然会发生许许多多这样的私情，甚至会有这种可能：一位生性敏感的孤单女子，由于环境势力所逼、由于全然孤立无助，会被牵涉进为传统规范不能饶恕的感情纠纷之中。

一回到家，他便给奥兰斯卡伯爵夫人写了几句话，问她第二天什么时间可以接见他。他打发信差送去，不久，信差便带话回来，说她翌晨要与范德卢顿夫妇去斯库特克利夫度周末，不过晚饭以后她将一个人待在家里。回函写在很不整洁的半页纸上，没有日期和地址，但她的书写流畅而遒劲。他对她到豪华幽闭的斯库特克利夫度周末的主意感到高兴，但稍后他立即意识到，惟其在那个地方，她才会最深切地感受到坚决规避“不愉快”的那种思想的冷漠。

七点钟，他准时到达莱特布赖先生的家，心中为饭后立即脱身的借口暗自高兴。他已从交给他的那些文件中形成了自己的意见，并不太想跟他的上司深入探讨。莱特布赖先生是个鳏夫，只有他们两人用餐。菜肴十分丰盛，而上菜却慢慢腾腾。阴暗寒伧的餐厅里挂着两张发黄的版画《查塔姆之死》与《拿破仑的加冕礼》。餐具柜上面，带凹槽的餐刀匣子中间，摆着一瓶豪特·布里翁的圆酒瓶，还有一瓶陈年拉宁红葡萄酒（一位委托人的礼品），那是汤姆·拉宁那个饭桶神秘可耻地死于旧金山前一两年打折倾销的——他的死亡还不及地下酒窖的拍卖给家庭带来的耻辱大。

一道可口的牡蛎汤之后，上了河鲱和黄瓜，然后是一客童子鸡与油炸玉米馅饼，接着又有灰背野鸭和醋栗酱和蛋黄汁芹菜。午饭吃三明治、喝茶的莱特布赖先生，晚餐却吃得从容不迫、专心致志，并坚持让他的客人也照办。终于，收场的礼节完成之后，撤掉桌布，点着雪茄，莱特布赖先生把酒瓶向西面一推，身体在椅子里朝后一靠，无拘无束地向身后的煤火舒展开后背，然后说道：“全家人都反对离婚，我认为这很正确。”

阿切尔即刻觉得自己站在了争论的另一方。“可这是因为什么呢，先生？假如有个案子——”

“唉，案子有什么用？她在这里——他在那里，大西洋隔在他们中间。除了他自愿给她的，多一美元她也绝对要不回来，他们那该死的异教婚姻财产处理法规定得明明白白。按那边的情形，奥兰斯基做得已经很慷慨了：他本来可以一个铜板都不给就把她撵走。”

年轻人明白这一点，缄口无言。

“可是我知道，”莱特布赖先生接下去说，“她对钱的问题并不重视。所以，就像她的家人所说的，干吗不听其自然呢？”

阿切尔一小时之前到他家来的时候，与莱特布赖先生的意见完全一致，但这些话一从这个酒足饭饱、冷漠自私的老人口中讲出来，却突然变成全神贯注地防范不愉快事情出现的上流社会伪善者的腔调。

“我想这事该由她自己决定。”

“唔——假如她决定离婚，你考虑过事情的后果吗？”

“你是说她丈夫信中的威胁？那有什么了不起？不过是一个发怒的恶棍含含糊糊的指控罢了。”

“不错；可假如他真要进行抗辩，却有可能造成不愉快的口实。”

“不愉快的——！”阿切尔暴躁地说。

莱特布赖先生诧异地挑起眉毛看着他，年轻人意识到向他说明自己的想法等于徒劳。他的上司接着说：“离婚永远是不愉快的。”他默认地点了点头。

莱特布赖先生沉默地等了一会儿又问道：“你同意我的意见吗？”

“那当然，”阿切尔说。

“这么说，我可以依靠你，明戈特家可以依靠你，运用你的影响反对这个主意了。”

阿切尔犹豫了。“会见奥兰斯卡伯爵夫人之前，我还不能打保票，”他终于说。

“阿切尔先生，我不理解你。难道你想和一个即将有离婚诉讼丑闻的家庭结亲吗？”

“我认为那与这件事毫无关系。”

莱特布赖先生放下酒杯，盯着他的年轻合伙人，审慎、忧虑地瞅了一眼。

阿切尔明白他在冒被收回成命的风险。由于某种说不清的原因，他并不喜欢那种前景。既然任务已经交给了他，他就不打算放弃它了，而且，为了防止那种可能，他明白必须让这位代表明戈特一家法律信仰的缺乏想像力的老人放下心来。

“你可以放心，先生，不先向你汇报我是不会表态的；我刚才的意思是，我在听取奥兰斯卡夫人的想法之前，不愿发表意见。”

莱特布赖先生对这种称得上纽约优秀传统的过分谨慎赞许地点了点头。年轻人瞥了一眼手表，便借口有约，告辞而去。

## 十二

老派的纽约上流社会一般在七点钟吃晚饭，饭后走访的习惯虽然在阿切尔这伙人中受到嘲笑，但仍然广泛流行。年轻人从韦弗利广场漫步沿第五大街上行，漫长的大街上空无一人，只有几辆马车停在里吉・奇弗斯家门前（他家在为公爵举行宴会）。偶尔有一个身穿厚外套、戴着手套的老绅士的身影登上一所棕石住宅的门阶，消失在煤气灯光明亮的门厅里。当阿切尔穿过华盛顿广场的时候，他见到老杜拉克先生正去拜访他的表亲达戈内特夫妇；在西十街转弯处，看见了他事务所的斯基沃思先生，此人显然正要去拜访拉宁小姐。沿第五大街再上行一段，他又看见博福特出现在自家的门阶上，在明亮的灯光下，黑色的身影十分突出。博福特走下台阶进了他的私人马车，朝一个秘密的、很可能是不宜说出的目的地驶去。今晚没有歌剧演出，也没有人举办宴会，所以博福特的外出无疑带有偷偷摸摸的性质。阿切尔在心中把它与莱克星顿大街远处的一所小住宅联系起来，那所房子里前不久才出现了饰有缎带的窗帘和花箱，在它新油漆过的门前，经常可以见到范妮・琳的淡黄色马车等在那儿。

在构成阿切尔太太的圈子的又尖又滑的小金字塔外面，有一个地图上很可能没有标记的区域，里面住着画家、音乐家和“搞写作的人”。人类的这一部分散兵游勇从来没有表示过与上流社会结构融为一体的愿望。尽管人们说他们生活方式奇特，但他们大多数人都还品行端正，只不过不喜欢与人往来。梅多拉・曼森在她兴旺时期曾创办过一个“文学沙龙”，但不久便因为文人们不肯光顾而销声匿迹。

其他人也做过相同的尝试，其中有个姓布兰克的家庭——一位热情健谈的母亲和三个紧步其后尘的邋遢女儿。在她们家可以见到埃德温·布思、帕蒂和威廉·温特，还有演莎士比亚戏剧的新演员乔治·里格诺尔德，几个刊物编辑，以及音乐与文学评论家。

阿切尔太太与她那个小圈子对这些文化人感到有点畏惧：他们为人古怪，捉摸不透，而且在他们生活与思想的背景中有些不为人知的东西。姓阿切尔的这个阶层对文学与艺术非常看重，阿切尔太太总是不遗余力地告诉孩子们：过去，社交界包括华盛顿·欧文、费兹—格林·哈勒克及写了《犯罪的小仙女》①的诗人这样的人物，那时候是多么有礼貌、有教养。那一代最有名的作家都是“绅士”，而那些继承他们事业的无名之辈或许也有绅士的情感，但他们的出身，他们的仪表和头发，以及他们与舞台及歌剧的密切关系，使得老纽约的准则对他们统统不适用了。

“在我做姑娘的时候，”阿切尔太太经常说，“我们认识巴特利与运河街一带的每一个人，而且只有我们认识的人才有马车。那时判断一个人的身份易如反掌，现在可没法说了，我宁愿试都不试。”

惟独老凯瑟琳·明戈特有可能跨过了这道鸿沟，因为她没有道德偏见，且对那些微妙的差别持有与新贵们几乎相同的冷漠态度。然而她从未翻过一本书、看过一幅画，而且，她喜欢音乐也只是因为它使她回想起她在意大利时的那些狂欢之夜，她在杜伊勒里宫那段辉煌的日子。与她同样勇敢的博福特本来可能促成联姻，但他那豪华住宅与穿丝袜的男仆成了非正式交际的障碍。而且他跟明戈特太太一样目不识丁，他认为“搞写作的人”不过是些拿了钱为富人提供享乐的家伙。而能够对他施加影响的那些富人，没有一个曾怀疑过这种观点。

---

① 美国浪漫诗人 J.R. 德雪克（1795—1820）的诗作。

纽兰·阿切尔从记事的时候起就知道这些事情，并把它们看做他那个世界的组成部分。他知道在有些上流社会里，画家、诗人、小说家、科学家，甚至大演员都像公侯一样受到追捧。过去他时常想象，置身于以梅里美（他的《致无名氏的信》使他爱不释手）、萨克雷、布朗宁和威廉·莫里斯等大作家为主要话题的客厅里，会有怎样一种感觉，然而那种事在纽约是不可能的，想起来真令人不安。阿切尔认识很多“搞写作的人”、音乐家和画家。他在“世纪”或另一些刚成立的小型音乐或戏剧俱乐部里与他们见面。在那儿，他欣赏他们，而在布兰克家中他却厌烦他们，因为他们和一些热情高涨、俗里俗气的女人混在一起，她们像捕获的怪物似的在他们身边走来走去。甚至在与内德·温赛特最兴奋的交谈之后，他总是觉得，如果说他的天地很小，那么他们的也不大，而要拓展任何一方的空间，惟一的途径是使他们在生活方式上自然而然地融为一体。

他之所以想到这些事，是因为他想对奥兰斯卡伯爵夫人曾经生活过、忍受过，或许还品尝过的神秘、快乐的上流社会进行一番设想。他记得她曾怀着怎样的乐趣告诉他，她祖母明戈特和韦兰夫妇反对她住在专供“搞写作的人”居住的放荡不羁的文化人街区。令她的家人反感的不是冒险，而是贫穷，但那种阴影她却早已忘记，她以为他们是认为文学名声不好。

她本人对文学倒没有什么顾虑，她的客厅里（一般认为最不宜放书的地方）四处散乱的书籍虽然主要是小说作品，但像保罗·布尔热、休斯曼及龚古尔兄弟这些新名字都曾引起阿切尔的兴趣。他一边思考着这些事情一边走到了她的门前，又一次意识到她改变他的价值观的奇妙方式，意识到如果他要在她目前的困境中发挥作用，必须设想自己进入与过去有着惊人差别的境界。

纳斯塔西娅开了门，脸上露出神秘的笑容。门厅的凳子上放着一件貂皮衬里的外套，上面摆着一顶折叠的深色丝制歌剧礼帽，衬里有“J.B.”两个金字，还有一条丝巾。这几件贵重物品一准是朱利叶斯·博福特的财产。

阿切尔非常气愤，差一点要在名片上乱写几个字一走了之。但他随即想起在给奥兰斯卡夫人写便函的时候，由于过于审慎而没有讲希望私下见她的话，因此，如果她已经向别的客人敞开了大门，这只能怪他自己。于是他昂首走进客厅，决心要让博福特感到他在这儿碍手碍脚，从而把他赶走。

银行家正倚着壁炉架立着，炉架上挂着一块旧的刺绣帷幔，由几个枝形铜烛台压住，烛台里盛着发黄的教堂用的蜡烛。他挺着胸脯，两肩靠在炉架上，身体的重量支撑在一只穿漆皮鞋的大脚上。阿切尔进屋时他正面带笑容低头看着女主人，她坐在一张与烟囱摆成直角的沙发上。一张堆着鲜花的桌子在沙发后面形成一道屏障，年轻人认得出那些兰花与杜鹃是来自博福特家温室的赠品。奥兰斯卡夫人面朝鲜花半倚半坐，一只手托着头，她那宽松的袖筒一直把胳臂露到肘部。

女士们晚上会客通常都穿一种叫做“晚餐便装”的衣服：一件鲸须丝做的紧身内衣，领口很小，用花边的皱褶填在开口处，贴紧的袖子上带一个荷叶边，刚好露出手腕，以展示金手镯或丝带。而奥兰斯卡夫人却不顾习俗，穿了一件红丝绒的长睡袍，睡袍上端是光滑的黑毛皮镶边，环绕下巴一周并顺着前胸垂下来。阿切尔记起他最近一次访问巴黎时曾见过新画家卡罗勒斯·杜兰一幅轰动了巴黎美术展览会的画像，上面那位夫人就穿了一件这种像刀鞘一样的浓艳睡袍，下巴偎依在毛皮中。晚上在气氛热烈的客厅里穿戴毛皮，再加上遮蔽的脖颈和裸露的手臂，给人一种任性与挑逗的感觉。但不可否认，那效果却十分悦人。

“哎呀，太好了——到斯库特克利夫待整整三天！”阿切尔进屋时博福特正以嘲笑的口吻大声说。“你最好带上所有的毛皮衣服，外加一个热水瓶。”

“为什么？那房子很冷吗？”她问道，一边向阿切尔伸出左手，那诡秘的样子仿佛表示期待他去吻它。

“不是房子冷，而是女主人冷，”博福特说着，心不在焉地朝年轻人点点头。

“可我觉得她很好，是她亲自来邀请我的，奶奶说我一定得去。”

“奶奶当然会那样说。我看，你要是错过下星期天我为你安排的德尔莫尼柯家小型牡蛎晚餐，那真是太可惜了，坎帕尼尼、斯卡尔奇，还有好多有趣的人都会去呢。”

她疑惑地看看银行家，又看看阿切尔。

“啊——我真想去！除了在斯特拉瑟斯太太家的那天晚上，我来这儿以后还没见过一位艺术家呢。”

“你想见什么样的艺术家？我认识两个画家，人都很好，假如你同意，我可以带你去见他们。”阿切尔冒昧地说。

“画家？纽约有画家吗？”博福特问，那口气表示，既然他没有买他们的画，他们就不可能算是画家。奥兰斯卡夫人面带庄重的笑容对阿切尔说：“那太好了。不过我实际上指的是戏剧艺术家、歌唱家、演员、音乐家等。在我丈夫家里老是有很多那种人。”

她讲“我丈夫”时，好像根本没有什么不祥的东西与这几个字相关，而且那口气几乎是在惋惜已失去的婚姻生活的快乐。阿切尔困惑地看着她，不知她是出于轻松还是故作镇静，才在正为解除婚姻而拿自己的名誉冒险之时，如此轻易地提到了它。

“我就是认为，”她接下去对着两位男士说，“出乎意料的事才更加令人愉快。天天见同一些人也许是个错误。”

“不管怎么说，是太沉闷了；纽约真是沉闷得要死，”博福特抱怨说。“而正当我设法为你活跃一下气氛时，你却让我失望。听我说——再好好想一想吧！星期天是你最后的机会了，因为坎帕尼尼下周就要到巴尔的摩和费城去。我有个幽静的地方，还有一架斯坦韦钢琴，他们会为我唱个通宵。”

“太妙了！让我考虑考虑，明天上午写信告诉你，行吗？”

她亲切地说，但话音里有一点收场的暗示。博福特显然感觉到了，但由于不习惯遭人拒绝，他仍站在那儿盯着她，两眼之间凝成一道顽固的皱纹。

“为什么不是现在呢？”

“这个问题太重要啦，时间又这么晚了，我不能仓促决定呀。”

“你认为时间很晚了吗？”

她冷冷地回视他一眼说：“是的；因为我还要同阿切尔先生谈一会儿正事。”

“噢，”博福特生气道。她的语气里没有一点恳求的意味，他轻轻耸了耸肩，恢复了镇静。他拉起她的手，熟练地吻了一下，到了门口又大声喊道：“听我说，纽兰，假如你能说服伯爵夫人留在城里，你当然也可一块儿去吃晚饭。”说完，他迈着傲慢有力的脚步离开了客厅。

有一会儿工夫，阿切尔以为莱特布赖先生一定已把他来访的事告诉了她；不过她接着说的毫不相干的话又改变了他的想法。

“这么说，你认识画家？你对他们的圈子熟悉吗？”她带着好奇的目光问道。

“哦，不完全是这样。我看艺术家们在这里没有什么圈子，哪一个都没有。他们更像一层薄薄的外缘。”

“可你喜欢这类东西吗？”

“非常喜欢。我在巴黎和伦敦的时候，从不放过一次展览。我尽量跟上潮流。”

她低头看着从她那身绸缎长裙底下露出来的缎靴的靴尖。

“我过去也非常喜欢，因为我的生活里充满了这些东西。可现在，我尽量不去喜欢它们。”

“你尽量不去喜欢？”

“不错，我想放弃过去全部的生活，变得跟这里每个人完全一样。”

阿切尔红了脸说：“你永远也不会跟这里的每个人一样。”

她抬起端正的眉毛，停了一会儿说：“啊，别这样说。你若是明白我多么讨厌与众不同就好了！”

她的脸变得像一张悲剧面具那样忧郁。她向前躬了躬身子，用两只纤瘦的手紧紧抱住双膝，目光从他身上移开，投向了神秘的远方。

“我想彻底摆脱过去的生活。”她坚决地说。

他等了一会，清了清喉咙说：“我知道。莱特布赖先生对我讲了。”

“啊？”

“我来就是为了这件事。他让我来——你知道，我在事务所工作。”

她看上去有点意外，接着，眼睛里又露出喜色。“你是说你可以为我处理这件事？我可以跟你谈，不用跟莱特布赖先生？啊，这就轻松多了！”

她的语气感动了他，他的信心也伴随自我满足而倍增。他发觉她对博福特讲有正事要谈纯粹是为了摆脱他。而赶走博福特不啻是一种胜利。

“我来这儿就是谈这件事的。”他重复说。

她坐着沉默不语，脑袋依然由放在沙发背上的一只胳臂支撑着。她的脸看上去苍白、黯淡，仿佛被那身鲜红的衣服比得黯然失色。他突然想到她是个可悲甚至可怜的人。

“现在我们要面对严酷的事实了。”他想，同时感到自己心中产生了他经常在批评他母亲及其同龄人时的那种本能的畏缩情绪。他处理例外情况的实践真是太少了！连其中所用的词汇他都不熟悉，仿佛那些话都是用在小说中或舞台上的。面对即将发生的情况，他觉得自己像个小男孩似的局促不安。

停了一会儿，奥兰斯卡夫人出乎意料地感情爆发了。“我想获得自由，我想清除过去的一切。”

“我理解。”

她脸上露出喜色。“这么说，你愿意帮我了？”

“首先——”他迟疑地说，“也许我应该了解多一点。”

她似乎很惊讶。“你了解我丈夫——我跟他在一起的生活吧？”

他做了个认可的手势。

“哎——那么——还有什么呢？这个国家难道可以容忍那种事情吗？我是个新教徒——我们的教会并不禁止在这种情况下离婚。”

“当然。”

两个人又都默不作声了。阿切尔觉得奥兰斯基伯爵那封信像幽灵一样在他俩中间讨厌地做着鬼脸。那封信只有半页，内容正如他同莱特布赖先生谈到时所说的那样：一个发怒的恶棍含糊其辞的指责。然而在它背后有多少事实呢？只有奥兰斯基伯爵的妻子能说清楚。

“你给莱特布赖先生的文件我已经看了一遍。”他终于说道。

“唔——还有比那更讨厌的东西吗？”

“没有了。”

她稍稍改换一下姿势，抬起一只手遮住她的眼睛。

“当然，你知道，”阿切尔接着说，“假如你丈夫要想打官司——比如威胁你——”

“怎么样——？”

“他可能讲一些——一些可能不愉——对你不利的事情：公开讲出来，被到处传播，伤害你，即使——”

“即使——怎么样？”

“我是说，不论那些事情多么没有根据。”

她停顿了很长一会儿。他不想眼睛一直盯在她遮住的脸上，因而有充足的时间把她放在膝盖上的另一只手精确的形状铭刻在心里，还有无名指及小指上那三枚戒指的种种细节；他注意到其中没有订婚戒指。

“那些指责，即便他公之于众，在这里对我能有什么危害呢？”

他差一点就要大声喊出："我可怜的孩子——在这儿比任何地方危害都大呀！"然而，他却用他自己听起来都像莱特布赖先生的口气回答说："与你过去居住的地方相比，纽约社交界是个很小的天地。而且，不管表面现象如何，它被少数——思想守旧的人统治着。"

她一语不发，他接着说："我们关于结婚、离婚的思想特别守旧，我们的立法支持离婚——而我们的社会风俗却不支持。"

"绝不支持？"

"唔——绝不会，只要那位女子有一点点不利于她的表面现象，只要她由于任何违背常规的行为而使自己受到——受到含沙射影的攻击——不管她受到怎样的伤害，也不管她多么无可指责。"

她的头垂得更低了，他又处于等待之中，紧张地期待一阵愤怒的爆发，或至少是短短一声表示抗议的喊叫。然而什么都没发生。

一个小旅行钟得意似的在她近旁嘀嗒直响，一块木柴烧成两半，升腾起一片火星，寂静、忧虑的客厅仿佛在与阿切尔一起默默地等待着。

"不错，"她终于嗫嚅道，"我的家人对我就是这样说的。"

他皱起眉头说："这并不奇怪——"

"是我们的家人，"她纠正自己的话说，阿切尔红了脸。"因为你不久就是我的表亲了，"她接着温柔地说。

"我希望如此。"

"你接受他们的观点吗？"

听了这话，他站起身来，在屋子里踱步，两眼茫然地盯住一幅衬着旧红锦缎的画像，然后又犹豫不决地回到她身边。他无法对她说："是的，假如你丈夫暗示的情况是真的，或者你没有办法驳斥它的话。"

他正要开口，她却接着说："你要说真心话——"

他低头望着炉火说："好吧，我说真心话——面对一堆可能——不，肯定——会引起的肮脏闲话，你能得到什么好处呢？"

"可我的自由——难道就无所谓了吗？"

这时，他忽然想到，信中的指责是真的，她确曾想嫁给和她一起犯罪的那个人。假如她真有过那么一个计划，国法是不会容许的。可他该怎么告诉她呢？仅仅由于怀疑她有那种想法，就已使他对她严厉、不耐烦起来。“可你现在不是跟空气一样自由吗？”他回答说。“谁能碰你一下呢？莱特布赖先生对我说，经济问题已经了断——”

“噢，是的。”她漠然地说。

“既然如此，再去招惹有可能无穷无尽的痛苦与不快，这值得吗？想一想那些报纸有多么恶毒！那完全是愚蠢、狭隘、不公正的——可谁也无法改变社会呀。”

“不错。”她默认道。她的声音那样轻、那样凄凉，突然使他对自己那些冷酷的想法感到懊悔。

“在这种情况下，个人几乎总是要成为所谓集体利益的牺牲品：人们对维系家庭的任何常规都抱住不放——假如有什么常规，那也就是保护儿童。”他漫无边际地说下去，把跑到嘴边的陈词滥调统统倒出来，极力想掩盖她的沉默似乎已经暴露无遗的丑恶事实。既然她不肯或者不能说出一句澄清事实的话，那么，他的希望就是别让她以为他是想刺探她的秘密。按照老纽约精明老到的习惯，对于不能治愈的伤口，与其冒险揭开，还不如保持原状为好。

“我的职责是帮助你，使你能像那些最喜爱你的人一样看待这些事情，”他接着说。“像明戈特夫妇、韦兰夫妇、范德卢顿夫妇，你所有的亲戚朋友：假如我不实事求是地向你说明他们是怎样看待这类问题的，那我就是不公平了，不是吗？”他急于打破那令人惊恐的沉默，几乎是在恳求她似的，滔滔不绝地说着。

她慢声慢气地说：“是的，那会不公平的。”

炉火已经暗淡，一盏灯咯咯响着请求关照。奥兰斯卡夫人起身把灯头拧上来，又回到炉火旁，但没有重新就座。

她继续站在那儿，似乎表示两个人都已没有什么可说的了，于是阿切尔也站了起来。

“很好，我会照你希望的去做。”她突然说。热血涌上了他的额头，被她突然的投降吓了一跳，他笨拙地抓起她的双手。

“我——我真的想帮助你。”他说。

“你是在帮助我。晚安，我的表弟。”

他俯身将嘴唇放在她的手上，那双手冷冰冰的，毫无生气。她把手抽开，他转身向门口走去，借着门厅暗淡的灯光找到他的外套和礼帽，然后便走进了冬季的夜色，心中涌出迟到的滔滔话语。

## 十三

这天晚上，华莱剧院十分拥挤。

上演的剧目是《肖兰》[①]，戴思·鲍西考尔特担任同名男主角，哈里·蒙塔古和艾达·戴斯扮演一对情人。这个受人赞赏的英国剧团正处于鼎盛时期，《肖兰》一剧更是场场爆满。顶层楼座观众的热情袒露无遗；在正厅前座和包厢里，人们对陈腐观念与哗众取宠的场面报之一笑，他们跟顶层楼座的观众一样欣赏此剧。

剧中有一个情节对楼上楼下的观众都特别有吸引力。那是哈里·蒙塔古与戴斯小姐告别的伤心场面，两人简短的对话之后，他向她道别，转身要走。女演员站在壁炉近旁、低头望着炉火，穿着没有流行的环形物的开司米连衣裙。连衣裙紧贴她高挑的身体，在她的脚部飘垂下来，形成了长长的曲线。她脖颈上围了一条窄窄的黑丝带，丝带的两端垂在背后。

她的求婚者转身离开她之后，她把两臂支在壁炉台上，低头用双手捂住了脸。他在门口停下来看她，接着又偷偷回来，抓起丝带，吻了一

① 美国剧作家D.鲍西考尔特写的戏剧。

下，离开了屋子，而她却没听见他的动静，也没有改变姿势。帷幕就在静悄悄的分手场面中徐徐降下了。

阿切尔一直都是为这一特殊的场景去看《肖兰》的。他觉得，蒙塔古与艾达·戴斯所演的告别这一幕太美了，一点也不比他在巴黎看过的克罗塞特与布雷森特的表演、或在伦敦所看的马奇·罗伯逊与肯德尔的表演逊色。这一场面的含蓄、其无言的悲哀，比那些最著名的戏剧道白更使他感动。

这天晚上，这一小小的场面由于使他回想起——他不知为什么——他对奥兰斯卡夫人的告别而愈发感人。那是发生在大约一周之前，他们两人经过推心置腹的交谈之后。

两个场面之间很难找到相似之处，相关人物的容貌也毫无共同点。纽兰·阿切尔不敢妄称自己与那位仪表堂堂、年轻浪漫的英国演员有一点儿相像，而戴斯小姐是一位身材高大的红发女子，她那张苍白可爱的丑脸也完全不同于埃伦·奥兰斯卡楚楚动人的颜容。阿切尔与奥兰斯卡夫人更不是在心碎的无言中分手的情人，他们是委托人与律师，经过交谈之后分手，而且交谈又使得律师对委托人的情况产生了最糟糕的印象。那么，两者之间有何相似之处，能使年轻人回想时如此怦然心动呢？原因似乎在于奥兰斯卡夫人那种神秘的天赋：她能让人联想到日常经验之外种种动人的悲剧性。她几乎从来没说过一句会使他产生这种印象的话；这是她的一种内在气质——不是她神秘的异国背景的投影，便是她身上一种非同寻常、感人肺腑的内在精神的外化。阿切尔一向认为，对于人们的命运而言，与逆来顺受的性格倾向相比，机遇与环境所起的作用是很小的。这种倾向他从一开始就在奥兰斯卡夫人身上察觉到了，那位沉静的、几乎是消沉的年轻女子给他的印象恰恰就是那种必定会发生不幸的人，不论她怎样退缩，怎样特意回避。有趣的是她曾经生活在戏剧性非常浓烈的氛围之中，致使她自己那种引发戏剧性事件的性情却隐而不现。正是她那种处变不惊的态度使他意识到她曾经受过大风大浪：她现在视为理所当然的那些事物就能说明她曾经反抗过的东西。

阿切尔离开她的时候深信奥兰斯基伯爵的指责并非没有根据，那个在他妻子过去的生活中扮演“秘书”角色的神秘人物，在帮助她逃亡后大概不会得不到报偿。她逃离的那种环境是不堪忍受的，难以形容、难以置信。她年纪轻轻，吓坏了，绝望了——还有什么比感激救援者更顺理成章的呢？遗憾的是，在法律与世人的眼中，她的感激却将她置于与她可恶的丈夫同等的地位。阿切尔已经按照他的职责让她明白了这一点，他还让她明白，心地单纯而又善良的纽约上流社会——她显然对它的仁爱抱了过高的期望——恰恰是一个她休想得到丝毫宽容的地方。

被迫向她讲明这一事实——而且目睹她决然地加以接受——曾使他感到痛苦不堪。他觉得自己被一种难以名状的妒忌与同情引向她那一边，仿佛她默认的错误将她置于他的掌握之中，既贬低了她，却又使她让人喜爱。他很高兴她是向他披露了她的秘密，而不是面对莱特布赖先生冷冰冰的盘问，或者家人尴尬的众目睽睽时。他紧接着便履行了自己的职责，向双方保证，她已经放弃谋求离婚的主意，而她做出这一决定的原因是，她认识到那样做徒劳无益。他们听后感到无限欣慰，便不再谈论她本来可能给他们带来的那些“不愉快”的事。

“我早就相信纽兰会处理好这件事的。”韦兰太太得意地夸奖她未来的女婿说。而召他密谈的老明戈特太太对他的聪明能干表示热烈祝贺，然后又不耐烦地说：“蠢东西！我亲自告诉过她那纯粹是胡闹。当她有幸做已婚女子与伯爵夫人的时候，却想去冒充老处女埃伦·明戈特！”

这些事使年轻人清晰地想起与奥兰斯卡夫人最后一次谈话的情形，以致在两位演员分手、幕布徐徐落下时，他眼睛里涌出了泪水。他站起来要离开剧院。

他走的时候，先转向身后面那一侧，结果却发现他思念着的那位夫人正坐在一个包厢里，跟博福特夫妇、劳伦斯·莱弗茨夫妇及另外一两个男人在一起。自从那天晚上分手之后，他还没有单独跟她讲过话，并且一直设法避免和她在一起。然而现在他们的目光相遇了，与此同时，博福特太太也认出了他，并懒懒地做了个邀请的表示；他不进她的包厢是不可能了。

博福特与莱弗茨为他让出地方，与博福特太太敷衍了几句——她一向喜欢保持优美的神态，而不愿多讲话——他坐在了奥兰斯卡夫人的身后。包厢里除了西勒顿·杰克逊先生别无他人，他正神秘兮兮地小声对博福特太太讲上星期天莱姆尔·斯特拉瑟斯太太招待会的事（传言说那儿还有人跳舞）。博福特太太面带完美的笑容听他的详尽叙述，她的头摆得角度恰到好处，使正厅前座那边能看到她的侧影。在这种掩护之下，奥兰斯卡夫人转过身来，低声开了口。

“你认为，”她说，一面朝舞台瞥了一眼，“明天早上他会送她一束黄玫瑰吗？”

阿切尔脸红了，他的心惊跳了一下。他一共拜访过奥兰斯卡夫人两次，每一次他都给她送去一盒黄玫瑰，每一次都没放名片。她以前从未提及过那些花，他以为她绝不会想到送花人是他。现在，她突然夸奖那礼物，且把它与舞台上情意浓浓的告别场面联系起来，不由使他心中充满了激动与快乐。

“我也正想这件事——为了把这画面随身带走，我正要离开剧院。”他说。

令他意外的是，她脸上泛起一阵红晕，那红晕来得很不情愿且很忧郁。她低头看着她手套戴得齐齐整整的手上那架珍珠母的观剧望远镜，停了一会儿说：“梅不在的时候你干什么呢？”

“我专心工作。”他回答说，对这问题有点不悦。

遵循确立已久的习惯，韦兰一家人上周动身到圣奥古斯丁去了。考虑到韦兰先生有可能发生支气管过敏，他们总是到那儿度过冬末。韦兰先生是一个温厚寡言的人，凡事没有主张，却有许多习惯。这些习惯任何人不得干扰，习惯之一就是要求妻子和女儿要永远陪他进行一年一度的南方旅行。保持一个完满的家庭对他心灵的平静至关重要，假如韦兰太太不在身边提醒，他会不知道发刷放在什么地方，不知道怎样往信封上贴邮票。

由于家庭成员间相敬相爱，还由于韦兰先生是他们偶像崇拜的中心，妻子和梅从来没有让他独身一人去过圣奥古斯丁。他的两个儿子都从事法律工作，冬季不能离开纽约，一贯是在复活节前去与他会合，然后一起返回。

阿切尔要想评论梅陪伴父亲的必要性是根本不可能的。明戈特家家庭医生的声誉主要建立在治疗肺炎病方面，而韦兰先生却从未患过此病，因此他坚持去圣奥古斯丁的主张不可动摇。本来，梅的订婚消息打算等她从佛罗里达回来后再宣布，但提前公布的事实也不能指望韦兰先生改变他的计划。阿切尔倒是乐于加入旅行者的队伍，与未婚妻一起待上几个星期，晒晒太阳，划划船。但他同样受到风俗习惯的束缚，尽管他职业上任务并不重，可假如他在仲冬季节休假，整个明戈特家族都会认为他很轻浮。于是他听天由命地接受了梅的出行，并认识到，这种屈从必将成为他婚后生活的重要组成部分。

他觉察到奥兰斯卡夫人透过低垂的眼帘在看他。“我已经按你希望的——你建议的做了。”她突然说。

“哦——我很高兴。”他回答说，因为她在这样的时刻提这个话题而觉得尴尬。

“我明白——你是正确的，”她有点喘息地接着说。“可有时候生活很艰难……很复杂。”

“我知道。”

“我当时想告诉你，我确实觉得你是对的，我很感激你。”她打住了话头。这时包厢的门被打开，博福特洪亮的声音打断了他们，她迅速把观剧望远镜举到眼睛上。

阿切尔站起来，离开包厢，离开了剧院。

他前一天刚收到梅·韦兰的一封来信，在信中，她以特有的率直要求他在他们不在时“善待埃伦”。“她喜欢你，崇拜你——而你知道，虽然她没有说，她仍然非常孤单、不快。我想外婆是不理解她的，洛弗尔·明戈特舅舅也不理解她，他们确实以为她比实际上更世故，更喜欢社交。我很明白，她一定觉得纽约很沉闷，虽然家里人不承认这一点。我觉得她已经习惯了许多我们没有的东西：美妙的音乐、画展，还有名人——艺术家、作家以及你崇拜的所有聪明人。除了大量的宴会、衣服，外婆不理解她还需要别的什么东西——但我看得出，在纽约，差不多只有你一个人能跟她谈谈她真正喜欢的东西。”

他的贤惠的梅——因为这封信他是多么爱她！但他却没打算按信上说的去做：首先，他太忙。而且作为已经订婚的人，他不愿太显眼地充当奥兰斯卡夫人的保护人。他认为，她知道怎样照顾自己，这方面的能力远远超出了天真的梅的想象。她手下有博福特，有范德卢顿先生像保护神似的围着她转，而且中途等待机会的候选人（劳伦斯·莱弗茨便是其中之一）要多少有多少。然而，没有哪一次见着她、哪一次跟她交谈不让他感觉到，梅的真诚坦率几乎称得上是一种未卜先知的天赋。埃伦·奥兰斯卡的确很孤单，而且很不快活。

## 十四

阿切尔来到门厅，遇见了他的朋友内德·温塞特。在詹尼所说的“聪明人”当中，此人是他惟一乐于与之深入探讨问题的人，他们之间的交谈比俱乐部的一般水平及餐馆里的调侃略深一层。

他刚才在剧院的另一端曾瞥见温塞特弯腰曲背的寒酸背影，并注意到他曾把目光转向博福特的包厢。两个人握了握手，温塞特提议到拐角处的德国小餐馆喝一杯。阿切尔此时没有心情参与他们可能在那儿进行的交谈，便借口回家有工作要做而婉言谢绝。温塞特说：“噢，我也一样，我也要做勤奋的学徒。”

他们一起溜达着向前走。过了一会儿，温塞特说：“听我说，我真正关心的是你们高级包厢里那位忧郁的夫人的名字——她跟博福特夫妇在一起，对吧？你的朋友莱弗茨看样子深深迷上的那一位。”

阿切尔不知为什么有点恼火。内德·温塞特为什么想知道埃伦·奥兰斯卡的名字呢？尤其是，他为什么要把它与莱弗茨的名字相提并论？流露这种好奇心，可不像温塞特的为人。不过，阿切尔想起，他毕竟是一位记者。

“我想，你不是为了采访吧？”他笑着说。

“唔——不是为报社，而是为我自己，”温塞特回答说。“实际上，她是我的一位邻居——这样一位美人住在那种地方可真奇怪——她对我的小男孩特别好，他在追他的猫咪时在她那边摔倒了，划伤得很厉害。她没戴帽子就跑上去，把他抱在怀里，并把他的膝盖包扎得好好的。她那么有同情心，又那么漂亮，让我妻子惊讶得昏头昏脑，竟没有问她的姓名。”

一阵喜悦洋溢在阿切尔的心头。这段故事并没有什么非凡之处：任何一个女人都会这样对待邻居的孩子。不过他觉得这正体现了埃伦的为人：没戴帽子就跑出去，把孩子抱在怀里，并且让可怜的温塞特太太惊讶得忘了问她是谁。

“她是奥兰斯卡伯爵夫人——老明戈特太太的一位孙女。”

“哎哟——还是一位伯爵夫人！”内德·温塞特吹了个口哨说，“我没听说过伯爵夫人还这么友善，明戈特家的人就不会。”

“他们会的，假如你给他们机会。”

“哎，可是——”关于“聪明人”不愿与上流社会交往的顽固性，是他俩一直争论不休的老问题了，两个人都明白，再谈下去也是无益。

温塞特突然改变话题说：“不知一位伯爵夫人怎么会住在我们的贫民窟里？”

“因为她根本不在乎住在哪里——或者说不关心我们小小的社会标志。”阿切尔说，暗自为心目中的她感到自豪。

“唔——我想她是在大地方待过吧，”对方评论道，“哎，我该转弯了。”

他没精打采地穿过了百老汇大街，阿切尔站在那儿望着他的背影，品味着他最后的几句话。

内德·温塞特有敏锐的洞察力，这是他身上最有趣的东西，它常常使阿切尔感到纳闷：在大多数男人都还在奋斗的年纪，他的洞察力怎么会容许他无动于衷地接受了失败呢？

阿切尔早就知道温塞特有妻子和孩子，但从未见过他们。他们两人一向在“世纪”见面，或者在一个记者与戏剧界人士常到的地方，像温塞特刚才提议去喝啤酒的那个餐馆。他给阿切尔的印象是他妻子有病，那位可怜的夫人也许真的有病，但这也许仅仅表示她缺乏社交才能或晚礼服，或者两者都缺。温塞特本人对社交礼仪深恶痛绝，阿切尔穿晚礼服是因为觉得这样更干净、更舒服，而且他从没有停下来想一想，这种干净和舒服在不宽裕的生活开销中是两项昂贵的开支。他认为温塞特的态度属于那种无聊的“放荡不羁的文化人”的装腔作势，他们这种态度总使得那些上流社会的人——他们换衣服不声不响，并且永远不把仆人的数目挂在嘴上——显得特别纯朴自然。尽管如此，温塞特却总能够让阿切尔振奋，每当见到这位记者那张瘦削的长满胡须的脸和那双忧郁的眼睛，他便把他从角落里拉出来，带他到别处进行长谈。

温塞特做记者并非出于自己的选择。他是个纯文学家，却生不逢时，来到一个不需要文学的世界上。他出版了一卷短小优美的文学鉴赏集之后——此书卖出一百二十本，赠送了三十本，其余被出版商（按合同）销毁，以便为更适销的东西让位——便放弃了自己的初衷，担任了一份妇女周报的助理编辑，该报交替发表时装样片、裁剪纸样与新英格兰爱情故事和无酒精饮料的广告。

关于《炉火报》的话题，他有着无穷无尽的妙论。然而在他调侃的背后却隐含着那种努力过并放弃了的年轻人无奈的苦涩。他的谈话总会让阿切尔去估量自己的生活，并感到它包含的内容是多么贫乏，不过温塞特的生活毕竟包含得更少。虽然知识爱好的共同基础使他们的交谈引人入胜，但他们之间思想观点的交流通常却局限于浅尝辄止的可怜范围内。

“事实上，我们两人的生活都不太惬意，”温塞特有一次说。“我是彻底完了，没有办法补救了。我只会生产一种商品，这里却没有它的市场，我有生之年也不会有了。而你却自由并且富有，你为什么不去发挥你的才能呢？惟一一条路是参与政治。”

阿切尔把头向后一甩，哈哈大笑。在这一瞬，人们看清了温塞特这种人与别人——阿切尔那种人之间不可逾越的差别。上流社会圈子里人人都知道，在美国，“绅士不从政”。但是，因为他很难照直向温塞特说明，所以便含糊其辞地回答说：“看看美国政界正派人的遭遇吧！他们不需要我们。”

“‘他们’是指谁？你们为什么不团结起来，也加入‘他们’当中呢？”

阿切尔的笑声到了嘴边又变成略显屈尊的微笑。再讨论下去也是白费时间：人人都了解那几位在纽约市或纽约州政界拿自家清白冒险的绅士的伤心命运。时代不同了，国家掌握在老板和移民手中，正派人只得退居体育运动和文化活动——那种情况再也不可能了。

“文化！不错——我们要是有文化就好了！这里只有几片分散的小田地，由于缺乏——唔，缺乏耕耘与异花受精而凋零、死亡：这就是你们的先辈带来的欧洲古老传统的残余。但你们处于可怜的少数：没有中心，没有竞争，没有观众。你们就像荒宅里墙壁上的画像——‘绅士的画像’。你们永远成不了气候，任何人都不能，除非挽起袖子，到泥水里摸爬滚打，只有这样，不然就出国移民……上帝啊！假如我能移民……”

阿切尔暗自耸了耸肩膀，把话题转回到读书上。这方面，如果说温塞特也让人捉摸不透，但他的见解却总是很有趣。移民！好像绅士们还会抛弃自己的家园！谁也不会那样做，就像不可能挽起袖子到泥水里摸爬滚打。绅士们索性就待在家中自暴自弃。可你无法让温塞特这样的人明白这一点，所以说，拥有文学俱乐部和异国风味餐馆的纽约社会，虽然初次振动一下可以使它变得像个万花筒，但到头来，只不过是个小匣子，其图案比第五大街各种成分汇合在一起更显单调。

第二天早晨，阿切尔跑遍市区，却没有买到更多的黄玫瑰。搜索的结果使他到事务所迟到了。他发觉他的迟到对任何人都没有丝毫影响。有感于自己生命的毫无意义，心中顿然充满了烦恼。这个时候他为何不与梅·韦兰一起在圣奥古斯丁的沙滩上呢？他那职业热情的借口谁也骗不了。像莱特布赖先生领导的这种法律事务所，主要从事大宗财产与“稳健”投资的管理，在这类老式的事务所里面总有那么两三个年轻人，他们家境富足，事业上没有抱负，每天花几小时坐在办公桌后面处理些琐事，或者干脆读报纸。虽然人人都认为自己应该有个职业，但赤裸裸地挣钱依然被看作有伤体面，而法律作为一种职业，被视为比经商更有身份的工作。然而这些年轻人没有一个有望在职业上有所成就，而且他们谁也没有这种迫切的欲望。在他们许多人身上，一种新型的敷衍塞责的习气已经相当明显地蔓延开来。

阿切尔想到这种习气也会蔓延到自己身上，心中不禁不寒而栗。当然，他还有其他的趣味与爱好。他经常到欧洲度假旅行，结识了梅所说的“聪明人”，并且正像他怀着思念之情对奥兰斯卡夫人所说的，他尽力在总体上“跟上形势”。然而，一旦结了婚，他实际经历的这种狭小生活范围会有什么变化呢？他已经见过好多跟他怀有同样梦想的年轻人——虽然他们的热情可能不如他高——逐渐陷进了他们长辈们那种平静舒适的生活常规。

他让信差从事务所给奥兰斯卡夫人送去一封便函，询问可否在下午前去拜访，并请求她将回信送到他的俱乐部。但到了俱乐部，他什么也没见到，第二天也没接到回信。这一意外的沉默使他羞愧难当。翌日上午虽然他在一家花商的橱窗里见到一束灿烂的黄玫瑰，也未去问津。直到第三日上午，他才收到奥兰斯卡伯爵夫人邮来的一封短信，令他惊讶的是，信是从斯库特克利夫寄来的，范德卢顿夫妇把公爵送上船后立即返回那儿去了。

“在剧院见到你的第二天，我逃跑了，”写信者突兀地开头道（没有通常的开场白），“是这些好心的朋友收留了我。我需要安静下来，好好想一想。你曾说他们对我有多好，你说得很对。我觉得自己在这里很安全。我多盼望你能跟我们在一起呀。”她在结尾用了惯常的“谨启”二字，没有提及她回来的日期。

信中的口气让年轻人颇感惊讶。奥兰斯卡夫人要逃避什么呢？她为什么需要安全感？他首先想到的是来自国外的某种阴险的威胁，接着又琢磨，自己并不了解她写信的风格，也许这属于生动的夸张。女人总是爱夸张的，而且，她对英语还不能完全运用自如，讲的话时常像是刚从法语翻译过来似的。从法语的角度看，第一句话让人直接想到她可能仅仅想躲避一次讨厌的约会，事情很可能就是这样，因为他认为她很任性，很容易对一时的快乐发生厌倦。

想到范德卢顿夫妇把她带到斯库特克利夫进行二次拜访，且这一次没有期限，阿切尔觉得很有趣。斯库特克利夫别墅的大门难得对客人开放，获此殊荣的少数人所得到的也往往是令人寒心的周末。不过阿切尔上次去巴黎时曾看过拉比什[①]美妙的喜剧《贝利松先生的旅程》，他还记得贝利松先生对他从冰河中拉出来的那个年轻人那种百折不挠的依

① E.M. 拉比什（1815—1888），法国喜剧家。

恋。范德卢顿夫妇从犹如冰川的厄运中救出了奥兰斯卡夫人，尽管对她的好感还有许多其他原因，但阿切尔明白，在那些原因背后是继续挽救她的高尚而顽强的决心。

得知她走了的消息，他明显地感到很失望，并且几乎立即想起，前一天他刚拒绝了里吉·奇弗斯夫妇邀请的事。他们请他到哈德逊的住宅度下周日，那地方就在斯库特克利夫以南几英里处。

很久以前，他已尽情享受过海班克那种喧闹友好的聚会，还有沿岸旅行、划冰船、坐雪橇、雪中长途步行等等，并饱尝了适度调情与更适度的恶作剧的大致滋味。他刚刚收到伦敦书商寄来的一箱新书，憧憬着与他的宝物度过一个安静的周日。而现在他却走进了俱乐部的写字间，匆忙写了一封电报，命令仆人立即发出。他知道，里吉太太并不反对她的客人们突然改变主意，而且，在她那富有弹性的住宅里永远能腾出一个房间。

## 十五

纽兰·阿切尔周五傍晚来到奇弗斯的家，周六他真心诚意地履行了在海班克度周末的全部礼节。

上午他与女主人及几位勇敢的客人一起划了冰船。下午他同里吉“视察了农场”，并在精心指定的马厩里听取了有关马的颇为冗长又感人的专题演讲。下午用过茶点之后，他在炉火映照的客厅一角与一位年轻女士进行了交谈，后者曾声称在他订婚消息宣布之时她伤心欲绝，但现在却迫不及待地要告诉他自己对婚姻的抱负。最后，在午夜时分，他又协助一位客人在床上摆上金鱼，装修好一位胆小的姑妈浴室里的报警器，后半夜又和别人一起观看了一场从育儿室闹到地下室的小打闹。然而周日午餐过后，他却借了一辆单马拉的小雪橇，向斯库特克利夫驶去。

过去，人们一直听说斯库特克利夫那所宅院是一座意大利别墅。未去过意大利的人信以为真，有些去过的人也无异议。那房子是范德卢顿先生年轻时候建造的，那时他刚结束“壮游”归来，期待着与路易莎·达戈内特小姐行将举办的婚事。那是个巨大的方形木制建筑物，企口接缝的墙壁涂成淡绿色和白色，一道科林斯式的圆柱门廊，窗与窗之间是刻有凹槽的半露柱。从宅院所在的高地下来是一个接一个的平台，平台边缘都有扶栏和蕨壶树，钢板雕刻似的一级级下降，通向一个形状不规则的小湖，湖的沿岸铺了沥青，岸边悬垂着珍稀垂枝针叶树。左右两侧是没有杂草的一溜草坪，其间点缀着“标本”树（每一株都属不同品种），起伏绵延至漫长的草地，草地最高处装有精心制作的铸铁装饰。下面一块谷地中有一幢四居室的石头宅院，是第一位大庄园主一六一二年在封赐给他的土地上建造的。

笼罩在冬季灰蒙蒙的天空与一片皑皑白雪之间的这座意大利别墅显得相当阴郁，即使在夏季它也保持几分冷淡，连最无拘无束的锦紫苏苗也不敢越雷池半步，始终与别墅威严的前沿保持在三十英尺开外的距离。此刻阿切尔摁响了门铃，拖长的丁零声好像经过一座陵墓反转回来，终于反应过来的管家无比惊讶，仿佛从长眠中被唤醒一般。

值得庆幸的是阿切尔属于家族成员，因此，尽管他的光临十分唐突，但仍有资格被告知奥兰斯卡伯爵夫人不在家，她在三刻钟前与范德卢顿太太一起乘车去做下午的礼拜了。

“范德卢顿先生在家，”管家接着说，“不过我想，他现在要么刚要从午睡中醒来，要么正在阅读昨天的《晚间邮报》。上午他从教堂回来时，大人，我听他说要在午饭后浏览一下《晚间邮报》。如果您乐意，大人，我可以到图书室门口去听一听——”

然而阿切尔却谢绝了他，说他愿去迎一迎夫人们。管家显然松了口气，对着他庄严地把门关上了。

一名马夫把小雪橇赶到马厩里，阿切尔穿过停车场到了大路上。斯库特克利夫村离这儿只有一英里半远，可他知道范德卢顿太太绝不会步行，他必须盯在大路上才能看见马车。然而不久，在与大路交叉的人行小道上，他瞥见一个披红斗篷的苗条身影，一条大狗跑在前面。他急忙赶上前去，奥兰斯卡夫人猛然停住脚步，脸上露出欢迎的笑容。

“啊，你来啦！”她说着，从手筒里抽出手来。

红斗篷使她显得活泼愉快，很像从前那位埃伦·明戈特。他笑着抓起她的手，回答说：“我来是要看一看你在逃避什么。”

她脸上掠过一片阴云，不过却回答道：“哦——很快你就明白了。”

她的回答令他困惑不解。“怎么——你是说你遇到了意外？”

她耸了耸肩膀，外加一个很像娜斯塔西娅的小动作，用比较轻松的语气说：“我们往前走走，好吗？听过讲道之后我觉得特别冷。现在有你在这儿保护我，还怕什么呢？”

热血涌上了他的额头，他抓住她斗篷的一条褶说：“埃伦——是什么事？你一定得告诉我。”

“啊，现在——咱们先来一次赛跑，我的脚冻得快要不能走了，”她边喊边抓起斗篷，在雪地上跑开了。那条狗在她身旁跳跃着，发出挑战的吠声。一时间，阿切尔站在那儿注目观看，雪野上那颗闪动的红色流星赏心悦目。接着他拔腿追赶，在通向停车场的栅门处赶上了她，两人一边喘息一边笑。

她抬眼望着他，嫣然一笑说：“我知道你会来的！”

“这说明你希望我来。”他回答道，对他们的嬉闹显得兴奋异常，银白色的树木在空中闪着神秘的光亮。他们踏雪向前行进，大地仿佛在他们脚下欢唱。

“你是从哪儿来的？”奥兰斯卡夫人问道。

他告诉了她，并补充说：“因为我收到了你的信。”

停了一会儿，她说：“原来是梅要求你照顾我的。”声音里明显带着几分扫兴。

“我用不着谁来要求。”

“你是说——我明摆着是孤立无助？你们一定都把我想得太可怜了！不过这儿的女人好像并不——好像绝不会有这种需要，一点儿也不需要。”

他放低了声音问：“什么样的需要？”

“唉，你别问我！我和你们没有共同语言。”她任性地顶撞他。

这回答给了他当头一棒，他默然地站在小路上，低头望着她。

“如果我和你没有共同语言，我来这儿是干什么呢？”

“唉，我的朋友——！”她把手轻轻放在他的手臂上。

他恳切地请求道：“埃伦——你为什么不告诉我发生了什么事？”

她又耸了耸肩膀。“难道真的会有什么事发生吗？”

他沉默了。他们一声不吭地向前走了几英尺。她终于说道：“我会告诉你的——可在哪儿，在哪儿告诉你呢？在大温床一样的家里，独自待一分钟也办不到，所有的门都开着，老是有仆人送茶，送取暖的木柴，送报纸！美国的家庭中难道没有个人的独处之地吗？你们那么怕见人，又那么无遮无掩。我老觉得仿佛又进了修道院——或者上了舞台，面对着一群彬彬有礼却绝不会鼓掌的可怕观众。”

“哦，你不喜欢我们！”阿切尔大声说。

他们正走过老庄园主的那栋住宅，它那低矮的墙壁与方形的小窗密集地分布在中央烟筒周围。百叶窗全开着，透过一个新粉刷过的窗口，阿切尔瞥见了炉火的亮光。

“啊——这房子开着呢！”他说。

她站着不动。“不，只是今天才打开。我想要看看它，范德卢顿先生就让人生起炉火，打开窗子，以便我们上午从教堂回来的路上可以在里面歇歇脚。”她跑上门阶，试着推了推门。“门还没有锁——真幸运！进来吧，我们可以安静地谈一谈。范德卢顿太太乘车去莱因贝克看她老姑妈了，我们在这房子里再待一小时也不会有人惦念。”

他跟随她走进狭窄的过道。他刚才听了她那几句话，情绪有些低落，这时却又无端地高涨起来。这所温馨的小房子就在眼前，里面的镶板与铜器在炉火的映照下熠熠生辉，就像是魔术师变出来迎接他们的。在厨房的壁炉里，炉底的余烬还在发着微光，上方一个旧式吊钩上挂着一把铁壶。两把灯心草根做的扶手椅面对面摆在铺了瓷砖的壁炉地面两侧，靠墙的架子里是一排排德尔夫特生产的陶瓷盘子。阿切尔弯下身，往余烬上扔了一块木柴。

奥兰斯卡夫人放下斗篷，坐在一把扶手椅里，阿切尔倚在壁炉上，眼睛看着她。

“你现在笑了，可给我写信的时候却很不愉快。”他说。

“是啊，”她停顿一会儿又说，“可你在这儿我就不会觉得不愉快了。”

“我在这儿待不多久。”他答道，接着闭紧双唇，努力做到适可而止。

“是的，我知道。不过我目光短浅，只图一时快乐。”

他渐渐领悟到这些话的诱惑性，为了阻止这种感受，他从炉边挪开，站在那儿凝视外面白雪映衬下的黑树干。然而她仿佛也变换了位置，在他与那些树之间，他仍然看见她低头朝着炉火，脸上带着懒洋洋的微笑。阿切尔的心激烈地跳动着，不肯就范。假如她逃避的原来是他，假如她是特意等他们单独到这间密室告诉他这件事，那该怎么办？

“埃伦，假如我真的对你能有所帮助——假如你真的想让我来——那么请告诉我，你究竟在逃避什么？”他坚持问道。

他讲话时没有改换姿势，甚至没有转身看她：假如那种事情要发生，就让它这样发生好了。整个房间的宽度横在他们中间，他的眼睛仍然盯着外面的雪景。

很长一段时间她默然无语，期间阿切尔想象着——几乎是听见——她从后面悄悄走上来，要伸开轻盈的双臂，搂住他的脖子。他等待着，正在为这一奇迹的即将来临而身心激动时，他的目光无意间落到一个穿厚外套的人影上，那人皮领立起，正沿着小路朝住宅这边走来——原来是朱利叶斯·博福特。

“噢——！”阿切尔喊了一声，猛地大笑起来。

奥兰斯卡夫人早已跃身而起，来到他身边，把手伸到他的手里。但她从窗口瞥了一眼，脸色立即白了，赶忙缩了回去。

“原来是这么回事！”阿切尔嘲笑地说。

“我并不知道他在这儿。”奥兰斯卡夫人嗫嚅道。她的手仍然抓着阿切尔的手，但他把手抽了回去，走到外面的过道里，把大门推开。

“你好，博福特——到这边来！奥兰斯卡夫人正等着你呢。”他说。

第二天上午回纽约的途中，阿切尔带着倦意回顾他在斯库特克利夫的最后那段时光。

尽管博福特发现他跟奥兰斯卡夫人在一起显然很心烦，但他跟往常一样专横地处理这种局面。他根本不理睬那些妨碍了他的人，他那副样子使对方产生一种无形、不存在的感觉——如果那人对此敏感的话。他们三人溜达着穿过停车场的时候，阿切尔就产生了这种奇怪的失去形体的感觉。这虽然使他的虚荣心受到屈辱，同时也鬼使神差地给了他观察看不到的东西的便利。

博福特带着惯常的悠然自信走进那所小房子，但他的笑容却抹不掉眉心那道垂直的皱纹。很明显奥兰斯卡夫人事先并不知道他要来，尽管她对阿切尔的话中暗示过这种可能性。不管怎样，她离开纽约的时候显然没告诉他去哪儿，她未加说明地离走激怒了他。他出现在这儿的公开理由是前一天晚上发现了一所“理想的小房子”（还未出售），房子确实正适合她，她若是不买，马上就会被别人抢走。他还为舞会的事假装大声地责备她：他刚找到地方，她就把他带走了。

“假如那种通过导线交谈的新玩意儿再完善一点，我就可以在城里告诉你。这个时候我就会在俱乐部的火炉前烤脚，用不着踩着雪追你了，”他抱怨地说，装出真的为此而生气的样子。面对这个开场白，奥兰斯卡夫人巧妙地把话题转向那种荒诞的可能性：有一天，他们也许真的可以在两条不同的街上，甚至——真是异想天开！——在两个不同的城市互相对话。她的话使他们三人都想到了爱伦·坡与儒尔·凡尔纳，以及那些聪明人在消磨时间、谈论新发明时脱口而出的老生常谈——过早地相信它会显得天真。有关电话的谈论把他们安全地带回到大院子里。

范德卢顿太太还没有回来。阿切尔告辞去取他的小雪橇，博福特则跟随奥兰斯卡伯爵夫人到屋里去了。由于范德卢顿太太不喜欢未经通报的拜访，他也许可以指望她请他吃顿晚饭，然后便送他回车站去赶九点钟的火车。但也只能如此而已，因为在范德卢顿夫妇看来，一位不带行李旅行的绅士若是想留下过夜，那简直不可思议。他们绝不会乐意向博福特这样一位与他们的友谊十分有限的人提这种建议。

这一切博福特都很明白，而且一定已经预料到了。他为了这么一个小小的报偿而长途跋涉，足见他的急不可耐。毋庸讳言他是在追求奥兰斯卡伯爵夫人，而博福特追求漂亮女人只有一个目的。他没有子女，沉闷无聊的家庭生活早已令他厌倦，除了长久性的慰藉之外，他总是按自己的口味寻求艳遇。他就是奥兰斯卡夫人声言要逃避的那个人——问题是，她的逃避是因为被他的纠缠所触怒呢，还是因为她不完全相信自己能抵御那些纠缠——除非她所说的逃避实际上是个挡箭牌，她离开纽约不过是一个花招。

阿切尔对此并不真的相信。尽管他与奥兰斯卡夫人实际见面不多，他却开始认为自己可以从她的脸色——也可以从她的声音——看清她的内心，而她的脸色与声音都对博福特的突然出现流露出厌烦，甚至是惊愕。可话又说回来，假如情况果真如此，那么，她专为会见他而离开纽约不是更糟吗？如果是这样，她就不再是令人感兴趣的目标了，她就是把自己的命运交给了最卑鄙的伪君子：一个与博福特发生桃色事件的女人，她已经无可救药地把自己“归了类”。

不！假如她能看透博福特，或许还瞧不起他，却仍然因为他有优于她周围其他男人的那些条件而被他所吸引——他在两个大陆和两个社会的生活习惯，他与艺术家、演员及那些出头露面的人物的密切关系，以及他对狭隘偏见的冷漠轻蔑——那么，情况更要糟一万倍！博福特粗俗、没教养、财大气粗，但他的生活环境、他的生性机灵使他比许多在道德上以及社会地位上比他强的人更有谈趣，后者的视野仅局限于巴特利与中央公园。一个来自广阔天地的人怎么会感觉不到这种差别，怎么会不受其吸引呢?

奥兰斯卡夫人虽然是出于激愤，才对阿切尔说她与他没有共同语言，但年轻人明白这话在某些方面不无道理。然而博福特却通晓她的语言，而且讲起来驾轻就熟。他的处世态度、情调、看法，与奥兰斯基伯爵那封信中流露的那些东西完全相同，只是稍显粗俗而已。在与奥兰斯基伯爵的妻子的交往中，这可能对他不利，但阿切尔太聪明了，他认为像埃伦·奥兰斯卡这样的年轻女子未必会畏惧任何使她回想起过去的东西。她可能以为自己已完全背叛了过去，然而过去诱惑过她的东西现在对她仍然会有诱惑力，即使这违背她的心愿。

就这样，年轻人以一种充满痛苦的公正态度，为博福特以及博福特的牺牲品理清了来龙去脉。他强烈地渴望开导她。他不时想到，她的全部需要就是让人开导。

这天晚上他打开了从伦敦寄来的书，满箱子都是他急切等待的东西：赫伯特·斯宾塞的一部新作，多产作家阿尔冯斯·都德又一卷精品故事集，还有一本据评论界说十分有趣的小说，名叫《米德尔马奇》。为了这一享受，他已经谢绝了三次晚宴的邀请，然而，尽管他怀着爱书人的审美乐趣翻阅这些书，但却不知道自己读的是什么，书一本接一本地从他手里丢下来。突然，他眼睛一亮，从中发现了一本薄薄的诗集，他订购此书是因为它的书名吸引了他：《生命之家》。他拿起来读，不知不觉沉浸在一种与过去对书籍的任何感受都不相同的气氛中。它是那样强烈，那样丰富，又那样说不出的温柔，它赋予人类最基本的感情一种新鲜、缠绵不绝的美。整个通宵他透过那些迷人的篇章追踪一位女子的幻影，那幻影有一张埃伦·奥兰斯卡的脸庞。然而翌晨醒来，他望着街对面一所所棕石的住宅，想起莱特布赖事务所他的办公桌，想到格雷斯教堂里他们家的座位，他在斯库特克利夫园林中度过的那几个小时却变得像夜间的幻影一样虚无缥缈。

“天哪，你脸色多苍白呀，纽兰！”早饭喝咖啡时詹尼说。他母亲补充道：“亲爱的纽兰，最近我注意到你老是咳嗽，我希望你不是劳累过度。”因为两位女士都深信，在那几位资深合伙人的专制统治之下，年轻人的精力全部消耗在职业的俗务中了——而他却从未想到过有必要让她们了解真相。

接下来两三天过得特别慢。按部就班的俗套使他觉得味同嚼蜡，有时他觉得自己仿佛被前途活埋了一样。他没有听到奥兰斯卡伯爵夫人或那所理想的小房子的任何消息，尽管他在俱乐部遇见过博福特，但他们仅仅隔着几张牌桌互相点了点头而已。直到第四天傍晚他回到家时，才发现有一封便函等着他。“明天傍晚过来：我一定要给你解释。埃伦。”信中只有这几个字。

年轻人要外出吃饭，他把信塞进口袋，对“给你”这种法语味微微一笑。饭后他去看了一场戏，直到午夜过后他回到家才把奥兰斯卡夫人的信又取了出来，慢慢重读了几遍。复信可以用好几种方式，在激动不安的不眠之夜，他对每一种都做了一番考虑。时至清晨，他最后的决定是把几件衣服扔进旅行箱，去赶当天下午起锚驶往圣奥古斯丁的轮船。

## 十六

经人指点，阿切尔沿着圣奥古斯丁的沙面大路走到韦兰先生的住所，他看见梅·韦兰正站在一棵木兰树下，头发上洒满了阳光。这时，他真奇怪自己为什么等了这么久才来。

这儿才是真的，这儿才是现实，这儿才是属于他的生活。而他这个自以为藐视专制羁绊的人，竟然因为害怕别人以为他偷闲而不敢离开办公桌！

她的第一声呼喊是："纽兰——出什么事了吗？"他想，假如她立即就从他的眼色中看出他来的原因，那就更像"女人"了。然而，当他回答"是的——我觉得必须见见你"时，她脸上幸福的红晕驱走了惊讶的冷峻。他看出，他会多么轻易地得到家人宽容的谅解，即使莱特布赖先生对他稍有不满，也会很快被他们用微笑加以化解。

因为天色尚早，大街上又只容许礼节性的问候，阿切尔渴望能与梅单独在一起，向她倾吐他的柔情蜜意、他的急不可耐。距韦兰家较晚的早餐时间还有一个小时，她没让他进家，而是提议到市区远处一个古老的橘园走一走。她刚刚在河中划了一会儿船，给细浪罩上一层金网的太阳似乎也把她罩在网中了。她那被吹乱了的头发披散在微黑发暖的面颊上，像银丝般熠熠闪光。她的眼睛也显得更亮了，几乎变成灰白色，清澈中透着青春的气息。她迈开大步，走在阿切尔身旁，脸上平静、安详的表情酷似一尊年轻运动员的大理石雕像。

对阿切尔紧张的神经来说，这一形象就像蓝天及缓缓的流水那样给人安慰。他们坐在橘树下的凳子上，他用胳膊搂住她并亲吻她，那滋味就像在烈日下喝冰冷的泉水一般甘甜。不过他拥抱的力量比他预想的大了些，她脸上一红，急忙抽回身来，仿佛被他吓了一跳。

"怎么了？"他笑着问。她惊讶地看着他，说："没什么。"

他们两人之间多少有点儿尴尬，她把手从他手中抽了出来。除了在博福特家暖房里那次短暂的拥抱之外，这是他惟一一次亲吻她的唇，他看出她有些不安，失去了她那男孩般的镇静。

"告诉我你整天干些什么。"他说，一面把两臂交叉在后仰的头下面，并把帽子向前推了推，挡住日晒。让她谈论熟悉、简单的事情是他进行独立思考的最简单的办法，他坐在那儿听她报告简单的流水账：游泳、划船、骑马，偶尔有军舰开来时，到那个老式旅馆参加一场舞会，算是一点变化。从费城和巴尔的摩来的几个有趣的人在客栈举行野餐，因为凯特·梅里得了支气管炎，塞尔弗里奇·梅里一家来这里打算住三个星期。他们计划在沙滩上设一个网球场，但除了凯特和梅，别人谁都没有球拍，多数人甚至都没听说过这项运动。

这些事使她非常繁忙，没有更多的时间，阿切尔上周寄给她的那本羊皮纸小书（《葡萄牙十四行诗》）她只能翻一翻，不过她正在背诵"他们何以把好消息从格恩特传到艾克斯"，因为那是他第一次读给她听的东西。她很高兴能够告诉他，凯特·梅里甚至从未听说过有个叫罗伯特·布朗宁的诗人。

不一会儿她跳了起来，嚷着他们要耽误早饭了。两人急忙赶回那所破旧的房子。门廊没有粉刷，茉莉与粉色天竺葵的树篱也没有修剪。韦兰一家就住在这里过冬。韦兰先生对家务事十分敏感，他畏惧这个邋遢的南方旅馆里种种的不舒服，韦兰太太面对几乎无法克服的困难，不得不付出极大的代价，年复一年地拼凑仆从人员——一部分由心怀不满的纽约的仆人组成，一部分从当地非洲人供应站吸收。

"医生们要求我丈夫要感觉跟在自己家中一样，否则他会很难过，气候对他也无益了。"一个冬天又一个冬天，她向那些富有同情心的费城人和巴尔的摩人解释说。韦兰先生正眉开眼笑地看着餐桌上奇迹般摆上的最丰盛的菜肴，见到阿切尔马上说："你瞧，亲爱的，我们是在野营——真正的野营。我告诉妻子和梅我要教教她们怎样受苦。"

对于年轻人的突然来临，韦兰先生与太太原本与女儿一样感到意外，不过，他事先想好了理由，说他感觉就要得一场重感冒，而在韦兰先生看来，有了这个理由，放弃任何职责都是理所当然。

"你怎样小心都不过分，尤其在临近冬天的时候，"他说，一边往他的盘子里堆烤饼，并把它们泡在金色的糖浆里。“假如我在你这个年纪就知道节俭的话，梅现在就会去州议会的舞场上跳舞，而用不着在这个荒凉的地方陪着一个老病号过冬了。”

“哎，可我喜欢这里的生活，爸爸，你知道我喜欢。如果纽兰能留下来，那我喜欢这儿胜过纽约一千倍。”

“纽兰必须待在这儿，直到彻底治好感冒。”韦兰太太疼爱地说。年轻人笑了，并说他认为一个人的职业还是要考虑的。

然而，与事务所交换几封电报之后，他设法使他的“感冒”延续了一周时间。莱特布赖先生之所以表现得宽容大度，一部分原因是他这位年轻聪明的合伙人圆满地解决了奥兰斯基棘手的离婚问题，阿切尔对此不由感到一点儿讽刺的意味。莱特布赖先生已经通知韦兰太太，阿切尔先生为整个家族“做出了不可估量的贡献”，曼森·明戈特老太太特别高兴。有一天，梅与父亲坐着当地惟一一辆马车外出时，韦兰太太趁机提起了她一向在女儿面前回避的话题。

“我看埃伦的想法跟我们根本不同，梅多拉·曼森带她回欧洲的时候，她还不满十八岁。你还记得她身穿黑衣服，初进社交界时在舞会上那个兴奋劲儿吗？又是梅多拉的一个怪念头——这一次真像是预言的一样！那至少是十二年前的事了，从那以后埃伦从未到过美国。难怪她完全欧化了呢。”

“但欧洲上流社会也不喜欢离婚的：奥兰斯卡伯爵夫人认为要求个人自由符合美国的思想。”自从离开斯库特克利夫后，年轻人这是第一次提到她的名字，他感觉脸上泛起一阵红晕。

韦兰太太露出同情的笑容。“这正像外国人对我们那些离奇的杜撰一样。他们以为我们两点钟吃晚饭，并且纵容离婚！所以说，他们来纽约的时候，我还招待他们，真有点傻。他们接受我们的款待，然后回到家再重复同样的蠢话。”

阿切尔对此未加评论，韦兰太太接下去说：“不过，你说服埃伦放弃了那个念头，我们的确非常赞赏。她祖母和她叔叔拉弗尔对她毫无办法。两人都写信说她的转变完全是由于你的影响——实际上她对祖母也是这样说的。她对你无限崇拜。可怜的埃伦——她过去一直是个任性的孩子。不知她的命运会怎样呢？”

“会是我们大家刻意制造的那种结果，”他在心里回答她说。“假如你们愿意让她做博福特的情妇，而不是某个正派人的妻子，那么，你们肯定是做对了。”

假如他真的说出了这些话，而不仅仅是在心里叨咕，不知韦兰太太会说什么。他能够想象她那沉静的面孔会因为惊慌而突然失色——终生掌管琐碎事务使得她脸上带有一种装腔作势的神态。她的脸上还残存着女儿脸上那种姣好的痕迹。他心想，梅的脸庞是否注定也会渐渐变化，不可避免地成为这样愚钝的中年妇女形象呢？

啊——不，他不愿让梅变得那样愚钝，那会封杀头脑的想象力，封杀心灵的感受力！

“我确实相信，”韦兰太太继续说，“假如那桩讨厌的事在报纸上公布出来，会给我丈夫带来致命的打击。详情我一点也不了解，我只是要求她别那样干。埃伦想跟我谈时，我就是这样对她说的。我有个病人要照顾，必须保持心情愉快。但韦兰先生还是被弄得心烦意乱，我们等着听有什么结果时，他每天上午总要发低烧。他怕女儿知道还会有这种事情——亲爱的纽兰，你当然也有同感。我们都知道你心里想的是梅。”

“我永远都想着梅。”年轻人回答说，他站起来准备中断这场交谈。

他本想抓住与韦兰太太私下交谈的机会，劝说她把他的结婚日期提前，但他想不出可以打动她的理由。见韦兰先生与梅乘车到了门口，他不觉松了一口气。

他惟一的希望就是再次恳求梅。在他动身的前一天，他与她到西班牙传教馆荒废的花园里散步，这儿的背景使人联想起欧洲的景观。梅戴的宽边草帽给她那双过分明澈的眼睛蒙上一层神秘的阴影，使她显得异常可爱。他讲到格拉纳达与阿尔罕布拉时，她兴奋得两眼灼灼发光。

“我们本来今年春天就可以见到这一切了——甚至可以看到塞维利亚的复活节庆典。”他强调说，夸大其辞地阐述他的请求，以期得到她更大的让步。

“塞维利亚的复活节？下个星期就是四旬节了！”她笑了一声说。

“我们为什么不可以在四旬节结婚呢？”他回答。但她看样子十分震惊，使他认识到了自己的错误。

“当然，我并不是真想在四旬节结婚，亲爱的，而是想在复活节后不久——这样我们可以在四月底扬帆航行。我知道我能在事务所做好安排。”

对于这种可能，她像做梦般露出了笑容。但他看得出，梦想一番她就满足了。这就像听他大声朗诵他的诗集一样，那些美好的事情在现实生活中是不可能发生的。

“啊，请讲下去，纽兰，我真喜欢你描绘的情景。”

“可那情景为什么只能是描绘呢？我们为什么不把它变成现实？”

“我们当然会的，亲爱的，到明年。”她慢腾腾地说。

“你不想让它早一些变成现实吗？难道我无法说服你改变主意？”

她低下了头，借助帽檐躲开了他的视线。

“我们为什么要在梦中再消磨一年呢？看着我，亲爱的！难道你不明白我多想让你做我的妻子吗？”

一时间她待着一动不动，然后抬起头看着他，眼中失望的神情一览无余，他不觉松开了搂在她腰间的双手。但她的神色突然变得深不可测。“我不敢肯定自己是否真的明白，”她说。“是否——这是否是因为你没有把握会继续喜欢我呢？”

阿切尔从座位上跳起来。“我的天——也许吧——我不知道。”他勃然大怒地喊道。

梅·韦兰也站了起来，他们俩面对面地站着，她那女性的气度与尊严仿佛增强了。两人一时都默然无语，仿佛被他们话语间始料未及的一种倾向给惊呆了。接着，她低声地说："是否——是否还有另外一个人？"

"另外一个人——你说你我之间？"他慢腾腾地重复着她的话，仿佛它还不够明了，他需要时间对自己重复一遍这个问题。她似乎捕捉到他话音里的不确定性，语调更加深沉地继续说："我们坦率地谈谈吧，纽兰。有时候我感觉到你身上有一种变化，尤其是在我们的订婚消息公布之后。"

"天哪——你说什么疯话呀！"他清醒过来后喊道。

她以淡淡的笑容回答他的抗议。"如果是那样，我们谈论一下也无妨。"她停了停，又用她那种高尚的动作抬起头来补充说："或者说，即使真有其事，我们何不说开呢？你可能轻易地就犯了个错误。"

他低下头，凝视着脚下洒满阳光的小路上黑色的叶形图案。"犯错误是容易的，不过，假如我已经犯了你说的那种错误，我还有可能求你加快办我们的婚事吗？"

她也低下了头，用阳伞的尖部搅着地上的图案，一边费力地斟酌措辞。"是的，"她终于说道。"你可能想—— 一劳永逸地——解决这个问题，这也是一种办法。"

她的镇定清醒令他吃惊，但却并未误使他认为她冷漠无情。他从帽檐底下看到她灰白色的半张脸，坚毅的双唇上方的鼻孔在微微翕动。

"是吗——？"他问道，一面又坐到凳子上，抬头看着她，并努力装出开玩笑的样子皱起眉头。

她坐回座位上接着说："你可不要认为一位姑娘像她父母想象的那样无知，人家有耳朵和眼睛——有自己的感情和思想。当然，在你说喜欢我很久以前，我就知道你对另一个人感兴趣。两年前，纽波特人人都议论那件事。有一次在舞会上我还见到过你们一起坐在阳台上——她回到屋里时脸色很悲伤，我为她感到难过。后来我们订婚时我还记得。"

她的声音低沉下去，几乎变成了喃喃自语，坐在那儿，两手一会儿握住、一会儿又松开阳伞的把手。年轻人把手放在她的手上，轻轻按了一下。他的心放松下来，感到一种说不出的宽慰。

“我亲爱的——你说的是那件事呀！你要知道真情就好了！”

她迅速抬起头来。“这么说，还有我不知道的真情？”

他仍然按着她的手说：“我是说，你讲的那段往事的真情。”

“可我就是想知道真情，纽兰——我应当了解。我不能把我的幸福建立在对别人的侵害——对别人的不公平上。而且我要确认，你也有这种想法。否则，在那样的基础上，我们能建立一种什么样的生活呢？”

她脸上呈现出一副十分悲壮的神色，使他直想拜倒在她的脚下。“我想说这件事想了很久了，”她接着说。“我一直想告诉你，只要两个人真心相爱，我认为在某些情况下，即使他们的做法会——会违背公众舆论，那也可能是对的。假如你觉得对……对我们所说的那人有任何许诺的话……假如有什么办法……你能够履行你的诺言……甚至通过让她离婚……纽兰，你不要因为我而抛弃她！”

发现她的担心原来贯注在他与索利·拉什沃斯太太完全属于过去的一段已经很遥远的桃色事件上，他竟顾不得惊讶，反而对她的慷慨大度大为叹服。这种置传统全然不顾的态度表现出一种超乎寻常的东西，若不是其他问题压着他，他会沉湎于惊异之中，细细品味韦兰夫妇的女儿敦促他与以前的情妇结婚这件奇事。然而他仍然被他们刚刚避开的险情弄得头晕目眩，并且对年轻姑娘的神秘性充满一种新的敬畏。

一时间他竟无从开口。后来他说：“根本没有你想的那种诺言——没有任何义务。这种事情并不总是——那么简单……不过没关系……我喜欢你的宽宏大度，因为对这类事情，我跟你的看法一样……我觉得对每一种情况都要分别对待，分清是非曲直……不管愚蠢的习俗怎样……我是说，每个女人都有权得到自由——”他急忙止住自己，为他思绪的转折吃了一惊。他笑脸看着她，接下去说：“亲爱的，既然你明白这么多事，那么你不能再前进一步，明白我们顺从同样愚蠢的习俗的另一种形式是没有意义的吗？如果没有人插在我们中间，我们没有任何芥蒂，那么，我们争来争去不就是为了快一点儿结婚、还是再拖一拖的问题吗？”

她高兴得涨红了脸，抬头望着他，他低下头，发现她两眼充满了幸福的泪水。不过一会儿工夫，她那女性的权威好像又退缩成胆小无助的小姑娘气了。他知道她的勇气与主动精神都是为别人而发，轮到她自己，就荡然无存了。显然，为了讲那番话所做的努力远比她表面的镇静所表现的要大。一听到他的安慰话，她便恢复了正常，就像一个冒险过度的孩子回到母亲怀抱中寻求庇护一样。

阿切尔已无心再恳求她，那位新人的消失太令他失望，她那双明澈的眼睛给了他深沉的一瞥便转瞬即逝。梅似乎觉察到他的失望，但却不知如何抚慰他。他们站起来，默默无语地走回家去。

## 十七

“你不在家的时候，你表姐伯爵夫人来看过妈妈了。”在他回家的那天傍晚，詹尼·阿切尔说。

年轻人正与母亲、妹妹一起吃晚饭，他意外地抬头瞥了一眼，只见阿切尔太太正目光严肃地低头用餐。阿切尔太太并不认为自己不涉交际就应当被社交界遗忘。纽兰猜想，他对奥兰斯卡夫人的造访感到惊讶，可能使她有点恼火。

“她穿了一件黑丝绒的波兰连衣裙，扣子乌黑发亮，戴着一个小巧的绿色猴皮手筒，我从未见她打扮得这么时髦，”詹尼接下去说。“她单独一个人，星期日下午早早就来了。可巧客厅里生着火。她带了一个那种新的名片盒。她说她想认识我们，因为你对她太好了。”

纽兰笑了起来。“奥兰斯卡夫人说到她的朋友们，总是这样的口吻：

她重新回到自己人中间，感到很幸福。”

“不错，她对我就是这样讲的，”阿切尔太太说。“我得说，她来到这儿好像很高兴。”

“我希望你还喜欢她，母亲。”

阿切尔太太撅起嘴说：“她当然是竭力地取悦别人，即使在她拜访一位老夫人时。”

“妈妈认为她并不简单。”詹尼插言道，眯起两眼，注视着哥哥。

“这只不过是我的老眼光，我觉得亲爱的梅是最理想的。”阿切尔太太说。

“哦，”她儿子说，“她们两个不一样。”

阿切尔离开圣奥古斯丁时受托给明戈特老太太带了很多口信，他回城过了一两天便去拜访她。

老夫人异常热情地接待了他，她感激他说服奥兰斯卡伯爵夫人打消了离婚的念头。当他告诉老夫人，他不辞而别离开事务所、匆忙赶到圣奥古斯丁仅仅因为想见一见梅的时候，她抖着肥胖的两腮咯咯笑了起来，并用她那圆鼓鼓的手拍了拍他的膝盖。

“哈哈——这么说你挣脱了缰绳、不守规矩了，是不是？我猜奥古斯塔和韦兰一定是拉长了脸，好像世界末日来临了吧？不过小梅——她会理解吧，我肯定？”

“我原指望她会，不过到底她还是不同意我跑去提出的要求。”

“真的吗？是什么要求？”

“我原想让她答应四月份结婚，再浪费一年时间有什么意思？”

曼森·明戈特太太撅起小嘴，装出一本正经的样子，对他不怀好意地眨巴着眼睛说：“‘去问妈妈吧’，我猜——还是老一套的把戏吧。唉，明戈特家这些人呀——全都一样！生就的循规蹈矩，你休想把他们从辙沟里拉出来。当年我建这所宅子时，人们可能以为我要搬到加利福尼亚去呢！从来没有人在四十街以外建过——不错，我说，在哥伦布发现美洲之前，还没有人在巴特利以外建过呢。没有，没有，他们没有一个人想与别人不同，都像害怕天花一样避之惟恐不及。唉，我亲爱的阿切尔先生，感谢命运，我只不过是个斯派塞家的粗人，可我自己的孩子们没有一个人像我，除了我的小埃伦。"她停住话头，依然对他眨着眼睛，带着老年人毫不在乎的口气说，"哎，可究竟为什么你没娶我的小埃伦呢？"

阿切尔笑了起来。"首先，她没等我娶啊。"

"不错——当然，可惜啊。可现在已经太晚了，她这一辈子算完了。"她的口气里带着一种白发人送黑发人的冷酷自得。年轻人不觉有些寒心，急忙说："明戈特太太，请你对韦兰夫妇施加点儿影响，好吗？我可不喜欢漫长的订婚期。"

老凯瑟琳赞同地向他露出笑脸。"是啊，我看得出来。你眼睛可真尖，当你还是个小男孩时，我就看出你喜欢首先让别人帮你忙。"她头向后一仰，笑了起来，这使她的下巴颏生出了层层细浪。"啊，我的埃伦来喽！"她喊道。这时，她身后的门帘开了。

奥兰斯卡夫人笑盈盈地走上前来。她脸上喜气洋洋，一边弯腰接受祖母的亲吻，一边高兴地向阿切尔伸出一只手。

"亲爱的，我刚刚才对他说：'哎，你干吗没娶我的小埃伦？'"

奥兰斯卡夫人依然面带微笑看着阿切尔说："他是怎样回答的呢？"

"咳，宝贝，留给你自己猜吧！他刚到佛罗里达去看过他的心上人。"

"是啊，我知道，"她仍然看着他说。"我去看过你母亲，问你到哪儿去了。我给你去过一封信，你一直没回音，我还以为你生病了呢。"

他咕哝着说走得很突然，很匆忙，本打算从圣奥古斯丁给她写信来着。

"当然，你一到那儿就再也想不起我了！"她依旧对他微笑着，那副快乐的神情很可能是故意装作毫不在乎。

“如果她还需要我，那她一定是决意不让我看出来。”他心想，被她那副样子给刺痛了。他想感谢她去看他母亲，但在老祖母不怀好意的目光底下，他觉得自己好像给扎住了舌头，张不开口了。

“你瞧他——这么急于结婚，未经批准就悄悄开溜！匆匆跑去跪在那个傻丫头面前哀求！这才有点儿恋人味呢——漂亮的鲍勃·斯派塞就是这样子拐走我可怜的母亲的，后来，我还没有断奶他就厌倦了她——尽管他们只需为我再等八个月！不过——你可不是个斯派塞，年轻人，这对你、对梅都是件幸事。只有我可怜的埃伦才有一点儿他们家的坏血统，其他人全都是典型的明戈特家的。”老夫人轻蔑地喊道。

阿切尔觉察到，已坐在祖母身边的奥兰斯卡夫人仍然沉思地打量着他，喜悦从她目光里消失了。她十分温柔地说：“当然啦，奶奶，我们俩一定能说服他们照他的心意办。”

阿切尔起身告辞，当他的手接住奥兰斯卡夫人伸来的手时，他觉得她好像等着他提示一下那封未回复的信的事。

“我什么时候可以去见你？”她陪他走到屋门口时，他问道。

“什么时间都行，不过你若想再看看那所小房子，可一定得早点儿，下星期我就要搬家了。”

回想起在那间低矮客厅的灯光下度过的那几个小时，他心中一阵痛楚。尽管那只是短短几个小时，但却令人难忘。

“明晚怎么样？”

她点了点头。“明天，好吧。不过要早些，我还要外出。”

第二天是星期日，假如她星期日晚上“外出”，当然只能是去莱姆尔·斯特拉瑟斯太太家。他感到有点厌烦，这倒不是为了她到那儿去（因为他喜欢她乐意去哪儿就去哪儿，而不顾忌范德卢顿夫妇），而是因为她去那儿肯定会遇见博福特，她事先肯定知道会遇见他——可能就是为这一目的才去的吧。

“很好，明天晚上见。”他重复道，心里却决定不早去，他晚点儿到，要么可以阻止她去斯特拉瑟斯太太家，要么在她出门后再到——那样，通盘考虑，无疑是最干脆的办法。

当他拉动紫藤底下的门铃时，不过才八点半，他没有按原先的打算延后半个小时—— 一种特别的不安驱使他来到她的门前。不过他想，斯特拉瑟斯家的星期日晚会不同于舞会，客人们似乎会尽可能克服懒散，一般去得较早。

他事先没有算计到的是，走进奥兰斯卡夫人的门厅，竟发现那里有几顶帽子和几件外套。如果她请人吃饭，为什么还让他早些来呢？当娜斯塔西娅摆放他的大衣时，他对旁边那几件衣物做了进一步观察，这时，他的好奇心代替了烦恼。那几件外套实际上是他在讲斯文的住宅中见到的最古怪的东西。他一眼就断定其中没有一件是属于朱利叶斯·博福特的。有一件廉价的黄色毛绒粗呢大衣，另一件是褪色的破旧斗篷，还带一个披肩——类似法国人所说的“披肩斗篷”。这外套看样子是专为一位身材特别高大的人做的，显然穿了很久，已经很旧，表面黑绿色的褶缝里散发出一种湿木屑的气味，使人联想到是倚靠在酒吧墙壁上时间太久了的缘故，上面摆了一条皱巴巴的灰领带和一顶有点儿像牧师戴的那种古怪的软帽。

阿切尔用询问的眼神看看娜斯塔西娅，她也抬头看着他，并满不在乎地随口喊了声“请进”，推开了客厅的门。

年轻人立刻发现女主人没在屋里，接着很意外地见到另一位夫人站在炉火旁边。这位夫人又瘦又高，一副懒散的样子。她穿的衣服又加环又带穗，显得很复杂，单色的方格、长条与镶边交织在一起，其图案让人不得要领。她的头发一度要变白，但结果仅仅是失去了光泽而已，上面戴着一柄西班牙发梳和一条黑花边的头巾，明显打了补丁的露指丝手套盖着她那双害风湿病的手。

在她旁边，一团雪茄烟云中站着那两件外套的拥有者，两位都身穿大礼服，显然从早晨就一直没有换过。阿切尔意外地发现，其中一位竟是内德·温塞特先生，另一位年纪大些的他不认识，他那庞大的身架说明他是那件“披肩斗篷”的所有者，其人长着虚弱无力的狮子脑袋，一头蓬乱的灰发，他挥动着胳膊像要抓东西的样子，仿佛在为一群跪倒的会众做俗民祝福。

那三个人一块儿站在炉前的地毯上，眼睛紧盯着一束特大的深红色玫瑰花，花束底层是一簇紫罗兰，摆在奥兰斯卡夫人平时就座的沙发上。

“这些花在这时节得花多少钱啊——虽然人们当然更看重感情！”阿切尔进屋时，那位夫人正断断续续地发出感慨。

一见到他，三个人都惊讶地转过身来，那位夫人走上前来，伸出了手。

“亲爱的阿切尔先生——差不多是我的侄子纽兰！”她说。“我是曼森侯爵夫人。”

阿切尔低头行礼。她接下去说：“我的埃伦把我接来住几天。我从古巴来，一直在那儿过冬，和西班牙朋友一起—— 一些非常可爱的高贵人物：卡斯提尔最有身份的贵族——我多希望你能认识他们啊！不过我被这儿的高贵朋友卡弗博士召唤来了。你不认识‘幽谷爱社’的创办人卡弗博士吧？”

卡弗博士低了低他那狮子脑袋，侯爵夫人继续说道：“咳，纽约啊——纽约，精神生活传到这儿太少了！不过我看你倒是认识温塞特先生。”

“哦，不错——我和他结识有一段时间了，不过不是通过那条途径，”温塞特干笑着说。

侯爵夫人责怪地摇了摇头。“何以见得呢，温塞特先生？精神有所寄，花开必无疑嘛。”

“有所寄——啊，有所寄！”卡弗博士大声咕哝着插言道。

“请坐呀，阿切尔先生。我们四人刚刚进行了小小的聚餐，我的孩子到楼上梳妆去了，她在等你，一会儿就下来。我们刚在这儿称赞这些奇异的花，她回来见了一定很吃惊。”

温塞特依旧站着。“恐怕我得走了。请转告奥兰斯卡夫人，她抛弃这条街以后我们都会感到失落的，这座房子一直是个绿洲。”

“哟，不过她是不会抛弃你的。诗与艺术对她来说是生命的元气。你是写诗的吧，温塞特先生？”

“哦，不是，不过我有时候读诗。”温塞特说，一边对大伙儿点了点头，悄悄溜出了客厅。

“一个刻薄的人——有一点儿孤僻，不过很机智。卡弗博士，你也认为他很机智吧？”

“我从来不考虑机智不机智的问题，”卡弗博士严厉地说。

“哎——哟——你从不考虑！他对我们这些孱弱的凡人多么冷酷啊，阿切尔先生！不过他过的只是精神生活，而今晚他正在为马上要在布兰克太太家作的讲演做精神准备。卡弗博士，在你动身去布兰克太太家之前，还有时间向阿切尔先生说明一下你对‘直接交往’的光辉发现吗？可是不行，我知道快九点了，我们没有权力再留你，因为有那么多人在等着你的启迪呢。”

卡弗博士对这一结论似乎有点儿失望，不过他把那块笨重的金表与奥兰斯卡夫人的小旅行钟对过之后，便不情愿地收拢粗大的躯体，准备动身。

“过一会儿你去吗，亲爱的朋友？”他向侯爵夫人提醒道，她嫣然一笑回答说：“埃伦的马车一到我就去找你，我真希望那时讲演还没开始。”

卡弗博士若有所思地看了看阿切尔。“假如这位年轻绅士对我的经验有兴趣，布兰克太太会允许你带他一起来吧？”

“哦，亲爱的朋友，如果有可能——我相信她会很高兴。不过怕是我的埃伦还等着他呢。”

卡弗博士说：“这太不巧了——这是我的名片。”他把名片递给阿切尔，他见上面用哥特式字体写道：

> 阿加顿·卡弗
>
> 幽谷爱社
>
> 基塔斯夸塔密，纽约

卡弗博士欠身告辞。曼森太太不是惋惜便是宽慰地叹了口气，又一次示意阿切尔坐下。

“埃伦马上就下来了，她来之前，我很高兴能安静地和你待一会儿。”

阿切尔嗫嚅说与她相见很高兴，侯爵夫人接着低声叹息说：“我全都知道，亲爱的阿切尔先生——我的孩子把你对她的帮助全告诉我了：你的英明劝告，你的英勇与坚定——感谢上帝事情还不算太迟！”

年轻人相当尴尬地听着，不知他干预她私事的事，奥兰斯卡夫人还有谁没通知到。

“奥兰斯卡夫人夸大其辞了。我只不过按她的要求向她提出了法律上的意见。”

“哎，可是这样——这样你就不知不觉地代表了——代表了——我们现代人称做‘天意’的那个词叫什么来，阿切尔先生？”夫人大声地问道，一边把头歪向一边，神秘地垂下了眼睑。“你有所不知，就在那个时候也有人在向我求助：实际上是找我疏通——从大西洋彼岸来的！”

她从肩膀上向后瞥了一眼，仿佛怕被人听见似的，然后把椅子拉近一点儿，将一把小象牙扇子举到嘴边，挡在后面呼吸。“是伯爵本人——那个可怜、发疯的傻瓜奥兰斯基。他只要求能把她弄回去，她提的条件他全部接受。”

“我的老天！”阿切尔喊道，他跳了起来。

“你吓坏了？是啊，当然，这我明白。我不替可怜的斯坦尼斯拉斯辩解，虽然他一直把我当成最好的朋友，他并不为自己辩护——他跪倒在她的脚下：我亲眼看见的，”她拍着瘦削的胸膛说。“我这里有他的信。”

“信？——奥兰斯卡夫人看过了吗？”阿切尔结巴地问，受到这消息的震动，他的头脑有些发昏。

侯爵夫人轻轻摇了摇头。“时间——时间，我必须有时间才行。我了解我的埃伦——傲慢，倔强。我可不可以说，她有点儿不宽容？”

“老天爷，宽容是一回事，而回到那个地狱——”

“啊，对，”侯爵夫人赞同地说。“她也这样讲——我那敏感的孩子！不过，在物质方面，阿切尔先生，如果你可以屈尊考虑一下，你知道她打算放弃的是什么吗？瞧沙发上那些玫瑰———在他那无与伦比的尼斯台地花园里有几英亩这样的花，种在暖房里和露天里。还有珠宝——有历史价值的珍珠：索比埃斯基国王的祖母绿——紫貂皮——但她对这些东西一点都不在意！艺术和美，这才是她喜欢的，她活着就为了这个，就像我一贯那样，而这些东西也一直包围着她。绘画、价值连城的家具、音乐、聪敏的谈话——啊，请原谅，亲爱的年轻人——这些东西你们这儿根本不懂！而她却全都拥有，并得到最崇高的敬意。她对我讲，在纽约人们认为她不漂亮——老天爷！她的像被画过九次，欧洲最伟大的画家恳求她赐给他们这种恩惠。难道这些事情都无足轻重吗？还有崇拜她的那位丈夫的悔恨呢？”

曼森侯爵夫人进入高潮的时候，她脸上的表情也因回忆往事而变得如痴如醉，若不是阿切尔先生已经惊呆了，准会被逗乐的。

假若有谁事先告诉他，他第一次见到的可怜的梅多拉·曼森会是一副撒旦使者的面孔，他会放声大笑的，可现在他却没有心情去笑了。他觉得她好像是直接从埃伦·奥兰斯卡刚刚逃脱的那个地狱里来的。

“她对这一切还—— 一无所知吧？”他突然问道。

曼森夫人把一根紫色的手指放在嘴上。“她没有直接的了解——可她是不是有所猜测？谁知道呢？事实上，阿切尔先生，我一直等着见你，从我听说你采取的坚定立场以及对她的影响之后，我希望有可能得到你的支持——让你确信……”

“你是说她应该回去？我宁愿看她去死！”年轻人激愤地喊道。

“啊。”侯爵夫人低声道，口气里并没有明显的怨恨。她在扶手椅里坐了一会儿，用她戴了露指手套的手反复开合那把古怪的象牙扇子。突然，她抬起头来倾听着。

“她来了，”她急促地小声说。然后指指沙发上的花束说：“我能指望你赞成这件事吗，阿切尔先生？婚姻毕竟是婚姻嘛……我侄女仍然是别人的妻子……”

## 十八

“你们俩在搞什么阴谋呀，梅多拉姑妈？”奥兰斯卡夫人大声说着，走进屋来。她打扮得像是要参加舞会，周身散发着柔和的亮光，仿佛她的衣服是用烛光编织成的一样。她高昂着头，像个傲视满屋竞争者的漂亮女子。

“我们正在说，亲爱的，这儿有件美丽的东西会让你吃惊。”曼森夫人回答说，站起身，诡秘地指着那些鲜花。

奥兰斯卡夫人突然停住脚步，看着那束花。她的脸色并没有变，但一种无色透明的怒气像夏天的闪电般从她身上溢出。“啊，”她喊道，那尖厉的声音是年轻人从未听到过的，“谁这么荒唐给我送花来？为什么送花？而且，为什么单单选在今天晚上？我又不去参加舞会，我也不是订了婚准备出嫁的姑娘。可有些人老是这么荒唐。”

她回身走到门口，打开门，喊道：“娜斯塔西娅！”

那位无所不在的侍女立即出现了。奥兰斯卡夫人似乎是为了让他听懂，故意把意大利语讲得很慢。只听她说：“来——把这东西扔进垃圾箱！”接着，由于娜斯塔西娅表示异议地瞪着眼睛，她又说：“先甭扔了——这些可怜的花并没有错。告诉男仆把它送到隔三个门的那家去，在这儿吃晚饭的那位阴郁的绅士温塞特先生家。他妻子正生病——这些花会给她快乐的……你说男仆出去了？那么，亲爱的，你亲自跑一趟。给，披上我的斗篷，快去。我要这东西立刻离开我的家！可千万别说是我送的！”

她把她看歌剧的丝绒斗篷披到女佣肩上，转身回到客厅，并猛地把门关上。她的胸部在剧烈地起伏，一时间，阿切尔以为她马上要哭了。可她反而爆发出一阵笑声，看看侯爵夫人，又看看阿切尔，冷不丁地问道：“你们两个——已经是朋友了？”

“这要让阿切尔先生说，亲爱的。你梳妆的时候他一直耐心等着。”

“是啊——我给你们留了足够的时间，我的头发老不听话，”奥兰斯卡夫人说，一边抬手摸着假髻上那一堆发鬈。“可我倒想起来了：我看卡弗博士已经走了，你要去布兰克家，也该走了。阿切尔先生，请你把我姑妈送上车，好吗？”

她跟着侯爵夫人走进门厅，照看她穿戴上那一堆套鞋、披肩和斗篷。她在门阶上大声说：“记着，马车要在十点钟回来接我！”然后就回客厅去了。阿切尔重新进屋的时候，发现她正站在壁炉旁，对着镜子审视自己。一位夫人喊自己的客厅女佣“亲爱的”，并派她穿着自己的夜礼服斗篷出去办事，这在纽约上流社会可是非同寻常的举动。面对这种随心所欲、雷厉风行的做法，阿切尔全身心地感到兴奋、惬意。

他从后面走过来，奥兰斯卡夫人没有动。一瞬间，他们两人的目光在镜中相遇。这时她转过身来，猛地坐到沙发角里，叹口气说："还来得及吸支香烟。"

他递给她烟盒，并为她点着一片引柴，火苗燃起来照到她的脸上，她两眼笑着瞧了他一眼说："你觉得我发起火来怎么样？"

阿切尔停了一会儿，接着毅然决然地说："它使我明白了你姑妈刚才讲你的那些事。"

"我就知道她在谈论我，她说什么了？"

"她讲到你过去习惯的各种事情——显赫、娱乐、刺激——我们这儿根本不可能向你提供的那些东西。"

奥兰斯卡夫人淡然一笑，嘴里吐出一团烟圈。

"梅多拉的罗曼蒂克是根深蒂固的，这使她在许多方面得到了补偿！"

阿切尔又犹豫了，但他又大着胆子问："你姑妈的浪漫主义是否一贯与准确性保持一致呢？"

"你是说，她是否讲真话？"她的侄女推敲说，"唔，我来告诉你：差不多她说的每一件事都既有真实的成分，又有不真实的成分。不过你干吗问这件事？她对你讲什么啦？"

他把目光移开，盯住炉火，然后又返回来看着她那光灿照人的姿容。想到这是他们在这个炉边相会的最后一个晚上，而且再过一会儿马车就要来把她接走，他的心不由绷紧了。

"她说——她说奥兰斯基伯爵要求她劝你回到他身边去。"

奥兰斯卡夫人没有回答。她坐着纹丝不动，举到半途的手里握着香烟，面部的表情也没有变化。阿切尔记得以前就注意到她明显没有惊讶的反应。

"这么说你早已知道了？"他喊道。

她沉默了许久，烟灰从她的香烟上掉了下来，她把它掸到地上。"她暗示过一封信的事。可怜的东西！梅多拉的暗示——"

“她是不是应你丈夫的要求才突然来这儿的？”

奥兰斯卡夫人似乎也在思考这个问题。“又来了，谁知道呢？她对我说是受卡弗博士的什么‘精神召唤’而来的。我看她打算嫁给卡弗博士……可怜的梅多拉，总是有那么个人想嫁。但也许是古巴的那些人厌倦了她。我想她跟他们在一起时的身份是拿工钱的陪伴。真的，我搞不清她为什么来这儿。”

“可你确实相信她手上有一封你丈夫的信？”

奥兰斯卡夫人又一次默然沉思起来，过了一会儿，她说：“毕竟，这是预料中的事。”

年轻人站起来，走过去倚在了壁炉架上。他突然变得紧张不安，舌头像是被扎住了似的，因为他意识到他们没有多少时间了，他随时都可能听到归来的车轮声。

“你知道你姑妈相信你会回去吗？”

奥兰斯卡夫人迅速抬起头来，一片深红色在她脸上泛起，漫过她的脖颈、肩头。她很少脸红，而脸红的时候显得很痛苦，仿佛被烫伤了似的。

“人们相信我会做很多残忍的事。”她说。

“唉，埃伦——原谅我，我是个可恶的傻瓜！”

她露出一点笑容说：“你非常紧张，你有自己的烦恼。我知道，你觉得韦兰夫妇对你的婚事十分不通情理，我当然赞同你的意见。欧洲人不理解我们美国人漫长的订婚期，我想他们不如我们镇定。”她讲“我们”时稍稍加重了语气，使人听起来有一点讽刺的意味。

阿切尔感觉到了这种讽刺，但却不敢接过话头。毕竟，她也许只是有意地把话题从自己身上转开，在他最后那句话显然引起了她的痛苦之后，他觉得现在只能随着她说。然而时间的流逝使他不顾一切：他不能忍受再让口舌的障碍把他们隔开了。

“不错，”他突然说，“我曾到南方要求梅复活节后与我结婚，到那时还不结婚，是没有道理的。”

“而且梅很崇拜你——可你没能说服她，是吗？我原来以为她很聪明，不会对那种荒唐的迷信习惯惟命是从呢。”

“她是太聪明了——她没有惟命是从。”

奥兰斯卡夫人看着他说：“哦，这样——我就不明白了。”

阿切尔涨红了脸，急忙说下去。“我们俩坦率地交谈了一次——差不多是第一次。她以为我的急不可耐是一种坏兆头。”

“老天爷——坏兆头？”

“她觉得这说明我对自己能否继续喜欢她缺乏信心。总之，她认为，我想立即同她结婚，是为了逃避某一个——我更喜欢的人。”

奥兰斯卡夫人好奇地推敲这件事。“可如果她那样想——干吗不也急着结婚呢？”

“因为她不是那种人：她非常高尚，反而越发坚持订婚期要长，以便给我时间——”

“给你时间抛弃她，去找另一个女人？”

“假如我想那样做的话。”

奥兰斯卡夫人朝炉火探了探身，目光凝视着炉火。阿切尔听见下面安静的街道上传来她的马越来越近的奔跑声。

“这的确很高尚。”她说，声音有点儿沙哑。

“是的，不过很荒唐。”

“荒唐？因为你根本不喜欢别的人？”

“因为我不打算娶别的人。”

“噢。”又是一阵长时间的停顿。最后，她抬头看着他问道：“这位第三者——她爱你吗？”

“咳，根本就没有第三者，我是说，梅所想象的那个人绝不——从来没——”

“那么，你究竟为什么这样着急呢？”

“你的马车来了。”阿切尔说。

她半立起身子，目光茫然地打量一下身边。她的扇子和手套摆在她身旁的沙发上，她心不在焉地拾了起来。

“是啊，我想我得准备走了。”

“是到斯特拉瑟斯太太家去吗？”

“是的。”她露出笑容补充说，“我必须到受欢迎的地方去，不然我会感到太孤单，干吗不跟我一块儿去？”

阿切尔觉得不论付出什么代价，他都必须把她留在身边，必须让她把今晚的时间给他。他没有回答她的询问，继续倚在壁炉架上，目光凝视着她那只拿着手套和扇子的手，仿佛要看一看，他是否有力量让她放下那两件东西。

“梅猜对了，”他说。“是有另外一个女人——但不是她想的那一位。”

埃伦·奥兰斯卡没有搭言，也没有动弹。过了一会儿，他坐到她身旁，拿起她的手，轻轻把它展开，结果手套和扇子落在了他俩中间的沙发上。

她跳了起来，挣开他的手，移到壁炉另一边。“哎哟，可别向我求爱！这样做的人可太多了。”她皱起眉头说。

阿切尔脸色都变了，他也站了起来。这是她能够给他的最苛刻的指责了。“我从来没向你求过爱，”他说，“而且今后也永远不会。但是，假如不是我们两人都没有了这种可能，你正是我会娶的那个女人。”

“我们两人都没有了可能？”她面带真诚的惊讶看着他说。“你还说这话——在你亲自制造了这种不可能的时候？”

他睁大眼睛看着她，在黑暗中搜索着，一支闪光的箭令人炫目地划破了黑暗。

“是我制造了这种不可能——？”

“你，是你，是你！”她喊道，嘴唇像小孩子似的颤抖着，眼看要涕泪横溢了。“让我放弃离婚的不正是你吗——不正是因为你向我说明离婚多么自私、多么有害，为了维护婚姻的尊严……为了家庭避免舆论、避免丑闻，必须自我牺牲，我才放弃了吗？因为我的家庭即将变成你的家庭——为了你和梅的关系——我按你说的做了，按你向我指明应当做的做了。啊，”她突然爆发出一阵笑声。“我可没有隐瞒：我是为了你才这样做的！”

她重新坐到沙发上，蜷缩在她那节日盛装的波纹中间，像个受了挫折的跳假面舞的人。年轻人站在壁炉跟前，依旧一动不动地凝视着她。

“我的老天，”他沉吟道，“当我想到——”

“你想到什么？”

“唉，别问我想到什么！”

他仍然在盯着她，只见那种像火一般的深红色又涌上了她的脖颈和脸。她坐直身体，十分威严地面对着他。

“我偏要问。”

“唔，好吧：你当时让我读的那封信里有些内容——”

“我丈夫那封信？”

“是啊。”

“那封信中没有什么可怕的东西，绝对没有！我全部的担心就是给家庭——也给你和梅——带来恶名和丑闻。”

“我的老天。”他又沉吟道，同时低下头，两手捂住了脸。

随后的那一阵沉默对他们具有决定性、无可挽回的意义。阿切尔觉得仿佛是他自己的墓碑正把他压倒在下面，前景尽管广阔，他却找不到任何能够除去他心头重负的东西。他站在原地不动，也没有从双手中抬起头，遮藏着的两只眼睛继续凝望着一片黑暗。

“至少我爱过你——”他开口说。

在壁炉的另一侧，从他猜测她依然蜷缩的沙发角里，他听见一声小孩子似的抽噎声。他大吃一惊，急忙走到她的身边。

“埃伦！你疯啦！干吗要哭？天下没有不能更改的事。我还是自由的，你不久也可以。”他把她搂在怀里，他唇下那张脸就像被雨水打湿的一朵鲜花。他们所有徒然的恐惧都像日出后的鬼魂一样消逝了，惟一使他吃惊的是，原来只要一触摸她便能使一切变得如此简单，他竟然站了五分钟时间，在屋子另一端与她争论。

她回报他所有的吻。但过了一会儿，他觉得她在他怀中僵挺起来，她把他推到一边，站起身来。

“啊，可怜的纽兰——我想这是早已注定了的，那样说一点也改变不了现实。”她说，这回是她从炉边低头望着他。

“它会改变我的整个生活。”

“不，不——那不应该，不可能。你已经和梅·韦兰订了婚，而我又是个已婚的女人。”

他也站了起来，脸色通红，毅然决然地说：“瞎说！说这种话已经太晚了，我们没有权力对别人撒谎、对我们自己撒谎。且不谈你的婚事，经过这一切之后，你想我还会娶梅吗？”

她沉默无言地站着，将瘦削的两肘支在壁炉台上，她的侧影映射在身后的玻璃上。她那假髻有一个发鬈松开了，垂挂在脖子上，她看上去很憔悴，甚至有点儿衰老。

“我想，”她终于说，“你没法向梅提这个问题，你说呢？”

他满不在乎地耸了耸肩说：“现在太晚了，已经别无选择。”

“你说这话是因为眼前这样讲最容易——而不是因为当真如此。事实上，除了我们既定的事实，其他事才是太晚了呢。”

“唉，我不懂你的意思！”

她勉强苦笑了一下，她的脸非但没有舒展开，反而皱缩起来。“你不懂是因为你还没有估计到，你已经为我扭转了局面：啊，从一开始——远在我了解你所做的一切之前。”

“我所做的一切？”

“是的。开始我一点儿也不知道这里的人对我存有戒心——不知道他们都认为我是个讨厌的人。好像他们都不肯在宴会上见我。后来我才明白了，明白了你怎样说服你母亲跟你去范德卢顿家，怎样坚持要在博福特家的舞会上宣布你的订婚消息，以便可以有两个家庭——而不是一个——来支持我——”

听到这儿，阿切尔突然大笑起来。

“你想想看，”她说，“我是多么蠢，多么没眼力呀！我对这些事一无所知，直到有一天祖母说漏了嘴。那时候，纽约对我来说就等于太平，等于自由：这是回到了家。回到自己人中间我是那样高兴，我遇到的每一个人似乎都很善良，很高兴见我。不过从一开始，”她接着说，“我就觉得，没有人像你那样友好，没有人向我讲述我能听得懂的道理，劝我去做那些起初看来很苦并且很——没有必要的事。那些好人却不来劝我，我觉得他们从没有过那种想法。可是你懂，你理解。你体验过外面的世界竭力用金手铐拖你下水的滋味——但你讨厌它让人付出的代价，你讨厌以不忠诚、冷酷、麻木换取的幸福。这些是我过去从来不懂的事——它比什么都宝贵。”

她的声音低沉平静，没有眼泪，也看不出激动。从她口中说出的每一个字，都像烧红的铅块一样落在他的心上。他弯腰坐着，两手抱头，凝视着炉边的地毯，凝视着露在她衣服底下那只缎鞋的脚尖。突然，他跪下来，亲吻起那只鞋。

她在他上方弯下身，把两手放在他的肩头，用那么深沉的目光看着他，在她的注视下，他呆着一动不动。

“啊，我们还是不要更改你已经做了的事吧！”她喊道。“现在我无法再恢复以前那种思维方式了。只有放弃你，我才能够爱你。”

他渴望地向她伸开双臂，但她却退缩了。他们依然面对着面，被她这句话制造的距离分开了。这时，他的怒气勃然而起。

“那么是博福特？他要取代我的位置？”

随着这句话冲口而出，他也做好了准备，等待一场怒火迸发的回答，他倒会为自己火上添油。然而奥兰斯卡夫人仅仅脸色更苍白了些，她站在那儿，两臂垂挂在身前，头略前倾，就像她平时思考问题时的样子。

“他正在斯特拉瑟斯太太家等你呢，干吗不去找他？”阿切尔冷笑着说。

她转过身去摇了摇铃。女佣进来后，她说：“今晚我不出去了，通知马车去接西格诺拉·马西娅吧。”

门关上之后，阿切尔继续用讥讽的目光看着她说：“何必做这种牺牲呢？既然你告诉我你很孤单，那么我没有权力让你离开你的朋友们。”

她那湿润的眼睫毛下露出一丝笑意。“现在我不会孤单了。我孤单过，害怕过，但空虚与黑暗已经消逝。现在，当我重新清醒过来之后，我就像个小孩子晚上走进一直有灯光的房间一样。”

她的语气与神色仍然像一层外壳一样包围着她，使她处于一种不可接近的朦胧之中。阿切尔又抱怨地说：“我不理解你！”

“可你却理解梅！”

听了这句反责，他脸红了，但眼睛依然看着她说：“梅随时准备放弃我。”

“什么？在你下跪恳求她赶紧结婚刚过三天之后？”

“她拒绝了我，这就给了我权力——”

“啊，你让我明白了这个词有多丑恶。”她说。

他非常厌烦地转过脸去，觉得仿佛挣扎了好几个小时攀登一座陡峭的悬崖，现在，当他奋力到达顶峰时，他的手又把不住了，他又一头扎向黑暗之中。

假如他再次把她搂到怀里，他会轻而易举地驳倒她那些观点，然而，她神色态度中那种不可思议的冷漠，以及他对她的认真所产生的敬畏，使他依然与她保持着一定的距离。最后他又开始恳求了。

“假如我们像现在这样，以后事情会更糟——对每个人都更糟——”

“不——不——不！”她几乎是尖叫着说，仿佛他把她吓坏了。

这时从院子里传来一阵丁零零的铃声。他们没听见马车停在门口的声音，两人一动不动地站在那儿，用惊异的目光对视着。

只听外面娜斯塔西娅的脚步声穿过了门厅，外门打开，随即她拿着一封电报进屋，交给了奥兰斯卡伯爵夫人。

“那位夫人见到花非常高兴，”娜斯塔西娅说，一边抚平她的围裙。“她还以为是她先生送的呢，哭了一阵子，还说他乱花钱。”

女主人嫣然一笑，接过黄色的信封。她把电报拆开，拿到灯前。接着，等门又关上之后，她把电报递给了阿切尔。

电报注明发自圣奥古斯丁，寄给奥兰斯卡伯爵夫人，里面写道：“外婆电报成功，爸妈同意复活节后结婚。将致电纽兰，兴奋难言。爱你，谢谢。梅。”

半小时之后，阿切尔打开前门的门锁，在门厅桌子上他那一堆笔记和信函顶上，他见到一个类似的信封。信封里的电报也是梅·韦兰发来的，电文如下：“父母同意复活节后周二十二点在格雷斯教堂举行婚礼。八名伴娘。请见教区长。很高兴。爱你，梅。”

阿切尔把那张黄纸揉成一团，仿佛这样可以消除上面的消息似的。接着他抽出一本小小的袖珍日记，用颤抖的手指翻着纸页，但没有找到他想要的内容，于是把电报塞进口袋，上了楼。

一缕灯光从小小的门厅里照射出来，那儿是詹尼的化妆室兼闺房。哥哥焦急地拍打门板，门开了，妹妹站在他面前，穿着那件远古式的紫色丝绒晨衣，头发上“戴着夹”。她脸色苍白，一副忧心忡忡的样儿。

“纽兰！我希望电报里没什么坏消息吧？我特意在等着，万一——”（他的信件没有一件能躲得过詹尼。）

他没有注意她的问题。“听我说——今年的复活节是哪一天？”

她看起来对这种不信基督的愚昧大为震惊。

“复活节？纽兰！怎么啦，当然是四月第一周啊。什么事？”

“第一周？”他重又翻起他日记的纸页，压低嗓音迅速计算着。“你说是第一周？”他扭回头去，大声笑个不停。

“老天爷，出了什么事？”

“啥事也没有，只是再过一个月我就要结婚了。”

詹尼趴到他的脖子上，把他紧紧搂在紫丝绒衣的胸前。“啊，纽兰，太好了！我太高兴了！可是，亲爱的，你干吗笑个不停？安静些吧，不然会吵醒妈妈的。”

# 下　　卷

## 十九

这一天，天气晴朗，清新的春风里满是尘埃。两家的老夫人都各自从衣柜里取出了褪色变黄的黑貂皮围巾和貂皮袍。前排座位上飘来的樟脑味几乎淹没了围绕圣坛的丁香花散发的微弱的春天气息。

随着教堂司事的一个信号，纽兰·阿切尔走出小礼拜室，在伴郎的陪伴下，站到格雷斯教堂圣坛的台阶上。

这一信号表明，载着新娘和她父亲的马车已遥遥在望，但必然还有相当长的时间可在门厅里整顿、商量，伴娘们也已在此徘徊，像复活节里的一簇鲜花。在这段不可避免的等待时间里，聚集的人们期待着新郎独自面对他们，以显示他迫不及待的心情。阿切尔跟履行其他仪式一样，驯服地履行了这一仪式。这些仪式构成了似乎仍属于历史之初的纽约十九世纪的婚礼。在他承诺要走的道路上，每件事都一样的轻松——或是一样的痛苦，这要看你怎样认为。他已经执行了伴郎慌慌张张下达的各项指令，其态度跟以前他引导的新郎们走过这座迷宫时一样的虔诚。

至此为止，他有理由相信已经完成了自己的使命。伴娘的八束白丁香和铃兰花束、八位引座员的黄金与蓝宝石袖纽及伴郎的猫眼围巾饰针都已按时送了出去；他熬了半夜，斟酌措辞，写信答谢最后一批男性朋友与旧情人赠送的礼物；给主教和教堂司事的小费也已稳妥地放在了伴郎的口袋里；他的行李和旅行替换的衣服已经运到了曼森·明戈特太太家中，婚礼喜宴将在那儿举办；火车上的私人包间也已订好，它将把这对新人送到未知的目的地——隐匿欢度新婚之夜的地点是远古礼仪中最神圣的戒律。

“戒指放好了吗？”小范德卢顿·纽兰低声问道，这个毫无经验的伴郎，被自己所担负的重任吓坏了。

阿切尔做了个他见过很多新郎做过的动作：用他没戴手套的右手在深灰色马甲的口袋中摸了摸，以便再次肯定这枚小小的金戒指（戒指内圈刻着：纽兰给梅，四月——，一八七——）正待在它该待的地方。然后他又恢复了原来的姿势，左手拿着高礼帽和带黑线脚的珠灰色手套，站在那儿望着教堂的门。

教堂上空，韩德尔的进行曲在仿制的石头拱顶下越奏越响。随着乐曲的起伏，已经淡忘的众多婚礼的片段又浮现在眼前。那时他站在同一圣坛的台阶上，兴高采烈却又漠不关心地看着别的新娘们飘然进入教堂中殿，朝别的新郎走去。

“多像歌剧院的第一夜演出啊！”他想。他认出了在相同包厢里（不，是教堂的长凳上）那些相同的面孔，继而猜测着，当喇叭最后一次奏响时，是否会见到头戴同一顶高耸的鸵鸟毛无檐帽的塞尔弗里奇·梅里太太和佩戴相同的钻石耳环、面带相同的微笑的博福特太太——而在天国里，前排是否也为她们准备好了合适的座位。

在这之后，仍然有时间一个挨一个地检阅在前排就座的一张张熟悉的面孔。女人们因好奇与兴奋而显得生气勃勃，男人们则因不得不在午餐前穿长礼服并在婚礼喜宴上争抢食物而紧绷着脸。

“要在老凯瑟琳家吃喜宴真是糟透了，”新郎想象得出里吉·奇弗斯会这样说。“但据我所知，洛弗尔·明戈特坚持要让自己的厨子掌勺，所以只要吃得上，准是顿美餐。”而且，他还能想象西勒顿·杰克逊权威地补充说：“亲爱的先生，难道你还没听说？喜宴要按英国的时新方式，在小餐桌上用餐呢。”

阿切尔的目光在左首长凳上停留了片刻，她的母亲挽着亨利·范德卢顿先生的胳膊进入教堂后，正坐在那儿，躲在尚蒂伊面纱后轻轻抽泣，两只手抄在她祖母的貂皮暖手筒里。

“可怜的詹妮！”他看了看妹妹想。“即使把她的头扭一圈，她也只能看到前面几排的人。他们几乎全是邋邋遢遢的纽兰和达戈内特家族的人。”白色缎带的这一边是为亲戚分隔出来的座位，他看到了博福特：高高的个子，红红的脸膛，正以傲慢的眼神审视着女人们。坐在他身边的是他妻子，两人都穿着银白色栗鼠皮衣服，别着紫罗兰花；离缎带较远的一侧，劳伦斯·莱弗茨脑袋梳得油光发亮，仿佛正守卫着主持庆典的那位不露面的“优雅举止”之神。

阿切尔心想，在他的神圣庆典中，不知莱弗茨那双锐利的眼睛会挑出多少瑕疵。接着，他忽然想起自己也曾把这些问题看得至关重要。这些一度充斥他生活的事情，现在看来就像保育院里孩子们滑稽的表演，或者像中世纪的学究们为了谁也不懂的形而上学术语喋喋不休的争论。关于是否“展示”结婚礼品而引发的激烈争吵使婚礼前的几个小时变得一片混乱。阿切尔感到不可理解，一群成年人怎么竟会为这样一些琐事而大动肝火，而争论的结果竟是由韦兰太太一句话作出（否定的）裁决——她气得流着泪说：“我马上就把记者们放进家里来。”然而有一段时间，阿切尔曾对所有这些事都给予明确积极的评价，认为任何涉及他小家族的行为方式与习惯的事情都具有深远的意义。

“我始终认为，”他想，“在某个地方，还生活着真实的人，经历着真实的事……”

“他们来了！”伴郎兴奋地低声说，新郎反而更清醒。

教堂大门小心翼翼地打开了，这仅仅意味着马车行主布朗先生（身穿黑色礼服，充任时断时续的教堂司事）在引导大队人马进入之前要预先观察一下场地。门又轻轻地关上了。随后，又过了一阵，门又被缓缓地打开，教堂里一片低语：“新娘一家来了！”

韦兰太太挽着长子的胳膊走在最前面。她那粉红的大脸严肃得体，那身镶着淡蓝色饰条的紫缎长袍和那顶蓝鸵鸟毛装饰的小巧缎帽得到了普遍的赞许，可还没等她窸窸窣窣地正襟危坐在阿切尔夫人对面的凳子上，人们便已伸长脖子去看紧随其后的是哪一位。婚礼的前一天，外界已经风传，说是曼森·明戈特太太不顾自己身体的限制，决定要出席这次婚礼。这念头与她好动的性格非常相符，因而俱乐部里人们对她能否走进教堂中殿并挤进座位而下的赌注越来越高。据说，她坚持派木匠去察看能否将前排凳子末端的挡板拆下来，并且丈量座位前面的空间。但结果却令人失望。一整天亲属们忧心忡忡地看着她瞎忙，她打算让人用大轮椅把她推上教堂中殿，像女皇一样端坐在圣坛跟前。

她想的怪诞露面方式令她的亲属痛苦不堪，他们真想用金子来答谢那个聪明人——他猛然发现轮椅太宽，无法通过从教堂大门延伸到路边的凉棚铁柱。尽管老凯瑟琳也动过念头想把凉棚拆掉，但即使是她，也没有勇气让新娘暴露在那群想方设法靠近帐篷接缝处的裁缝和记者面前。而且，她才不过把拆掉凉棚的念头向女儿作了一点暗示，韦兰太太就忙不迭地惊呼道：“哎哟！那样的话，他们会给我女儿拍照，并且登在报上的！”对那种不堪设想的有伤风化的事，整个家族都不寒而栗地却步了。老祖宗也不得不做出让步；但她的让步是以答应在她家举办婚礼喜宴为条件，尽管（正如华盛顿广场的亲戚说的）由于韦兰家离教堂很近，这么一点路程很难与布朗就运费问题谈成优惠价格。

虽然这些情况已被杰克逊兄妹广为传播，但仍有少数好事者坚信老凯瑟琳会在教堂露面。当人们发现她已被她的儿媳取而代之时，他们的热情才明显降下来。由于年龄和习惯的缘故，洛弗尔·明戈特太太在费力穿上一件新衣服后，显得面色红润，目光呆滞。因她的婆母未露面而引起的失望情绪消退之后，人们一致认为，她那镶着黑色尚蒂伊花边的淡紫色缎袍及帕尔玛紫罗兰无檐帽，与韦兰夫人的蓝紫色衣服形成了最令人愉快的对比。紧随其后，挽着明戈特先生走进教堂的那位夫人给人的印象却大相径庭，她面色憔悴，忸怩作态，身穿条纹服，穗状的镶边与飘动的披巾搅在一起，显得乱糟糟的。当最后这位幽灵般的人物进入阿切尔的视线时，他的心猛然紧缩起来，停止了跳动。

他一直以为曼森侯爵夫人应当还在华盛顿，大约四周前她与侄女奥兰斯卡夫人一同去了那里。人们普遍认为，她俩的突然离去是因为奥兰斯卡夫人想让她姑妈避开阿加松·卡弗博士阴险的花言巧语，其人眼看就要成功地将她发展为幽谷爱社的新成员。鉴于这种情况，没有人想到这两位夫人有谁会回来参加婚礼。一时间，阿切尔站在那儿，两眼直盯着梅多拉那古怪的身影，竭力想看看她后面是谁。但这列小小的队伍已到尽头，因为家族中所有次要成员也都已落座。八位高大的引座员像准备迁徙的候鸟或昆虫一样聚在一起，从侧门悄悄进入了门厅。

“纽兰——喂，她来了！”伴郎低声说。

阿切尔猛然惊醒。

显然，他的心跳已停止了很长时间，因为那队白色与玫瑰色夹杂的行列实际上已行至中殿的中间。主教、教堂司事和两名穿白衣的助手聚集在堆满鲜花的圣坛旁，施波尔交响曲开头几段和弦正将鲜花般的旋律洒落在新娘的面前。

阿切尔睁开眼睛（但它果真像他想象的那样闭上过吗？），感到心脏又恢复了正常的功能。乐声悠扬，圣坛上百合花散发出浓郁的芬芳，新娘佩戴的面纱与香橙花像飘动的云朵越来越近；阿切尔太太因幸福的啜泣而面部变形，教堂司事低声叨念着祝福，八位粉妆伴娘与八位黑衣引座员各司其职，秩序井然。所有这些情景、声音、感觉原本是那样熟悉，如今换了新的角度，却变得异常陌生，毫无意义，乱纷纷地充斥于他的脑际。

“天啊，”他想，“戒指我带来了吗？”——他又一次重复着新郎们慌乱的动作。

转眼之间，梅已来到他身旁。她的容光焕发给麻木的阿切尔注入一股微弱的暖流。他挺直身子，对着她的眼睛露出笑容。

“亲爱的教友们，我们聚集在这儿，”教堂司事开口了……

戒指已戴到了她手上，主教也已为他们祝福，伴娘排成A字形重新入列，管风琴已奏出门德尔松进行曲的前奏。在纽约，少了这支曲子，有情人便难成眷属。

“你的胳膊——喂，把胳膊给她！”小纽兰紧张地悄声说。阿切尔又一次意识到自己在未知的世界里已经漂泊了很远，他纳闷，是什么东西把他送过去的呢？或许是因为那一瞥——在教堂两翼不知名的观众中，他瞥见从一顶帽子下面露出的一卷黑发。但他立即认出那黑发属于一位不相识的长鼻子女士，她与她唤起的那个形象相差千里。这情景令人可笑，他不由问自己，是否要患幻觉症了。

此刻，随着轻快的门德尔松乐曲的起伏，他和妻子正缓步走下教堂中殿。穿过洞开的大门，春天正向他们招手。韦兰太太家那匹额带上扎着大团白花结的红棕马，正在那一排凉棚尽头洋洋自得地腾跃着，准备奋蹄奔驰。

马车夫的翻领上别着更大的白花结，他给梅披上白斗篷，阿切尔跳上马车坐在她身旁。梅脸上带着得意的微笑转向他，两人的手在她的面纱底下握在了一起。

“宝贝！”阿切尔说——忽然，那个黑暗的深渊又在他面前张开大口，他感到自己陷在里面，越陷越深。与此同时，他的声音却愉快流畅地响着：“是啊，当然，我以为丢了戒指，假如可怜的新郎没有这种体验，那婚礼就不成其为婚礼了。可是，你知道，你确实让我好等！让我有时间去想可能发生的种种可怕的事。”

令他惊讶的是，在拥挤的第五大街上，梅转过身来，伸出双臂搂住了他的脖子。“可只要我们俩在一起，任何可怕的事也不会有了，对吗，纽兰？”

这一天的每个细节都考虑得十分周到，所以，喜宴之后，时间还很充裕。小夫妻穿上旅行装，从欢笑的伴娘和流泪的父母中间走下明戈特家宽阔的楼梯，按老规矩穿过纷纷撒下的稻米和缎面拖鞋，登上了马车；还有半小时时间，足够他们乘车去车站，像老练的旅行者那样从书亭买上最新的周刊，然后在预定的包厢里安顿下来。梅的女佣早已在里面放好了她暖灰色的旅行斗篷和簇新的伦敦化妆袋。

雷北克的老杜拉克姨妈把房子腾出来给新婚夫妻使用，这份热心来源于到纽约和阿切尔太太住上一周的憧憬。阿切尔很高兴能避开费城或巴尔的摩旅馆普通的“新婚套房”，所以也爽爽快快地接受了这一安排。

去乡下度蜜月的计划让梅十分着迷。看到八位伴娘煞费苦心也猜不出他们神秘的退隐地，她像个孩子似的乐坏了。把乡间住宅出借给别人被认为是“很英国化”的事情，这件事还最终促使人们普遍承认，这是当年最风光的婚礼。然而住宅的所在地却谁也不准知道，惟独新郎、新娘的父母属于例外，当他们被再三追问时，总是努努嘴，神秘兮兮地说：“呀，他们没告诉我们——”这话显然是真的，因为根本没有那种必要。

他们在卧车包厢里安顿停当，火车甩开市郊无边无际的树林，冲进凄清的春光中。这时的交谈反而比阿切尔预料的还要轻松。无论看外表还是听声音，梅还是昨天那个单纯的姑娘，渴望与阿切尔对婚礼上发生的事交换看法，就像一位伴娘和一位引座员不偏不倚地议论一样。起初，阿切尔以为这种超脱的态度只是内心激动的伪装，但她那双清澈的眼睛却流露出毫无觉察的宁静。她第一次和丈夫单独在一起，而丈夫只不过是昨天那个迷人的伴侣。没有谁能让她如此倾心，没有谁能让她这样绝对地信赖。订婚、结婚这种令人愉快的冒险，其最大的乐趣就是独自跟随他旅行，像个成年人一样——实际上，是像“已婚女人”一样。

奇妙的是——正如他在圣奥古斯丁的教区花园里所发现的——如此深沉的感情竟能与如此贫乏的想象力并存。不过他还记得，即使在那时，她一经摆脱良心的重负、恢复了少女的纯朴，是如何令他大吃了一惊。他看出，她或许能竭尽全力应付生活中的种种遭遇，却绝不可能靠偷偷的一瞥就会预见到什么。

也许，是缺乏觉察力才使她的眼睛如此澄澈，使她的面部表情代表了一种类型而不是一个具体的个人，仿佛她本来可以被选去扮演市民道德之神或希腊女神，紧贴着她那白嫩皮肤流淌的血液本应是防腐液体而非可以令她憔悴衰老的成分。她那不可磨灭的青春容颜使她显得既不冷酷又不愚钝，而只是幼稚和单纯。冥想之中，阿切尔忽然发觉自己正以陌生人惊诧的目光看着梅，接着他又陷入对婚礼喜宴及得意洋洋、无所不在的明戈特外祖母的回忆中。

梅也定下心来，坦言喜宴的愉快。“虽然我感到很意外——你也没想到吧？——梅多拉姨妈到底还是来了。埃伦曾来信说，她们俩都身体欠佳，不堪旅途劳累。我真希望是埃伦恢复了健康！你看过她送我的精美老式花边了吗？”

他早知道这一刻迟早会来，但不知为什么，他却想凭借意志的力量阻止它。

“是的——我——没有，对，是很漂亮。”他说，一边茫然地望着她，心里纳闷：是否一听到那个双音节词，他精心营造起来的世界就会像纸糊的房子那样在他面前倒塌。

“你累了吧？我们到了那里喝点儿茶就好了——我相信姨妈把一切都安排停当了。”他喋喋不休地说，把她的手握在自己的手里。梅的心却立即飞向了博福特赠送的那套华贵的巴尔的摩银制茶具和咖啡具，它们与洛弗尔·明戈特舅舅所赠的托盘和小碟非常匹配。

在春天的暮色中，火车停在了雷北克车站。他们沿着站台向等候的马车走去。

“啊！范德卢顿夫妇太好了！——他们从斯库特克利夫派人来接我们了。”阿切尔大声说道。一名穿便服的安详的男仆走到他们面前，从女佣手中接过包裹。

“非常抱歉，大人，”这位来使说，“杜拉克小姐家出了点儿小事；水箱有点漏水。是昨天发现的，今天一早，范德卢顿先生听说后，立即派了一名女佣乘早班火车去收拾好了庄园主住宅。大人，我想你会发现那儿非常舒服；杜拉克小姐已把她的厨子派去了；所以在那儿会跟雷北克完全一样。”

阿切尔木然地盯着说话的人，致使后者以更为歉意的语调重复说：“那儿完全一样，大人，我担保——”梅热情洋溢的声音打破了令人尴尬的沉默：“和在雷北克一样？庄园主的宅子吗？可那要强一万倍呢——对吗，纽兰？范德卢顿先生想到这地方，真是太好了。”

他们上路了，女佣坐在车夫的旁边。闪闪发光的新婚包裹放在他们前面的座位上，梅兴奋地继续说道：“想想看，我还从没进过那房子呢——你去过吗？范德卢顿夫妇很少给人看的。不过他们好像对埃伦开放过，埃伦告诉我那是个非常可爱的小地方：她说这是她在美国见到的惟一一所完美的住宅，使她觉得在里面很幸福。”

“哎——我们就会非常幸福的，对吗？”她丈夫快活地大声说。她带着孩子气的微笑回答：“啊，这只是我们幸运的开端——幸运之星将永远照耀我们！”

## 二十

“当然啦，亲爱的，我们一定得和卡弗莱太太一起吃饭。”阿切尔说。隔着寄宿处早餐桌上那些不朽的不列颠合金餐具，他妻子皱着眉，焦虑地望着他。

秋季的伦敦，阴雨绵绵，一片荒凉。在这儿，纽兰·阿切尔夫妇只有两个熟人，也是两个他们一味要躲避的人，因为按照老纽约的惯例，强行使自己引起国外熟人的注意是有失尊严的。

阿切尔太太和詹妮在去欧洲观光的途中，一贯恪守这一原则，她们以令人费解的矜持对待游伴的友好表示，差不多创下一项纪录——除了旅馆和车站的服务员，她们从没和“外国人”讲过一句话。对于自己的同胞——除了那些早已认识或完全信赖的——更是公然地不屑一顾；因而，在国外的几个月里，除了偶尔遇上奇弗斯、达戈内特或明戈特家的一两个人，始终是她们两个人相互厮守。然而智者千虑也难免一失，在波茨恩的一个晚上，住在走廊对面的两位英国女士之一（詹妮已详细了解了她们的姓名、衣着和社会地位），上门询问阿切尔太太是否有某种药膏，因为另一位女士——来者的姐姐，卡弗莱太太——突然支气管炎发作了；不带全家备用药品决不外出旅游的阿切尔太太，碰巧能提供她所需的药。

卡弗莱太太病情很重，而且是和妹妹单独旅行，所以对阿切尔太太及小姐格外感激，是她们提供了独到的安慰，是她们干练的女佣协助护理病人恢复了健康。

阿切尔母女离开波茨恩的时候，根本没想过会再见到卡弗莱太太和哈尔小姐。阿切尔太太认为，没有比强使自己受到“外国人”——一个因偶然机会提供过帮助的“外国人”——的关注更“有失尊严”的事了。然而卡弗莱太太和她的妹妹对这种观点却一无所知，即便知道也会觉得不可理解。她们对在波茨恩善待她们的“愉快的美国人”产生了感激不尽的情结。她们怀着感人的真诚，抓住每一次机会拜会来大陆旅行的阿切尔太太和詹妮，并在打听两人往返美国途经伦敦的时间方面表现出了超凡的精明。这种亲密关系逐渐变得牢不可破，每当阿切尔太太和詹妮下榻于布朗旅馆时，总会发现两位热情的朋友正等着她们。她们还发现这两位朋友跟自己一样，也在沃德箱里种蕨类植物，缝制流苏花边，阅读邦森男爵夫人的回忆录，并对伦敦主要的专栏作家有自己的看法。正如阿切尔太太所说，认识卡弗莱太太和哈尔小姐使“伦敦变了样”。到纽兰订婚时，两家的关系已经牢不可破，以致向两位英国女士发出婚礼邀请成了理所当然的事。她们也回赠了一大束装在玻璃匣里的阿尔卑斯压花。当纽兰和妻子即将赴英时，阿切尔太太在码头上最后叮嘱道：“你务必要带梅去看望卡弗莱太太。”

纽兰和梅本不打算遵命，但卡弗莱太太凭着她惯有的精明找到了他们，并发了请柬请他们吃饭。正是这份请柬才使梅面对着茶和松饼紧锁愁眉。

“这对你来说没有什么问题，纽兰，你认识他们。可我在一群从没见过的人中间会很害羞的。而且，我穿什么呢？”

纽兰向后靠在椅背上，对她微笑着。她看上去更漂亮了，也更像狄安娜女神了。英格兰湿润的空气使她的面颊越发红润，稍显刻板的少女面容也柔和了，若不然，就是她内心幸福的喜悦像冰层下的灯光那样显露了出来。

“穿什么？亲爱的，我记得上星期从巴黎运来了一箱子衣服嘛。”

“对，当然啦。我的意思是说不知该穿哪一件。”她撅起了小嘴。“我在伦敦还没出去吃过饭，也不想让人笑话。”

他竭力想为她分忧。“可是，英国的女士晚上不也和其他人穿得一样吗？”

“纽兰，你怎么会问这么可笑的问题？要知道，她们去看戏时是穿旧礼服，而且不戴帽子。”

“哎，也许她们在家穿新礼服。但无论如何，卡弗莱太太和哈尔小姐不会那样。她们戴我母亲戴的那种帽子——还有披肩，非常柔软的披肩。”

“不错，可别的女子会穿什么呢？”

“不会比你穿得更好，亲爱的。”他回答说，心里纳闷是什么原因使她对衣着产生了詹尼那种病态的兴趣。

她叹口气，向后推了推椅子，说："你真好，纽兰。但这帮不了我多少忙。"

他灵机一动。"干吗不穿结婚礼服？那绝不会出错的，对吗？"

"唉，亲爱的！如果在这儿就好了！可我已把它送到巴黎去改了，预备明年冬天用。沃思还没送回来呢。"

"哦，那么——"阿切尔说话间站了起来。"瞧，雾散了。如果我们抓紧时间去国家画廊，或许还可以看一会儿画。"

经历了三个月的新婚旅行，纽兰·阿切尔夫妇踏上了归途。在给女友的信中，梅把这段时光笼统概括为"快乐至极"。

他们没有去意大利的湖区；阿切尔经过深思熟虑，无法设想妻子在那样一种特殊的环境中会是什么模样。她个人的想法（与巴黎的裁缝待了一个月后）是七月份爬山，八月份游泳。他们精确地执行了这项计划，在因特雷肯和格林德沃尔德度过了七月；八月则住在诺曼底海岸一个名叫俄特塔的小地方，那儿素以古雅宁静著称。在山峦之中，有一两次，阿切尔曾指着南面说："那就是意大利。"梅站在龙胆苗圃中，快活地答道："明年冬天去那儿也很好啊，但愿到时你不必非待在纽约不可。"

但实际上，她对旅行的兴趣比阿切尔预料的还要小。她认为（一旦定做了衣服）旅行仅仅是增加了散步、骑马、游泳和尝试迷人的新草坪网球运动的机会而已。他们最后回到伦敦时（他们将在这儿过两个星期，阿切尔要定做他的衣服），她不再掩饰对航海的渴望。

在伦敦，除了剧院和商店，别的她一概没有兴趣。而她发现，这儿的剧院还不及巴黎咖啡馆中的演唱令人兴奋。在爱丽舍大街鲜花盛开的七叶树下，她领略了一种新的阅历——从餐馆阳台上观看下面的一群"风尘女子"，并让丈夫尽量给她解释他认为适合新娘听的歌曲。

阿切尔又恢复了他所继承的有关婚姻的老观念。遵循传统，完全像朋友们对待他们的妻子那样对待梅，这比设法实施他做自由的单身汉时期那些轻率的理论要容易得多。企图解放一位丝毫没有不自由感的妻子是毫无意义的；他早已看出，梅认为自己拥有的那份自由惟一的用途就是摆在妇道的祭坛上。她内心深处的尊严总是阻止她滥用这份天赋，即使有一天（如上次那样），她鼓起勇气全部将它收回，也只是因为她认为对他有益。然而，她对婚姻的理解十分简单淡漠，所以那种危机只潜伏于他自己不可容忍的行为中，她对他的似水柔情使那种情形成为不可能。他知道，无论发生什么情况，她永远都是忠诚、勇敢、无怨无悔的，这也保证了他信守同样的美德。

所有这一切都有助于把他拉回熟悉的思想习惯。假如她的单纯意味着只关心那种琐碎无聊的小事，这或许会惹他发火，令他厌恶。然而她的性格特点尽管少得可怜，却都像她的面容那般姣好，因而，她便成了他所熟悉的那些传统与敬畏的守护之神。

这些品质，虽然使她成为一个轻松愉快的伴侣，却不能给国外的旅行带来生气。但他很快就明白了它们在适当的时机会如何各司其职。他不惧怕因此受到压抑，因为他可以像以往一样，于家庭生活之外继续追求他的艺术与知识。而且家庭生活也并不琐碎沉闷——回到妻子身边绝不会像在户外散步后走进一间闷热的屋子那样。等他们有了孩子，两个人那些空虚的角落都会被填满的。

在从梅弗尔到卡弗莱姐妹居住的南肯星顿这段漫长迟缓的行程中，阿切尔满脑子想的尽是这些事。他本来也愿意避开朋友的盛情接待——按家族传统，他一贯以观光客和旁观者的身份旅行，摆出一副目中无人的架势。仅仅有一次，刚从哈佛毕业之后，他在佛罗伦斯和一伙奇怪的欧化美国人度过了快活的几周。在豪华旅馆里和有封号的贵族女子整夜地跳舞，在时髦的俱乐部里与花花公子们一赌就是半天。那一切对他来说，显然是世上最快乐的事，但却像狂欢节一样不真实。那些以四海为家的古怪女子，总是深深陷在错综复杂的桃色事件中，她们好像需要向遇到的每一个男人兜售她们的爱情；而那些英俊魁梧的年轻军官和染了头发的老才子，则是她们推心置腹的对象或接受者。这些人与他成长过程中接触的人相距太远，酷似温室里价格昂贵却气味难闻的外来品种，所以无法长久吸引他的想象力。把妻子介绍到那样的群体中是根本不可能的事，而且在那些旅行过程中，也没有人明显表示出渴望与他交往的迹象。

到达伦敦不久，阿切尔就遇到了圣奥斯特雷公爵。公爵立刻认出了他，而且热诚地与他打了招呼："来看我好吗？"——但没有一个精神正常的美国人会把这句话当真，于是会见也就没了下文。他们甚至设法避开了梅的英国姨妈——那位仍住在约克郡的银行家的妻子。实际上，他们用心良苦地把去伦敦的时间推迟到秋季，就是为了避免让不相识的亲戚误认为他们在社交季节到达有趋炎附势的意思。

"大概卡弗莱太太家没有什么人——这个季节伦敦是一座荒城。你打扮得太美了。"阿切尔对坐在身边的梅说。在双座马车上，梅披着天鹅绒镶边的天蓝色斗篷，那样光彩照人，完美无瑕，以致把她暴露在伦敦的尘垢中也好像是一种罪过。

"我不想让他们觉得我穿得像个野蛮人。"她那轻蔑的态度足以使波卡洪塔斯①愤怒。阿切尔又一次感到震惊：就连一个不谙世事的美国妇女对穿着的社交优势也推崇备至。

"这是她们的盔甲，"他想，"是她们对陌生人的防范，也是对他们的挑衅。"他第一次理解了这种热诚，受其驱使，那个不会在头发上系缎带来取悦他的梅，已经完成了挑选、订制大批服装的隆重仪式。

果然不出他所料，卡弗莱太太家的宴会规模很小。在冷冷清清的长客厅里，除了女主人和她妹妹，他们只见到一位披围巾的夫人和她的丈

① 波卡洪塔斯（1595—1617），北美波瓦坦印第安人部落联盟首领之女，后与英国殖民者结婚，去了英国。

夫——和蔼的教区牧师，一个被卡弗莱夫人称为侄子的沉默寡言的少年和一位两眼有神、皮肤黝黑的小个子绅士，当卡弗莱太太介绍说是她侄子的家庭教师时，他报了个法国名字。

走进朦胧灯光下面容模糊的人群，梅·阿切尔像一只游弋的天鹅，身上洒满落日的余辉。在她丈夫的眼里，她比任何时候都显得高大、美丽，衣服的窸窣声也格外的响。阿切尔意识到，这红润的面颊和窸窣的响声正是她极度幼稚羞怯的标志。

“他们究竟想要我说什么呢？”她那双无助的眼睛向他乞求。此时此刻，她那引起惶惑的幽灵也唤起在座的人内心同样的不安。然而，即使在对自己失去信心的时候，美貌仍能唤醒男人心中的信任，牧师和那位法国名字的教师很快就明白表示，他们希望梅不必拘束。

然而，尽管他们使尽浑身解数，宴会仍是索然无味。阿切尔注意到，他妻子为了显示在外国人面前的轻松自如，所谈的话题反而变得越来越生硬狭隘，以致尽管她的风韵令人艳羡，她的谈吐却令人扫兴。牧师不久便放弃了努力，但那位家庭教师却操着最完美流畅的英语继续殷勤地对她滔滔不绝，直到女士们上楼去了客厅，才使所有的人明显得到了解脱。

喝了一杯红葡萄酒后，牧师不得不匆匆去赴一个约会。那个貌似有病的害羞的侄子也被打发去睡了，而阿切尔和家庭教师仍坐着对饮。猛然间，阿切尔发现自己最后一次与内德·温塞特交流之后还从没这般畅谈过。原来，卡弗莱太太的侄子因受到肺痨的威胁，不得不离开哈罗公学去了瑞士，在气候温和的雷曼湖畔待了两年。因为他是个小书呆子，所以委托给里维埃先生照料，后者把他带回英国，并将一直陪伴他到来年春天进入牛津大学。里维埃先生坦率地补充说，到那时他只好另谋高就了。

阿切尔想，像他这样兴趣广泛、博学多艺的人，不可能找不到工作。他大约三十岁，一张瘦削难看的脸（梅一定会称他相貌平平）把他的想法一览无余地展示出来，但他活泼的天性中却没有轻浮、卑贱的成分。

他早逝的父亲原是职位低下的外交官，本打算要他子承父业，但对文学的痴迷却使这位年轻人投身于新闻界，继而又献身创作（显然没有成功），最后——经历了他对听者省略掉的其他尝试与变故——他在瑞士当上了教英国少年的家庭教师。但在此之前，他多年住在巴黎，经常出没于龚古尔的阁楼，莫泊桑曾建议他不要再尝试写作（阿切尔觉得这也异常荣耀了！），他还多次在他母亲家与梅里美交谈。他显然一直极端贫困，忧患重重（因为要供养母亲和未嫁的妹妹），而且他的文学抱负显然也已成泡影。老实说，他的处境看来并不比内德·温塞特更光明。然而正如他说的，在他生活的世界里，没有哪个爱思想的人精神上会感到饥饿。可怜的温塞特正是为了这种爱好快要饿死了，阿切尔也如临其境地怀着羡慕之心看着这个热情洋溢的穷青年，他在贫困中活得是那样富足。

“您知道，先生，为了保持心智的自由，不使自己的鉴赏力和批判个性受压抑，是可以不惜代价的，对吗？正是为了这个原因，我才离开了新闻界，干起了更枯燥的差事：家庭教师和私人秘书。这种工作当然非常单调辛苦，但却可以保持精神上的自由——在法语里我们叫做‘自重’。当你听到高雅的谈论时，你可以参加进去，发表自己的意见而不必折衷；或者只是倾听，在心里默默抗辩。啊——高雅的言论——那真是无与伦比啊，对吗？精神食粮才是我们惟一的需要。所以我从不为放弃外交和新闻而后悔——那只是放弃自我的两种不同形式罢了。”当阿切尔点燃又一支烟时，里维埃目光炯炯地盯着他说：“您瞧，先生，为了能够正视生活，即使住在阁楼也值得，对吗？可话又说回来，毕竟你要挣钱付阁楼的房租。我承认干一辈子私人教师——或者别的‘私人’什么——几乎跟在布加勒斯特做二等秘书一样令人寒心。有时候，我觉得必须去冒险：去冒大险。比如，在美国，你看有没有适合我的机会呢——在纽约？”

阿切尔用惊讶的目光望着他。纽约，一个经常与龚古尔兄弟和福楼拜见面、并认为只有精神生活才是真正生活的年轻人要去纽约！他继续困惑地盯着里维埃先生，不知该如何告诉他，他的这些优势与擅长肯定会成为他成功的障碍。

“纽约——纽约——可一定得是纽约吗？”阿切尔结结巴巴地说，他根本想不出他生活的城市能给一个视高雅谈论为惟一需要的年轻人提供什么赚钱机会。

里维埃先生灰黄的脸上突然泛起一片红润。“我——我想那是你所在的大城市，那儿的精神生活不是更活跃吗？”他答道。然后，仿佛害怕给听者留下求助的印象似的，他急忙接着说：“只不过随便说说而已——主要是自己的想法。实际上，我并不是着眼于眼前——”他站起来，毫无拘束地补充说：“不过卡弗莱太太会觉得我该把你带到楼上去了。”

回家的路上，阿切尔深深思考着这段插曲，和里维埃先生的交谈有如给他的双肺注入了新鲜空气。他最初的冲动是第二天邀请他吃饭，不过他已经渐渐明白，已婚男人为什么不总能够立即顺从自己最初的冲动。

“那个年轻教师很有趣，饭后我们围绕书和一些问题谈得很投机。”他在马车里试探地说。

梅从梦境般的沉默中苏醒过来。六个月前他面对这种沉默会浮想联翩，但婚后这段生活使他掌握了它的秘诀。

“你说那个小法国人？他不是极其普通吗？”她漠然答道。他猜想她心中正暗自感到失望，因为在伦敦被邀请去见一个牧师和一个法国教师而失望。这种失望并非缘于通常称为势利的那种感情，而是出自老纽约的一种意识——当尊严在国外受到威胁时的反应。假如让梅的父母在第五大街款待卡弗莱一家，他们会引荐比牧师和家庭教师更有分量的人物。

但阿切尔心中不快，便跟她对上了。

“普通——他哪里普通？”他质问道。而她的回答也格外麻利：“怎么啦，处处都很普通，除了在他的教室里。这些人在社交界总是很尴尬。不过，”她为了缓和空气又补充说，“他如果聪明一点的话，我想我就不知道了。”

阿切尔对她用“普通”一词感到反感，对她用“聪明”一词几乎是同样反感。不过他开始害怕去细想她身上那些令他反感的东西。毕竟，她的观点向来是一成不变的，与他成长过程中接触的人完全一致。以前他总认为这种观点是必然的，但却无关紧要。直到几个月之前，他还不曾认识一位对生活持有不同观点的“好”女人。男人一结婚，就必然遇上好女人。

“啊——既然这样，我就不请他吃饭了！”他笑着下结论说。梅大惑不解地答道：“我的天——请卡弗莱家的家庭教师吃饭？”

“唔，不是与卡弗莱姐妹在同一天。如果你不愿意，就算了。但我确实很想再和他谈谈，他正打算到纽约找份工作。”

她益发吃惊也益发冷淡，他几乎认为她在怀疑他沾染了“异国情调”。

“在纽约找工作？什么样的工作？人们不需要法语教师，他想干什么呢？”

“我想，首先是能享受高雅的交谈，”丈夫故意作对地回嘴说。她爆发出一阵赞赏的笑声。“哎哟，纽兰，真有趣！这不是太法国化了吗？”

总的说来，梅拒绝认真考虑他邀请里维埃先生吃饭的要求而使事情这样了结，他感到高兴。否则，再在饭后谈一次，就很难不说到纽约的问题了。阿切尔越想越觉得难以使里维埃先生与他熟悉的纽约社会的任何一个画面相调和。

一阵寒心的直觉使他认识到，将来的许多问题都会这样被他否决。

然而，当他支付了车费，尾随妻子长长的裙裾走进屋里时，他又从一句令人宽慰的俗语中寻得了慰藉：前六个月是婚姻生活中最艰难的时期。“在这之后，我想我们差不多会把彼此的棱角完全磨去的。”他心里想。但糟糕的是，梅的压力正对准了他最想保留的那些棱角。

## 二十一

一小片葱绿的草坪平缓地延伸到波光潋滟的大海边。

鲜红的天竺葵和锦紫苏镶在草坪的边缘，漆成巧克力色的铸铁花瓶间隔地摆在通向大海的蜿蜒小路上，整齐的砾石路上空是一个个牵牛花与盾叶天竺葵绕成的花环。

从悬崖边到方形木屋的中途（木屋也被漆成巧克力色，游廊的锡顶是黄棕色相间的条纹，相当于凉棚），背靠灌木丛安置了两个很大的箭靶，草坪的另一端，面对箭靶搭了个真的帐篷，四周是长凳和庭院坐椅。一群身着夏装的女士和穿灰色长礼服、戴高礼帽的绅士或站在草坪上，或坐在长凳上。不时有一位穿浆棉布衣服的窈窕淑女执弓走出帐篷，朝其中的一个箭靶射出一箭，看客们则中断交谈，观看结果如何。

纽兰·阿切尔站在木屋的游廊上，好奇地俯视这一场面。在漆得锃亮的台阶两侧，一边一个硕大的蓝瓷花盆，摆放在鲜黄的瓷座上。每个花盆里都种满带穗的绿色植物。游廊底下是宽宽的一排蓝绣球花，边缘处是密密麻麻的红色天竺葵。在他身后，透过那些起居室的双扇落地玻璃门上随风摇曳的花边门帘，可以窥见玻璃般平滑的木纹地板。地板上像岛屿般分布着上光印花棉布蒲团和矮脚扶手椅，铺着天鹅绒的桌面上摆满了盛在银器里的甜点。

纽波特射箭俱乐部总是把八月份的赛会安排在博福特家。迄今为止，除了草地网球还没有哪项运动可与之抗衡的射箭运动，正由于人们对网球的喜爱而逐渐被淘汰。但网球运动仍被认为粗俗不雅，不适于社交场合。作为展示漂亮衣服和优雅姿态的机会，射箭仍固守着它的阵地。

阿切尔好奇地俯视着这熟悉的景观。令他惊异的是，当他对生活的反应发生如此彻底的改变之后，生活竟然还在沿着老路延续。是纽波特使他第一次清醒地意识到这种变化的程度。去年冬天，他和梅在纽约那所带弓形窗和庞贝式门厅的黄绿色新房里安顿下来后，就如释重负地重新过起了事务所的常规生活。日常活动的恢复像链环般把他与过去的自我联系起来。随后还发生了一连串令人兴奋的快事：首先是为梅的马车选了一匹引人注目的灰色骏马（马车是韦兰家送给他们的）；其次是搬进永久的住处；另外，他还不顾家人的怀疑与不满，按自己梦寐以求的方式孜孜不倦地用黑色压纹纸、东湖书橱、“纯正”扶手椅和桌子布置了他的新图书室。在“世纪”，他又见到了温塞特，在“纽约人”，找到了跟他同类的时髦青年；他将一部分时间献身于法律，一部分用于外出吃饭或在家招待客人，偶尔还抽个晚上去听歌剧或看戏。他的生活看来依然相当实际，当然也相当本分。

然而纽波特意味着摆脱了一切责任而完全进入了度假气氛。阿切尔曾劝说梅去缅因海岸一个遥远的小岛上度夏天（那去处恰如其分地叫做荒山），有几个大胆的波士顿人和费城人曾经在那儿的“土著”村里野营，报道了那里迷人的风光与深水密林间类似捕兽人的野生生活方式。

然而韦兰一家一贯是去纽波特过夏天，他们在峭壁上拥有自己的一个小方屋。他们的女婿提不出任何正当理由说明他和梅为什么不与他们同往。正像韦兰太太相当尖刻地指出，对梅来说，如果条件不允许她穿，那么就犯不着在巴黎疲劳不堪地试穿那些夏装。像这一类的论点，阿切尔目前还没有办法反驳。

梅自己也不明白阿切尔为什么对这么合情合理、这么愉快的消暑方式表现出令人费解的勉强。她提醒说，当他过单身生活时一直是很喜欢纽波特的。既然这是不争的事实，阿切尔只得声称，这次他一定会比以往更喜欢那儿，因为是他们两人一起去。然而，当他站在博福特家的游廊上，注视着外面草坪上兴高采烈的人群时，不禁心头一颤，蓦然醒悟：他根本不会喜欢这儿了。

这不是梅的错，可怜的爱人。如果说他们在旅行中时而有些小小的不合拍，那么，他们回到梅熟悉的环境后也就恢复了和谐。他早就预见到梅不会令他失望，他确实没有看错。他结了婚（就像大多数年轻人那样），是因为正当他过早地厌弃了一系列毫无目标的感情冒险之时，遇到了一位十分迷人的姑娘。她代表着和睦、稳定、友谊以及对不可推卸的责任的坚定信念。

他不能说自己的选择是个失误，因为梅满足了他期待的一切。毫无疑问，能成为纽约一位最美丽、最受欢迎的年轻妻子的丈夫，是令人高兴的；更何况她还是一位性情最甜蜜又最通情达理的妻子。阿切尔对这些优点绝非无动于衷。至于结婚前夕降临的那阵短暂的疯狂，他已能克制自己，认定是业已摒弃的最后一次试验。在他头脑清醒的时候，想起他还会梦想娶奥兰斯卡伯爵夫人，真感到不可思议。她仅仅作为那一串幽灵中最悲哀、最鲜活的一个留在他的记忆里。

然而经过这一番排解与清除，他的心却成了空荡荡的回音室。他想，博福特家草坪上兴奋、忙碌的人们仿佛一群在墓地里嬉戏的孩子那样令他震惊，其原因就在于此。

他听到身旁窸窸窣窣的裙裾声，曼森侯爵夫人从起居室的落地窗口飘然而至。跟往常一样，她打扮得格外花哨，俗不可耐。头上戴着一顶意大利麦梗草帽，上面缠着一圈圈褪色的网纱，雕花象牙伞柄撑着的黑丝绒小阳伞，在比它还大的帽檐上方滑稽地晃来晃去。

“亲爱的纽兰，我还不知道你和梅已经来了！你自己是昨天才到吧？啊，工作——工作——职责……我明白。我知道，很多做丈夫的除了周末都不可能来这儿陪妻子，”她把脑袋一歪，眯起眼睛，无精打采地望着他说。“可婚姻是一种长期的牺牲，就像过去我常对我的埃伦讲的——”

阿切尔的心脏奇怪地猛然一抽，停止了跳动，就像以前那次一样，好像啪地关上一道门，把他与外界隔开了。但这种间断一定是极短暂的，因为不一会儿他就听到梅多拉回答问题的声音，那问题显然是他恢复了声音后提出的。

“不，我不打算待在这儿。我要和布兰克一家去他们普茨茅斯美妙的幽居地。博福特太好了，今天早晨他派他那一流的跑马来接我，所以我至少来得及看一眼里吉纳的花园聚会。不过今晚我就要回去过田园生活了。布兰克一家真是别出心裁，他们在普茨茅斯租了一所古朴的农居，邀请了一群有代表性的人物。”她躲在帽檐下的头轻轻一低，脸色微红地补充说，“这个星期，阿加松·卡弗博士将要在那儿主持一系列内心活动的会议呢。与这儿世俗消遣的快乐场面的确是个鲜明的对比——不过，我一直就生活在对比中！对我来说，最要命的就是单调无聊。我老是对埃伦讲：要当心无聊，它是一切罪恶的根源。但我那可怜的孩子正经历一种亢奋状态，对世事深恶痛绝。我想你知道吧，她拒绝了所有到纽波特来的邀请，甚至拒绝和她的祖母明戈特在一起。连我也很难说服她随我去布兰克家，真让人难以置信！她过着一种不正常的病态生活。唉，她若是听了我的话就好了……那时候门还开着……那时候一切都还有可能……我们何不下去看看吸引人的比赛？我听说梅也是选手之一呢。”

博福特正穿过草地，从帐篷那儿朝他们漫步走来。他高大、笨拙的身体被紧紧扣在一件伦敦长礼服中，扣眼上别着一朵自己种的兰花。阿切尔已有两三个月没见他了，对他外貌的变化感到吃惊。在夏天毒辣辣的阳光下，他脸上血色过重，有些浮肿，若不是他那挺直的宽肩膀，他走路的姿势就像个吃得过多、穿得过厚的老人。

关于博福特的流言有很多。春天，他乘坐自己的新游艇去西印度群岛进行了一次长途旅游。据说，在他所到之处，总有一位颇似范妮·琳的女士伴随。那艘游艇建造于克莱德河，装备了贴瓷砖的浴室和其他一些闻所未闻的奢侈品，听说花了他五十万美元。回来时他送给妻子的珍珠项链像赎罪的贡品般华美绝伦。博福特的财产足以承受这种挥霍，然而令人不安的谣言却经久不息，不仅在第五大街而且还在华尔街流传。有人说他投机铁路亏了本；另一些人则说，他被她那一行里一个最贪得无厌的人敲了竹杠。对于每一次破产危机的报道，博福特总是以新的挥霍作答：修建一排崭新的兰花花房，购买一群新赛马，或是在他的画廊里添置一幅新的梅索尼埃或卡巴耐尔的画。

他面带平时那种半是嘲讽的微笑走近侯爵夫人和纽兰。“嗨，梅多拉！那些跑马干得怎么样？四十分钟，嗯？……唔，不算坏，这就不会吓着你了。”他和阿切尔握了握手，然后随他们转过身去。他站在曼森太太另一侧，低声说了几句他们的同伴听不见的话。

侯爵夫人用她那奇特的外语回答：“我有什么办法？”这句法语更让博福特愁眉紧锁。但他瞧着阿切尔时却装出一副好模样，面带祝贺的笑容说：“瞧，梅要夺得头奖了。”

“啊，这么说头奖还是留在自家人手上了。”梅多拉用流水般的声音说。这时他们已走到帐篷跟前，博福特太太裹着少女戴的红紫色棉布围巾和飘逸的面纱迎了上来。

恰巧梅·韦兰从帐篷里走了出来。她一身素装，腰间束一条淡绿色的丝带，帽子上绕着常春藤编织的花环，那副狄安娜女神般超然的神态就跟订婚那天晚上走进博福特家舞厅时一模一样。此刻，她目光中似乎没有一丝思绪，心里也没有任何感觉。她丈夫虽知道她两者兼备，却再次惊异于她的超凡脱俗。

她手握弓箭，站在草地上的粉笔标记后面，将弓举至肩头，瞄准目标。她的姿态十分典雅，一出场便博得一阵轻轻的赞美声。阿切尔感到了所有者的喜悦，正是这种感觉时常诱骗他沉浸于片刻的幸福。她的对手有里吉·奇弗斯太太、梅里家的姑娘们，还有索利家、达戈内特家及明戈特家几位面色红润的女孩，她们焦急地站在她身后，十分可爱地围成一堆。棕色的头发、金色的支架、浅色的棉布服饰及带花环的帽子，在起射线上方混合成一道柔和的彩虹。沐浴着盛夏的光辉，姑娘们个个年轻漂亮，却没有哪一个像他妻子那样如宁芙[①]般从容自如。这时，只见她绷紧肌肉，笑眉一颦，全神贯注地使足了劲。

“天呀！”阿切尔只听劳伦斯·莱弗茨说，“没人会像她那样拿弓的。”博福特回击道：“不错。可只有这样她才能射中靶子。”

阿切尔感到一阵无端的愤怒。男主人对梅的“优雅举止”略带轻蔑的恭维本应是做丈夫的希望听到的，一个内心粗鄙的人发现她缺乏魅力，这不过是又一次证明她的品质高尚而已。然而，这些话却使他心里有一丝震动。假如“优雅”到了最高境界竟变成其反面，帷幕后面竟是空洞无物，那将怎么办呢？他看着梅最后一轮射中靶心后，正面色红润、心态平静地退出场地，心中暗自想道：他还从未揭开过那片帷幕。

她坦然地接受对手和同伴的祝贺，表现出最最优雅的姿态。没有人会嫉妒她的胜利，因为她让人觉得即使她输了，也会这样心平气和。然而当她的目光遇到丈夫的眼睛时，他那愉快的神色顿然使她容光焕发。

韦兰太太那辆精工制作的马车正等候着他们。他们在四散的马车中穿行离场，梅握着缰绳，阿切尔坐在她身旁。

下午的阳光仍然滞留在美丽的草坪上与灌木丛中，车辆排成两行在贝拉乌大街来往行进，有四轮折篷马车、轻便马车、双座活篷马车及双人对座马车。车上载着盛装的女士、绅士们，他们或是从博福特的花园聚会上离去，或是结束了每天下午的海滨兜风赶着回家。

“我们去看看外婆，好吗？”梅突然提议说。“我想亲自告诉她我得了奖。离吃饭时间还早着呢。”

---

① 宁芙，希腊、罗马神话中居于山林水泽的仙女。

阿切尔默许了，她拨马沿纳拉甘塞特大街下行，横穿斯普林街后，又向远处多石的荒地驶去。就在这片无人问津的地方，一贯无视先例与节俭的老凯瑟琳，在她年轻的时候选中一块俯瞰海湾的便宜地段，为自己建了一座有许多尖顶和横梁的乡村别墅。在矮小浓密的橡树丛中，她的游廊延伸到点缀着小岛的水面上。一条蜿蜒的车道通向漆得锃亮的胡桃木前门，路的一侧有几只铁铸牡鹿，另一侧是一个个长满天竺葵的土丘，上面嵌着些蓝色玻璃球。门的上方是带条纹的游廊顶篷，门内狭长的走廊里铺的是星形图案的木条地板，黑白间色。走廊里共有四个方形小房间，天花板下贴着厚厚的毛面纸，一位意大利画匠将奥林匹斯山诸神全部涂在了上面。自从明戈特太太发福以后，其中的一间就改成了她的卧室，相邻的那间供她消磨时光。她端坐在敞开的门与窗之间一把大扶手椅里，不停地挥着芭蕉扇。由于她异常突出的胸部使扇子远离身体的其他部位，所以扇起的风只能吹动扶手罩的边穗。

因为是老凯瑟琳的干预加快了他的婚事，她对阿切尔表现出施惠者对受惠人的热情。她相信他是由于不可抗拒的爱才缺乏耐心，作为冲动的热情崇拜者（只要不让她破费），她老是像个同谋似的对他亲切地眨眨眼睛，开个暗示性的玩笑。幸运的是梅似乎对此无动于衷。

她兴致勃勃地观察、品评比赛结束时别在梅胸前的那枚钻石包头的箭形胸针。她说，在她们那个年代，一枚金银丝装饰的胸针就让人心满意足了；但是不可否认，博福特把事情办得着实很漂亮。

“这可真是件传家宝呢，亲爱的，”老夫人咯咯笑着说，“你一定要把它传给你的大女儿。”她捏了捏梅白皙的胳膊，注视着她脸上涌起的红潮。“哎呀！我说什么了让你脸上打出了红旗？难道不要女儿——只要儿子，嗯？老天爷，瞧，她又红上加红了！怎么——这也不能说？老天——当我的孩子们恳求我把男女诸神全都画在头顶上时，我总是说，太感谢了，这样谁也不用到我这儿来了，我什么也不用怕了！”

阿切尔哈哈大笑，梅也亦步亦趋，笑得眼睛都红了。

“好了，现在给我讲讲这次聚会吧，亲爱的。从梅多拉那个傻瓜口中，我可休想听到一句实话。”老祖宗接着说。这时梅却大声说：“你说梅多拉姨妈！她不是去了普茨茅斯吗？”老祖宗心平气和地答道：“是啊——不过，她得先来这儿接埃伦。哎——你们还不知道吧？埃伦来和我待了一天。她不来这儿过夏天可真是太蠢了，不过我有五十年不跟年轻人抬扛了。埃伦——埃伦！”她用苍老的尖声喊道，一边使劲向前探身，想看一眼游廊那边的草坪。

没有回音。明戈特太太不耐烦地用手杖敲打着光亮的地板。一个缠着鲜亮头巾的混血女佣应声而来，告诉女主人她看见“埃伦小姐”沿小路去海边了。明戈特太太转向阿切尔。

“像个好孙子那样，快去把她追回来。这位漂亮女士会给我讲聚会的事。”她说。阿切尔站起来，仿佛像在梦里一般。

自他们最后一次见面以来一年半的时间里，他经常听到人们提起“奥兰斯卡”的名字，他甚至熟悉这段时间她生活中的主要事件。他知道，去年夏天她待在纽波特，并频频涉足社交界；但到了秋季，她忽然转租了博福特费尽周折为她觅得的“理想寓所”，决定去华盛顿定居；冬天，阿切尔听说（人们总能听到华盛顿漂亮女人的事），她在一个据说要弥补政府不足的“卓越外交学会”里大出风头。阿切尔十分超脱地听了那些故事，听了关于她的仪表、她的谈话、她的观点与择友的各种相互矛盾的传言，就像在听对一个早已故去的人的回忆那样。直到这次射箭比赛，梅多拉突然提到了她的名字，他才感到埃伦·奥兰斯卡又变成了活生生的人。侯爵夫人那笨拙的咬舌音唤出了炉火映照的小客厅的影像，以及空寂无人的道路上回归的马车车轮的声响。他想起了曾经读过的一个故事：几个托斯卡纳农民的孩子，在路旁的洞穴里点燃一捆草，在他们涂画的坟墓里唤出默然无语的故人的影像……

通向海滨的路从宅院坐落的斜坡一直延伸到水边一条人行小道，路旁垂柳依依。阿切尔透过柳幔瞥见了石灰崖的闪光，还有崖上冲刷得雪白的塔楼和英雄的守塔人艾达·刘易斯住的小房子，她将在里面度过年高德劭的余生。越过灯塔是一片平坦的水域和官方在山羊岛竖起的难看的烟囱。海湾向北延伸是金光闪闪的普鲁登斯岛，岛上满是低矮的橡树，远处的科拿内柯特海岸在暮霭中一片朦胧。

从绿柳掩映的小径上拱起一道纤细的木质防波堤，一直延伸到一幢宝塔式的凉亭。塔里站着一位女士，斜倚栏杆，背对着海岸。阿切尔见此停住脚步，恍然如从梦中醒来。过去的回忆只是一场梦，而现实是坡顶那所房子里等着他的那些事情：韦兰太太的马车沿着门外椭圆形轨迹遛了一圈又一圈；梅坐在伤风败俗的奥林匹斯众神之下，因为隐秘的希望而容光焕发；贝拉乌大街尽头的韦兰别墅，在那儿，韦兰先生已穿好就餐礼服，手持怀表，在客厅里踱来踱去，脸色阴郁而焦躁不安——因为这个家里的人永远都清楚什么钟点办什么事。

“我是什么人？一个女婿——”阿切尔心想。

防波堤尽头的人影纹丝不动。年轻人在半坡上站了很久，注视着海湾来来往往的帆船、游艇、渔船以及由喧噪的拖轮拖着的运煤黑驳船掀起层层波浪。凉亭里的女士似乎也被这景色吸引住了。在灰蒙蒙的福特·亚当斯城堡远处，拉长的落日碎裂成千万个火团。那光辉映红了一只从石灰崖与海滨的夹道中驶出的独桅船船帆。阿切尔一边观看，一边想起了在《肖兰》中看到的那一幕：蒙塔古将艾达·戴斯的丝带举到唇边，而她却不知他在房间里。

“她不知道——她想不到。如果是她出现在我身后，我会不会知道？”他沉思着。忽然他又自言自语地说：“如果在帆船越过石灰崖上那盏灯之前她不转过身来，我立刻就走。”

船随着退却的潮水滑行，滑过石灰崖，遮住了艾达·刘易斯所在的小房子，越过了挂灯的塔楼。阿切尔等待着，直到船尾与岛上最后一块礁石之间出现一道很宽的闪闪发光的水域，凉亭里的人影依然纹丝未动。

他转身朝山上走去。

“真遗憾你没找到埃伦——我本想再见见她的，”他们在薄暮中驱车回家时梅说道。“可也许她并不在乎——看来她变化太大了。”

“变化？”她丈夫平淡地应声说，眼睛盯着马抽搐的耳朵。

“我是说她对自己的朋友那么冷漠，放弃了纽约和她的家，和那么古怪的人混在一起。想想吧，她在布兰克家会多么不自在！她说这是为了防止梅多拉姨妈受损害，阻止她嫁给讨厌的人。可有时候我想，我们一直很让她厌烦。”

阿切尔没有搭话，她接下去说：“我终究还是不明白，她跟她丈夫在一起是不是会更快活些。”话语间带有一丝冷酷，这是阿切尔在她那坦率稚嫩的声音中从未听到过的。

阿切尔爆发出一阵笑声。“上天啊！”他喊道。当她困惑地皱着眉转过脸看他时，他又说：“我以前可从没听你说过一句冷酷话。”

“冷酷？”

“对——观察受罚者的痛苦扭动应该是天使们热衷的游戏。但我想，即使是他们也不会认为人在地狱里会更快活。”

“那么，她远嫁异国可真是件憾事，”梅说，她那平静的语气俨然如韦兰太太应付丈夫的怪癖。阿切尔感到自己已被轻轻推入不通情理的丈夫一族。

他们驶过贝拉乌大街，转弯从两根顶部装着铸铁灯的削角木门柱间通过，这标志着到了韦兰别墅。窗户里已透出闪闪的灯光，马车一停，阿切尔便瞥见岳父恰如他想象的那样，正手持怀表，在客厅里踱来踱去，脸上一副烦闷的表情——他早就发现这样远比发怒灵验。

年轻人随妻子走入门厅，感到心情发生了一种奇怪的变化。在韦兰家的奢华与浓厚的韦兰氛围之中，充满了琐碎的清规戒律与苛求，老是像麻醉剂一样悄悄侵入他的机体。厚重的地毯，警觉的仆人，无休无止嘀嘀嗒嗒提醒的时钟，门厅桌子上不断更新的一沓沓名片与请柬——它们结成一条专横的锁链，把家庭的每个成员每时每刻捆缚在一起，并使任何丰富、不够系统的生存方式变得不真实、不可靠。然而此时此刻，却是韦兰的家，以及这个家里等待他的那种生活变得虚幻而无足轻重，而海滨那短短的一幕，他站在半坡上踌躇不决的那一幕，却像他血管里流的血一样与他贴近。

整整一夜他都没有入睡。在那间印花棉布布置的宽敞卧室里，他躺在梅的身旁看着斜照在地毯上的月光，想象着埃伦·奥兰斯卡坐在博福特的马车后面，穿过闪光的海滩回家的情景。

## 二十二

“为布兰克家举办欢迎会——为布兰克家？”

韦兰先生放下刀叉，焦急、怀疑地望着坐在午餐桌对面的妻子。她调整了一下金边眼镜，以极富喜剧色彩的声调，大声读道：“埃默森·西勒顿教授与夫人敬请韦兰先生偕夫人于八月二十五日下午三时整光临‘星期三午后俱乐部’的聚会，欢迎布兰克太太及小姐们。凯瑟琳街，红山墙。罗·斯·维·波。”

“天啊——”韦兰先生喘了口粗气，仿佛重读了一遍才使他彻底明白这事的荒谬绝顶。

“可怜的艾米·西勒顿——你永远猜不透她丈夫下一步要干什么，”韦兰太太叹息道。“我想他是刚刚发现了布兰克一家。”

埃默森·西勒顿是纽波特社交界的一根刺，而且是一根拔不掉的刺，因为他生在历史悠久、受人尊重的名门望族。正如人们所言，他拥有“一切优势”。他父亲是西勒顿·杰克逊的叔叔，母亲是波士顿彭尼隆家族的一员，双方均有财有势，且门当户对。正像韦兰太太经常说的，根本没有理由——没有任何理由迫使埃默森·西勒顿去做考古学家，或是任何学科的教授；也没有任何理由让他在纽波特过冬，或者干他干的其他那些变革性的事情。如果他真的打算与传统决裂，藐视社交界，那么，至少他不该娶可怜的艾米·达戈内特。她有权期望过“不同的生活”，并有足够的钱置办一辆马车。

在明戈特家族中，没有一个人能理解艾米·西勒顿为什么对丈夫怪诞的作为那样俯首帖耳。他往家里招徕长头发的男人和短头发的女人；外出旅行，他不去巴黎和意大利，反而带她去考察尤卡坦州的墓地。然而他们就是那样自行其是，且显然并没察觉与别人有什么不同。当他们一年一度举办乏味的花园聚会时，住在克利夫的人家，因为西勒顿—彭尼隆—达戈内特家族间的关系，不得不抽签选派一名不情愿的代表参加。

“真是个奇迹，”韦兰太太说。“他们倒没选择赛马会这一天！还记得吧，两年前，他们在朱丽娅·明戈特举办茶会的时候为一个黑人办宴会？据我所知，这次没有其他活动同时进行——这倒是很幸运，因为我们总得有些人要去。”

韦兰先生不安地叹息道：“你说‘有些人要去’，亲爱的——不止一个人吗？三点钟是多么别扭。三点半我必须在家吃药：如果我不按规定服药，那么采纳本库姆的新疗法也就毫无意义了。假如稍后再去找你，必然会赶不上车。”想到这儿，他再次放下刀叉，焦虑使他布满细纹的脸上泛起一片红晕。

“亲爱的，你根本不用去，”妻子习惯性地用愉快的口吻答道。“我还要到贝拉乌大街那一头送几张请柬，三点半左右我过去，多待些时间，以便让可怜的艾米不觉得受了怠慢。”她又迟疑地望着女儿说，“如果纽兰下午有安排，或许梅可以赶车送你，也试一试手织的新挽具。”

韦兰家有一条原则，就是人们的每一天、每一小时都应该像韦兰太太说的——‘有安排’。被迫“消磨时间”（特别是对不喜欢惠斯特或单人纸牌游戏的人来说）这一令人忧伤的可能像幻影般困扰着她，就像失业者的幽灵令慈善家不得安宁。她的另一条原则是，父母绝不应（至少表面上）干扰已婚子女的计划；既要尊重梅的自由又要考虑韦兰先生所说的紧急情况，解决这种难题只能靠神机妙算，这就使得韦兰太太自己的时间每一秒都安排得满满当当。

“当然，我会驾车去送父亲的——我相信纽兰会自己找些事做。”梅说，语气温和地提醒丈夫应有所反应。女婿在安排日程上老显得缺乏远见，这也是经常令韦兰太太苦恼的一个问题。阿切尔在她家度过的两个星期里，问到他下午准备干什么时，他往往似是而非地回答说：“唔，我想换个方式，节省一下午——”有一次，她和梅不得不进行一轮延误已久的午后拜访时，阿切尔却承认他在海滩凉亭后面的大石头下躺了整整一下午。

“纽兰好像从不为将来打算。”韦兰太太有一次试探着向女儿抱怨说。梅平静地答道：“是啊，不过你知道这并不碍事，因为没有特殊事情要做的时候，他就读书。”

“啊，对——像他父亲！”韦兰太太赞同地说，仿佛能体谅这种遗传怪癖似的。从那以后，纽兰无所事事的问题也就心照不宣地不再提了。

然而，随着西勒顿欢迎会日期的临近，梅自然就表现出对他切身利益的忧虑。作为对她暂时离职的补偿，她建议他去奇弗斯家打网球比赛，或乘朱利叶斯·博福特的小汽艇出游。“六点钟我就赶回来，亲爱的，你知道，再晚一点爸爸是决不会乘车的——”直到阿切尔说，他想租一辆无篷小马车，到岛上的种马场为她的马车再物色一匹马，梅才安下心来。他们为挑选马匹已花费了一段时间，这项提议令她十分满意，梅瞥了母亲一眼，仿佛在说：“您瞧，他跟大家一样，知道该怎样安排时间。”

第一次提到埃默森的邀请那天，阿切尔心里就萌发了去种马场选马的念头。但他一直闷在心里，仿佛这计划有什么秘密，暴露了就会妨碍它的实行。尽管如此，他还是采取了预防措施，提前定了一辆无篷车和一对在平路上仍能跑十八英里的车行里的老马。两点钟，他匆匆离开午餐桌，跳上轻便马车便出发了。

天气十分宜人。从北面吹来的微风赶着朵朵白云掠过湛蓝的天空，蓝天下滚动着闪闪发光的大海。此时，贝拉乌大街阒无一人，阿切尔在米尔街的拐角处丢下马夫，转向老海滨路，驱车穿过伊斯特曼滩。

他感到一阵难以名状的兴奋。学生时期，在那些半日的假期里，他正是怀着这种莫名的兴奋投身到未知的世界去的。若让两匹马从从容容地跑，三点钟以前就可望到达离天堂崖不远的种马场，所以，大致看一看马（如果觉得有希望，也可以试一试）之后，仍然有四个小时的宝贵时间供他享用。

一听说西勒顿的欢迎会，他就暗自思量，曼森侯爵夫人肯定会随布兰克一家来纽波特，那么，奥兰斯卡夫人就可能会借此机会再来和祖母待一天。不管怎样，布兰克的住处很可能会空无一人，这样，他就可以满足一下对它朦胧的好奇心而又不显唐突。他不敢肯定自己是否想再见到奥兰斯卡伯爵夫人，但自从在海湾上面的小路上看到她之后，他莫名其妙地萌生了一种荒唐想法，要看一看她住的地方，就像观察凉亭中那个真实的她那样，想了解想象中的她的行踪。这种难以名状的热望日夜不停地困扰着他，就像病人突发奇想，想要一种曾经品尝过、却早已忘记的食物或饮料那样。他无法考虑其他的事，也无法料想这热望会导致怎样的结果，因为他并没有任何想与奥兰斯卡夫人交谈或听听她声音的愿望。他只是觉得，假如他能把她脚踏的那块地面连同天海相拥的那段空间印在脑子里，那么，剩下的那部分世界也许就显得不那么空虚了。

到了种马场，看了一眼他就发现没有他中意的马匹。尽管如此，他还是在里面转了一圈，以便向自己证明他并没有仓促行事。但到了三点钟，他便抖开马缰，踏上了通向普茨茅斯的小路。风已经停了，地平线上一层薄霭预示着退潮后大雾将悄悄淹没沙克耐特，但他周围的田野、树林却笼罩在金色的阳光里。

他驾车一路驶过果园里灰色木顶的农舍、干草场和橡树林；还驶过许多村落，村里礼拜堂的白色尖顶耸入昏暗的天空；最后，他停车向田间耕作的几个人问过路后，转进一条小巷。路两侧的高坡上长满了黄花和荆棘，巷子尽头是一条碧波粼粼的河，在河左边一丛橡树和枫树林前，他看到一幢破败不堪的长房子，护墙板上的白漆都已脱落。

大门正面的路旁有一个敞开的棚屋，新英格兰人用它存放农具，来访的客人则把牲口拴在里面。阿切尔从车上跳下来，把两匹马牵进棚屋，系在木桩上，转身朝房舍走去。房前的一块草坪已沦落成干草场，但左边那片疯长的矩形花园里却满是大丽花和变成了铁锈色的玫瑰丛，环绕着一个幽灵般的格子结构的凉亭。凉亭原是白色，顶部有一个丘比特木雕像，他手中弓箭全无，却继续劳而无功地瞄着准。

阿切尔倚着门呆了一会儿，四顾无人，房内大开的窗户里也没有声响：一只灰白色的纽芬兰犬在门前打盹，看来也和丢了箭的丘比特一样成了没用的守护者。令人不可思议的是，这个死气沉沉、衰落破败的地方竟是爱热闹的布兰克一家的住所，但阿切尔确信没有找错地方。

他在那儿伫立良久，心满意足地观看着眼前的场景，并渐渐受到它使人昏昏欲睡的魔力的影响。但他终于清醒过来，意识到时间在流逝。他是不是该看个够就赶车离开呢？他站在那儿，犹豫不定，突然又想看一看房子里面的情景，那样，就可以想象奥兰斯卡夫人起居的房间了。他可以毫无顾忌地走上前去拉响门铃。假如像他推测的那样，奥兰斯卡夫人已经和参加宴会的其他人一起走了，那么他可以轻而易举地报上姓名，并请求进起居室留个便条。

然而他没有那样做，反而穿过草坪，向矩形花园走去。一进花园，他就看见凉亭里有一件色彩鲜艳的东西，并马上认出那是把粉红色的遮阳伞。它像磁石般吸引着他：他确信那是她的。他走进凉亭，坐在东倒西歪的座位上，捡起那把丝质阳伞，细看雕花的伞柄。它由稀有木料制成，散发着香气。阿切尔把伞柄举到唇边。

他听到花园对面一阵窸窸窣窣的裙裾声。他坐在那儿一动不动，双手紧握的伞柄，听凭窸窣声越来越近而不抬眼去看，他早就知道这情景迟早会发生……

“啊，是阿切尔先生！”一个年轻洪亮的声音喊道。他抬起头，只见布兰克家最小却最高大的女儿站在面前：金发碧眼，但长得粗俗，穿着脏兮兮的棉布衣服，脸颊上一块红色的印痕仿佛向人宣告她刚刚才离开枕头。她睡眼惺忪地盯着他，热情而又困惑不解。

“天哪——你从哪儿来的？我一定是在吊床上睡熟了。别人全都去纽波特了。你拉门铃了吗？”她前言不搭后语地问道。

阿切尔比她更慌乱。“我——没——是这样，我正要去拉。我本是来岛上物色种马，驾车来这儿，想看看能不能碰巧见着布兰克太太和你们家的客人。但这房子似乎空荡荡的——所以我坐下来等一会儿。”

布兰克小姐驱走了睡意，兴趣大增地看着他。“家里是空了。妈妈不在，侯爵夫人也不在——除了我其他人都不在。”说着，她的目光流露出淡淡的责备。“你不知道吗？今天下午，西勒顿教授与夫人为妈妈和我们全家举办花园欢迎会。真遗憾，我不能去，因为我嗓子痛，妈妈怕要等到傍晚才能乘车回来。你说还有比这更扫兴的事吗？当然啦，”她快活地补充说，“如果知道你来，我根本不会在乎的。”

她那笨拙地卖弄风情的征兆变得很明显了，阿切尔鼓起勇气插嘴问道：“可奥兰斯卡夫人——她也去纽波特了吗？”

布兰克小姐吃惊地看着他说：“奥兰斯卡夫人——难道你不知道，她被叫走了？”

“叫走了？——”

“哎呀，我最漂亮的阳伞！我把它借给了大笨鹅凯蒂，因为它和她的缎带挺配，一定是这个粗心的家伙把它丢在这儿了。我们布兰克家的人都像……真正的波希米亚人！”她用一只有力的手拿回伞并撑开它，将玫瑰色的伞盖撑在头上。“对，埃伦昨天被叫走了。你知道，她让我们叫她埃伦。从波士顿发来一封电报，她说大概要去待两天。我真喜欢她的发型，你喜欢吗？”布兰克小姐不着边际地说。

阿切尔继续目不转睛地看着她，仿佛她是透明的，可以看穿似的。他所看到的无非是一把不值钱的粉红色遮阳伞罩在她痴笑的脑袋上。

过了一会儿，他试探地问道：“你是否碰巧知道奥兰斯卡夫人为什么去波士顿？但愿不是因为有坏消息吧？”

布兰克小姐兴致勃勃地表示怀疑：“咳，我认为不会。她没告诉我们电报的内容，我想她不愿让侯爵夫人知道。她看上去是那么浪漫，对吗？当她朗读《杰拉尔丁小姐的求婚》时，是不是让人想起斯科特·西登斯太太？你从没听她读过？”

阿切尔的思绪纷至沓来。仿佛突然间，他未来的一切全都展现在面前：沿着无止无尽的空白望去，他看到一个逐渐渺小的男人的身影，他一生什么事情都不会发生。他打量着四周未经修剪的花园，摇摇欲坠的房舍，暮色渐浓的橡树林。这似乎正是他应该找到奥兰斯卡夫人的地方。然而她却已远走高飞，甚至这把粉红色遮阳伞也不是她的……

他皱着眉犹豫不决地说：“我想，你还不知道——明天我就要去波士顿。如果我能设法见到她——”

尽管布兰克小姐依然面带笑容，但阿切尔却感到她已对自己失去了兴趣。“啊，那当然，你可真好！她住在帕克旅馆。这种天气，那儿一定糟透了。”

在这之后，阿切尔只是断断续续地听进他们之间的对话。他只记得自己坚决回绝了她让他等她的家人回来、用过茶点再走的恳求。最后，在这位女主人的陪伴下，他走出了木雕丘比特的射程，解开马缰绳，驾车走了。在小巷的转弯处，他看见布兰克小姐正站在门口挥动那把粉红色的阳伞。

## 二十三

第二天清晨，阿切尔走下福尔里弗号火车，出现在仲夏季节热气腾腾的波士顿。邻近车站的街道上弥漫着啤酒、咖啡和腐烂水果的气味，衣着随便的居民穿行其间，他们亲切放纵的神态宛如过道里向洗手间走去的乘客。

阿切尔租了辆马车去萨默塞特俱乐部吃早餐。甚至高级住宅区也同样透出一股杂乱无章的气息，而在欧洲，即使天气再热，那些城市也不会堕落到这种境地。穿印花布的看门人在富人的门阶上荡来荡去，广场看起来就像共济会野餐后的游乐场。如果说阿切尔曾竭力想象埃伦·奥兰斯卡所处环境的恶劣不堪，他却从没想到过有哪个地方，会比热浪肆虐、遭人遗弃的波士顿更不适合她。

他慢条斯理地吃着早餐，胃口极好。他先吃了一片甜瓜，然后一边等吐司和炒蛋，一边读一份晨报。自从昨晚告诉梅他要去波士顿办公事，需乘当晚的福尔里弗号并于翌日傍晚回纽约之后，他心中就产生了一种充满活力的新鲜感觉。大家一直认为，他可能这星期前两天就会回城。但显然是命运在作怪，当他从普茨茅斯探险归来时，一封来自事务所的信摆在门厅的桌子角上，为他突然改变计划提供了充足的理由。如此轻而易举地把事情安排停当，他甚至感到羞愧。这使他想起了劳伦斯·莱弗茨为获得自由而施展的巧妙伎俩，一时间心中感到不安。但这并没有困扰他很久，因为他此时已无心细细琢磨。

早餐后，他燃起一支烟，浏览着《商业广告人报》。期间进来了两三个熟人，彼此照例互致寒暄：这个世界毕竟还是老样子，尽管他有一种稀奇古怪的感觉，仿佛自己是从时空之网悄悄溜了出来似的。

他看了看表，见时间已是九点半，便起身进了写字间，在里面写了几行字，指示信差坐马车送到帕克旅馆，他立候回音。然后便坐下展开另一张报纸，试着计算马车到帕克旅馆需要多少时间。

“那位女士出去了，先生，”他猛然听到身边侍者的声音。他结结巴巴地重复道，“出去了？——”这话听起来仿佛是用一种陌生语言讲的。

他起身走进门厅。一定是弄错了，这个时候她是不会出去的。他因自己的愚蠢而气得满脸通红，为什么没有一到这儿就派人送信去呢？

他找到帽子和手杖，径直走到街上。这座城市突然变得陌生、辽阔并且空漠，他仿佛是个来自遥远国度的旅行者。他站在门前的台阶上迟疑了一阵，然后决定去帕克旅馆。万一信差得到的消息是错误的，而她还在那儿呢？

他举步穿过广场，只见树下第一条凳子上，她正坐在那儿。一把灰色的丝绸阳伞挡在她头上——他怎么会想象她带着粉红色阳伞呢？他走上前去，被她无精打采的神态触动了：她坐在那儿，一副百无聊赖的样子。她低垂着头，侧对着他，黑色的帽子下面，发结低低地打在脖颈处，撑着伞的手上戴着打褶的长手套。他又向前走了一两步，她一转身了他。

“哦——”她说，阿切尔第一次见到她脸上露出惊讶的神情。但一会儿工夫，它便让位于困惑而又满足的淡淡笑容。

“哦——”当他站在那儿低头看她时，她又一次低声说，但语气已有所不同。她并没有站起来，而是在长凳上给他空出了位置。

“我来这儿办事——刚到，”阿切尔解释说，不知为什么，他忽然开始假装见到她非常惊讶。“可你究竟在这个荒凉的地方干什么呢？”他实际上不知自己说的是什么。他觉得自己仿佛在很远很远的地方向她叫喊，仿佛不等他赶上，她可能又会消失。

“我？啊，我也是来办事。”她答道，转过头来面对着他。她的话几乎没传进他的耳朵，他只注意到了她的声音和一个令人震惊的事实——她的声音竟没有在他的记忆里留下印象，甚至连它低沉的音调和稍有些刺耳的辅音都不曾记得。

“你改了发型。”他说，心里怦怦直跳，仿佛说了什么不可挽回的话似的。

“改了发型？不——这只是娜斯塔西娅不在身边时，我自己尽可能做的。”

“娜斯塔西娅？可她没跟着你吗？”

“没有，我一个人来的。因为只有两天，没必要把她带来。”

“你一个人——在帕克旅馆？”

她露出一丝旧日的怨恨看着他说：“这让你感到危险了？”

“不，不是危险——”

“而是不合习俗？我明白了，我想是不合习俗。”她沉吟了片刻。“我没想过这一点，因为我刚做了件更不合习俗的事，”她眼神略带嘲讽地说，“我刚刚拒绝拿回一笔钱——一笔属于我的钱。”

阿切尔跳起来，后退了两步。她收起阳伞，坐在那儿，心不在焉地在沙砾上画着图案。他接着又回来站在她面前。

“有一个人——来这儿见你了？”

“对。”

“带着这项提议？”

她点了点头。

“而你拒绝了——因为所提的条件？”

“我拒绝了。”过了一会儿她说。

他又坐到她身边。“是什么条件？”

“噢，不属于法定义务，只是偶尔在他的餐桌首位坐坐。”

又是一阵沉默。阿切尔的心脏以它奇特的方式骤然停止了跳动，他坐在那儿，徒劳地寻找话语。

“他想让你回去——不惜任何代价？”

“对——代价很高，至少对我来说是巨额。”

他又停下来，焦急地搜寻他觉得必须问的问题。

“你来这儿是为了见他？”

她瞪大眼睛，接着爆发出一阵笑声。“见他——我丈夫？在这儿？这个季节他总是在考斯或是巴登。”

“他派了个人来？”

“对。”

“带来一封信？”

她摇摇头说：“不，只是个口信。他从来不写信。我想我一共就收到过他一封信。”一提此事令她双颊绯红，这红润反射给了阿切尔，他也面色通红。

“他为什么从不写信？”

“他干吗要写？要秘书是干什么的？”

年轻人的脸更红了。她说出这个词仿佛它在她的语汇中并不比其他词有更多的意义。一时间，他差一点就冲口发问：“那么，他是派秘书来的？”但奥兰斯基伯爵给妻子的惟一一封信仍停留在他脑海里。他再次停住话头，然后开始下一轮冒险。

“而那个人呢？”

“你指的是使者吗？这位使者，”奥兰斯卡夫人依然微笑着答道，“按我的心意，早该走了，但他却坚持要等到傍晚……以防……万一……”

“那么你出来是为了仔细考虑那种可能？”

“我出来是为了透透气，旅馆里太闷了。我要乘下午的火车回普茨茅斯。”

他们默默无语地坐着，眼睛不看对方，而是直盯着前面过往的行人。最后，她又把目光转到他的脸上，说：“你没有变。”

他很想说：“我变了，只是在又见到你之后，我才是原来的我。”但他猛然站起来，打量着周围又脏又热的公园。

“这里糟透了。我们何不去海湾边待一会儿？那儿有点风，会凉快些。我们可以乘汽船下行去阿利角。”她抬起头迟疑地望了望他。他接着说：“星期一早晨，船上不会有什么人的。我乘的火车傍晚才开，我要回纽约。我们干吗不去呢？”他低头看着她，突然又冒出一句：“难道我们不是已经尽了最大努力克制自己了吗？”

“哦——”她又低声说，接着站了起来，重新撑开阳伞，向四周打量一番，仿佛审视眼前的环境，下决心不能再待在里面了，然后又把目光转到他脸上。“你千万不要对我说那些事了。”她说。

“你喜欢什么我就说什么，或者干脆什么都不说。除非你让我说，否则决不开口。这又能伤害谁呢？我只想听你说话。”他结巴着说。

她取出一只金面小怀表，表上系着彩饰的表链。“啊，不要计算时间，”他脱口而出，“给我一天吧！我想让你甩掉那个人。他什么时候来？”

她的脸又红了。“十一点。”

“那你必须立即回来。”

“你不必担心——如果我不来的话。”

“你也不必担心——如果你来的话。我发誓我只想听听你的情况，想知道你一直在干什么。自从我们上次见面，已经有一百年了——也许再过一百年我们才能再见面。”

她仍然举棋不定，目光焦虑地望着他的脸。“我在奶奶家那天，为什么你不到海滩上接我？”她问道。

“因为你没回头——因为你不知道我在那儿。我发誓只要你不回头，我就不过去。”他想到这种孩子气的坦白，笑了。

“可我是故意不回头的。”

“故意？”

“我知道你在那儿。当你们驾车来时我认出了那几匹马，所以去了海滨。”

“为了尽量离我远些？”

她低声重复说："为了尽量离你远些。"

他又放声大笑起来，这次是因为男孩子的满足感。"哎，你知道，那是没用的。我还可以告诉你，"他补充说，"我来这儿要办的公事就是找你。可你瞧，我们必须动身了，否则会误了我们的船。"

"我们的船？"她困惑地皱起眉头，接着又嫣然一笑。"啊，可我必须先回旅馆，我得留个便条——"

"你喜欢留多少就留多少。你可以在这儿写。"他取出皮夹和一支自来水笔。"我甚至有个信封——你看，事事都是命中注定的！来——把它固定在膝盖上，我马上就会让笔听话，等着——"他用力以拿笔的手敲打着凳子背。"这就像把温度计里的水银柱甩下来，是个小把戏。现在试试看——"

她大笑起来，然后在阿切尔铺在皮夹上的纸上写起来。阿切尔走开几步，用那双喜气洋洋的眼睛盯着过往的行人，却视而不见，那些人轮番驻足注视这不寻常的光景：在广场的长凳上，一位穿着时髦的女士伏在膝头写信。

奥兰斯卡夫人将信纸塞进信封，写上名字，装进口袋，然后她站了起来。

他们返身向比肯街走去。在俱乐部附近，阿切尔看到了将他的便函送往帕克旅馆的那辆装饰豪华的赫迪克马车。车夫正在拐角处的水龙头上冲洗脑门，以解送信的劳累。

"我对你说了，一切都是命中注定的！这儿有辆出租马车，你看！"他们大笑起来，对眼前的奇迹感到惊讶。在这座依然把出租马车场看做"舶来"的新事物的城市里，在这样的时刻和地点，他们竟找到一辆公用马车！

阿切尔看了看表，发现去汽艇停泊地之前还来得及乘车去一趟帕克旅馆。他们咔嗒咔嗒地沿着热气腾腾的街道疾驶，到旅馆门前停了车。

阿切尔伸手要信。"我把它送进去吧？"他问，但奥兰斯卡夫人摇了摇头，从车上跳下来，消失在玻璃门里面。时间还不到十点半，可是，假如那位信使等答复等得不耐烦，又不知如何打发时间，正好坐在阿切尔在她进旅馆时瞥见的附近那些喝冷饮的游客中，那可怎么办?

他等着，在赫迪克马车前踱来踱去。一个眼睛跟娜斯塔西娅一样的西西里青年要给他擦靴子，一名爱尔兰女子要卖给他桃子。隔不了几分钟玻璃门便打开，放出一些急匆匆的人。他们把草帽远远推到脑后，眼睛打量着他从他身边过去。他奇怪门怎么开得这么勤，而且从里面出来的人竟如此相似，长得全都像此时此刻从本地各旅馆旋转门中进进出出的那些急匆匆的人。

这时，突然出现了一张与众不同的脸，从他视线中一晃而过，因为他已走到踱步范围的尽头，是他转身折回旅馆时看见的，在几种类型的面孔中——倦怠的瘦脸、惊诧的圆脸、温和的长脸——一张迥然不同的脸。那是一张年轻男子的脸，也很苍白，被热浪或焦虑或两者折磨得萎靡不振，但不知何故，看上去却比那些面孔机敏、生动或更为清醒，也许是因为它迥然不同才显得如此。片刻间阿切尔似乎抓住了一根记忆的游丝，但它却迅即扯断，随着那张逝去的脸飘走了。显然那是张外国商人的脸，在这样的背景下益发像外国人。他随着过往的人流消逝了，阿切尔重新开始他的巡逻。

他不愿在旅馆的视界内让人看见他手中拿着表。单凭估算的时间，他觉得，如果奥兰斯卡夫人这么久还没回来，只能是因为她遇上了那位使者，并被他拦住了。想到这里，阿切尔心中忧虑万分。

"如果她不马上出来，我就进去找她。"他说。

门又打开了，她来到他身边。他们进了马车，马车启动时，他掏出怀表一看，发现她只离开了三分钟。松动的车窗发出咔嗒咔嗒的声响，无法进行交谈。他们在没有规则的鹅卵石路上颠簸着，向码头奔去。

船上空着一半位子，他们并肩坐在长凳上，觉得几乎无话可讲，或者更确切地说，这种与世隔绝、身心舒展的幸福沉默完美地表达了他们要说的话。

桨轮开始转动，码头与船只从热雾中向后退去，这时，阿切尔觉得过去熟悉的一切习俗也都随之退却。他很想问一问奥兰斯卡夫人是否也有同样的感觉：感觉他们正起程远航，一去不返。但他却害怕说出这些话，害怕打破支持她对他的信任的那种微妙的平衡。事实上，他也不希望辜负这种信任。他们亲吻的记忆曾日日夜夜灼烫着他的双唇，甚至昨天去普茨茅斯的路上，想起她心里还像着了火一般。然而此刻她近在眼前，他们正一起漂向一个未知的世界，亲近得仿佛已达到了那种手指轻轻一碰，就会立即分开的深层境界。

船离开港湾向大海驶去。一阵微风吹来，水面上掀起泛着油污的长长的波浪，随后又变成浪花飞溅的涟漪。热雾仍挂在城市上空，但前方却是一个水波起伏的清凉世界，远处灯塔耸立的海岬沐浴在阳光中。奥兰斯卡夫人倚着船栏，张开双唇吮吸着这份清凉。她把长长的面纱缠在帽子周围，却把脸露了出来，阿切尔被她那平静、愉悦的表情打动了。她似乎将他们这次冒险视为理所当然的事，既不为意外遇上熟人而担心，也不因有那种可能而过分得意（那样更糟）。

在小旅店简陋的餐厅里——阿切尔本希望他们两个人可以独处——他们发现有一群唧唧喳喳、面目天真的青年男女。店主告诉他们，那是一群度假的教师。一想到必须在他们的嘈杂声中交谈，阿切尔的心不觉往下一沉。

“这不行——我去要个包间。”他说。奥兰斯卡夫人没提任何异议，等着他去找房间。包间开在长长的木制游廊上，大海穿过窗口扑面而来。屋子简陋却很凉爽，餐桌上铺着一块粗糙的花格桌布，放着一瓶泡菜和装在笼里的紫浆果馅饼。人们一眼便能看出，这小间是专供情人幽会的庇护所。阿切尔觉得，奥兰斯卡夫人在他对面坐下时，她脸上略显愉快的笑容流露了对这个所在的安全感。一个逃离了丈夫的女人——

据说还是跟另一个男人一起逃离的——很可能已经掌握了处乱不惊的艺术。然而她那镇定自若的神态却遏止了他的嘲讽。她那样沉稳、镇静、坦然，说明她已经挣脱了陈规陋俗，并使他觉得，两位有许多话要谈的老朋友，找个僻静的处所是件很自然的事……

## 二十四

他们一边细嚼慢咽，一边沉思默想，时而滔滔不绝，时而缄口无言。因为紧箍咒一旦打破，他们都有很多话要说，但间或，话语又变成无言的长篇对白的伴奏。阿切尔不谈自己的事，他并非有意如此，而是不想漏掉她过去的每个细节。她倚着桌子，双手紧托着下巴，向他讲述他们相会之后一年半时间里发生的事情。

她渐渐厌倦了人们所说的“社交界”；纽约社会是友善的，它的殷勤好客几乎到了令人难以忍受的地步；她不会忘记它是怎样欢迎她归来的；但经历了最初的新奇兴奋之后，她发现自己像她说的那样“格格不入”，她无法喜欢纽约喜欢的事情。所以，她决定去华盛顿试试看，在那里大概可以遇到各种各样的人，听到各种各样的见解。总之，她或许应在华盛顿安顿下来，在那儿为可怜的梅多拉提供一个家。所有其他的亲戚都已对她失去了耐心，而那时她又最需要照顾，最需要防止婚姻的危险。

“可是卡弗博士——你不是担心他吧？我听说，他一直和你们一起在布兰克家。”

她莞尔一笑。“咳，卡弗危机已经过去了。卡弗博士人很聪明，他想要一个有钱的妻子为他的计划提供资金。作为一名皈依者，梅多拉只是个好广告。”

“皈依什么？”

“皈依各种新奇疯狂的社会计划呀。不过，你知道吗，我对那些计划倒是更感兴趣，它们胜过盲从传统，盲从他人的传统——像我在我们的朋友中间见到的那些。如果探索美洲只是为了把它变成另一个国家的翻版，那似乎是很愚蠢的，"她在桌对面笑了笑。"你能想象克里斯托弗·哥伦布历尽艰辛只是为了跟塞尔弗里奇·梅里一家去看歌剧吗？"

阿切尔脸色大变。"那么博福特——你常跟博福特谈起这些事吗？"他突然问道。

"我很久没见他了，但过去常对他讲，他能理解。"

"啊，还是我一再对你说的那句话，你不喜欢我们。你喜欢博福特，因为他与我们截然不同。"他环视空荡荡的屋子、外面空荡荡的海滨，以及沿海岸一字排列的空荡荡的白色农舍。"我们愚蠢透顶，没有个性，没有特色，单调乏味。——我觉得奇怪，"他脱口而出，"你干吗不回去呢？"

她的眼睛黯淡下来，他等待着她愤然还击。然而她却坐着一声不吭，仿佛在细细考虑他说的话。他开始害怕了，惟恐她会说她也觉得奇怪。终于，她开口说："我想是因为你的缘故。"

没有比这更不动声色的坦白了，或者说，没有比这更能激发听者虚荣心的口吻了。阿切尔的脸红到了太阳穴，他却既不敢动弹又不敢开口：仿佛她的话是只珍稀的蝴蝶，只要有一点儿轻微的响动，便会令它振动受惊的翅膀飞走；而若不受惊扰，它便会在周围引来一群蝴蝶。

"至少，"她接下去说，"是你使我认识到，在愚钝的背后还有那么美好、敏感而优雅的东西，它使我在另一种生活中喜爱的事物也相形见绌。我不知该怎样表达——"她苦恼地皱起了眉头。"但我以前似乎从不知道为了那些高雅的乐趣，我要付出多少艰辛和屈辱。"

"高雅的乐趣——是值得追求的啊！"他想这样顶她一句，但她恳求的目光使他沉默了。

她接着说："我想非常诚实地对待你——和我自己。很久以来，我就盼望有这样一次机会，能告诉你，你怎样帮助了我，你怎样改变了我——”

阿切尔坐在那儿，紧锁眉头，睁大了眼睛。他笑了一声，打断了她的话。“可你知道你如何改变了我吗？”

她脸色有些苍白地问：“改变了你？”

“对，你改变我的东西远比我改变你的要多。我娶了一个女人是因为另一个女人要我这么做。”

她苍白的脸色顿时红了。“我以为——你答应过——今天不讲这些事。”

“啊——真是个十足的女人啊！你们这些女人谁都不肯把一件糟糕的事解决好！”

她压低声音说：“那是糟糕的事吗——对梅来说？”

他站在窗口，敲打着拉起的吊窗框，每根神经都感受到她提起表妹的名字时那种眷恋之情。

“因为这正是我们一直不得不考虑的——不是吗——你自己的表现不也说明如此吗？”她坚持说。

“我自己的表现？”他重复说，茫然的双眼仍然望着大海。

“如果不是，”她接着说，痛苦专注地继续追寻着自己的思路，“如果不值得为了让别人免于幻灭与痛苦而放弃一些东西，失去一些东西——那么，我回家来的目的，让我的另一段生活因为没人关心而显得空虚可悲的这一切——不都变成了虚假的梦幻——”

他原地转过身来。“如果是这样，那你就更没有理由不回去了？”他替她下结论说。

她绝望地两眼紧盯着他说：“啊，是没有理由吗？”

“没有——如果你把全部赌注都押在我婚姻的成功上。我的婚姻，”他粗暴地说，“不会成为留住你的一道风景。”她没有做声，阿切尔继续说，“这有什么意义呢？你使我第一次认识了真正的生活，而同时，你又要求我继续过虚伪的生活。这是任何人都无法忍受的——仅此而已。”

“啊，别这样说，我在忍受着呢。”她嚷道，眼睛里噙满了泪水。

她的双臂顺着桌子垂下去，她坐在那儿，任他凝视着自己的脸，仿佛对面临的严重危险已毫无顾忌。这张脸仿佛把她整个儿袒露了出来，让人看到里面的灵魂。阿切尔站在那儿目瞪口呆，被这种突然的表示吓得不知所措。

“你也——啊，这些日子，你也在忍受吗？”

作为回答，她让噙着的泪珠溢出眼睑，缓缓流淌下来。

他们两人之间仍有半室之隔，而彼此都没有移动的表示。阿切尔意识到自己对她的肉体存在有一种奇怪的冷漠：假如不是她突然伸到桌子上的一只手吸引住他的视线，他几乎就没有觉察到它。就像那一次在二十三街那个小房子里，为了不去看她的脸庞，他一直盯着这只手。他的想象力在这只手上盘旋着，就像在旋涡的边缘那样，但他仍不想接近她。他知道爱抚会激化爱情，而爱情又会激化爱抚。但这种难分难解的爱却是表面的接触无法满足的，他惟恐任何举动会抹去她话语的声音与印象，他惟一的心思是他永远不再感到孤独。

但过了一会儿，一种荒废时光的感觉又控制了他。在这儿，他们就在这儿，靠得很近，安全而又隐蔽。然而他们却被各自的命运所束缚，仿佛隔着半个世界。

“这还有什么意义呢——既然你准备回去？”他突然喊道。他的言外之意是绝望地向她乞求：我究竟怎样才能留住你？

她坐着纹丝不动，眼睑低垂。“哦——我现在还不会走嘛！”

“还不会？那么，到某一时间就走？你已经预定了时间？”

听到这儿，她抬起一双清澈的眼睛说：“我答应你，只要你坚持住，只要我们能像现在这样正视对方，我就不走。”

他坐进自己的椅子里。她的回答实际上是说：“你抬起一根指头就能把我赶回去，回到你了解的所有那些令人厌恶的事情中去，回到你部分猜中的那些诱惑中去。”他心里完全明白，仿佛她真的说出了这些话。这念头使他怀着激动、虔诚的心情顺从地固定在桌子这一边。

“这对你将是怎样一种生活啊！——”他呻吟着说。

“哦——只要它属于你生活的一部分。”

“我的生活也属于你生活的一部分？”

她点了点头。

“而这就是全部——对我们两人来说？”

“对，这就是全部，不是吗？”

听到这儿，他跳了起来，除了她可爱的面容，他什么都不记得了。她也站了起来，既不像是迎接他，也不像是逃避他，而是很镇静。既然任务最棘手的部分已经完成，那么她只需等待了。她是那样镇静，当他走近时，她伸出双手，不是阻挡他而是引导他。她的双手被他握住，她伸开的前臂并不僵硬，却把他隔在一定的距离，让她那张已经屈服的脸讲完余下的话。

也许他们这样站了很久，也许只有几秒钟时间，但这已足够让她默默地传达出她要说的一切，同时也使他感觉到只有一件事是重要的：他一定不能轻举妄动，以免使这次相会成为诀别；他必须把他们的未来交给她安排，他只能请求她牢牢把它抓住。

“不要——不要不高兴，”她说，声音有点嘶哑，同时把手抽了回去。他答道：“你不回去了——你不回去了？”仿佛那是他惟一无法忍受的事情。

“我不回去了。”她说罢，转身打开门，率先朝公共餐厅走去。

那群叽叽喳喳的教师正整理行装，准备三五成群地奔向码头。沙滩对面的防波堤前停着那艘白色的汽船。在阳光照耀的水面那一边，波士顿隐约出现在一片雾霭之中。

## 二十五

重新回到船上，在众人面前，阿切尔感觉到一种宁静的情绪，这情绪一方面支持着他，一方面又令他惊异。

根据任何现行的价值标准，这一天也得算是十分可笑的失败。他甚至都没有亲吻奥兰斯卡夫人的手，也没从她口中掏出一句话，允诺另外的机会。然而对于一个因爱情不美满而苦恼、与热恋对象分开了如此之久的男人来说，他觉得自己近乎屈辱地获得了平静与安慰。他们必须对他人忠诚又对自己忠诚，她在两者之间求得的绝对平衡令他既十分激动又十分平静。她的眼泪与踌躇可以作证，这种平衡并不是巧妙筹划的，而是她问心无愧的真诚所导致的必然结果。这使他心中充满一种温馨的敬畏。现在危险已经过去，他更是谢天谢地，自己没有受个人虚荣心与游戏人生的意念的诱惑而去诱惑她。他们在福尔里弗车站握手告别。他独自转过身去之后，甚至还依然确信，他们的会见所挽救的要比他牺牲的东西多得多。

他漫步回到俱乐部，又走进空无一人的图书室坐了下来，心中再三回忆他们厮守的那几个小时的每一时刻。他很清楚，而且经过仔细分析越来越清楚，假如她最终决定回欧洲，回到她丈夫身边，那也不会是因为过去生活的诱惑，即使算上对她提出的新条件。不，只有当她感觉自己成了对阿切尔的诱惑，成了背离他们共同确立的准则的诱惑时，她才会走。她的选择是留在他的近处，条件是只要他不要求她更近。能否把她安全而又隐蔽地留在那儿——这完全取决于他自己。

到了火车上，这些思绪依然伴随着他。它们就像金色的雾霭包围着他，透过这层雾霭，他周围那些面孔都显得遥远、模糊。他有一种感觉：假如他和旅伴们谈话，他们很可能听不懂他说的是什么。第二天早晨，在这种神不守舍的状态中醒来，他才发现自己面前的现实是纽约九月份沉闷的白天。长长的列车上那些热蔫了的面孔从他跟前川流而过，他仍然透过那片金色的朦胧呆看着他们。但他正要离开车站的时候，猛然有一张脸从那群面孔中分离出来，越来越近，强加于他的知觉。他即刻便想起来：这是他前一天曾见过的那个年轻人的脸，在帕克旅馆外面注意到的那张难以归类的脸，它不像是美国旅馆里常见的面孔。

此刻他又产生了同样的感觉，又是心中一动，产生一种对过去的模糊联想。那年轻人站在那里，带着一副外国人饱尝美国旅行苦头的困惑四下打量，接着他朝阿切尔走过来，举起帽子用英语说："先生，我们一定是在伦敦见过面吧？"

"啊，不错，是在伦敦！"阿切尔好奇又同情地握住他的手说。"这么说，你到底还是到这儿来了？"他大声问，一边向小卡弗利的法语教师那张机敏而憔悴的脸投去惊异的目光。

"啊，我到这儿来了——不错，"里维埃先生嘴一撇露出笑容说，"不过待不长，后天我就回去。"他站在那儿，用戴着平整手套的手抓着他的小旅行箱，焦急、困惑，几乎是求助地盯着阿切尔的脸。

"先生，既然幸运地遇见了你，不知可不可以——"

"我正要提议呢，过来吃午饭，好吗？进城去，我是说，如果你肯到我的事务所找我，我会带你去那一带一家很不错的饭店。"

里维埃先生显然很受感动，并且颇感意外。"你太客气了。我只不过想问一下，你能否告诉我怎样找到运输工具。这儿没有搬行李的，好像也没人听——"

"我知道，我们美国的车站一定让你大吃一惊。你要找搬运工，他们却给你口香糖。不过你若是跟我来，我会拉你一把的。同时，真的，你一定要跟我一起吃午饭。"

经过一阵明显的犹豫，那年轻人再三道谢，用一种不完全令人信服的口气说他已有约在先。不过当他们到了街上，心绪比较安定之后，他问他是否可在下午造访。

阿切尔正处于盛夏公事清闲的时期，他确定了钟点，草草写了他的地址，法国人连声道谢地装进口袋，并使劲挥动礼帽。一辆马车接他上去，阿切尔走开了。

里维埃先生准时到达，他刮了脸，熨了衣服，但明显还很憔悴、严肃。阿切尔一个人在办公室，那位年轻人没等接受他的让坐，便突然开口说：“先生，我想昨天在波士顿我见到过你。”

这项声明实在无足轻重，阿切尔正准备表示认同，他的话却被客人逼人的目光中一种诡秘、启发性的神情给卡住了。

“事情很意外，太意外了，”里维埃先生接着说。“我们竟会在我卷入的事情中相遇。”

“是什么样的事情？”阿切尔问道，他有些粗鲁地怀疑他是不是需要钱。

里维埃先生继续用踌躇的目光审视着他说：“我来这儿不是为了找工作，像上次见面时我说的那样，而是负有特殊的使命——”

“啊——！”阿切尔喊了一声。一瞬间，两次的相遇在他脑海里联系了起来。他停顿一下，考虑着他豁然明白了的情况，里维埃先生也保持沉默，仿佛意识到他讲的已经足够了。

“特殊使命。”阿切尔终于重复了一句。

年轻的法国人伸开两只手掌，轻轻往上举了一下。两个人继续隔着办公桌你看着我，我看着你，直到阿切尔想起来说：“请坐下吧。”里维埃先生点了点头，在远处一把椅子上坐下，又等了起来。

“你是想同我谈谈这项使命的问题吗？”阿切尔终于问道。

里维埃低下头说：“不是为了我自己，那方面我已经办妥了。我想——如果可以——对你谈一谈奥兰斯卡伯爵夫人的事。”

阿切尔几分钟前就明白了他会说这些话，但等他真的讲开了，他仍然觉得一股热血冲上了太阳穴，仿佛被灌木丛中的一根弯枝给绊住了似的。

“那么，你为了谁的利益对我谈？”他说。

里维埃先生十分坚定地回答了这个问题。“唔——恕我冒昧，是为了她的利益。或者换句话说，是为了抽象的正义。”

阿切尔讥讽地打量着他说：“换句话说，你是奥兰斯基伯爵的使者吧？”

他发现自己脸上的红晕更深地反射到里维埃先生那灰黄的脸上去了。“他没有派我来找你，先生。我来找你，是出于完全不同的理由。”

“在这种情况下，你还有什么权力考虑其他理由呢？”阿切尔反驳说，“使者就是使者嘛。”

那年轻人沉思了一会儿说：“我的使命已经结束。就奥兰斯卡夫人的情况而言，我的使命已经失败。”

“这我可帮不了你的忙。”阿切尔仍然以讽刺的口吻说。

“对，但是你有办法——”里维埃先生停住口，用那双仍然细心戴了手套的手把他的帽子翻转过来，盯着它的衬里，然后目光又回到阿切尔脸上。“你有办法的，先生，我确信你能帮助我，让我的使命在她家人面前同样归于失败。”

阿切尔向后推了一下椅子，站了起来。“啊——老天爷，我才不干呢！”他大声喊道。他双手插在口袋里，站在那儿怒气冲冲地低头瞪着那个小法国人。尽管他也站了起来，但他的脸仍然低于阿切尔的眼睛一两英寸。

里维埃先生脸色苍白得恢复了本色，白得几乎超过了他肤色的变化限度。

“究竟为什么，”阿切尔咆哮般接着说，“你竟认为——我料想你来求我是因为我与奥兰斯卡夫人的亲缘关系——我会采取与其他家庭成员相反的态度呢？”

在一段时间内，里维埃先生脸上表情的变化成了他惟一的回答。他的神色由胆怯渐渐变成纯粹的痛苦，对于他这样一个平时颇为机敏的年轻人来说，其孤立无助、束手无策的样子简直已到了无以复加的地步。“哎呀，先生——”

“我想象不出，”阿切尔继续说，“在还有很多人与伯爵夫人关系更密切的情况下，你为什么会来找我，更不明白你为什么以为我更容易接受你奉命带来的那些观点。”

里维埃先生窘迫、谦恭地忍受了这种攻击。“先生，我想向你提出的观点是属于我自己的，而不是奉命带来的。”

“那我就更没有理由要洗耳恭听了。”

里维埃注视的目光又一次落到帽子上，他仿佛在考虑最后这句话是否是明显提醒他该戴上帽子走人了。后来，他突然下定了决心说：“先生——我只问你一件事，好吗？你想知道我来这儿的原因吗？要么，你大概以为事情已经全部结束了吧？”

他沉静坚定的态度反使阿切尔觉得自己的咆哮有些笨拙，里维埃的软磨硬缠成功了。阿切尔有点脸红，又坐回自己的椅子里，同时示意那年轻人也坐下。

“请你再讲一遍，为什么事情还没结束呢？”

里维埃又痛苦地凝视着他。“这么说，你也同意其他家庭成员的意见，认为面对我带来的这些新提议，奥兰斯卡夫人不回到她丈夫身边几乎是不可能的了？”

“我的上帝！”阿切尔大声喊道，他的客人也认同地低声哼了一声。

“在见她之前，我按奥兰斯基伯爵的要求，先会见了洛弗尔·明戈特先生。去波士顿之前我与他交谈过好几次。据我所知，他代表他母亲的意见，而曼森·明戈特太太对整个家庭的影响很大。”

阿切尔坐着一言不发，他觉得仿佛是攀在一块滑动的悬崖边上似的。发现自己被排除在这些谈判之外，甚至谈判的事都没让他知道，这使他大为惊讶，以致对刚刚听到的消息都有点儿见怪不怪了。刹那间他意识到，如果这个家的人已不再同他商量，那是因为某种深层的家族本能告诫他们，他已经不站在他们一边了。他猛然会意地想起梅的一句话——射箭比赛那天，他们从曼森·明戈特家坐车回家时，她曾说：“也许，埃伦还是同她丈夫在一起更幸福。”

即使因为这些新发现而心烦意乱，阿切尔也还记得他那声愤慨的喊叫，以及自那以后他妻子再也没对他提过奥兰斯卡夫人的事实。她那样漫不经心地提及她，无疑是想拿根草试试风向，把试探的结果报告给了全家人，此后阿切尔便从他们的协商中被悄悄地排除了。他对让梅服从这一决定的家族纪律深感赞赏，他知道，假如受到良心责备，她是不会那样做的。不过很可能她与家族的观点一致，认为奥兰斯卡夫人做个不幸的妻子要比分居好，并认为与纽兰讨论这事毫无用处，他有时桀骜不驯，无视常规，让人挺为难。

阿切尔抬头一望，遇到了客人忧虑的目光。“先生，难道你不知道——你可能不知道吧——她的家人开始怀疑，他们是否有权劝说伯爵夫人拒绝她丈夫最后的提议。”

“你带来的提议？”

“是我带来的提议。”

阿切尔真想对里维埃大叫大喊：不管他知道什么还是不知道什么，都与他里维埃毫不相干。但里维埃目光中谦恭而又顽强的神情使他放弃了自己的决定。他用另一个问题回答了那位年轻人的提问：“你对我讲这件事的目的是什么呢？”

他立即听到了回答：“请求你，先生——用我的全部力量请求你——别让她回去——啊，别让她回去！”里维埃大声喊道。

阿切尔越发震惊地看着他。毫无疑问，他的痛苦是真诚的，他的决心是坚定的。他显然已打定主意，要不顾一切地申明自己的观点。阿切尔沉思着。

“我可否问一下，”他终于说，“你是不是本来就站在奥兰斯卡夫人一边？”

里维埃先生脸红了，但目光却没有动摇。“不，先生，我忠实地接受了任务。由于不必烦扰你的理由，我当时真的相信，对奥兰斯卡夫人来说，恢复她的地位、财产以及她丈夫的地位给她带来的社会尊重，会是一件好事。”

“我也这么想，否则的话，你是很难接受这一任务的。”

“否则我是不会接受的。”

“唔，后来呢——？”阿切尔又停住口，两双眼睛又一次久久地互相打量着。

“哦，先生，在我见过她之后，听她讲过之后，我明白了：她还是在这儿更好。”

“你明白了——？”

“先生，我忠实地履行了我的使命。我陈述了伯爵的观点，说明了他的提议，丝毫没有附加我个人的评论。伯爵夫人十分善意地耐心听了，她真是太好了，竟然接见了我两次。她不带偏见地认真考虑了我讲的全部内容。正是在这两次交谈的过程中我改变了想法，对事情产生了不同的看法。”

“可否问一下，是什么原因导致了这一变化吗？”

“只因为看到了她的变化。”里维埃回答说。

“她的变化？这么说你以前就认识她？”

年轻人的脸又红了。“过去在她丈夫家我经常见她。我和奥兰斯基伯爵相识已经多年。你可以想象，他不会把这样的使命派给一位陌生人吧。”

阿切尔凝视的目光不觉转向办公室空荡荡的墙壁，停在一本挂历上面。挂历顶上是粗眉大眼的美国总统的尊容。这样一场谈话居然发生在他统治下的几百万平方英里的版图之内，真是令人难以想象的怪事。

“你说改变——是什么样的改变？”

“啊，先生，要是我能向你说明就好了！”里维埃停顿了一下又说，“我想，是我以前从未想到过的发现：她是个美国人。而且，假如你是一个她那样的——你们那样的——美国人，那么，在另外某些社会里被认可的东西，或者至少是在一般公平交换中可以容忍的东西，在这里就变得不可思议，完全不可思议。假如奥兰斯卡夫人的亲属了解这些事情，那么，他们无疑就会跟她的意见一样，绝对不会同意她回去了。但是，他们好像认为她丈夫既然希望她回去，就说明他强烈地渴望过家庭生活。”里维埃停了停又继续说，“而事情并非这么简单。”

阿切尔又回头看了看那位美国总统，然后低头看着他的办公桌，以及桌上散乱的文件。有一会儿工夫，他觉得自己说不出话来了。这当儿他听见里维埃坐的椅子被推到后面，感觉到那年轻人已经站了起来。他又抬头一望，只见他的客人跟他一样激动。

“谢谢你。”阿切尔仅仅说。

“我没什么可谢的，先生。倒是我，更应——”里维埃突然住了口，好像讲话也变得困难了。“不过我还想——补充一件事，”随后他以镇定下来的声音说，“你刚才问我是否受雇于奥兰斯基伯爵。眼下我是受雇于他。几个月前，由于个人需要的原因——那种任何一个要供养家中病人和老人的人都会有的原因——我回到了他的身边。不过从我决定到这儿来给你说这些事的那一刻起，我认为自己已经被解雇了。我回去之后就这样告诉他，并向他说明理由。就这样吧，先生。”

里维埃先生鞠了个躬，向后退了一步。

“谢谢你。”阿切尔又说了一遍，这时，他们的手握在了一起。

## 二十六

每年到了十月十五日这一天，第五大街便打开百叶窗，铺开地毯，挂起三层的窗帘。

到十一月一日，这种家政仪式便告结束，社交界已开始审时度势，并进行自我评估。到十五日这天，社交季节便进入鼎盛时期，歌剧院与剧场推出新的精彩剧目，宴会预约与日俱增，各式舞会也在择定时日。大约就在这个时候，阿切尔太太总是要评论说：纽约真是今非昔比。

她站在一个非参与者超然的立场上观察上流社会，在杰克逊先生与索菲小姐的帮助下，能够发现它表面的每一点瑕疵，以及社交界井然有序的植物中冒出来的所有陌生的莠草。在阿切尔的少年时代，一年一度等着听母亲的评判，听她列举他粗心漏过的那些细微的衰败迹象，曾经是他的一件乐事。在阿切尔太太的心目中，纽约不变则已，一变总是每况愈下，而索菲·杰克逊小姐也衷心赞同这一观点。

饱经世故的西勒顿·杰克逊先生总是保留自己的看法，以一种不偏不倚的调侃态度倾听两位女士的哀叹。然而就连他也从不否认纽约已经变了。在纽兰·阿切尔婚后第二年的冬天，他本人也不得不承认，即使说纽约尚没有实际的变化，那么，它肯定已经开始在变了。

这些观点照例是在阿切尔太太的感恩节宴会上提出来的。这一天，当她按法定的要求为一年的祝福谢恩时，她总是习惯对自己的处境进行一番虽算不上痛苦却很悲伤的审视，并且想不出有什么事情值得感谢。不管怎么说，上流社会已没有上流社会的样子了。上流社会——如果说还存在的话——反而成了一种招圣经诅咒的光景。实际上，当阿什莫尔牧师选取耶利米书的一篇作为感恩节训导辞时，人人都明白他的意图是什么。阿什莫尔是圣马修教堂新任教区牧师，他被选出来任职是因为他思想“先进”：他的布道辞被认为思想大胆、语言新颖。当他怒斥上流社会的痼疾时，总是说起它的“潮流”。对阿切尔太太来说，感觉自己属于一个像潮水般流动的群体，既令人可怕，却又有些诱人。

“阿什莫尔牧师的话无疑是对的，的确有一股明显的潮流，”她说，仿佛它像房子上的裂缝，是看得见摸得着的。

“可在感恩节这天宣扬它，真有些奇怪，”杰克逊小姐发表意见说。女主人冷冰冰地说：“唔，他的意思是让我们对剩下的东西表示感激。”

阿切尔过去对母亲一年一度的预言常常付之一笑，可今年听了列举的那些变化，连他也不得不承认，这种“潮流”是显而易见的。

“就说穿着上的奢侈吧——”杰克逊小姐开始了。“西勒顿带我去看了首场歌剧，说真的，只有詹尼·梅里那身衣服还能看出跟去年一样，不过连这身衣服也把前片的镶条给改了。可我知道她仅仅两年前才从沃思订购，因为我的女裁缝常到那儿去，把她的巴黎服装改过再穿。”

“唉，詹尼·梅里跟我们还是同一代人呢。”阿切尔太太叹口气说。这年头，女士们一走出海关就到处炫耀她们的巴黎服装，而不像她这一代人那样，先把衣服锁在衣柜里压一压。生活在这样的时代，仿佛并不是件令人羡慕的事。

“是啊，像她这样的人为数不多。在我年轻的时候，”杰克逊小姐应声说，“穿最新的时装被认为很粗俗。阿米·西勒顿一直对我说，波士顿的规矩是把自己的巴黎服装先搁置两年再穿。老巴克斯特·彭尼洛太太是个事事都出手大方的人，她过去每年进口十二套，两身丝绒的，两身缎子的，两身丝绸的，另外六套是府绸和开司米精品，属于长期订购。由于她去世前生了两年病，人们发现有四十八套沃思衣服压根没从纱纸包中取出来过。她的女儿们停止服丧后，在交响音乐会上穿上第一批，一点儿也不显得超前。”

“唉，波士顿比纽约保守。不过我总觉得，女士们将巴黎服装搁置一季再穿，这规矩就很稳妥。”阿切尔太太退让地说。

“是博福特开的新风，让他妻子刚一回到家就穿新衣服。我得说，有时候，这可让里吉纳煞费苦心了——为了不像……不像……”杰克逊小姐向桌子周围打量了一下，瞥见詹尼正瞪大了眼睛，于是令人费解地咕哝过去。

“不像她的竞争者，”西勒顿·杰克逊先生说，那神气像是在讲一句至理名言。

“哦——”女士们喃喃地说。阿切尔太太又补充说，部分原因是要把女儿的注意力从不宜的话题上转移开：“可怜的里吉纳！恐怕她在感恩节从来没有开心过。你听说有关博福特投机生意的传言了吗，西勒顿？”

杰克逊先生漫不经心地点了点头。人人都听说过那些传言，他不屑去证实路人皆知的故事。

一阵阴郁的沉默降临。大伙儿没有一个真正喜欢博福特，对他的私生活进行最坏的猜测也并非全然没有乐趣，然而他在经济上给他妻子家带来的耻辱太令人震惊了，以致连他的敌人都不愿幸灾乐祸。阿切尔时代的纽约社会容忍私人关系中的虚伪，但在生意场上却一丝不苟地苛求诚实。已经很久没有哪个知名的银行家因不守信誉而破产的事了，然而人人都记得，当最后一次此类事件发生时，商行的头面人物受到上流社会摒弃的情景。博福特夫妇也会遭到同样下场，不管他的权力有多大，她的声望有多高。假如有关她丈夫非法投机的报道属实，达拉斯家族联合起来也无力挽救可怜的里吉纳。

他们转向不太可怕的话题寻求慰藉，然而所触及的每一件事似乎都证实阿切尔太太那种潮流加快了速度的感觉。

“当然啦，纽兰，我知道你让亲爱的梅去参加了斯特拉瑟斯太太家的周日晚会——”她开口说。梅高兴地插言道：“哎呀，你知道。现在人人都到斯特拉瑟斯太太家去，她还被邀请参加了上次外婆家的招待会呢。”

阿切尔心想，纽约就是这样子设法完成那些转变的：大家对这些转变全装作视而不见，直到其彻底完成，然后，再真心实意地想象它们发生于以前的年代。城堡里总会有一名叛变者，当他（一般说是她）把钥匙交出后，再妄言它的坚不可摧还有什么用呢？人们一旦品尝了斯特拉瑟斯太太家周日的轻松款待，便不可能坐在家里去想她家的香槟是变了质的劣等货。

“我知道，亲爱的，我知道，”阿切尔太太叹息说。“我想，只要人们拼命追求娱乐，这种事总是免不了的。不过我从来没有完全原谅你的表姐奥兰斯卡夫人，因为是她第一个出来支持斯特拉瑟斯太太的。”

小阿切尔太太腾地红了脸，这使她的丈夫跟桌前的客人一样大吃一惊。“哦，埃伦嘛——”她咕哝道，那种既有指责又有袒护的口气，俨然如她的父母亲在说，“哦，布兰克一家子嘛——”

自从奥兰斯卡夫人执拗地拒绝了丈夫的主动建议，让全家人深感意外与为难之后，提到她的名字时，家里人就是用这种调子应付的。可话到了梅的嘴上，却变成引人深思的素材。阿切尔怀着一种陌生的感觉望着她，有时候，当她与周围环境格外一致时，这种感觉便会油然而生。

他母亲比平时少了几分对周围气氛的敏感，仍然坚持说：“我一直认为，像奥兰斯卡伯爵夫人这样的人，一直生活在贵族阶层，理应帮助我们维持社会差别，而不是忽视它们。”

梅脸上的潮红浓得不肯退去，这除了表示承认奥兰斯卡夫人不良的社会信仰之外，似乎还有另外的含义。

“我确信在外国人看来，我们大家都是一样的。”杰克逊小姐尖刻地说。

“我觉得埃伦不喜欢社交，可谁也不知道她究竟喜欢什么。”梅接着说，好像在试探着找一个模棱两可的话题。

“唉，可是——”阿切尔太太叹了口气。

人人都知道奥兰斯卡伯爵夫人不再受家人的宠爱，就连她最忠实的保护人老曼森·明戈特太太都无法为她拒绝返回丈夫身边的行为辩护。明戈特家的人并没有公开表示他们的不满，他们的团结意识太强了。他们只不过像韦兰太太说的，“让可怜的埃伦找到自己的位置”。而令人痛心与不解的是，那个位置却是个混沌深渊，在那儿，布兰克之流神气活现，“搞写作的人”举行乱七八糟的庆典。埃伦无视她所有的机遇与特权，简直变成了一个“波希米亚人”，这虽然令人难以置信，却已是不争的事实。这事实加深了人们的看法：她不回到奥兰斯基伯爵身边是个致命的错误。毕竟，一位年轻女子的归宿应该是在丈夫的庇护之下，尤其在她由于那种……唔……那种谁都没兴趣深究的情况下出走之后。

“奥兰斯卡夫人可是深受绅士们宠爱呢。”索菲小姐带着一副明里息事宁人、暗下煽风点火的神气说。

"是呀，像奥兰斯卡夫人这样的年轻女子，总是处于这种危险啊。"阿切尔太太悲哀地赞同说。话说到这里告一段落，女士们拎起裙裾起身到灯光明亮的客厅去，而阿切尔与西勒顿先生也缩进了那间哥特式的图书室。

在壁炉前坐定后，杰克逊先生美滋滋地点上优质雪茄，以此抚慰晚餐的不适，然后便自命不凡地夸夸其谈起来。

"若是博福特破了产，"他说，"很多事情就会随之暴露出来。"

阿切尔迅速抬起了头。每一次听见他的名字，他总会清晰地回想起博福特那笨拙的身影，穿着豪华的皮衣皮靴在斯库特克利夫的雪地上大步行走的样子。

"肯定会清出大量的污泥浊水，"杰克逊接着说。"他的钱并不是都花在里吉纳身上的呀。"

"噢，唔——是打了折扣的，对吗？我想他还是会逢凶化吉的。"年轻人说，他想改变一下话题。

"也许吧——也许。据我所知，他今天要去见几位最有影响的人物，"杰克逊先生勉强地让步说。"当然了，希望他们能帮他渡过难关——至少是这一次。我不愿设想让可怜的里吉纳到专为破产者办的寒酸的国外温泉地去度过余生。"

阿切尔没有做声。他觉得，无论后果多么悲惨，一个人若是得了不义之财自然应当受到无情的报应。因而他几乎想也没想博福特太太的厄运，心思又回到眼前的问题上。在提到奥兰斯卡夫人时梅的脸红了，这是什么意思呢？

他与奥兰斯卡夫人一起度过的那个盛夏之日已经过去四个多月了，自那以后再没有见过她。他知道她已回到华盛顿，回到她与梅多拉在那儿租下的小房子。他曾给她写过一封信，简短几句话，问她什么时候能再相见，而她的回信则更为简短，只说："还不行。"

从那以后，他们之间再不曾有过交流。他仿佛已经在自己心中筑起了一座圣殿，她就在他隐秘的思想与期盼中执掌王权。渐渐地，渐渐地，这座圣殿变成了他真实生活的背景，他的理性行为的惟一背景，他把他所读的书、滋养他的思想感情、他的判断与见解，统统都带进了这座殿堂。在它的外面，在他实际生活的现场，他却怀着一种与日俱增的不真实感与缺憾，跌跌撞撞地与那些熟悉的偏见和传统观念发生撞击，就像一个心不在焉的人碰撞自己屋里的家具一样。心不在焉——这正是他目前的状态，他对于周围人们觉得实实在在的东西一概视而不见，以致有时候，当他发现人们依然认为他还在场时，竟会让他大吃一惊。

他注意到杰克逊先生在清嗓子，准备做进一步的披露。

“当然，我不知道你妻子家对人们关于——唔——关于奥兰斯卡夫人拒绝她丈夫最新提议的看法有多少了解。”

阿切尔没有吭声，杰克逊转弯抹角地接下去说：“很可惜——实在很可惜——她竟然拒绝了。”

“可惜？究竟为什么？”

杰克逊低头顺着他的腿向下望去，一直看到那只没有皱褶的短袜及下面发亮的轻便舞鞋。

“唔——从最起码的理由说吧——现在，她准备靠什么生活呢？”

“现在——？”

“假如博福特——”

阿切尔跳了起来，他的拳头嘭的一声砸在黑胡桃木边的写字台上。那一对铜墨水池在座窝里跳起了舞。

“你说这话究竟是什么意思，先生？”

杰克逊先生在椅子里稍微动了动，以平静的目光盯着年轻人那张激怒的脸。

“唔——我从相当可靠的方面得知——事实上，是从老凯瑟琳本人那儿——当奥兰斯卡夫人断然拒绝回到她丈夫那儿去之后，她家里大大削减了对她的贴补，而且由于她的拒绝，她还丧失了结婚时赠予她的那些钱——假如她回去，奥兰斯基随时准备把钱移交给她。既然如此，那么，亲爱的孩子，你还问我什么意思，你究竟是什么意思呢？”杰克逊和善地反驳说。

阿切尔走到壁炉台前，弯腰把他的烟灰弹到炉格里。

“对奥兰斯卡夫人的私事我一无所知，可我也毫无必要搞清楚你所暗示的——”

“哦，我可没作什么暗示呀。是莱弗茨，他算一个。”杰克逊先生打断他道。

“莱弗茨——那个向她求爱并受到责骂的家伙！”阿切尔轻蔑地喊道。

“啊——是吗？”对方急忙说，仿佛这正是他设下圈套等他说出的内容。他仍然斜对炉火坐着，那双老眼尖刻地盯着阿切尔，仿佛用弹簧顶住了他的脸。

“哎呀呀，她没有在博福特栽跟斗前回去真是太遗憾了，”他重复地说。“假如她现在走，又假如他破了产，那只会证实大家普遍的看法。顺便说一句，这种看法可绝不是莱弗茨一个人特有的。”

“噢，她现在是不会回去的，绝不会！”阿切尔话一出口就意识到，这恰恰是杰克逊在等候的。

老绅士留心地打量了他一番。“这是你的意见吧？唔，无疑你是知道的。不过人人都了解，梅多拉剩下的那几个钱都掌握在博福特手里。我真想不出，没有他帮忙，她们两个女人怎么活下去。当然，奥兰斯卡夫人说不定还能让老凯瑟琳的心软下来——她一直坚决地反对她留在这儿——老凯瑟琳愿意给她多少贴补就能给多少。不过大家都知道她把钱看得很重，而家中其他人都没有特别的兴趣一定要把奥兰斯卡夫人留下。”

阿切尔怒火中烧，但也只能干着急。他完全处于明知要干蠢事却还一直在干的状态。

他发现杰克逊立即就看出他并不了解奥兰斯卡夫人与祖母及其他亲属的分歧，而且，对于他被排除在家庭会议之外的理由，老绅士也已得出了自己的结论。这一事实告诫阿切尔必须小心从事，有关博福特的含沙射影已使他气得不顾一切了。然而，尽管他可以不顾个人的安危，他仍然没有忘记杰克逊先生现在是在他母亲家里，因此也是他的客人。而老纽约一丝不苟遵循的待客礼节，决不允许把与客人的讨论变为争吵。

“我们上楼去找我母亲吧？”杰克逊先生最后一截烟灰落进臂下的铜烟灰缸时，他唐突地提议说。

坐车回家的路上，梅一直奇怪地沉默无语，黑暗中，他仍然感觉到她严严实实地包在那层威胁性的潮红之中。那威胁意味着什么，他不得而知，但它是由奥兰斯卡夫人的名字引起的——这一事实足以引起他的戒备。

他俩上了楼。他转身进了图书室。平时她总是跟他进来的，但他却听见她沿着过道往前走去，进了她的卧室。

“梅！”他急躁地大声喊道。她过来了，轻轻瞥了他一眼，对他的口气有些惊讶。

“这盏灯又冒烟了。我想仆人们该注意把灯芯剪整齐点吧。”他神经质地抱怨说。

“对不起，以后再不会出这样的事了。”她用从母亲那儿学来的坚定愉快的口吻回答说。这使阿切尔更加烦恼，觉得她已经开始像对待小韦兰先生似的加以迁就了。她弯下身去捻低灯芯，灯光反照着她那雪白的肩膀和轮廓鲜明的脸，阿切尔心想：“她真年轻啊！这种生活还得没完没了地持续多少年！”

他怀着一种恐惧，感觉到了自己旺盛的青春、血管里热血的悸动。“听我说，”他冷不丁地说，“我可能得去华盛顿待几天，不久——大概下星期吧。”

她一只手依然停在灯钮上，慢慢朝他转过身来。灯火的热力使她脸上恢复了一丝红润，不过当她抬起头时，脸色又变得苍白了。

“有公事？”她问，那语气表示不可能有其他原因，她提这个问题是未经思索的，仿佛仅仅为了完成他那句话。

“当然是有公事了。有一起专利权的案子要提交最高法院——”他说出了发明者的姓名，进而以劳伦斯·莱弗茨惯用的伶牙俐齿提供细节，而她则专心致志地洗耳恭听，并不时说：“是的，我明白。”

“换换环境对你会有好处。”他讲完后她坦然地说。“你一定得去看看埃伦。”她又补充道，一边带着开朗的笑容直视着他的眼睛。她讲话的口气就像是在劝告他不要忘记某种令人厌烦的家庭义务一样。

这是他们两人中间有关这个问题所讲的惟一一句话，然而按照他们所受训练的那套规范，这话的含义却是：“你当然明白，我了解人们对埃伦的那些说法，并且真诚地同情我的家人让她回到丈夫身边去的努力。我还了解——由于某种原因你没有主动告诉我——你曾经劝说她抵制这种做法，而全家年纪大的人，包括我们的外婆，都一致同意那样做。还有，正是由于你的鼓励，埃伦才公然违抗我们大家的心意，才招致杰克逊先生今晚大概已向你暗示的那种非难。这暗示使你那么气愤……暗示确实有不少，不过，既然你好像不愿接受别人的暗示，那么就让我亲自给你一个吧，用我们这种有教养的人能够相互交流不愉快的事的惟一方式，让你明白我知道你打算到了华盛顿去看埃伦。也许你是特意为这个目的而去的呢。既然你肯定要见她，那么，我希望你得到我充分明确的赞同去见她——并借此机会让她明白，你怂恿她采取的行为方针可能导致什么样的结果。”

当这段无声信息的最后一词传达给他的时候，她的手依然停在灯钮上。她把灯芯捻低，取下灯罩，对着发蔫的火头呼了口气。

“把它吹灭了，气味就小些。”她带着精于理家的神气解释说。她在门口转过身，停下来接受了他的吻。

## 二十七

第二天，有关博福特的处境，华尔街有了更多安慰性的报道。这些报道虽不十分明确，却很有希望。人们听说，遇到紧急情况他可以请求有权势的大人物帮忙，而他在这方面已经取得成功。这天晚上，当博福特太太戴着一串祖母绿的新项链，面带熟悉的笑容出现在歌剧场上时，社交界宽慰地舒了一口气。

纽约社会对生意场中不轨行为的谴责是毫不留情的。迄今为止，这项不言而喻的规矩尚无例外：破坏这项诚实法则的人都必须付出代价；人人都清楚，即使是博福特和他的妻子，也会被毫不犹豫地端出来，作为这项法则的祭品。然而不得已将他们端出来，不仅是件费力的事，且会带来诸多不便。博福特夫妇的消失将会在他们紧密的小圈子里造成相当大的空白；而那些过于无知、过于粗心因而不会为道德灾难惊恐的人们，已经为要失去纽约最好的舞厅而提前发出悲哀的叹息。

阿切尔已打定主意要去华盛顿。他只盼着他对梅讲的那件诉讼开庭，以便其日期可能与他的拜访巧合。然而第二周的周二，他从莱特布赖先生那儿得知案子可能要推迟几周。尽管如此，这天下午他回家后依然决定，无论如何要在翌日傍晚动身。侥幸的是梅对他的职业生活一无所知，而且从来没表露过任何兴趣，她大概不会了解延期的事，即使知道了，在她面前提起当事人的名字，她也不会记得。而不管怎样，他不能再推迟去见奥兰斯卡夫人了，他有太多太多的事必须对她讲。

周三上午他到了办公室，看见莱特布赖先生满面愁容。博福特到底还是未能设法“过关”。但他通过散布自己已渡过难关的谣言，让他的存款人安了心，截至前一天傍晚，大量的付款源源不断地注入银行，而这时，令人不安的报道才又开始占据上风。结果向银行的挤兑又开始了，不等今天结束，银行很可能就得关门。人们纷纷议论博福特丑恶的懦夫行径，他的失败可能成为华尔街历史上最可耻的事件。

灾难的严重性使莱特布赖先生脸色煞白，一筹莫展。“我一生见过很多糟糕的事情，但没有一次比这一件更糟糕。我们认识的每一个人都会受到这样那样的打击。博福特太太该怎么办呢？她又能怎么办？我同样也很同情曼森·明戈特太太，到了她这样的年纪，不知道这事会对她产生什么影响。她一直信任博福特——还把他当成朋友呢！还有达拉斯家的全部亲戚，可怜的博福特太太与你们每个人都有亲戚关系。她惟一的机会是离开她丈夫——可怎么能对她讲呢？留在他身边是她的本分，幸运的是她似乎一直对他私下的癖好视而不见。”

传来一声敲门声，莱特布赖先生猛地转过头去。“什么事？别来打扰我。”

一位职员送来一封给阿切尔的信，接着便出去了。年轻人认出是他妻子的笔迹，便打开信封，读道：“请尽快进城来，好吗？昨晚外婆有点犯病，她很神秘地最先发现了有关银行的可怕消息。洛弗尔舅舅外出打猎去了，可怜的爸爸十分害怕丢脸，竟发起烧来，不能出门。妈妈非常需要你来，我也希望你立刻动身，直接到外婆家去。”

阿切尔将信递给他的上司，几分钟之后他便坐上拥挤的马拉街车，慢吞吞向北驶去。在十四街他又换乘第五大街专线一辆摇摇晃晃的公共马车。过了十二点，那笨重的交通工具才把他丢在老凯瑟琳家的门前。平时由她君临的一楼起居室窗口被她女儿韦兰太太不相称的身影占据。后者看见阿切尔，憔悴的脸上露出欢迎的神色。梅在门口迎住他。门厅的外观有些异样，这是整洁住宅在突遭疾病袭击时的特有现象：椅子上一堆堆的披肩和皮衣，桌上摆着医生的提包和外套，旁边堆着无人留意的信件与名片。

梅脸色苍白，但露着笑容告诉他，本科姆医生刚刚第二次光临，他的态度乐观了些。明戈特太太活下去并恢复健康的坚强决心已经对家人产生影响。她领着阿切尔进了老夫人的起居室，里面那直通卧室的斜拉门已经关上，沉甸甸的黄缎门帘挂在上面。韦兰太太在这儿用惊恐的低音向他转述了灾难的详情。似乎是在前一天晚上，发生了一件神秘而又可怕的事。大约八点钟，明戈特太太刚结束她平时在饭后玩的单人纸牌游戏，这时门铃响了，一位戴着厚面纱的夫人求见，仆人当时没认出是谁。

管家听声音很熟，便推开起居室的门通报道："朱利叶斯·博福特太太到。"接着又为两位夫人关上了门，他觉得她们俩一起待了大约一个小时光景。当明戈特太太的铃声响起时，博福特太太已悄然离去。只见老夫人独自坐在她那把大椅子里，脸色煞白，十分吓人，她示意管家扶她进卧室。那时候，她看起来尽管明显十分苦恼，但仍能完全控制身体与头脑。那位混血女佣把她安置在床上，跟平时一样给她端来一杯茶，把屋子里一一收拾停当，便走了。但在凌晨三点钟，铃声又响了，两个仆人听到这不寻常的召唤急忙赶来（因为老凯瑟琳平时睡得像婴儿一般香甜），发现他们的女主人抵着枕头坐着，脸上挂着一丝苦笑，一只小手从大胳臂上无力地垂下来。

这次中风显然还属轻度，因为她吐字还算清晰，能表达自己的愿望。而且医生第一次诊治之后，很快便恢复了面部肌肉的控制。然而，这件事不仅引起全家人极大的惊恐，同时在了解真相后，他们也产生了极大的愤慨。大家从明戈特太太支离破碎的话语中得知，里吉纳·博福特是来要求她——真是厚颜无耻！——支持她丈夫，帮他们渡过难关，照她的说法，别"抛弃"他们——实际上是劝全家人掩盖并宽恕他们的丑恶行径。

"我对她说：'名誉终归是名誉，诚实终归是诚实，在曼森·明戈特家，永远不会变，直到人家把我脚朝前从这儿抬出去。'"老太太用半瘫痪病人的沙哑声音结结巴巴对着女儿的耳朵说，"当她说'可是姑妈，我的名字——我的名字是里吉纳·达拉斯'时，我说：'博福特用珠宝把你包裹起来，你的姓就是博福特，现在他又用耻辱包裹了你，你只好还叫博福特。’”

韦兰太太流着眼泪，惊恐万状地喘息着转述了这些情况。由于承担了这不寻常的义务，最终不得不面对这些讨厌而又可耻的事实，她脸色惨白，摇摇欲坠。“我要是能瞒住你岳父该多好啊！他老是说：‘奥古斯塔，可怜可怜，别毁了我最后的幻想。’——可我怎么才能不让他知道这些可怕的事呢？”可怜的夫人哭泣着说。

“妈妈，他毕竟见不到这些事了。”女儿提示说。韦兰太太则叹息道：“啊，是的。感谢上天，他躺在床上很安全。本科姆医生答应让他躺着，直到可怜的妈妈病情好转。而里吉纳也已经不知去向。”

阿切尔坐在窗口，茫然地凝望着空无人迹的大街。显然，他被招来的原因是给罹难的夫人们以精神的支持，而不是他能提供什么具体帮助。已经给洛弗尔·明戈特先生发了电报，给住在纽约的家族成员的信息也在派人传送。这期间，除了悄声议论博福特的耻辱与他妻子的不正当行为造成的恶果别无他事。

洛弗尔·明戈特太太刚才在另一间屋里写信，现在又过来加入了讨论。年长的夫人们一致认为，在她们那个时代，一个在生意上丢了脸的男人，他妻子只能有一种想法就是隐退，跟他一起销声匿迹。“可怜的祖母斯派塞——你的太外婆，梅——就是个例子。当然，”韦兰太太急忙补充说，“你太外公的财政困难是私人性质的——打牌输了，或者外借了——我一直不很清楚，因为妈妈从来不肯讲。但她是在乡下长大的，因为出了丢脸的事，不管是怎么回事，她母亲不得不离开了纽约。她们单独住在哈德逊河上游，年复一年，直到我妈妈十六岁。斯派塞祖母是绝对不会像里吉纳那样要求家里人‘支持’她的，尽管私人性质的耻辱与毁了数百个无辜者的丑闻相比简直算不了什么。”

“是啊，里吉纳若是躲起来不露面，比要求别人支持更得体，”洛弗尔太太赞同地说。“我听说，上周五看歌剧时她戴的祖母绿项链是鲍尔—布莱克首饰店下午刚送去的试用品，不知他们是否还能收回去。”

阿切尔无动于衷地听着异口同声的无情声讨。在财政事务中的绝对诚实，是绅士规范的首要法则，这在他心目中根深蒂固，多愁善感的体恤也不能将其削弱。像莱姆尔·斯特拉瑟斯之流的投机分子可以靠无数见不得人的勾当为他的鞋油店聚集几百万，但清白诚实依然是老纽约金融界崇尚的道德规范。博福特太太的命运也没有给阿切尔太大的触动。与她那些愤愤的亲戚相比，他无疑更为她感到遗憾，但他认为夫妻间的纽带即便顺利时可以破裂，在逆境中却应坚不可摧。正如莱特布赖先生说的，当丈夫遇到困难时，妻子应该站在他一边。然而上流社会却不会站在他一边。博福特太太厚颜地臆断它会支持他，这种想法几乎把她变成了他的帮凶。她请求她的家人遮盖她丈夫生意上的耻辱——仅仅有这种想法都是不能允许的，因为家庭作为社会的细胞是不能做那种事的。

混血女佣把洛弗尔太太叫到门厅，后者旋即皱着眉头回来了。

“她要我发电报叫埃伦·奥兰斯卡。当然，我已经给埃伦写了信，也给梅多拉写了。可现在看来还不行，我得赶紧去给她发份电报，叫她一个人回来。”

迎接这一消息的是一片沉默。韦兰太太听天由命地叹了口气，梅则从座位上站起来，去收拾散落在地上的几张报纸。

“我看这电报是一定得发了。”洛弗尔·明戈特太太接着说，似乎希望有人反对似的。梅转身走向屋子中间。

“当然一定得发了，”她说。“外婆清楚自己想干什么，我们必须满足她的所有要求。我来为你写电文吧，舅妈？如果立即发走，埃伦也许能赶上明晨的火车。”她将那名字的音节说得特别清晰，仿佛敲响两只银铃似的。

“唔，马上可发不走，贾斯珀和配膳男仆都出去送信、发电报了。”

梅嫣然一笑转向她的丈夫。“可这儿有纽兰待命呢。你去发电报吧，纽兰？午饭前正好还来得及。”

阿切尔站起来，咕哝说行。她自己坐到老凯瑟琳玫瑰木的“迭式写字台”旁，用她那尚不够圆熟的大字体写起了电文。写完又用吸墨纸仔细吸干，交给了阿切尔。

“多可惜呀，”她说，“你和埃伦要在路上擦肩而过了！”她转过身来对着母亲和舅妈补充说，“纽兰得到华盛顿去，为了一件即将提交最高法院的专利案件。我想，洛弗尔舅舅明晚就回来了，既然外婆大有好转，似乎不应该让纽兰放弃事务所的一项重要任务吧？”

她打住话头，仿佛等待回答。韦兰太太急忙声明说：“噢，当然不应该，亲爱的。你外婆最不愿那样了。”阿切尔拿着电报走出房间后，听到他的岳母又说——可能是对洛弗尔·明戈特：“可她究竟干吗要让你发电报叫埃伦·奥兰斯卡——”梅声音清晰地应声说：“也许是为了再次向她强调，她的职责终究是要和丈夫在一起。”

外大门在阿切尔身后关上了，他急忙向电报局走去。

## 二十八

“奥——奥——到底怎么念？”那位严厉的小姐问。在西联邮局营业处，阿切尔刚把妻子的电报越过铜壁架递给她。

“奥兰斯卡——奥—兰—斯—卡，”他重复了一遍，抽回电文，以便把梅潦草字迹上方的外文字母描成印刷体。

“这个名字在纽约电报局可不常见，至少在本区。”一个不期而至的声音说。阿切尔回过头去，只见劳伦斯·莱弗茨正站在他身旁，捋着齐整的髭须，装出不瞥电文的样子。

“你好，纽兰，我估计会在这儿赶上你。我刚刚听说老明戈特太太中风之事，正要到家里去，见你转到这条街上，就追赶你。我想你是从那儿来的吧？”

阿切尔点了点头，并把电报从格子底下推过去。

“很严重，是吗？”莱弗茨接着说。“我想，是发电报给亲属吧。如果你们连奥兰斯卡夫人也包括在内，我估计病情是很严重了。”

阿切尔的嘴唇绷紧了，他感到一阵野蛮的冲动，想挥拳猛击他身旁那张徒有其表的漂亮长脸。

“为什么？”他质问道。

以回避争论而著称的莱弗茨耸了耸眉毛，装出一副可笑的怪相，警告对方格子后面那姑娘在留心观察。他那神态提醒阿切尔，再没有比当众发火更糟的“举止”了。

阿切尔从来没有像现在这样不在乎对举止的那些要求。然而，对劳伦斯·莱弗茨施以肉体伤害只是一时的冲动而已，在这种时候与他谈论埃伦·奥兰斯卡的名字，不论基于什么原因都是不可思议的。他付了电报费，两个年轻人一起到了街上。这时阿切尔已恢复了自制，他说："明戈特太太已经大有好转，医生认为没什么可担心的了。”莱弗茨脸上充满宽慰的表情，接着问他是否听说又有了与博福特有关的糟糕透顶的流言……

这天下午，博福特破产的公告见诸各家报端，它使曼森·明戈特太太中风的消息相形失色，只有极少数了解这两起事件之神秘联系的人才会想到老凯瑟琳的病绝非肥胖与年龄使然。

整个纽约被博福特的无耻行径罩上一层阴影。正如莱特布赖先生所说，在他的记忆中从来没有比这更糟的情况了，甚至远在那位创办这家事务所的老莱特布赖的记忆中也没有。在破产已成定局之后，银行竟然还收了整整一天的钱，由于许多顾客不属于这个大家族就属于那个大家族，所以博福特的欺诈就显得格外阴险毒辣。假如博福特太太没有说出这一“不幸”(她的原话)是对“友谊的考验”这样的话，人们出于对她的同情，也许还会缓解一下对她丈夫的愤慨。但在她这样说了以后——尤其是当人们得知她夜访曼森·明戈特太太的目的之后——在人们的心目中，她的心肠之黑已远远超过了她的丈夫。而且她也不能用自己是“外国人”作为借口，求得人们的宽恕。但是（对于那些债券没有受到威胁的人来说），想起博福特是外国人，倒是能给他们带来一点安慰。然而，假如南卡罗来纳州的一位达拉斯把情况审视一番，并伶牙俐齿地说他很快就会“重新站起来”，那么，问题就会得到缓解，人们除了接受婚姻是牢不可破的这一严酷事实外，别无选择。社交界必将在没有博福特夫妇的情况下继续存在。而事情总要有个了结——除了这场灾难的不幸受害者，如梅多拉·曼森、可怜的老拉宁小姐，以及另外几位误入歧途的良家夫人，她们若是早听亨利·范德卢顿先生的话……

“博福特夫妇最好的办法——”阿切尔太太好像下诊断书、提出治疗方案似的归纳说，“就是到北卡罗来纳州里吉纳那个小地方去居住。博福特一直养着赛马，他现在最好是养拉车的马。我敢说他准会是个呱呱叫的马贩子。”大家都同意她的意见，但却没有一个屈尊问一下博福特夫妇究竟打算干什么。

第二天，曼森·明戈特太太身体大有起色。她恢复了说话能力，满可以下达命令，不准任何人再对她提到博福特夫妇，并且在见到本克姆医生时问，一家人对她的健康这样大惊小怪究竟是怎么回事。

“假如像我这样年纪的人晚上想吃鸡雏色拉，会有什么后果呢？”她问道。医生刚好已为她修改了食谱，于是中风又变成了消化不良。不过，尽管老凯瑟琳说话声音很坚定，但她还没有完全恢复原先的处世态度。老年人与日俱增的冷漠虽然还没有削弱她对四邻八舍的好奇心，但却已钝化了她从来就不太充沛的同情心。看来，将博福特的灾难置之脑后对她来说并不是件难事。然而破题儿第一遭，她变得十分关注自己的症状，并且对她迄今一直冷漠轻慢的某些家庭成员开始有了感情。

尤其是韦兰先生特别荣幸地引起了她的注意。在她的女婿们中间，他一向是她坚决不肯理睬的一位。他妻子讲述他性格坚强、智力超群（只要他“肯”）的一切努力都招来一阵咯咯的嘲笑。现在他无病呻吟的盛名却使他成了吸引她浓厚兴趣的目标。明戈特太太专横地下令：一侯退烧，他必须立即前来把自己的食谱与她的作一番比较。老凯瑟琳现在第一次认识到，对于发烧万万不可粗心大意。

对奥兰斯卡夫人的传召发出二十四小时之后，接到她的电报，说她将在翌日傍晚从华盛顿赶到。纽兰·阿切尔夫妇碰巧在韦兰家吃午饭，由谁去泽西城接她的问题便立刻提了出来。韦兰家的家务问题本来就像个前沿阵地一样在重重困难中挣扎，这些困难如今更使争论变得异常热烈。大家一致认为，韦兰太太不可能去泽西城，因为当天下午她要陪丈夫去老凯瑟琳家；而且马车也不得闲，韦兰先生是岳母病后第一次去见她，万一感觉“不适”，马车可以随时把他送回来。韦兰的儿子们当然要“进城去”，洛弗尔·明戈特正巧在狩猎后匆匆归来，明戈特家的马车也已定好去接他。再说，总不能让梅在冬天的傍晚一个人摆渡去泽西城吧，就算坐她自己的马车也不行。虽说如此，可如果让奥兰斯卡夫人自己回来，家里没人去车站接她，那也会显得过于冷淡——显然也违背老凯瑟琳的意愿啊。阿切尔太太厌烦的话音里暗示：只有埃伦这种人才会让一家人如此为难。“真是祸不单行，”这位可怜的夫人悲叹地说，这种反抗命运的口气在她实属罕见。“妈妈也不想想去接埃伦会有多麻烦，却硬是要让她马上回来，我怕这是一种病态。她一定不像本克姆医生说的那样已经康复了。”

人在情急之中常常失口，这些话有些考虑不周，冷不丁被韦兰先生抓住了。

“奥古斯塔，”他脸色发白，放下手中的叉子说，“你认为还有其他理由断定本克姆医生不如以前可靠了吗？你注意到他检查我或你母亲的病不像往常那样认真了吗？”

这下轮到韦兰太太脸色发白了，她的错误产生的无尽后果在她面前展现出来。不过她勉力笑了一声，又吃了一口烤牡蛎，然后努力恢复了她那副快活的老面孔说：“亲爱的，你怎么会这样想呢？我只不过说，妈妈本来已经明确立场，认为回丈夫身边是埃伦的职责。可现在，放着另外五六个孙子孙女她不找，却突然想要见她。我觉得这念头有点儿奇怪。不过我们千万不要忘记，尽管妈妈精神极好，可毕竟已到了耄耋之年。”

韦兰先生额头上的阴云依然不散，他那混乱的想象力显然立刻又集中到她的最后一句话上：“是啊，你母亲是很老了，而本克姆医生可能并不擅长医治年老的病人。正如你说的，亲爱的，祸不单行。我想，再过十年或十五年，我就得高高兴兴地重新找个医生了，最好别等到万不得已才换人。”做出这一大无畏的决定之后，韦兰先生又坚定地拿起了餐叉。

“可到头来，我还是不知道埃伦明天傍晚怎么到这儿来，”韦兰太太从午餐桌前站起身来，带领大家走进满是紫缎子和孔雀石的所谓后客厅，她又发话了。“我总爱至少提前二十四小时把事情安排停当。”

阿切尔从沉思中转过头来。他正凝神专注于一幅表现两位红衣主教畅饮的画，那幅小画用八角乌木框镶在大理石浮雕上。

“我去接她吧？”他提议说。“我可以很容易从事务所走开，按时到渡口去接那辆四轮马车——如果梅把车送去的话。”他说着，心脏不由兴奋地跳动起来。

韦兰太太感激地吁了口气，已经挪到窗口的梅转过身来向他露出赞同的笑脸。“所以，你瞧，妈妈，一切都会提前二十四小时安排停当的。”她说着，弯下身吻了一下母亲忧虑的额头。

梅的马车在大门口等她，她要把阿切尔送到联邦广场，他可以在那儿搭乘百老汇的公共马车，送他去事务所。她在自己那个角落坐下后说：“我刚才是不想再提出新的困难让妈妈担心，可明天你怎么能去接埃伦，并把她带回纽约来呢——你不是要去华盛顿吗？”

“噢，我不去了。”阿切尔回答说。

“不去了？怎么，出了什么事？”她的声音像银铃般清脆，并充满妻子的关切。

“案子推了——延期了。”

“延期了？真奇怪！今天早上我见到莱特布赖先生给妈妈的一封便函，说明天他因为一件专利大案要去华盛顿，要到最高法院去辩论。你说过是件专利案，不是吗？”

“唔——就是这案子，事务所的人不能全都去呀。莱特布赖决定今天上午走。”

“这么说，案子没有延期？”她接着问，那寻根刨底的样子十分反常。他觉得热血涌上了面颊，为她少见的有失审慎的风度而难为情。

“没有，不过我去的时间推迟了。”他回答说，心里诅咒着当初宣布要去华盛顿时那些多余的解释，并想起不知在哪儿读到过的一句话：聪明的说谎者编造详情，最聪明的说谎者却不。对梅说一次谎话倒无关紧要，令他伤心的是他发现她想假装没有识破他。

“我以后再去，幸好这样能为你们家提供一点方便。”他接着说，用一句挖苦话作拙劣的掩护。他说话时觉得她在盯着他，于是他把目光对准她的眼睛，以免显得在回避她的注视。两人的目光交汇了片刻，那目光也许注入了太多的含义，这是两人谁都不希望发生的。

“是啊，”梅愉快地赞同说，“你能去接埃伦，确实太方便了，你没见妈妈听说你要去是多么感激嘛。”

“哦，我很高兴去接她。”马车停下了，他从车上下来时，她倚在他身上，并把手放在他的手上。“再见，最亲爱的。”她说。她的眼睛特别蓝。过后他思量，那目光是否是通过泪水射向他的？

他转过身去，匆匆穿过联邦广场，心里默默重复着一句话：“从泽西城到老凯瑟琳家一共要两小时，一共两小时——可能还更长。”

## 二十九

妻子的深紫色马车（其婚礼的外饰犹存）在渡口接上阿切尔，将他堂而皇之地送到泽西城的宾夕法尼亚车站。

这天下午天色阴沉，下着雪，反响回荡的大车站里煤气灯已经点亮。他在站台上来回踱步，等待华盛顿驶来的快车。这时他不由想起，有人认为有朝一日会在哈德逊河床下面开掘一条隧道，宾夕法尼亚铁路上的火车可以穿过隧道直接开到纽约。那些人都属于梦想家，他们还预言要建造用五天时间就能横渡大西洋的轮船、发明飞行机器、用电来照明、不用电线的电话交流，还有其他一些天方夜谭般的奇迹。

“只要隧道不建，哪一种幻想成真我都不关心。”阿切尔沉思道。他怀着中学生那种糊里糊涂的幸福感想象着奥兰斯卡夫人从车上下来的情形：他在很远的地方，在人群中一张张毫无意义的脸中间认出了她，她挽着他的胳臂随他走到马车跟前，他们慢吞吞地朝码头驶去。一路上是迅跑的马匹、载重的货车、大喊大叫的车夫，然后是静得出奇的渡船。他们将肩并肩地坐在雪花飞舞的船上，然后坐进四平八稳的马车，任大地在他们脚下悄然滑行，滚滚滑向太阳的另一侧。真是不可思议，他有那么多事情要对她讲，它们将以怎样的顺序变成他滔滔的话语呢……

火车轰隆轰隆的铿锵声越来越近，它像载着猎物的怪兽进窝一样蹒跚着缓缓进了车站，阿切尔挤过人群，冲向前去，茫然地盯着列车一个接一个的窗口，接着，猛然在不远处看见了奥兰斯卡夫人那张苍白惊讶的脸。这时，那种忘记她的模样的窘迫感又涌上心头。

他们走到一起，两双手相遇，他用手臂挽着她的手臂。“这边走——我叫来了马车。”他说。

此后的情形完全跟他梦中憧憬的一样。他扶她上了马车，将她的包裹也放到车上，然后笼统概述了她祖母的病情，让她完全放下心来，又对博福特的情况做了简要介绍（她心软地说了声“可怜的里吉纳”，颇令他感动）。与此同时，马车也从混乱的车站挤了出来，他们慢吞吞地沿着滑溜的斜坡向码头行进，令他们担心的还有摇摇晃晃的煤车、受惊的马匹、凌乱的运货快车，以及一辆空灵车——啊呀，一辆灵车！她闭上眼睛，等灵车过去，并紧抓住阿切尔的手。

“但愿别是为可怜的祖母准备的！”

“哦，不，不——她好多了——真的完全康复了。瞧——过去了！”他大喊道，仿佛这一点有多重要似的。她的手依然握在他的手里，当马车蹒跚通过渡口的道板时，他弯下身，脱下她那只棕色的紧手套，像吻一件圣物似的亲吻了她的手掌。她嫣然一笑挣脱开来，他说：“你没想到今天我会来吧？”

“哦，没有。”

“我本来打算去华盛顿看你的，我全都安排好了——险些与你在火车上擦肩而过。”

“啊——”她喊了一声，仿佛被难得逃过的危险给吓坏了。

“你知道吗——我几乎把你忘了？”

“几乎把我忘了？”

“我的意思是——怎么说呢？我——总是这样，你对我来说，每一次都是重新开始。”

“噢，对，我知道！我知道！”

“我——对你来说——也是如此吗？”他追问道。

她点了点头，向窗外望去。

“埃伦——埃伦——埃伦啊！”

她没有应声。他静静地坐在那儿，注视着她。衬着窗外雪痕斑驳的暮色，她的侧影渐渐模糊了。他想，在这漫长的四个月中她都做了些什么呢？他们之间相知毕竟太少了！珍贵的时光在流逝，他却把打算对她讲的话全都忘了，只能茫然地沉思他们既接近又疏远的奥秘。眼下两人近在咫尺，却都看不到对方的脸，似乎正是这种情形的象征。

“多漂亮的马车啊！是梅的吗？”她突然从窗口转过脸来问。

“是的。”

“这么说，是梅让你来接我的？她真是太好了！”

他一时没有应声，接着又暴躁地说：“我们在波士顿相会的第二天，你丈夫的秘书来见过我。”

在给她写的短信中他没有提里维埃先生拜访的事，他本来打算把那件事埋在自己心中。但她提起他们坐的是他妻子的马车，激发了他报复的冲动。他要看一看，她听到他提及里维埃是否比他听到梅的名字更好过！就像在另外的一些场合那样，当他期望驱走她平时的镇静时，她却不露一丝惊讶。他立即得出结论：“这么说，他给她写过信。”

“里维埃先生去看你了？”

“是的。难道你不知道？”

“不知道。”她坦率地说。

“你听了并不感到意外？”

她犹豫了。“干吗意外呢？他在波士顿对我说过他认识你。我想他是在英国与你相识的吧。”

“埃伦——我必须问你一件事。”

“好吧。”

“我见过他之后就想问你来着，可在信中不好讲。当你离开你丈夫的时候，是里维埃帮你逃走的吗？”

他的心快要窒息了。她还会那样镇静地对待这个问题吗？

“是的。我欠他很多债。”她回答说，声音平静，没有一丝颤抖。

她的语气极其自然，几近冷淡，这使阿切尔的暴躁也平息下来。完全凭她的坦率，她又一次让他认识到他的因循守旧是多么愚蠢，而他还自以为把传统抛到了九霄云外呢。

“我认为你是我见过的最诚实的女人！”他大声说。

“哦，不——不过也许得算个最不大惊小怪的女人吧。”她回答说，声音里含着一丝笑意。

“不管你怎么说，你看问题是很实际的。”

“唔——我只能如此。我不得不正视戈尔工[①]。”

“可是——这并没有弄瞎你的眼睛！你看清了她不过是个老妖怪，跟别的妖怪没什么两样。”

“她并不弄瞎你的眼睛，而是弄干你的眼泪。”

这句话制止了已来到阿切尔嘴边的恳求，它好像发自他内心深处遥不可及的经验。渡船慢吞吞的行驶已经停止，船首猛烈地撞在水中的木桩上，震得马车摇晃起来，使阿切尔与奥兰斯卡夫人撞在一起。年轻人接触到她肩膀的撞击，浑身一阵颤抖，伸手搂住了她。

“如果你眼睛没有瞎，那么你一定会看到，事情再也不能这样继续下去了。”

“什么不能继续下去了？”

“我们在一起——却又不能结合。”

“对，你今天就不该来接我。”她用一种异样的声音说。她猛地转过身来，伸开双臂搂住了他，双唇紧紧吻在他的嘴上。与此同时，马车启动了，水边那盏煤气灯的光从窗口照射进来。她抽身离开他，两人沉默地坐着，一动不动。马车在渡口拥塞的车辆中挤路前行，走到大街上之后，阿切尔急忙发话了。

“不要怕我，你用不着这样子缩在角落里，我需要的并非偷偷的吻，你瞧，我甚至都不去碰你的衣袖。你不愿让我们的感情降低为普通的私通，这我很理解。昨天我还不会说这种话，因为自我们分手以来，我一直盼望见到你，所有的想法都被熊熊的烈火烧光了。现在你来了，你远远不止是我记忆中的那样，而我需要你的也远远不是偶然的一两个小时，尔后就茫茫无期地处于焦急的等待中。所以我才这样安安静静坐在你身边，心里怀着另一种憧憬，安心地期待它的实现。”

有一会儿工夫她没有回话，后来她几乎是耳语般地问道：“你说期

① 戈尔工，《希腊神话》中三个蛇发女怪之一，人见到她即变为化石。

待它的实现是什么意思？”

“怎么——你知道它会实现的，不对吗？”

“你我结合的憧憬？”她猛然发出一阵冷笑。“你可选了个好地方对我讲这话！”

“你指的是因为我们坐在我妻子的马车里？那么，我们下去走怎么样？我认为你不会在意这点雪吧？”

她又大笑起来，不过笑声温和了些。“不行，我不下车去走，因为我的正经事是尽快赶到奶奶那儿。你还是坐在我身边，我们来看一看现实，而不是幻想。”

“我不知你指的现实是什么，对我来说，这就是惟一的现实。”

她听了这话沉默了许久。这期间马车沿着一条昏暗的小街下行，随后又转入第五大街明亮的灯光之中。

“那么，你是不是想让我跟你在一起，做你的情妇呢——既然我不可能做你的妻子？”她问。

这种粗鲁的提问令他大惊失色：这个词他那个阶层的女子是讳莫如深的，即使当她们的谈话离这题目很接近的时候。他注意到奥兰斯卡夫人脱口而出，仿佛它早已在她的语汇中得到了认同。他怀疑在她已经逃脱的那段可怕的生活中，这个词她早已司空见惯。她的询问猛然制止了他，他支支吾吾地说：

“我想——我想设法与你逃到一个不存在这种词汇——不存在这类词汇的地方。在那儿我们仅仅是两个相爱的人，你是我生活的全部，我是你生活的全部，其他什么事都无关紧要。”

她深深叹了口气，最后又笑了起来。“啊，亲爱的——这个国度在哪儿呢？你去过那儿吗？”她问，他绷着脸，哑口无言。她接着说：“我知道有很多人曾想设法找到那个地方，但是，相信我，他们全都错误地在路边的车站下了车：在布格涅、比萨或蒙特卡洛那样的地方——而那里与他们离开的旧世界根本没有区别，仅仅是更狭隘、更肮脏、更乌七八糟而已。”

他从来没听她说过这样的话，他想起了她刚才的说法。

“是啊，戈尔工已经挤干了你的眼泪。”他说。

“可是，她也打开了我的眼界。说她弄瞎人们的眼睛那是一种误解，恰好相反——她把人们的眼睑撑开，让他们永远不能再回到清静的黑暗中去。中国不就有那么一种刑罚吗？就应当有。啊，说真的，那是一个很可怜的小国家！”

马车穿过了四十二街，梅那匹健壮的马像匹肯特基跑马，正载着他们朝北行驶。阿切尔眼见时间一分一秒地白白浪费，光说这些空洞的话令他感到窒息。

“那么，你对我们的事到底有什么打算呢？”他问。

“我们？从这个意义上讲根本不存在我们！我们只有在互相远离的时候才能互相接近，那时的我们才能是我们自己。不然，我们仅仅是埃伦·奥兰斯卡表妹的丈夫纽兰·阿切尔和纽兰·阿切尔妻子的表姐埃伦·奥兰斯卡，两个人企图背着信赖他们的人寻欢作乐。”

“哎，我可不是那种人。”他抱怨说。

“不，你是！你从来就没超越那种境界，而我却已经超越了，”她用一种陌生的声音说。“我知道那是一种什么样子。”

他坐着没有吭声，心中感到说不出的痛苦。接着，他在黑暗中摸索马车内那个对车夫传达命令的小铃，他记得梅想停车的时候会拉两下。他拉了铃，马车在拦石边停了下来。

“干吗要停车？还没有到奶奶家呢。”奥兰斯卡夫人大声说。

“没有到。我要在这儿下去。”他结巴着说，并打开车门，跳到人行道上。借助街灯的光线他看到她那张吃惊的脸，以及本能地要阻止他的动作。他关上门，又在窗口倚了一会儿。

“你说得对，我今天就不该来接你。”他放低了声音说，以免车夫听见。她弯身向前，似乎有话要说，但他已经叫车夫赶车。马车向前驶去，他依然站在拐角处。雪已经停了，刺骨的寒风吹了起来，抽打着他的脸，他还站在那儿凝望。突然，他觉得睫毛上有一点又冷又硬的东西，发现原来是自己哭了，寒风冻结了他的眼泪。

他把双手插进口袋，沿第五大街快步朝自己家走去。

## 三十

当晚，阿切尔从楼上下来吃饭，发现客厅里空无一人。

只有他和梅单独用餐，自曼森·明戈特太太生了病，所有的家庭约会都推迟了。由于梅比他严守时刻，她没有先他来到，使他有些意外。他知道她在家里，他穿衣服的时候听见了她在自己房间里走动的声音。他心里纳闷，不知什么事情耽搁了她。

他已渐渐养成细心推测这些琐事的习惯，作为一种手段来约束自己的思绪，从而面对现实。有时候他觉得仿佛发现了他岳父关注琐事的奥秘，也许就连韦兰先生很久以前也有过消遣与幻想，因而构想出一大堆家务事以抵御其诱惑。

梅露面的时候他觉得她好像很疲惫。她穿上了那件低领、紧腰的餐服，按明戈特家的礼数，这是在最不拘礼节的场合的着装。她还把金色的头发做成平时那种层层盘卷的样式，她的脸色显得很苍白，几乎没有了光泽。然而她依然对他流露着平日的温存，她的蓝眼睛依然像前一天那样闪耀着光彩。

“你怎么啦，亲爱的？”她问。“我在外婆家等你，可只有埃伦一个人到了。她说让你在路上下了车，因为你急着要去办公事。没出什么事吧？”

“只是有几封信我原先忘记了，想在晚饭前发出去。”

“噢——”停了一会儿她又说，“我很遗憾你没去外婆家——除非那几封信很紧急。”

“是很紧急，”他回答说，对她的寻根刨底有些意外。“另外，我不明白干吗非得到你外婆家去，我又不知道你在那儿。”

她转过身，走到壁炉上方那面镜子跟前，站在那里，举起长长的手臂紧一紧从她缠结的头发中滑落下来的一缕鬈发。阿切尔觉得她神态有点呆滞倦怠，他心中纳闷，他们单调至极的生活是否也对她造成了压力。这时，他想起早上他离家时，她在楼上大声对他说要在外婆家等他，这样他们可以一起坐车回家，他高高兴兴地喊了声“好的”。可是后来，由于关注其他事情，他却忘掉了自己的允诺。此刻他深感内疚，同时也有些光火：为了这样一点疏忽也记恨他，而他们结婚已经快两年了。他讨厌永远生活在那种不冷不热的蜜月之中——感情的热度已经消退，却依然维持那些苛刻要求。假如梅公开说出她的伤心事（他猜她有许多），他本来可以用笑声将其驱散，然而她却养成了习惯，将假想的痛苦掩藏在斯巴达式的微笑背后。

为了掩饰个人的烦恼，他询问她外婆的病情如何，她回答说明戈特太太仍然在慢慢好转，不过有关博福特夫妇的最新消息却令她十分不安。

“什么消息？”

“好像他们还要留在纽约，我想他是打算从事保险业还是什么的。他们在寻找一座小住宅。”

这事无疑是十分荒谬的。他们进餐厅吃饭，饭间他们的交谈转入平时那种有限的范围，不过阿切尔注意到妻子压根儿没提奥兰斯卡夫人的事，也不提老凯瑟琳对她的接待。他为此谢天谢地，但却朦胧感到有点不祥之兆。

他们上楼到图书室喝咖啡。阿切尔点上一支雪茄，取下一卷米歇勒的书。过去，梅一见他拿起诗集就让他大声朗读，自她表现出这一爱好之后，他晚上便开始读历史书了。不是他不喜欢自己的嗓音，而是因为他老是能够预见到她发表的评论。在他们订婚后的那些日子，她（像他现在认识到的）仅仅重复他对她讲过的东西，可自从他停止向她提供意见之后，她开始试着提出自己的看法，其结果是使他对所评作品的欣赏遭到破坏。

她见他选了本历史书，便拿起她的针线筐，把扶手椅拉到那盏罐着绿色灯罩的台灯跟前，打开了她正在为他的沙发刺绣的靠垫。她并非巧于针黹的女子，她那双能干的大手天生是从事骑马、划船等户外活动的。不过，既然别人的妻子都为丈夫绣靠垫，她也不想忽略表现她忠诚的这一枝节。

她选的位置使阿切尔一抬眼睛就能看见她俯身在绣花架上，看见她挽到胳膊肘的衣袖顺着结实滚圆的前臂溜了下来。她左手上那颗订婚蓝宝石在那枚阔面结婚金戒指上方熠熠生辉，她的右手则迟缓费力地刺着绣花布。她这样子坐着，灯光直射她那明净的额头。他暗自沮丧地想，藏在它里面的想法他永远都会一清二楚，在未来的全部岁月中，她绝不会有意想不到的情绪——新奇的想法、感情的脆弱、冷酷或激动——来让他感到意外。她的诗意与浪漫已经在他们短暂的求爱过程中消耗殆尽——机能因需求的消逝而枯竭。如今她不过是在逐渐成熟，渐渐变成她母亲的翻版而已，而且还神秘兮兮地企图通过这一过程，也把他变成一位韦兰先生。他放下书本，烦躁地站了起来。她立即抬起头。

“怎么啦？”

“这屋子很闷，我需要点空气。”

他曾经坚持图书室的窗帘应装在竿上来回地拉，便于在晚上拉上，而不是钉在镀金檐板上，用环箍住不能动，像客厅里那样。他把窗帘拖过来，推起吊窗，探身到冰冷的黑夜中。仅仅是为了不看着坐在他桌旁灯下的梅，看一看别的住宅、屋顶、烟囱，感受到除了自己还有另外的生命，除了纽约还有另外的城市，除了自己的天地还有整整一个世界——仅此一点就使他头脑清醒，呼吸舒畅起来。

他把头伸到黑暗中待了几分钟后，只听她说：“纽兰！快关上窗子。

你要找死呀。”

他拉下吊窗，转过身来。“找死！”他重复道，心里仿佛在说：“可我已经找到了，我现在就是死人——已经死了好几个月了。”

猛然间，对这个词的玩味使他产生了一个疯狂的念头：假若是她死了又会怎样？假若她快要死了——不久就死——从而使他获得自由！站在这间熟悉的、暖融融的屋子里看着她，盼望她死，这种感觉是那样奇怪、诱人，那样不可抗拒，以致使他没有立刻想到它的凶残。他仅仅觉得那种侥幸可以给他病态的灵魂以新的依托。是的，梅有可能死——好多人死了：好多像她一样年轻、健康的人。她有可能死去，从而突然使他获得自由。

她抬头瞥了他一眼，从她睁大的眼睛里他看出自己的目光一定有点奇怪。

“纽兰！你病了吗？”

他摇摇头，朝他的扶手椅走去。她又俯身继续她的刺绣，他路过她身边时，一只手放在她头上。“可怜的梅！”他说。

“可怜？可怜什么？”她勉强笑了笑说。

“因为只要我开窗子就会让你担心啊。”他回答道，也笑了起来。

她一时没有做声，过了一会儿，她头也不抬，十分缓慢地说：“只要你高兴，我就决不会担心。”

“啊，亲爱的，除非我把窗子全打开，否则我永远不会高兴的。”

“在这样的天气里？”她争辩道。他叹了口气，埋头去读他的书。

六七天过去了，阿切尔压根没听到奥兰斯卡夫人的消息。他渐渐明白，家里任何人都不会当着他的面提她的名字。他也不想见她，当她在老凯瑟琳置于保护之下的床前时，去见她几乎是不可能的。由于情况不明，阿切尔只好听天由命，在思想深处的某个地方，怀着当他从图书室的窗口探身到冰冷的黑暗时所产生的那个主意。靠这股力量的支持，他不动声色地安心等待着。

后来有一天，梅告诉他，曼森·明戈特太太要见他。这个要求丝毫不令人意外，因为老夫人身体不断好转，而且她一向公开承认，孙女婿中她最喜欢的就是阿切尔。梅传达这一消息时显然很高兴，她为丈夫得到老凯瑟琳的赏识而感到自豪。

片刻踌躇之后，阿切尔义不容辞地说："好吧。下午我们一起去，好吗？"

妻子面露喜色，不过她马上又回答说："唔，最好还是你一个人去，外婆不高兴老见到同一些人。"

拉响明戈特老太太的门铃时，阿切尔的心剧烈地跳动起来。他巴不得一个人来，因为他肯定这次拜访会为他提供机会，私下跟奥兰斯卡夫人说句话。他早就下定决心等待这一机会自然而然地出现。现在，它来了。他站到门阶上，在门的后面，在紧挨门厅那间挂着黄锦缎的屋子的门帘后面，她肯定正等着他。片刻之间他就会见到她，并且能够在她领他去病人房间之前跟她说上几句话。

他只想问一个问题，问清之后，他的行动方针也就明确了。他想问的仅仅是她回华盛顿的日期，而这个问题她几乎不可能拒绝回答。

然而，在那间黄色起居室里等着的却是那位混血女佣，她那洁白发亮的牙齿像钢琴键盘。她推开拉门，把他引到老凯瑟琳面前。

老太太坐在床边一张像王座似的硕大的扶手椅里。她身旁有一张红木茶几，上面摆着一盏铸铜台灯，雕花的球形灯泡上面罩一顶纸制的绿色灯罩以求和谐。附近没有一本书或一张报纸，也没有任何女性消遣物的形迹。交谈一向是明戈特太太惟一的追求，她根本不屑假装对刺绣有什么兴趣。

阿切尔发现中风没有在她脸上留下些微扭曲的痕迹。她仅仅面色苍白了些，脂肪褶皱的颜色深了些。她戴着一顶带凹槽的头巾帽，由位于双下巴中间的一个硬蝶结系住，一块细布手帕横搭在她那波浪滚滚的紫睡袍上，那神态很像她自己的一位精明善良的老祖宗。她面对餐桌上的美味可能太没节制了。

她那双小手像宠物般依偎在大腿的凹陷里，她伸出来一只，对女佣喊道："别人谁也不让进来。要是我的女儿们来了，就说我在睡觉。"

女佣下去了，老夫人朝外孙女婿转过脸来。

"亲爱的，我是不是非常难看？"她快活地问，一边伸手去摸遥不可及的胸膛上的布褶。"女儿们对我说，我这把年纪已经无所谓了——好像越难掩盖反倒越不怕丑！"

"亲爱的，你比任何时候都更漂亮！"阿切尔以同样的口吻说。她把头一仰，大笑起来。

"哎，不过还是赶不上埃伦漂亮啊！"她冷不丁地脱口说，一边对他敌意地眨着眼睛。没等他回话，她又补充说："那天你坐车从码头送她来的时候，她是不是漂亮极了？"

他放声笑了起来。她接着说："是不是因为你这样对她讲了，所以她才一定要在路上把你赶下去？在我年轻的时候，小伙子是从不丢下漂亮女子的，除非迫不得已！"她又是一阵咯咯的笑声，接着又停住，几乎是抱怨地说："她没嫁给你，真是太可惜了，我一直这样对她说。若是那样，也免得我眼下这样牵肠挂肚了。可是，有谁想过不让祖母挂心呢？"

阿切尔心中纳闷，她是不是因为生病脑子糊涂了。但她突然大声地说："咳，不管怎样，事情总算解决了：她将跟我待在一起，家里人说什么我才不管呢！那天她到这里还不到五分钟，我就想跪下求她留下来了。在过去的二十年中，我一直没弄清问题的症结呀！"

阿切尔默不作声地听着，她接着说："你肯定知道，他们一直在劝我。洛弗尔，莱特布赖，奥古斯塔·韦兰，以及其他所有的人，都一直在劝我不要让步，要断绝对她的贴补，直到让她认识到，回到奥兰斯基身边是她的职责。那个秘书还是什么人来的时候，他们以为已经说服了我。他带来了最新的提议，我承认那些条件很慷慨。可归根到底，婚姻是婚姻，钱财是钱财——各有各的用途……我当时不知怎么回答才好——”她突然停下来，深深吸了口气，仿佛说话变得很吃力。“可当我把眼睛对着她时，我说：‘你这只可爱的小鸟！再把你关到那个笼子里去吗？绝对不行！’现在定下来了。她将待在这儿，侍候她的祖母——只要她还有个祖母可侍候。这算不上愉快的前景，但她不在乎。当然，我已经嘱咐莱特布赖，她要得到一份适当的补贴。”

年轻人异常兴奋地听着她讲，但脑子里却一片混乱，说不清这个消息带给自己的是喜还是忧。他已经毅然决然地确定了自己的行动方针，一时竟无法调整他的思路。然而渐渐地，他意识到他的困难将会推延，机会却会奇迹般地出现，心头不觉美滋滋的。如果埃伦已经同意过来跟祖母一起生活，那必然是因为她认识到放弃他是根本不可能的。这就是她对那天他最后请求的回答，如果她不肯采取他迫切要求的极端步骤，那么，她终于屈从了折中的办法。他又陷入那种不期而至的欣慰：一位准备孤注一掷的男人却突然尝到了化险为夷的甜头。

“她不回去了——根本不可能回去了！”他大声说。

“啊，亲爱的，我一直就知道你是站在她一边的，正因为如此，我今天才把你叫来。也正是为此，当你那位美丽的妻子提出跟你一起来时，我才对她说：‘不，亲爱的，我极想见见纽兰，我不想让任何人分享我们的快活。’因为，听我说，亲爱的——”她把头尽量往后仰，达到下颏所能支撑的最大限度，然后直视着他的眼睛说，“你瞧，我们还要进行战斗呢。家里人不想让她留在这儿，他们会说是因为我生病了，因为我是个病弱的老妇人，她才说服了我。我还没有完全康复，还不能一个接一个地跟他们斗，你必须替我干。”

“我？”他张口结舌地说。

“是你。有何不可？”她突然反问道，两只圆瞪的眼睛忽然变得像小刀子一样锋利。她的一只手从椅子扶手上滑落下来，一把像鸟爪般苍白的小指甲落在他手上。“有何不可呢？”她重复地追问道。

阿切尔在她注视之下恢复了自制。

“咳，我不顶用——我太无足轻重了。”

“可你是莱特布赖的合伙人，对不对？你必须借助莱特布赖对他们施加影响，除非你有别的理由。”她坚持说。

“哎，亲爱的，我支持你的主张，你不用我帮忙就能对付他们。不过，只要你需要，就能得到我的帮助。”他安慰她说。

“这样一来，我们就安全了！”她叹口气说。她一边把头倚在靠垫中间，一边露出老谋深算的笑容补充说，“我早就知道你会支持我们的，因为他们说起回到丈夫身边是她的本分时，从来没引述过你的话。”

面对她吓人的锐利眼光，他不免有点畏惧，他很想问一句：“梅呢——他们引述她的话了吗？”但他考虑还是转换一下话题更保险。

“奥兰斯卡夫人呢？我什么时候去见她？”他说。

老夫人又咯咯笑了一阵，揉了揉眼皮，诡秘地打了一番手势。“今天不行，一次只见一人。奥兰斯卡夫人出去了。”

他一阵脸红，感到有些失望。她接着说：“她出去了，孩子。坐我的马车去看里吉纳·博福特了。”

她停了一会儿，等待这一消息产生效果。“她已经把我征服到这种地步了。她到这儿第二天，就戴上最好的帽子，十分冷静地对我说要去看里吉纳·博福特。‘我不认识她，她是什么人？’我说。‘她是你的侄孙女，一位很不幸的女人。’她说。‘她是坏蛋的妻子。’我说。‘噢，’她说，‘那我也是，可我的家人都想让我回到他身边去。’咳，这下把我击败了，于是我让她去了。终于有一天，她说雨下得很大，没法步行出门，要我借给她马车。我问她干什么去，她说，去看里吉纳堂姐——还堂姐呢！哎，亲爱的，我朝窗外望了望，一滴雨都没下。不过我理解她，让她用了马车……毕竟，里吉纳得算个勇敢的女人，她也是。而我一贯最最喜欢勇气。”

阿切尔弯下腰，紧紧用唇吻了吻仍然搁在他手上的那只小手。

“嗯——嗯！你当是在吻谁的手呢，年轻人？是你妻子的吧？”老夫人立即装着发出尖叫声。当他起身告辞的时候，她在他身后喊道：“向她转达外婆的爱，可最好一点也别讲我们谈的事。”

## 三十一

阿切尔被老凯瑟琳的消息弄昏了头。奥兰斯卡夫人响应祖母的召唤，急忙从华盛顿赶回来，这是极合常情的事。然而她决定留在她家——尤其是在明戈特太太几乎完全康复的情况下——事情就不怎么好解释了。

阿切尔确信奥兰斯卡夫人的决定并非由于经济状况的变化所致。他知道她丈夫在分手时给她的那一小笔钱的确切数目，在明戈特家的人看来，没有祖母的贴补，靠这点儿钱她无论如何都难以维持生计。既然与她一起生活的梅多拉已经破了产，这样一点点收入几乎难于维持两个女人的衣食。然而阿切尔深信，奥兰斯卡夫人接受祖母的提议决非出于利益的驱动。

她具有那些习惯于拥有巨额家产而对金钱却满不在乎的人们的特点：任性随意的慷慨大方，抽风式的奢侈挥霍。但她也能在缺少亲戚们认为是不可或缺的许多东西的条件下生存。洛弗尔·明戈特太太与韦兰太太经常感叹地说，像她这样一个享受过奥兰斯基家那种大都市奢华生活的人，怎么对钱财的事如此不关心。而且据阿切尔所知，对她的补贴已经取消了好几个月，这期间她并没有想方设法重新博取祖母的宠爱。所以，如果说她改变了方针，那一定是另有原因。

这原因他无须到远处去找。就在他们从渡口回家的路上，她曾对他讲他们俩一定得分开，不过她说这话的时候，脑袋是贴在他胸膛上的。他知道她说这些话并不是故意卖弄风情，她跟他一样是在与命运抗争，不顾一切地坚持着自己的决定：决不背弃那些信任他们的人。然而，在她回纽约后十天的时间里，她大概已经从他的沉默中、从他没有设法见她的事实中推测到，他正在筹划一种断然的措施，他将走出不留退路的关键一步。她想到这一点，可能突然对自己的脆弱产生了恐惧，觉得最好还是接受这类情况中常见的妥协方案，采取最省力的办法。

一小时之前，在阿切尔拉响明戈特太太家的门铃时，他还以为自己要走的路已经确定无疑。他本来打算单独跟奥兰斯卡夫人说句话，如若不成，也要从她奶奶口中探听出她哪一天、坐哪列车回华盛顿去。他打算到车上与她会合，并跟她一起去华盛顿，或者按她的意愿，去更远更远的地方。他本人倾向于去日本。不管怎样，她立即就会明白，无论她到哪里，他都会形影相随。他准备给梅留下一封信，以杜绝任何其他的可能。

在他的想象中，自己不仅有足够的勇气，而且还迫不及待地期望着采取这种断然的行动。然而听说事情进程发生变化之后，他的第一反应却是一种宽慰的感觉。不过此刻，在他从明戈特太太家返回的路上，他对前景却越来越觉得厌恶。在他可能要走的道路上没有任何新奇的东西，只不过他以前走上这条路时还是个无牵无挂的男人，自己的行为无须对任何人负责，并且可以自得其乐地超然于游戏所要求的防范与推诿、躲藏与顺从。那种行为被称作“保护女人名誉”，这一绝妙的谎言，连同长辈们饭后的闲谈，早已将规则详尽地灌输给了他。

现在他以新的眼光看待这件事，他个人在其中扮演的角色似乎就无足轻重了。事实上，他曾经自以为是地暗中观察过托雷・拉什沃斯太太对那位痴情、没有眼力的丈夫的表演：那是一种含笑、挑逗、诙谐、提防、持续不断的欺诈——白天欺诈，晚上欺诈，爱也是欺诈，吵也是欺诈，一举一动、一言一行全都是欺诈。

一位妻子对丈夫扮演这种角色还是比较轻松的，总体看来也算不上卑劣。对于女人的忠诚，人们心照不宣地将标准放得较低，她们是附属品，谙熟被奴役者的阴谋。于是她们总是可以从心境、情绪中找到借口，有权不承担严格的责任。即使在最拘泥的上流社会里，嘲笑也总是针对着丈夫们的。

而在阿切尔的小圈子里，没有人嘲笑受骗的妻子，而且，对于婚后继续追逐女性的男人，都给予一定程度的蔑视。在男人一生中有一段得到默许的拈花惹草的时期，但那种事不得超过一次。

阿切尔一贯赞同这种观点，在他心目中莱弗茨是个卑鄙小人。然而，爱上埃伦·奥兰斯卡却不等于变成莱弗茨那样的人。破天荒第一次，阿切尔发现自己面对着“各人有各人的情况”这一讨厌的论点。埃伦·奥兰斯卡不同于任何女人，他也不同于任何男人，因此，他们的情况与任何人都不同，除了他们自己的判断，他们不对任何裁决负责。

话虽这么说，然而再过十分钟，他就要踏上自己的门阶，那里有梅、有习俗、有名誉，以及他与他周围的人们一贯信奉的所有体面……

他在转弯处犹豫了一番，然后沿第五大街向前走去。

在他的前方，冬季的黑夜中朦胧现出一幢没有灯光的大宅子。他走近宅子时心想，过去他有多少次见过它的灯火辉煌啊。那时，它的门阶铺着地毯，上方搭起凉棚，马车排成双行等待被拴停在栏石上。就是在人行道边上那个阴沉沉的黑色大温室里，阿切尔得到了梅的第一个吻。他就是在舞厅的一片烛光底下看见她露面的，颀长的身材，周身银光闪闪，宛如一位小狄安娜女神。

如今这宅子像坟墓般一片漆黑，只有地下室里闪烁着暗淡的煤气灯光，楼上也只有一个没有放下百叶窗的房间亮着灯。阿切尔走到墙角跟前，发现停在门口的马车是曼森·明戈特太太的。假如西勒顿·杰克逊碰巧路过这儿，这对他该是多好的机会啊！老凯瑟琳讲述的奥兰斯卡夫人对博福特太太的态度曾让阿切尔深为感动，它使得纽约社会的正义谴责显得格外无情。不过，他深知俱乐部与客厅里的那些人将会就奥兰斯卡对堂姐的拜访，作出怎样的解读。

他停住脚步，抬头看了看那个有灯光的窗子。两位女子肯定一起坐在那间屋里，博福特很可能到别处去寻求安慰了。甚至有传言说他已带着范妮·琳离开了纽约，但博福特太太的态度使这则报道显得很不可信。

阿切尔几乎是独自观察第五大街的夜景，这时刻大多数人都在家中整装准备参加晚宴。他暗自庆幸埃伦离开时可能不会被人看见。正想到这里，只见大门开了，她走了出来。她身后是一盏昏暗的灯，可能是有人下楼为她照路，她转过身去对什么人说了句话，接着门就关上了，她走下了台阶。

“埃伦。”她走到人行道上时他低声喊道。

她略显惊讶地停住脚步。正在这时，他看见有两位装束入时的年轻人朝这边走来，他们穿的外套和折叠在白领带上面的漂亮白丝巾看起来有点眼熟。阿切尔奇怪，这种身份的年轻人怎么这么早就外出赴宴。接着他想起住在几步之外的里吉·奇弗斯夫妇今晚要邀请好几个人去观看阿德莱德·尼尔森演的《罗密欧与朱丽叶》。他想这两位可能就属于那伙人。他们走到一盏路灯下，他认出原来是劳伦斯·莱弗茨和一位小奇弗斯。

当他感觉到她手上那股有穿透力的暖流时，那种不愿让人在博福特门前看见奥兰斯卡夫人的俗念消失得无影无踪。

“现在我可以看见你了——我们要在一起了。”他脱口说道，几乎不知自己在讲什么。

“啊，”她回答，“奶奶已经告诉你了？”

当他看着她的时候，他注意到莱弗茨和奇弗斯在走到拐角的另一端后，识趣地穿过第五大街走开了。这是一种他本人也经常履行的男性团结一致的原则，不过此刻他对他们的默许却感到恶心。难道她真以为他们可以这样生活下去吗？若不然，她还有什么想法呢？

“明天我一定要见你——找个只有我们两人的地方。”他说，那声音他自己听着也像是怒气冲冲。

她踌躇着，朝马车的方向移动。

“可是我要待在奶奶家——我是说，目前。”她补充说，仿佛意识到她的改变计划需要做一定说明。

“找个只有我们两人的地方。”他坚持说。

她轻声一笑，让他有些受不了。

“你说在纽约吗？但这里没有教堂……也没有纪念馆。”

“可是有艺术博物馆——在公园里，”正当她有些为难时，他大声说，“两点半，我在门口……”

她没有回答便转过身去，立即上了马车。马车驶走的时候，她向前探了探身，他觉得她好像在黑暗中摆了摆手。他怀着矛盾混乱的心情从后面凝望着她，觉得自己仿佛不是在跟他心爱的女人谈话，他面对的好像是他已经厌倦、欠下感情债的另一个女人。发现自己老是摆脱不掉这些陈腐的词语，他对自己深感气愤。

“她会来的！”他几乎是轻蔑地对自己说。

被称作都会博物馆的这一由铸铁与彩瓦构成的古里古怪的建筑物，有几个主要的画廊。其中之一挂满了描绘轶事趣闻的油画。他们躲开了这个最受欢迎的“伍尔夫珍藏”画廊，沿过道漫步来到一间房子，里面陈列的“查兹诺拉①古代文物”在无人问津的孤独中渐渐销蚀。

他们两人来到这样一个忧郁的隐蔽之处，坐在环绕中央散热器的长沙发椅上，默默地凝视着架在黑檀木上的那些玻璃柜，里面陈列着发掘出土的髂骨碎片。

“真奇怪，”奥兰斯卡夫人说，“我以前从没来过这儿。”

---

① 查兹诺拉（1832—1904），美国军官与考古学家。

“啊，唔——我想，有一天它会变成一个了不起的博物馆。”

“是啊。”她心不在焉地赞同说。

她站起来，在屋里来回走动。阿切尔仍旧坐着，观察她身体轻盈的动作。即使穿着厚重的毛皮外衣她也显得像个小姑娘似的。她的皮帽子上巧妙地插了一片鹭翅，两颊各有一个深色发髻像螺旋形藤蔓平伏在耳朵上方。他的思想又像他们刚一见面时总会发生的那样，完全集中在使她区别于他人的那些怡人的微枝末节上了。接着他起身走到她伫立的匣子跟前，匣子的玻璃搁板上堆满了破碎的小物件——几乎无法辨认的家用器皿、装饰品及个人用的小东西，有玻璃制的，泥土制的，褪色的铜制品，以及被时光模糊了的其他材料的物品。

“看起来好残酷啊，”她说。“过上一段时间，一切都会变得无关紧要了……就跟这些小东西一样。对那些被遗忘的人来说，它们当初都是重要的必需品，可如今只有放在放大镜下去猜测了，并且还加上标签：‘用途不详’。”

“是啊，可与此同时——”

“哦，与此同时——”

她站在那儿，身穿海豹皮的外套，两手插在一只小小的圆套筒里，面纱像层透明的面具一样垂到鼻尖上，他给她带来的那束紫罗兰伴随她快节奏的呼吸一动一动的。这样和谐的线条与色彩也会受讨厌的规律支配而发生变化，简直是不可思议啊。

“与此同时，一切又都至关重要——只要关系到你。”他说。

她若有所思地看了看他，又坐回到沙发椅子上。他坐在她身旁，等待着。突然，他听到一声脚步声从那些空屋子的远处传来，并立即意识到时间的紧迫。

“你想对我说什么？”她问，似乎也接到了同样的警告。

“我想对你说什么？”他应声道。“唔，我认为你来纽约是因为害怕。”

“害怕什么？”

“怕我到华盛顿去。”

她低下头看着她的手筒，他见她的双手在里面不安地抖动。

“嗯——？”

“嗯——是的。”她说。

“你是害怕了？你明白了——？”

“是的，我明白了……”

“唔，那又怎样？”

“哦，所以还是这样比较好，不是吗？”她以疑问的语气拖着长音说。

“比较好——？”

“我们给别人的伤害会少一些，说起来，这不正是你一直想往的吗？”

“你是说，让你留在这儿——看得见却又摸不着？就这样子与你秘密相会？这与我想的正相反。那天我已经告诉过你我想怎样了。”

她迟疑了。“你仍然认为这样——更糟？”

“糟一百倍！”他停顿一下又说，“对你说谎很容易，可事实是我认为那很讨厌。”

“啊，我也一样！”她喊道，并宽心地舒了口气。

他急不可耐地跃身站了起来。“哎，既然这样——就该由我来问你，你认为更好的办法究竟是什么呢？”

她低下头，两只手在手筒里不停地握住又松开。那脚步声越来越近，一名戴穗带帽的警卫无精打采地从屋里走过，像个鬼魂蹑手蹑脚穿过墓地一样。他们俩同时把眼睛盯在对面的匣子上。警卫的身影在那些僵尸与石棺中间消失之后，阿切尔又开口了。

“你认为怎样更好呢？”

她没有回答，却嗫嚅地说：“我答应奶奶跟她住在一起，因为我觉得在这里没有危险。”

“没有我的危险？”

她略微低下头，没有正眼看他。

“没有爱我的危险？”

她的侧影一动不动，但他发现一滴眼泪从她的睫毛间涌出，挂在了面纱的网孔上。

“没有对别人造成不可挽回的伤害的危险。我们还是不要像其他人那样吧！”她提出异议说。

“其他什么人？我不想假装与我的同类有什么不同，我也有同样的梦想与渴望。”

她有些恐惧地瞥了他一眼。他发现她两颊泛起一片淡淡的红晕。

“如果我到你身边来一次，然后就回家，那样成吗？”她突然大着胆子、声音清晰地低声问道。

热血涌上了年轻人的额头。“最亲爱的！”他说，身体一动不动。仿佛他把心捧在了手中，像满满的一杯水，稍一动弹就会溢出来似的。

随着她后面的半句话传到耳中，他的脸又阴沉了下来。“回家？你说回家是什么意思？”

“回我丈夫家。”

“你指望我会同意吗？”

她抬起头，用困惑的目光看着他。“还有什么办法呢？我可不能留在这儿，对那些善待我的人撒谎呀。”

“正是为了这个理由，我才要你跟我远走高飞！”

“在他们帮我重新生活之后，去毁掉他们的生活？”

阿切尔一跃站了起来。他低头看着她，心里充满一种难以名状的绝望。他本来可以不费力地说：“对，来吧，来一次吧。”他知道她一旦同意就会把决定权交给他，到时候劝她别回丈夫那儿去不会有什么困难。

然而话到嘴边却又噎住了，她那副真挚诚恳的样子使他根本不可能冒昧地把她引进那种常见的陷阱。“假如我让她来，”他自己心里想，“我还得再放她走。”那后果是不可想象的。

然而看着她湿润的面颊上睫毛的阴影，他动摇了。

“毕竟，”他又开口说，“我们也有自己的生活……办不到的事想也没用。你对一些事情那样不带偏见，用你的话说——那样习惯于看戈尔工的脸色，所以，我不明白你为什么不敢正视我们的关系，实事求是地看待它——除非你认为这种牺牲不值得。”

她也站了起来，迅即皱起眉头，闭紧了双唇。

“既然你这么说，那——我一定要走了。”她说着，从胸前掏出她的小怀表。

她转身就走，他跟上去，一把抓住她的手腕。“哎，既然这样，那就来找我一次吧。”他说。一想到要失去她，他猛地转过头去。转瞬间，他们俩几乎像仇人似的你看着我，我看着你。

“什么时间？”他紧逼地问。“明天？”

她踌躇了。“后天吧。”

“最亲爱的——！”他又说。

她已经把手腕挣脱出来，但他们的目光一时还对视着。他见她那苍白的脸上焕发着内心的光华，他的心恐惧地跳动着，觉得自己从未见到过爱是这样明明白白。

“哎呀，我要晚了——再见。不，你别再往前走了。”她喊道，一边急匆匆地沿着长长的屋子走去，仿佛他眼睛里折射的神色吓坏了她。她走到门口，转过身停了一下，挥手匆匆告别。

阿切尔一个人走回家。等他进家时夜幕已经降临。他打量着门厅里熟悉的物品，仿佛是从坟墓另一端观察似的。

客厅女佣听到他的脚步声，跑上楼梯去点上面梯台上的煤气灯。

“阿切尔太太在家吗？”

“不在，老爷。阿切尔太太午饭后坐马车出去了，现在还没回来。”

他怀着一种宽慰走进图书室，一屁股坐到扶手椅上。女佣跟在后面，带来了台灯，并向快要熄灭的壁炉里加了点煤。她走后他继续一动不动地坐着，双肘压在膝上，两手交叉托着下巴，眼睛盯着发红的炉格。

他坐在那儿，思绪纷乱，忘记了时间的流逝，深深陷入惊愕之中，仿佛生活不是加快了，而是被中止了。“这是迫不得已的，那么……这是迫不得已的。”他心里反复地说，好像遭了厄运似的。这结局与他梦寐以求的相去太远，给他的狂喜泼上一盆彻骨的冰水。

门开了，梅走了进来。

“我回来太晚了——没让你担心吧？”她问，一边把头靠在他的肩上，难得地拥抱着他。

他愕然地抬起头问：“已经很晚了吗？”

“都七点多了，我以为你已经睡了呢！”她笑着说。随后抽下帽子上的别针，把她的丝绒帽丢到沙发上。她比平时显得苍白些，但精神异常焕发。

“我去看外婆了，正当我要走的时候，埃伦散步回来，于是我又留下，跟她进行了一次长谈，我们许久没有这样真诚地交谈了……”她坐在平时坐的那把扶手椅上，面对着他，用手指梳理着纷乱的头发。他觉得她在等他说话。

“是真正亲切的交谈，”她接着说，脸上活泼的笑容让阿切尔感到有些做作。“她非常可爱——完全像是过去那个埃伦。恐怕我最近对她不够公平，有时我认为——”

阿切尔站起来，倚在壁炉台上，躲开了灯光的照射范围。

“噢，你认为——”见她打住话头，他重复一遍说。

“唉，也许我对她评价不够公平。她是那么特殊——至少在表面上，她接纳那么古怪的人——好像她喜欢引人注意。我猜这就是她在放荡的欧洲社会所过的生活吧，我们这些人在她心目中无疑是很无聊。不过我不想对她做不公正的评价。”

她又停住口，由于不习惯讲这么多而有点儿气喘吁吁。她坐在那儿，双唇微启，两颊绯红。

阿切尔看着她，想起了在圣奥古斯汀教区花园里她那张涨红的脸。他注意到她内心那种同样的暗中努力，那种对超越她正常想象力的某种事情同样的企盼。

“她恨埃伦，”他心里想。“并且想要克服这种感情，还想让我帮她克服。”

这一想法使他深受感动。有一会儿他直想打破两人之间的沉默，豁出去求助于她的宽恕。

“你知道家里人有时会生气，”她接着说，“对吗？开始我们都尽可能为她着想，可她好像根本就不理解。而现在又想起来去看博福特太太，还要坐外婆的马车去！我担心她已经使范德卢顿夫妇产生了嫌隙……”

“哈。”阿切尔不耐烦地笑道。他们俩中间那道门重又关上了。

“该换衣服了。我们要出去吃饭，对吗？”他问道，一面离开火炉。

她也站了起来，却继续在炉边磨蹭。当他走过她身边时，她冲动地迎上去，仿佛要留住他似的。他们的目光相遇了，他发觉她那双眼睛又蓝汪汪的，跟他告别她去泽西城时一样。

她张开双臂绕住他的脖子，把脸紧紧贴到他的脸上。

“你今天还没吻我呢。”她悄声地说。他感觉到她在他怀中颤抖了。

## 三十二

“在杜伊勒利宫的宫廷里，”西勒顿先生面带怀旧的笑容说，“这种事情是很能被容忍的。”

地点是麦迪逊大街范德卢顿家黑胡桃木的餐厅，时间是阿切尔参观艺术馆的翌日傍晚。范德卢顿先生与太太从斯库特克利夫回城小住几日，他们是在宣告博福特破产消息时慌忙逃到那儿去的。听说这一悲惨事件使社交界陷入一片混乱，这使得他们俩在城里露面显得越发重要。事态又到了十分关键的时刻，正如阿切尔太太说的，到歌剧院露露面，甚至打开他们家的大门，是他们“对社交界义不容辞的责任”。

“亲爱的路易莎，让莱姆尔·斯特拉瑟斯太太那样的人以为她们可以取代里吉纳，这绝对不行。那些新人正是利用这种时机闯进来取得立足之地的。斯特拉瑟斯太太初到纽约的那年冬天，正是由于水痘的流行，才让那些已婚男人趁妻子待在育儿室的机会溜到她家里去的。路易莎，你和亲爱的亨利一定要像以往那样担当中流砥柱啊。”

范德卢顿先生与太太对这样的召唤总不能充耳不闻，于是他们勉强却很勇敢地回到了城里，重开门庭，并发出请柬要举办两场宴会和一场晚会。

这天晚上，他们邀请了西勒顿·杰克逊、阿切尔太太、纽兰和妻子一起去歌剧院，去听今年冬天首场演出的《浮士德》。在范德卢顿的屋檐下事事少不了客套，尽管只有四位客人，就餐也在七点钟准时开始，所以一道道菜肴有条不紊地用过之后，绅士们还可以安下心来抽一支雪茄。

阿切尔自昨晚还没见过妻子的面。他一早就去了事务所，埋头于累积下的一堆业务琐事，下午一位上司又意外地召见了他。所以他回到家已经很晚了，梅已经提前去了范德卢顿家，并把马车打发了回来。

此刻，隔着斯库特克利夫的石榴花和一大堆菜盘，她给他的印象是苍白与疲倦，不过她那双眼睛依然很亮，讲话时有点儿过分活跃。

引出西勒顿·杰克逊得意的典故的是女主人提出的话题（阿切尔猜想她并非无意）。博福特的破产，或者说博福特破产后的态度，依然是客厅伦理学家卓有成效的话题，在对其进行彻底调查与谴责之后，范德卢顿太太目不转睛地注视着梅·阿切尔。

“亲爱的，我听人说的这件事能是真的吗？据说有人曾看到你外婆明戈特的马车停在博福特太太的大门口。”引人注意的是，她不再用教名称呼那位犯了众怒的夫人。

梅的脸上泛起了红晕，阿切尔太太急忙插言说：“假如是真的，我相信明戈特太太也不知其事。”

“啊，你认为——”范德卢顿太太打住话头，叹了口气，瞥了丈夫一眼。

“恐怕是，”范德卢顿先生说，“奥兰斯卡夫人的善心，可能促使她唐突地去看望了博福特太太。”

“或者说是她对特殊人物的兴趣。”阿切尔太太语气冷淡地说，同时傻乎乎地用眼睛紧盯着儿子。

“我很遗憾这种事与奥兰斯卡夫人联系在一起。”范德卢顿太太说。阿切尔太太咕哝道：“啊，亲爱的——而且是在你在斯库特克利夫接待了她两次之后！”

杰克逊先生正是在这个节骨眼上抓住机会，提出了他得意的典故。

“在杜伊勒利宫，”他重复道，发现大伙都把期待的目光转向了他，“对某些问题的规范是很不严格的。假若你问到莫尼[①]的钱是哪儿来的——或者谁为宫里的美人付债……”

“亲爱的西勒顿，”阿切尔太太说，“我想你不是在建议我们也接受这种规范吧？”

“我决不会建议的，”杰克逊先生冷静地回答道。“不过奥兰斯卡夫人在国外所受的教养可能使她不太讲究——”

“唉。”两位年长的夫人叹了口气。

“尽管如此，也不该将她祖母的马车停在一个赖债的家伙门口呀！”范德卢顿先生反对说。阿切尔猜测他可能是想起了他送到二十三街那座

---

① 莫尼（1811—1865），法国贵族与政治家，曾任内务大臣。

小房子里的那几篮子康乃馨，并因此而愤愤然。

“那是当然，我一直说她看问题跟别人两样。”阿切尔太太总结说。

一片红润涌上梅的额头，她看着桌子对面的丈夫，贸然地说：“我敢肯定，埃伦原本是出于好心。”

“轻率的人经常是出于好心。”阿切尔太太说，仿佛这也很难为其开脱。范德卢顿太太低声说：“她若是能找个人商量一下——”

“咳，她从来不会找人商量的！”阿切尔太太应声说。

这时候，范德卢顿先生瞥了妻子一眼，后者朝阿切尔太太略一欠身，接着三位女士便拖着熠熠闪光的裙裾，一溜烟儿似的从门口出去了。绅士们则安心地抽起雪茄。范德卢顿先生供应的是晚上听歌剧吸的短雪茄，不过品味极佳，以致客人们动身时都为主人的恪守时间而感到惋惜。

第一幕结束后，阿切尔摆脱开同伴，朝俱乐部包厢的后面走去。从那儿，越过姓奇弗斯、明戈特、拉什沃斯的许多人的肩膀，他注视着两年前与埃伦·奥兰斯卡第一次见面那天晚上他看到的场景。他有意无意地盼望她会再出现在老明戈特太太的包厢里，但包厢里空无一人。他坐着一动不动，两眼紧盯着那个包厢，直到尼尔森夫人纯正的女高音突然迸发出“呣啊嘛——哝——呣啊嘛……”

阿切尔转向舞台，上面硕大的玫瑰花与三色堇的熟悉布景中，同一位无辜的高大金发女郎正屈服于同一位矮小的棕发引诱者。

他的目光扫视了一个 U 字形，落到梅就座的地方。她夹在两位老夫人中间，跟两年前那个晚上很相似。当时，她坐在洛弗尔·明戈特与她那位刚到的“外国”表姐中间。那天晚上她穿的是一身白衣服，阿切尔刚才没注意她穿的是什么，这会儿才看出她穿的是那身带老式花边的蓝白缎子婚礼服。

按纽约的老风俗，新娘要在婚后头一两年内穿这身贵重的衣服。据他所知，他母亲一直把自己那身婚服包在绵纸里保存着，指望有朝一日让詹尼穿。可是可怜的詹尼眼看已到了穿珠灰色府绸的年纪，且已不适合做伴娘了。

阿切尔忽然想到，自从他们从欧洲回来后，梅一直很少穿她的新娘缎服。现在意外地见她穿在身上，他不由得将她的外貌与两年前他怀着幸福的憧憬观察的那位姑娘做了一番比较。

虽然梅那女神般的体态早就预示她的轮廓会像现在这样略嫌粗大，但她昂首挺身的运动员风采及一脸小姑娘似的坦诚却依然如故。若不是阿切尔近来注意到的那一丝倦怠，她简直跟订婚那天晚上侍弄那束铃兰的那位姑娘一模一样。这一事实似乎格外引起他的同情，她的单纯就像小孩子信赖的拥抱那样感人至深。接着，他记起了隐伏于她的漠然与沉静中的激昂慷慨，回想起当他力劝她在博福特家舞会上宣布他们的订婚消息时她那理解的目光。他仿佛又听到了她在教区花园里说过的那番话："我不能把自己的幸福建筑在对另一个人的不——不公平上。"他抑制不住地产生了一种渴望：想对她说出真相，以便仰仗她的宽宏大量，请求得到他一度拒绝过的自由。

纽兰·阿切尔是一个善于自我克制的沉稳青年，遵循一个狭小社会阶层的行为准则几乎已经成了他的第二天性。对于任何哗众取宠的行为，对于任何被范德卢顿先生与俱乐部包厢里的人们指责为粗鲁的行为，他都深恶痛绝。但忽然间，他忘记了俱乐部包厢，忘记了范德卢顿先生，以及长期将他包围在习惯庇护中的一切。他穿过剧场后面半圆形的过道，打开范德卢顿太太包厢的门，仿佛那原是一道通往未知世界的门一样。

"呣阿麻！"得意洋洋的玛格丽特正用颤音尖声唱着。阿切尔一进去，包厢里的人全都惊讶地抬起头来看他：他已经违背了他那个圈子的一条规则——在独唱表演期间是不准进入包厢的。

他悄悄从范德卢顿先生与西勒顿先生中间走过去，探身俯于妻子上方。

“我头痛得厉害。别对任何人讲，跟我回家好吗？”他悄声说。

梅理解地看了他一眼，只见她悄声告诉了她母亲，后者同情地点了点头，接着她又嗫嚅着向范德卢顿太太表示了歉意，便从座位上站了起来。这时正值玛格丽特落进浮士德的怀抱。当阿切尔帮她穿外衣时，他注意到两位老夫人相互交换了一个意味深长的微笑。

他们乘车离开，梅怯生生地把手放在他的手上。“你不舒服，我心里很难过。怕是他们在事务所又让你劳累过度了吧。”

“不——不是那么回事。我把窗打开行吗？”他不知所措地说，一面落下他那边的窗玻璃。他坐在那儿，眼睛盯着窗外的街道，觉得妻子在身边就像在默默地对他监视、审讯一样，便用眼睛紧紧盯着一座座路过的房子。到了家门口，她在马车的阶蹬上被裙子绊了一下，倒在他身上。

“你没受伤吧？”他问道，并用胳膊扶稳她。

“没有，可是我可怜的衣服——瞧我把它撕坏了！”她大声说，弯身提起被泥土弄脏的那一面，跟着他跨上台阶进了门厅。仆人们没想到他们这么早回来，上面平台上只有一盏微弱的煤气灯。

阿切尔上楼捻亮了灯，并用火柴点着图书室壁炉台两侧的煤气灯嘴。窗帘都拉上了，屋子里暖融融的温馨气氛深深触动了他，使他觉得好像在执行一项难于启齿的任务时遇上了熟人一样。

他注意到妻子脸色十分苍白，问她是否需要他弄点儿白兰地来。

“噢，不用，”她说着一阵脸红，脱下了外套。“你赶紧上床不好吗？”她又说。这时他打开桌上一个银匣子，取出一支香烟。

阿切尔丢下烟，走到他平时坐的炉火旁边。

“不用，我的头痛得没那么厉害。”他停顿了一下又说，“我有件事想说一说，一件重要的事——我必须立即告诉你。”

她已坐在扶手椅里，听他一说，抬起头来。“是吗，亲爱的？”她应声道，声音那么温柔，她对他的开场白见怪不怪的态度倒使他感到奇怪了。

"梅——"他开口道。他站在离她的椅子几英尺之外，对面看着她，仿佛他们之间这点距离是不可逾越的深渊似的。他的话音在这种舒适安静的气氛中听起来有点怪异，他又重复道："有件事情我必须告诉你……关于我自己……"

她沉静地坐着，一动不动，眼睛都没眨一下。她的脸色仍然非常苍白，但表情却出奇的平静，那平静仿佛来源于内心一种神秘的力量。

阿切尔压住了涌到嘴边的那种自责的套语，他决心直截了当地把事情说开，不做徒劳的自责或辩解。

"奥兰斯卡夫人——"他说道，但妻子一听这个名字便举起一只手，好像让他住口似的。这样一来，煤气灯光便照射在她那枚结婚戒指的金面上。

"咳，今晚我们干吗要谈论埃伦呢？"她略显厌烦地绷着脸问道。

"因为我早就该讲了。"

她脸色依然很平静。"真有必要吗，亲爱的？我知道有时我对她不够公正——也许我们都不公正。无疑你比我更理解她，你一直对她很好。不过，既然都已经过去了，还有什么关系呢？"

阿切尔惶惑地看着她。束缚着自己的那种虚幻感觉难道已传染给他妻子了吗？

"都过去了——你这话什么意思？"他含糊不清地结巴着说。

梅仍然用坦率的目光看着他。"怎么——因为她很快就回欧洲了，因为外婆赞成她、理解她，而且已经安排好让她不依赖她丈夫而独立——"

她突然住了口，阿切尔用一只抖动的手抓住壁炉架的一角，借以支撑住自己，并徒然地想对混乱的思绪进行同样的控制。

"我以为，"他听见妻子那平静的声音继续说，"你今天傍晚留在办公室是进行事务性准备呢。我想，事情是今天上午决定的。"在他茫然的注视下，她低垂下眼睛，脸上又掠过一片难以捉摸的红晕。

他觉得自己的目光一定是令人无法忍受，于是转过身去，将双肘支在壁炉台上，捂住了脸。有什么东西在他耳朵里嘭咚嘭咚地乱响，他说不清是他血管里血的悸动，还是壁炉上钟表的咔嗒声。

梅坐在那儿一动未动，也没有讲话，那钟表缓缓地走了五分钟。炉格里有一块煤向前滚落下来，他听见她起身把它推了回去。阿切尔终于转过身来面对着她。

“这不可能。”他大声说。

“不可能——？”

“你怎么知道——刚才你对我讲的事？”

“昨天我见到埃伦了——我告诉了你我在外婆家见到了她。”

“她不是那时告诉你的吧？”

“不是，今天下午我收到她一封信——你想看看吗？”

他一时张口结舌。她出了房间，旋即又转了回来。

“我还以为你知道了呢。”她坦然地说。

她把一张纸放在桌上，阿切尔伸手拿了起来。那封信只有几行字：

“亲爱的梅，我终于让奶奶明白了，我对她的看望只能是一次看望而已。她一向都是这么善良、这么宽宏大量。她现在看清了，假如我回欧洲去，那么我必须自己生活，或者跟可怜的梅多拉姑妈一起，姑妈要跟我一起去。我要赶回华盛顿去打点行装，下周我们乘船走。我不在的时候你一定要善待奶奶——就像你一直对我那样好。埃伦。

“假如我的朋友有谁想劝我改变主意，请告诉他们那是完全没有用的。”

阿切尔把信读了两三遍，然后把它扔下，突然放声大笑起来。

他的笑声把自己吓了一跳，使他想起那天半夜里的情形。当时他对着梅那封宣布婚礼提前的电报高兴得前俯后仰，那种令人不解的样子把詹尼吓了一跳。

“她干吗要写这些话？”他极力止住笑，问道。

梅坚定、坦率地回答了他的问题：“我想是因为我们昨天谈论过的一些事情。”

“什么事情？”

“我告诉她，恐怕我过去对她不够公平——不能总是理解她在这儿的处境有多艰难：她一个人待在这么多陌生的亲戚中间，他们都觉得有批评的权力，但却不总是了解事情的原委。”她停了停又说，“我知道你一直是她可以永远信赖的朋友。我想让她明白，我和你一样——我们的感情是完全一致的。”

她稍作停顿，似乎等他说话似的，然后又缓缓地说：“她理解我想告诉她这些事的心情，我认为她对一切都很明白。”

她走到阿切尔跟前，拿起他一只冰冷的手迅速按在自己的面颊上。

“我的头也痛起来了，晚安，亲爱的。”她说罢朝门的方向转过身去，拖着那件破损、泥污的婚礼服从屋里走了出去。

## 三十三

正像阿切尔太太笑盈盈地对韦兰太太说的，对一对小夫妻来说，举办第一次大型晚宴可是件了不起的大事。

纽兰·阿切尔夫妇成家以来，非正式地接待过不少客人。阿切尔喜欢邀上三五个朋友一起用餐，梅则效法母亲在处理夫妻事务中为她树立的榜样，满脸笑容地招待来客。倘若只剩下她一个人，是否也会请人来做客呢——她丈夫表示怀疑。不过他早已放弃了从传统与教养塑造她的模式中剥离出她真实自我的打算。一对住在纽约的富家年轻夫妇理应有大量的非正式招待活动，一位姓韦兰的嫁给一位姓阿切尔的之后，恪守这一传统更是义不容辞。

然而大型晚宴可就另当别论了，要办一次谈何容易！它需要雇一位厨师，借两名男仆，要有罗马潘趣酒，亨德森花店的玫瑰，还有印在金边卡片上的菜单。正如阿切尔太太说的，有了罗马潘趣酒，情况就大不一样了。倒不在于酒本身，而在于它多重的含义——它意味着要上灰背野鸭或者甲鱼，两道汤，一冷一热两道甜食，短袖露肩衫，以及有相当身份的客人。

一对年轻夫妇用第三人称发出他们的第一批请柬，总是件十分有趣的事。他们的邀请就连那些老手和热门人物也很少拒绝。尽管如此，范德卢顿夫妇能应梅的要求留下来，出席她为奥兰斯卡伯爵夫人举办的告别宴会，仍然被公认为是一大胜利。

在这个不同寻常的下午，身为婆母与岳母的两位太太坐在梅的客厅里，阿切尔太太在蒂芙妮最厚的金边卡片纸上写着菜单，韦兰太太则指挥着摆放棕榈树与落地灯。

阿切尔很晚才从事务所回来，到家时发现她们还在这儿。阿切尔太太已经把注意力转向餐桌上的人名卡，而韦兰太太正在斟酌把镀金大沙发弄到前边的效果，这样可以在钢琴和窗子中间又留出一个“角落”。

他们告诉他，梅正在餐厅里检查长餐桌中间的那一堆杰克明诺玫瑰和铁线蕨，以及放在枝形烛台间的那几个盛糖果的镂刻银盘子。钢琴上面放着一大篮子范德卢顿先生让人从斯库特克利夫送来的兰花。总之，在如此重大事件来临之际，一切都已按照常规准备就绪。

阿切尔太太若有所思地看着客人名单，用她那支尖头金笔在每个名字上打着勾。

“亨利·范德卢顿——路易莎——洛弗尔·明戈特夫妇——里吉·奇弗斯夫妇——劳伦斯·莱弗茨和格特鲁德（不错，我想梅请他们是对的）——塞尔弗里奇·梅里一家，西勒顿·杰克逊，范纽兰和他妻子（纽兰，时间过得真快呀，他给你做傧相仿佛还是昨天的事）——还有奥兰斯卡伯爵夫人——对，我想就这些了……”

韦兰太太亲切地上下打量了她的女婿一番说：“纽兰，人人都会说你和梅是多么慷慨地为埃伦送行。”

“哦——嗯，”阿切尔太太说，“我认为梅是想让她的表姐告诉外国人，我们并非那么不开化。”

“我敢肯定埃伦会十分感激。我想她今天上午就该到了。宴会将留下美好的最后印象。启程远航前的头天晚上通常都是很枯燥乏味的。”韦兰太太兴冲冲地接着说。

阿切尔朝门口转过身去，岳母喊他说：“过去瞧瞧餐桌吧，别让梅太劳累了。”但他假装没有听见，跃上楼梯，去了图书室。图书室就像一张陌生面孔装出一副彬彬有礼的鬼脸，他发现它被冷酷地“整顿”过、布置过，明智地分放了烟灰缸和松木匣子，以备绅士们在里面吸烟。

“啊——嗯，”他心想，“反正不用很久——”他接着又到梳妆室去了。

奥兰斯卡夫人离开纽约已经十天。这十天当中，阿切尔没有得到她一点音讯，只有还给他的一把包着绵纸的钥匙，是封在信封内送到他办公室去的，信封上的地址是她的手迹。对他最后请求的这种答复本来可以看做一场普通游戏的典型步骤，但年轻人却偏偏赋予它另外的含义：她仍然在作反抗命运的挣扎，她仅仅是要到欧洲去，而不是回她丈夫身边。因此，没有什么事情会阻碍他去追随她。一旦他采取了无可挽回的步骤，并向她证明已无可挽回，他相信她不会撵他走。

对未来的这一信念支持着他扮演当前的角色，使他坚持不给她写信，也不流露任何痛苦或悔恨的迹象。他觉得在他们两人之间这场极为隐秘的游戏中，胜券仍然握在他手中。于是他等待着。

然而这段时间确实也有十分难过的时刻，比如在奥兰斯卡夫人走后的第二天，莱特布赖先生派人找他来审查一下曼森·明戈特想为孙女开设信托财产的细节问题。阿切尔花了两个小时与上司一起审查各项条款，在此期间他却隐隐感到，这件事找他商量，显然不全是由于他们显而易见的表亲关系，讨论结束时就会真相大白。

“唔，这位夫人无法否认，这是个相当不错的解决办法，”莱特布赖对着那份协议概要嗫嚅一阵后总结说，“实际上，我不得不说，从各方面来看，对待她还是相当宽宏大量的。”

“从各方面说？”阿切尔带着一丝嘲笑的口吻重复道，“你指的是她丈夫提议把她自己的钱归还给她吗！”

莱特布赖那浓密的眉毛挑起了一点点。“先生，法律就是法律，你妻子的表姐结婚是受法国法律约束的。她应该明白那是什么意思。”

“即使她明白，后来发生的事——”阿切尔住了口。莱特布赖已经将笔杆抵到皱起的大鼻子上，并且顺着笔杆将目光垂下，脸上那副表情俨然如德高望重的老绅士想要告诫他们的儿子：德行并非无知。

“先生，我并不想减轻伯爵的过失，但——另一方面，我也不愿自找麻烦……唔，对那个年轻人……事情也还没到针锋相对的地步……”莱特布赖打开一个抽屉，朝阿切尔推过一份折叠的文件。“这份文件，是我们小心打听的结果……”后来，由于阿切尔没有尝试去看一眼那文件，也无意驳斥他的意见，律师先生才有点无精打采地接着说：“你瞧，我并不是说这就是最后的结局，事情还远没有结束。但见微知著……总体而言，这一体面的解决方法，对方方面面都是非常圆满的了。”

“是啊，非常圆满。”阿切尔赞同地说，同时把文件推了回去。

过了一两天，应曼森·明戈特的召唤，他的灵魂经历了一次更加深刻的考验。

他发现老夫人意气消沉，牢骚满腹。

“你知道她把我抛弃了？”她立即便开了口，而且没等他回话，又接着说道：“唉，别问我为什么！她说了那么多理由，结果我全都忘了。我私下认为是她忍受不了无聊。不管怎样，反正奥古斯塔和我儿媳是这样想的。我不认为事情全都怪她。奥兰斯基是个绝顶的混蛋，不过跟他一起生活一定会比在第五大街快活得多。家里人可不承认这一点，他们认为第五大街就是太太平平的天堂。可怜的埃伦当然不打算回丈夫那儿去，她一如既往地反对那样做。所以她准备跟梅多拉那个傻瓜在巴黎定居……唉，巴黎就是巴黎，在那里，哪怕你没有几个钱，也能弄一辆马车。可她像只小鸟一样快活，我会想念她的。”两滴眼泪——老年人干涩的眼泪——顺着她肥胖的面颊滚落下来，消失在她那无边无际的胸膛上。

“我只求一件事，”她最后说，“他们别再来打扰我。确确实实该让我一边享清闲了……”她有点恋恋不舍地对阿切尔眨眨眼睛。

就是这天晚上，他回家后，梅说出她想为表姐举办告别宴会的打算。自从奥兰斯卡夫人逃往华盛顿的那一夜起，她的名字一直没人提过。阿切尔惊讶地看着妻子。

“举办宴会——为什么？”他问道。

她脸上泛起了红润。“你喜欢埃伦呀——我以为你会高兴呢。”

“你这样说真是太好了。不过我确实不明白——”

“宴会我是一定要办的，纽兰。”她说完便平静地站了起来，走到她的书桌前。“这些请柬全都写好了，是母亲帮我写的——她也认为我们应该办。”她打住话头，有点儿尴尬却面带笑容。阿切尔顿时认识到，他的面前是“家族”的化身。

“噢，那好吧。”他说，一面用视而不见的目光看着她递到手中的客人名单。

宴会前他走进客厅时，梅正俯身在火炉上方，小心翼翼地摆弄那些木柴，设法让它们在不寻常的干净瓷砖里面烧旺。

高高的落地灯全都点亮了，范德卢顿先生的兰花摆放在各式各样的新瓷盆与漂亮的银制容器里，十分引人注目。大家普遍认为，纽兰·阿切尔太太的客厅布置得极为成功。一个镀金的竹制花架挡在通向吊窗的过道上（此处老眼光的人会认为摆一尊米罗的维纳斯青铜雕像更佳），花架上的报春花与瓜叶菊及时更新了。浅色锦缎的沙发与扶手椅巧妙地聚拢在几张漂亮的小台子周围，台子上密密麻麻摆满银制玩具、瓷制小动物，以及花穗镶边的相框。罩着玫瑰形灯伞的高灯耸立其间，宛如棕榈丛中的热带花卉。

“我想埃伦从来没见过这屋子点上灯的情景。”梅说。她停止了操劳，红着脸抬起头来，用可以理解的自豪的目光打量着四周。她支在烟筒一侧的铜火钳咣啷一声倒了下来，淹没了丈夫的回话声，他还没来得及重新支好，就听见通报说范德卢顿先生与太太到了。

其他客人紧接着也到了，因为大家都知道范德卢顿夫妇喜欢准时就餐。屋子里的人眼看就要满了，阿切尔正忙着给塞尔弗里奇·梅里太太看一幅维白克霍文的“绵羊习作”——那是韦兰先生以前送给梅的圣诞礼物——这时他突然发现奥兰斯卡夫人来到他身边。

她脸色格外苍白，这使她的黑发显得特别浓密。也许——或者实际上——是因为她脖子上绕了几串琥珀珠子，使他突然想起了他曾经在孩子们的晚会上与之跳舞的那个小埃伦·明戈特，那时是梅多拉·曼森第一次把她带到纽约。

也许是琥珀珠子与她的肤色格格不入，也许是她的衣服不太匹配，她的脸上显得毫无光泽，甚至可以说很难看，但他却从来没有像此刻这样爱这张脸。他们的手相遇了，他觉得仿佛听见她说：“是啊，明天我们就要乘俄罗斯号起航——”接着他又听见几次毫无意义的开门声，过了一会儿，只听梅的声音说：“纽兰！宴会已宣布开始了，你不带埃伦进去吗？”

奥兰斯卡夫人把手搭在他的前臂上，他注意到这只手没戴手套，并想起那天晚上同她一起坐在二十三街那间小客厅里的情景，当时他两只眼睛一直盯着这只手。她脸上的美似乎都躲到搭在他衣袖上的纤纤玉指及带小圆窝的指关节上了。他心里自语道：“即使仅仅为了再看到她的手，我也必须跟随——”

只有在以招待“外宾”的名义举办的宴会上，范德卢顿太太才会屈尊坐在主人的左侧。奥兰斯卡夫人的“外籍”身份被这个告别仪式强调得恰到好处，范德卢顿太太接受换位的态度十分和蔼，使人对她的认同无可置疑。有些非办不可的事，一旦要做，索性就大大方方，痛快淋漓。按纽约的老规矩，围绕一位行将被除名的女眷的家族集会，便属于这样一件事。既然奥兰斯卡伯爵夫人去欧洲的航程已定，为了显示对她坚定不移的爱心，韦兰家与明戈特家的人上天揽月都在所不辞。阿切尔坐在餐桌首席，惊异地观看着这一默默进行的不屈不挠的活动：由于家庭的这种支持，她的名声得以恢复，对她的怨愤得以平息，她的过去得到默认，她的现在变得光辉灿烂。范德卢顿太太对她隐约露出善意——这在她是最接近热诚的表示了。范德卢顿先生则从梅右首的座位上顺着餐桌频频投来目光，显然是想证明他从斯库特克利夫送来那些康乃馨合情合理。

阿切尔在这个场合显得像个无足轻重的助手。他仿佛正在枝形吊灯与天花板之间的一个地方漂浮，惟独不知自己在这些活动中有什么作用。他的目光从一张张营养充足的平静的脸上掠过，他觉得，所有那些全神贯注在梅做的灰背烤鸭上、看似并无恶意的人，是一伙不声不响的阴谋分子，而他与坐在他右首的那位苍白的女子则是他们阴谋的主要目标。这时候，许多隐约零星的眼神连成一片，使他忽然想到，在所有这些人的心目中，他与奥兰斯卡夫人是一对情人，是按“外国”语汇中那种极端意义的情人。他想到，几个月来他一直是无数眼睛悄悄观察、无数耳朵耐心倾听的中心人物。他知道，借助于他尚不清楚的手段，他们终于想出了办法，把他和他的犯罪同伙拆开。现在，整个家族都聚集在他妻子周围，心照不宣地假装啥事也不知，或者啥事也没想过，而这次招待活动仅仅出于梅·阿切尔正常的心愿，亲切地为她的朋友兼表姐送别。

这是纽约“杀人不见血”的老办法，这办法属于那些害怕丑闻甚于疾病的人，那些置体面于勇气之上的人，那些认为除了肇事者本身的行为以外，“出事”是最没教养的表现的人。

这些思绪接踵浮上他的心头，阿切尔感觉自己像个囚犯，被包围在一伙武装分子中间。他打量餐桌四周，从交谈的语气推测到，追捕他的人个个铁面无私，他们正一边吃着佛罗里达的龙须菜，一边谈论博福特和他妻子的问题。“这是做给我看的，”他心想，“我将是什么下场——”一种死到临头的感觉向他袭来，暗示与影射比直截了当的行动更恶毒，沉默比激烈的言辞更凶狠——它们就像家族地下灵堂里一道道的门向他合拢过来。

他放声笑了起来，他的目光遇到了范德卢顿太太投来的惊异目光。

“你认为挺可笑吧？”她脸上一副苦笑说。“可怜的里吉纳想留在纽约，我想这主意当然有它荒唐的一面。”阿切尔喃喃地说：“当然。”

这时候，他意识到奥兰斯卡夫人另一位邻座与他右边这位夫人交谈已经有了一段时间。同时他也见到端坐于范德卢顿先生与塞尔弗里奇·梅里先生中间的梅，顺着餐桌迅速向他使了个眼色。很显然，他这位主人与他右边的夫人总不能一顿饭下来一直保持沉默，互不交谈。他转向奥兰斯卡夫人，她以淡然的笑容迎着他，似乎在说：“哦，我们坚持到底吧。”

“你觉得旅行很累吧？”他问。他的声音十分自然，让他自己都吃了一惊。她回答说恰好相反，她在旅行中很少感到有什么不适。

“只是火车上太热，你知道。”她又说。他则说，到了她行将奔赴的那个国家，她就不会再受那份罪了。

“有一年四月，”他加强了语气说，“我在加莱至巴黎的火车上，有好几次差点儿给冻僵。”

她说，这并不奇怪，但毕竟还是有办法的，可以多带上一块围毯嘛；她还说，每一种旅行方式都有自身的困难。对此，他冷不丁地回答说，他认为，与远走高飞的幸福相比，这一切都算不了什么。她脸色大变，他突然又提高嗓门说："我打算不久以后一个人进行漫长的旅行。"她脸上一阵震颤。他朝里吉·奇弗斯探过身去大声道："我说里吉，去漫游世界你看怎么样——我是说现在，下个月就走？你敢我就敢——"听到这里，里吉太太尖声说，在马撒·华盛顿的舞会之前，她决不会放里吉走。那个舞会是她准备在复活节那一周为盲人院安排的活动。她丈夫则温和地说，到那时他就得为准备国际马球赛进行训练了。

然而塞尔弗里奇·梅里却抓住了"漫游世界"这句话，因为他曾经乘自己的汽艇环行地球一周，于是抓住机会给餐桌周围的人提供了几条有关地中海沿岸那些港口水深太浅的惊人见闻。他补充道，可说到底，这事倒无足轻重。因为，你若是见过了雅典、士麦那和康斯坦丁堡，其他还有什么地方值得一游呢？梅里太太说，她太感激本克姆医生了，是他让他们俩保证不去那不勒斯的，因为那儿有热病。

"可你必须花三周时间才能游遍印度。"她丈夫让步说，他急于让大家明白，他绝不是个轻浮的环球旅行家。

就在这时，女士们起身到客厅去了。

在图书室里，劳伦斯·莱弗茨无视几位要人的在场而占据了支配地位。

像平时那样，话题又转回到博福特夫妇身上。就连范德卢顿先生和塞尔弗里奇·梅里先生也坐在大家心照不宣地为他们留出的体面扶手椅里，等着听这位年轻人的猛烈抨击。

莱弗茨从来没有像现在这样充满美化高尚人格、歌颂家庭神圣的感情，义愤使他谈锋犀利。显然，假如别人都效法他，以他的话为行为指南，那么，上流社会绝不会软弱到去接纳一个像博福特这样的外籍暴发户——不会的，老兄，即使他娶的不是达拉斯家的人，而是范德卢顿家或拉宁家的，那也不会的。莱弗茨愤怒地质问道，假如博福特不是早已慢慢钻进了某些家庭——莱姆尔·斯特拉瑟斯太太之流就是紧步他的后尘——他怎么能有机会与达拉斯这样的家庭联姻呢？假如上流社会主动向平民女子敞开大门，是否有益虽然值得怀疑，但危害还不是太大。而一旦开始容忍出身微贱、钱财肮脏的男人，那么，其结局必然是彻底的崩溃——而且为期不会很远。

“假如事态照这种速度发展，”莱弗茨咆哮着，那神态好像是普尔装扮的年轻预言家，只是还没有变成石头。“那么，我们就会看到我们的下一代抢着进诈骗犯的大门，跟博福特家的杂种结亲。”

“咳，我说——不要太过火嘛！”里吉·奇弗斯和小纽兰抗议说。这时，塞尔弗里奇·梅里先生更是大惊失色，痛苦与厌恶的表情也浮现在范德卢顿先生那张敏感的脸上。

“他有杂种吗？”西勒顿·杰克逊喊道，接着竖起耳朵等着回答。莱弗茨想以笑声回避这个问题，老绅士对着阿切尔的耳朵嘁喳说：“那些老想拨乱反正的人真奇怪。家里面有个最糟糕的厨师，却总爱说外出就餐中了毒。可我听说我们的朋友劳伦斯的这顿臭骂是事出有因：这一次是打字员，据我所知……”

这些谈话从阿切尔耳边掠过，就像没有知觉的河水不停地流啊流，而且不知道何时才该停。他从周围一张张脸上看到了好奇、好玩甚至快乐的表情。他听着年轻人的笑声，听着范德卢顿先生和梅里先生对阿切尔家的马德拉葡萄酒独到的赞誉。透过这一切，阿切尔朦胧感觉到他们对他都很友好，仿佛看管他这个自认的囚犯的那些警卫，正试图软化他们的俘虏，这种感觉更加坚定了他获得自由的强烈愿望。

他们随后到客厅加入了女士们的行列。在那儿，他遇到了梅得意洋洋的目光，并从中看到一切“进展”顺利的信心。她从奥兰斯卡夫人身边站了起来，后者接着就被范德卢顿太太招呼到她就座的镀金沙发旁的座位上去了。塞尔弗里奇·梅里太太穿过客厅，凑到她们俩身边。阿切尔明白了，原来这边也在进行一场忘却与恢复名誉的阴谋，那个把他周围的小圈子聚拢在一起的隐秘组织，决心要表明从未对奥兰斯卡夫人的行为及阿切尔家庭的幸福有过片刻怀疑。所有这些和蔼可亲、坚定不移的人们都毅然决然地相互欺骗，假装从来没听说过、没怀疑过甚至没想到过会有一丁点儿与此相反的事。就从这一套合谋作假的表演中，阿切尔又一次看出全纽约都相信他是奥兰斯卡夫人的情人的事实。他窥见了妻子眼中胜利的光芒，第一次认识到她也持有这种看法。这一发现从他内心深处引发了一阵邪恶的笑声，在他费劲地与里吉·奇弗斯太太及小纽兰太太谈论马撒·华盛顿舞会的整个过程中，这笑声一直在他胸中回响。夜晚的时光就这样匆匆行进，就像没有知觉的河水，流啊流，不知如何驻足。

终于，他见到奥兰斯卡夫人站了起来，向人们道别。他明白，再过一会儿，她就要走了。他努力回想在宴席上同她说过的话，可一句也记不起来。

她朝梅的身边走去。她一边走，其余的人绕着她围了个圆圈。两位年轻女子的手握在了一起，接着梅低头吻了吻她的表姐。

“她们两人，当然是我们的女主人漂亮多了。”阿切尔听见里吉·奇弗斯小声对小纽兰太太说，他想起了博福特曾粗鲁地嘲笑梅的美不够动人。

过了一会儿，他到门厅里，把奥兰斯卡夫人的外套披在她的肩上。

尽管他思绪紊乱，却始终抱定决心，不说任何可能惊扰她的话。他坚信没有任何力量能改变他的决心，因而有足够的勇气任凭事态自然发展。但跟随奥兰斯卡夫人走到门厅时，他却突然渴望在她的马车门前与她单独待一会儿。

“你的马车在这儿吗？”他问。这时，正在庄重地穿貂皮大衣的范德卢顿太太却温柔地说：“我们送亲爱的埃伦回家。”

阿切尔心里一怔，奥兰斯卡夫人一手抓住外套和扇子，向他伸出另一只手。“再见吧。”她说。

“再见——不过很快我就会到巴黎去看你。”他大声回答说——他觉得自己是喊出来的。

“哦,”她嗫嚅道,“如果你和梅能来——”

范德卢顿先生上前把胳膊伸给她，阿切尔转向范德卢顿太太。一瞬间，在大马车里面的一片昏暗中，他瞥见她那张朦胧的椭圆形的脸，那双炯炯有神的眼睛——她走了。

他踏上门阶时，看见劳伦斯·莱弗茨正与妻子往下走。莱弗茨拉住他的衣袖，后退一步让格特鲁德过去。

“我说老伙计，明天我在俱乐部与你共进晚餐，你不反对吧？多谢多谢，你这老好人！晚安。”

“宴会确实进行得很顺利，对吗？”梅从图书室的门口问道。

阿切尔猛地醒过神来。最后一辆马车刚刚驶走，他便来到图书室，把自己关在里面，心中盼望还在下面逗留的妻子会直接回她的房间去。然而现在她却站在这儿，面色苍白，脸有些扭歪，但却焕发着劳累过度者虚假的活力。

“我进来聊聊好吗？”她问。

“当然啦，如果你高兴。不过你一定很困了——”

“不，我不困。我愿跟你坐一小会儿。”

“好吧。”他说着，把她的椅子推到火炉前。

她坐下来，他回到他的座位上。但好一会儿谁也没有说话。最后，还是阿切尔突然开了口。“既然你不累，又想谈一谈，那么，有件事我必须告诉你。那天晚上我本想——”

她迅速瞥了他一眼。“是啊，亲爱的，一件关于你自己的事？”

“是关于我自己的。你说你不累。唔，我可是非常累……”

转瞬之间，她变得忧心忡忡。“唉，我早就知道会这样，纽兰！你一直劳累过度——”

“也许是吧。不管怎样，我想停止——”

“停止？不干法律了？”

“我想走开，不管怎样——马上就走，远走高飞——丢开一切——”

他停住口，意识到自己失败了——他本想以一个渴望变化而又因为筋疲力尽不想让变化立即来临的人那种冷漠的口气谈这件事。但是，不管他做什么事，那根渴望的心弦总是在强烈地振动。“丢开一切——”他重复说。

“远走高飞？到什么地方——譬如说？”她问道。

“哦，不知道。印度——或者日本。”

她站了起来。他低着头坐在那儿，双手托着下巴，感觉到她的温暖与芳香徘徊在他的上方。

“要走那么远吗？不过，亲爱的，恐怕你不能走……”她声音有点颤抖地说。“除非你带着我。”因为他没有做声，她又接着说下去，语调十分清晰、平缓，每一个音节都像小锤子一样敲着他的脑袋。“就是说，如果医生让我去的话……不过恐怕他们不会同意。因为，你瞧，纽兰，从今天上午起，我已经肯定了一件我一直在盼望和期待的事——”

他抬起头，心烦意乱地盯着她。她蹲下身子，泪流满面，把脸贴在他的膝上。

“噢，亲爱的。”他说着把她拉到身边，一边用一只冰冷的手抚摸她的头发。

一阵长时间的停顿。这时，内心深处的邪恶又发出刺耳的狂笑。后来，梅挣脱他的怀抱站了起来。

“你没有猜到——？”

“不——我——对。我是说，我当然曾希望——”

他们俩对视了片刻，又陷入沉默。后来，他将目光从她脸上移开，冷不丁问道：“你告诉过别人吗？”

“只有妈妈和你母亲。”她停顿一下，又慌忙补充，额头泛起了一片红润。“就是——还有埃伦。你知道，我曾对你说，有一天下午我们进行了一次长谈——她对我真好。”

“啊——”阿切尔说，他的心几乎停止了跳动。

他感觉到妻子在目不转睛地注视着他。“纽兰，我先告诉了她，你介意吗？”

“介意？我干吗会介意？”他做出最后的努力镇定下来。“不过那是两周前的事了，对吧？我还以为你说是今天才肯定下来的呢。”

她的脸红得更厉害了，但却顶住了他的凝视。“对，当时我是没有把握——但我告诉她我有了。你瞧我是说对了！”她大声地说，那双蓝眼睛充满了胜利的泪水。

## 三十四

纽兰·阿切尔坐在东三十九街他的图书室的写字台前。

他刚刚参加了为大都会博物馆新展厅落成典礼举办的官方大型招待会。那些宽敞的大展厅里堆满历代收藏品，一大群时髦人物川流于一系列被科学分类的宝藏中间——这一景观猛然揿动了一根已经生锈的记忆的弹簧。

“哎，这儿过去是一间塞兹诺拉的老展厅啊。”他听见有人说道。顷刻间，他周围的一切都隐而不见，剩下他一个人坐在靠暖气管的硬皮沙发椅上。同时，一个穿海豹皮长大衣的苗条身影沿着老博物馆简陋的狭长通道消逝在远处。

这一幻象引出了一大堆另外的联想。他坐在那儿以新的眼光看着这间图书室。三十多年来，这里一直是他独自沉思及全家人闲聊的场所。

他一生中大部分真实的事情都发生在这间屋子里。在这儿，大约二十六年前，他妻子向他透露了她要生孩子的消息，她红着脸，躲躲闪闪的样子会引得新一代年轻女子发笑。在这儿，他们的长子达拉斯因孱弱而不能在隆冬季节带去教堂，由他们的朋友、纽约市主教施了洗礼仪式；那位高尚无比、独一无二的主教成为他主管的教区多年的骄傲与光彩。在这儿，达拉斯第一次学步，口中喊着“爸爸”蹒跚走了起来，而梅与保姆则躲在门后开怀大笑。在这儿，他们的次女玛丽（她特别像她的妈妈）宣布了与里吉·奇弗斯那群儿子中最迟钝却最可靠的一位订婚。也是在这儿，阿切尔隔着婚纱吻了女儿，然后和她一起下楼坐汽车去了格雷斯教堂——在一个万事都从根本上发生了动摇的世界上，只有“格雷斯教堂的婚礼”还依然如故。

就是在这间图书室里，他和梅经常讨论子女们的前途问题：达拉斯与弟弟贝尔的学业，玛丽对“成就”不可救药的漠然及对运动与慈善事业的一往情深。对“艺术”的笼统爱好最终使好动、好奇的达拉斯进了一家新兴的纽约建筑事务所。

如今的年轻人正在摆脱法律业与商务的束缚，开始致力于各种各样的新事物。如果他们不热衷于国家政务或市政改革，那么，很可能沉迷于中美洲的考古学、建筑或园林工程，或者对独立战争之前的本国建筑物发生强烈的学术兴趣，研究并改造乔治王朝时期的建筑风格，并且反对无意义地使用“殖民时期”这个词。除了郊区那些做食品杂货生意的百万富翁，如今已没有人拥有“殖民时期”的住宅了。

然而最重要的——阿切尔有时把它说成是最重要的——是在这间图书室里，纽约州州长有一天晚上从奥尔巴尼过来进餐并过夜的时候，咬着他的眼镜、握紧拳头敲着桌子，对着主人说：“去他的职业政治家吧！阿切尔，你才是国家需要的那种人。要想把马厩清理干净，像你这样的人必须伸出手来帮忙打扫。”

“像你这样的人——”阿切尔对这一措辞曾经何等得意！他曾经何等热情地奋起响应召唤！那简直如同内德·温塞特让他挽起袖子下泥沼的呼吁，不过这是由一位先做出榜样的人提出的，而且响应他的号召具有不可抗拒的魅力。

回首往事，阿切尔不敢肯定自己这样的人就是国家需要的人才，至少在西奥多·罗斯福所指示的积极尽职方面他算不上。他这样想实际上不无道理，因为他在州议会任职一年后没有被连选，谢天谢地又跌落下来，做一份如果说有用却没有名的市政工作，后来又一次降格，只偶尔为一份以驱散弥漫全国的冷漠情绪为宗旨的改革周刊写写文章。往事没有多少值得回顾的东西，不过当他想到他那一代与他同类的年轻人的追求时——赚钱、娱乐及社交界的俗套使他们视野狭窄——他觉得他对新秩序的些微贡献也还是有价值的，就像每块砖对于一堵坚固的墙的作用那样。他在公共生活中成就甚微，按性情他永远属于一名沉思者与浅尝者，然而他曾经沉思过重大的事情，值得高兴的重大事情，并且因为曾拥有一位大人物的友谊而引为自豪和力量的源泉。

总之，他是个人们开始称之为“好公民”的人。在纽约，在过去的许多年间，每一项新的运动，不论是慈善性质的还是市政或艺术方面的，都曾考虑过他的意见，需要过他的名字。在开办第一所残疾儿童学校的时候，在改建艺术博物馆、建立格罗里埃①俱乐部、创办新图书馆、组织室内音乐学会的时候——遇到难题，人们便说：“去问阿切尔。”他的岁月过得很充实，而且很体面。他以为这应是一个人的全部追求。

他知道他失落了一件东西：生命之花。不过现在他认为那是非常难以企及的事，为此而牢骚满腹不啻因为抽彩抓不到头奖而苦恼。彩票千千万万，头奖却只有一个，机缘分明一直与他作对。当他想到埃伦·奥兰斯卡的时候心情是超脱平静的，就像人们想到书中或电影里爱慕的人物那样。他所失落的一切都会聚在她的幻影里，这幻影尽管依稀缥缈，却阻止他去想念别的女人。他属于人们所说的忠诚丈夫，当梅突然病故时——她被传染性肺炎夺去了生命，生病期间正哺养着他们最小

① 格罗里埃（Crolier de Serviéres），十六世纪法国藏书家，世界最早的出版商之一。

的孩子——他衷心地哀悼了她。他们多年的共同生活向他证明，只要婚姻能维持双方责任的尊严，即使它是一种枯燥的责任，也无关紧要。失去了责任的尊严，婚姻就仅仅是一场丑恶欲望的斗争。回首往事，他尊重自己的过去，同时也为之痛心。说到底，旧的生活方式也有它好的一面。

他环视这间屋子——它已被达拉斯重新装修过，换上了英国的楼板、切宾代尔式的摆设柜，几枚精选的蓝白色小装饰，光线舒适的电灯——目光又回到那张他一直不愿舍弃的旧东湖书桌上，回到他得到的梅的第一张照片上——它依然占据着墨水台旁边的位置。

她站在那儿，高高的个子，丰满的胸部，苗条的身材，穿一身浆过的棉布服装，戴一顶帽边下垂的宽边草帽，就像他在教区花园橘树底下见到她时那样。后来，她就一直保持着他那天见到她的那副样子，没有长进，也没有退步。她慷慨大度，忠心耿耿，不知疲倦；但却特别缺乏想像力，特别难有长进，以致她青年时代的那个世界分崩离析又进行了重塑，她都没有觉察。这种视而不见的状态显然会使她的见解一成不变。由于她不能认清时代的变化，结果孩子们也跟阿切尔一样向她隐瞒自己的观点。这事从一开始就存在一种共同的借口，一种家人间并无恶意的虚伪，不知不觉地把父亲与孩子们联合了起来。她去世时依然认为人世间是个好地方，到处是像她自己家那样可爱和睦的家庭。她顺从地离开了人间，确信不管发生什么事，阿切尔都会向达拉斯灌输塑造他父母生命的那些准则与成见，而达拉斯（等阿切尔随她而去）也会将这一神圣的信赖转达给小比尔。至于玛丽，她对她就像对自己那样有把握。于是，在死亡的边缘保住了小比尔之后，她便精弹力竭地撒手而去，心满意足地到圣马克墓地阿切尔家的墓穴中归位。而阿切尔太太早已安然躺在那儿，避开了她的儿媳甚至都没察觉到的可怕的“潮流”。

在梅的照片对面，还立着她女儿的一张。玛丽·奇弗斯跟母亲一样高，一样漂亮，不过她腰身粗壮，胸部扁平，略显疲态，符合已经变化了的时尚的要求。假如她的腰只有二十英寸，能用梅·阿切尔那根天蓝色腰带束腰，玛丽·奇弗斯非凡的运动才能就无从发挥了。母女间的这一差别颇具象征意义，母亲的一生犹如她的形体那样受到了严谨的束缚。玛丽一样思想传统，并不比母亲聪明，然而她的生活却更为开阔，观念更加宽容。看来，新秩序也有它好的一面。

电话铃嘀嘀地响了，阿切尔从两张照片上移开目光，转过身摘下旁边的话机。他们离开那些日子多么遥远了——那时候，穿铜纽扣衣服的信差的两条腿是纽约快速通讯的惟一工具。

“芝加哥有人要和你通话。”

啊———一定是达拉斯来的长途，他被公司派往芝加哥，去谈判他们为一位有见地的年轻富翁修建湖畔宅邸的计划。公司经常派达拉斯执行这类任务。

“喂，爸——是的，我是达拉斯，我说——周三航行一趟你觉得怎样？去毛里塔尼亚，对，就是下周三。我们的顾客想让我先看几个意大利花园再做决定。要我赶紧乘下一班船过去，我必须在六月一日回来——”他的话音突然变成得意的笑声——“所以我们必须抓紧，我说爸，我需要你的帮助，你来吧。”

达拉斯好像就在屋子里讲话，他的声音那样近，那样真切，仿佛他就懒洋洋地倚在炉边他最喜爱的那张扶手椅里。若不是长途电话已经变得跟电灯和五天横渡大西洋一样司空见惯，这件事准得让阿切尔惊得非同小可。不过这笑声还是让他吓了一跳，他依然感到非常奇妙：隔着这么遥远的疆域——森林、江河、山脉、草原、喧嚣的城市与数百万忙碌的局外人——达拉斯的笑声竟能向他表示：“当然了，不管发生什么事，我必须在一号回来。因为我和范妮·博福特要在五号结婚。”

耳机里又响起儿子的声音：“考虑考虑？不行，先生。一分钟也不行，你现在就得答应。为什么不？我想问一问。假如你能提出一条理由——不行，这我知道。那就一言为定？因为我料想你明天第一件事就是去摁丘纳德办公室的门铃。还有，你最好订一张到马赛的往返船票。我说爸，这将是我们最后一次一起旅行了——以这种方式。啊——太好了！我早知道你会的。”

芝加哥那边挂断了，阿切尔站起来，开始在屋里来回踱步。

这将是他们最后一次以这种方式一起旅行了：孩子说得对。达拉斯婚后他们还会有另外“很多次”一起旅行，父亲对此深信不疑，因为他们俩天生志同道合，而范妮·博福特，不论人们对她有何看法，似乎不可能会干涉父子间的亲密关系。相反，根据他对她的观察，他倒认为她会很自然地被吸引到这种关系中来。然而变化终归是变化，差别依然是差别。尽管他对未来的儿媳颇有好感，但单独跟儿子一起的最后机会对他也很有诱惑力。

除了他已失去旅行的习惯这一深层原因之外，他没有任何理由不抓住这次机会。梅一直不爱活动，除非有正当的理由，譬如带孩子们到海边或山里去，否则她想不出还有别的原因要离开三十九街的家，或者离开纽波特韦兰家他们那舒适的住处。达拉斯取得学位之后，她认为出去旅游六个月是她应尽的职责。全家人到英国、瑞典和意大利作了一次老式的旅行。因为时间有限（谁也不知为什么），他们只得略去了法国，阿切尔还记得，在要求达拉斯考虑去布朗峰而不去兰斯与沙特尔时儿子那副激怒的样子。但玛丽和比尔想要爬山，而且在游览英国那些大教堂的路上，他们俩早就跟在达拉斯后面打呵欠了。梅对孩子们一贯持公平态度，坚决维持他们运动爱好与艺术爱好之间的平衡。她确实曾提议，让丈夫去巴黎待上两周，等他们“游”完瑞士，再到意大利湖畔与他们汇合。但阿切尔拒绝了，“我们要始终在一起。”他说。见他为达拉斯树立了榜样，梅脸上露出了喜色。

她去世快两年了，自那以后，他没有理由继续恪守原有的常规。孩子们曾劝他去旅游，玛丽·奇弗斯坚信，到国外去“看看画展”，肯定对他大有益处。那种治疗方法的神秘性使她愈发相信其功效。然而，阿切尔发觉自己被习惯、回忆以及对新事物的惊惧紧紧束缚住了。

此刻，在他回首往事的时候，他看清了自己是多么墨守成规。尽义务最不幸的后果，是使人变得对其他事情明显不适应了。至少这是他那一代男人所持的观点。对与错、诚实与虚伪、高尚与卑鄙，这些界限太分明，对预料之外的情况不留半点余地。容易受环境压抑的想象力，有时候会突然超越平日的水平，去审视命运漫长曲折的行程。阿切尔呆坐在那儿，感慨着……

他成长于其中的那个小小天地——是它的准则压制并束缚了他——现在还剩下了什么呢？他记起浅薄的劳伦斯·莱弗茨就在这屋子里说过的一句嘲讽的预言："假如世态照这种速度发展，我们的下一代就会与博福特家的杂种结亲。"

这正是阿切尔的长子——他一生的骄傲——准备要做的事，而且没有人感到奇怪，没有人有所非难。就连孩子的姑妈詹尼——她看起来还跟她成了大龄青年的时候一模一样——也从粉红的棉絮中取出她母亲的绿宝石与小粒珍珠，用她那双颤抖的手捧着送给了未来的新娘。而范妮·博福特非但没有因为未收到巴黎珠宝商定做的首饰而露出失望的表情，反而大声称赞其老样式的精美，并说等她戴上之后，会觉得自己像一幅伊萨贝的小画像。

范妮·博福特双亲去世以后，于十八岁那年在纽约社交界露面，她像三十年前奥兰斯卡夫人那样赢得了它的爱。上流社会非但没有不信任她或惧怕她，反而高高兴兴接纳了她。她漂亮、有趣，并且多才多艺，谁还再需要什么吗？没有人那样心胸狭窄，再去翻她父亲的历史和她出身的老账。那些事已经被淡忘，只有上年纪的人还依稀记得纽约生意场上博福特破产的事件，或者他在妻子死后悄悄娶了那位名声不好的范妮·琳，带着他的新婚妻子和一个继承了她的美貌的小女孩离开了这个国家。后来人们听说他到了君士坦丁堡，再后来又去了俄国。十几年以后，美国的旅行者在布宜诺斯艾利斯受到了他慷慨热情的款待，他在那儿代理一家保险机构。他和妻子在鼎盛时期在那儿离开了人世。有一天他们的孤女来到纽约，她由梅·阿切尔的弟媳杰克·韦兰太太照管，后者的丈夫被指定为姑娘的监护人。这一事实差不多使她与纽兰·阿切尔的孩子们成了表姐妹的关系，所以在宣布达拉斯的订婚消息时没有人感到意外。

这件事最清楚地说明了世事变化之大。如今人们太忙碌了——忙于改革与“运动”，忙于时新风尚、偶像崇拜与轻浮浅薄——无法再去对四邻八舍的事过分操心。在一个所有的社会微粒都在同一平面上旋转的大万花筒里，某某人过去的历史又算得了什么呢？

纽兰·阿切尔从旅馆窗口望着巴黎街头壮观的欢乐景象，他感到自己的心躁动着青春的困惑与热情。

他那日益宽松的夹克衫下面那颗心，许久许久没有这样冲动与亢奋过了。因而，随后他觉得胸部有一阵空虚感，太阳穴有些发热。他疑惑地想，当他儿子见到范妮·博福特小姐时，他的心是否也会这样——接着又断定他不会。“他的心跳无疑也会加快，但节奏却不相同。”他沉思道，并回忆起那位年轻人宣布他订婚时泰然自若、相信家人当然会同意的样子。

“其区别在于，这些年轻人认为他们理所当然会得到他们想要的东西，而我们那时几乎总认为得不到才合乎情理。我只是不知道——事前就非常有把握的事，究竟会不会让你的心狂跳呢？”

这是他们到达巴黎的第二天。春天的阳光从敞开的窗口照射进来，沐浴着阿切尔，下面是银光闪闪的翁多姆广场。当他同意随达拉斯到国外旅行之后，他要求的一个条件——几乎是惟一的条件——是，到了巴黎，不能强迫他到新式的“大厦”去。

“啊，好吧——当然可以，”达拉斯温顺地同意说。“我会带你到一个老式的快活去处——比如布里斯托尔——”听他说起那个有百年历史的帝王下榻处，就像谈论一家老式旅馆一样，做父亲的不由得目瞪口呆。人们现在只是因为它的古雅过时与残留的地方色彩而光顾它。

在最初那几年焦躁不安的日子里，阿切尔曾三番五次地构想他重返巴黎时的情景。后来，对人的憧憬淡漠了，他只想去看一看作为奥兰斯卡夫人生活背景的那个城市。夜间他独自坐在图书室里，等全家人都睡下以后，便把它初绽的明媚春光召唤到眼前：大街上的七叶树，公园里的鲜花与雕像，花车上传来的阵阵丁香花的香气，大桥下面的滚滚波涛，还有让人热血沸腾的艺术、研究及娱乐生活。如今，这壮观的景象已摆在他面前，当他放眼观看它的时候，却感到自己畏缩了、过时了、不能适应了。与他曾经梦想成为的那种意志坚强的堂堂男儿相比，他变得渺小可悲……

达拉斯的手亲切地落到他的肩上。“嘿，爸爸，真是太美了，对吗？”他们站了一会儿，默默地望着窗外，接着年轻人又说：“哎——对了，告诉你个口信：奥兰斯卡伯爵夫人五点半等我们前往。”

他说得很轻松，那漫不经心的样子就像传达一个很随便的消息，比如明晚他们动身去佛罗伦斯乘车的钟点。阿切尔看了看他，觉得在那双青春快活的眼睛里，发现了他曾外婆明戈特那种用心不良的神色。

“噢，我没告诉你吗，”达拉斯接下去说，“范妮让我到巴黎后保证做三件事：买德彪西①歌曲总谱，去潘趣大剧场看木偶戏，还有看望奥兰斯卡夫人。你知道博福特先生从布宜诺斯艾利斯送范妮来过圣母节的时候，奥兰斯卡夫人对她特别好。范妮在巴黎一个朋友也没有，她对她很友好，假日带她到各处玩。我相信她和第一位博福特太太是好朋友，当然她还是我们的表亲。所以，上午我出去之前给她打了个电话。告诉

① 德彪西（1862—1918），法国作曲家，印象派音乐奠基人之一。

她你我在此地待两天，并且想去看她。”

阿切尔继续瞪大眼睛盯着他。“你告诉她我在这儿了？”

“当然啦——干吗不呢？”达拉斯怪兮兮地把眉毛往上一挑说。接着，因为没得到回答，他便悄悄把胳膊搭到父亲的胳膊上，信任地按了一下。

“哎，爸爸，她长得什么样？”

在儿子泰然自若的凝视下，阿切尔觉得自己脸红了。“咳，坦白吧。你和她过去是好朋友，对吗？她是不是非常可爱？”

“可爱？不知道。她很不同。”

“啊——你算说对了！结果往往就是这样，对吗？当她出现时，非常不同——可你却不知为什么。这跟我对范妮的感觉完全相同。”

父亲向后退了一步，挣脱开他的胳膊。“对范妮？可亲爱的伙计——我倒希望如此呢！不过我看不出——”

“算了，爸，别那么陈腐了！她是否曾经是——你的范妮？”

达拉斯完完全全属于一代新人。他是纽兰与梅·阿切尔的大儿子，但向他灌输最基本的矜持原则都办不到。“何必搞得那么神秘？那样只会促使人们探出真相。”叮嘱他谨慎的时候，他总是这样提出异议。然而，阿切尔迎着他的目光，看出了调笑背后流露出的孝心。

“我的范妮——？”

“哦，就是你肯为之抛弃一切的女人，只不过你没那样做。”儿子令他震惊地接着说。

“我没有。”阿切尔带着几分庄严回道。

“是的。瞧，你很守旧，亲爱的老男孩。但母亲说过——”

“你母亲？”

“是啊，她去世的前一天。当时她把我一个人叫了去——你还记得吗？她说她知道我们跟你在一起很安全，而且会永远安全，因为有一次，当她放你去做你自己特别向往的那件事，你却并没有做。”

阿切尔听了这一新奇的消息默然无语，眼睛依旧茫然地盯着窗下阳光明媚、人群蜂拥的广场。终于，他低声说："她从没有让我去做。"

"对，是我忘记了。你们俩从没有相互要求过什么事，对吗？而你们也从没有告诉过对方任何事。你们仅仅坐着互相观察，猜测对方心里想些什么。实际就像在聋哑人收容院！哎，我敢打赌，你们那一代人了解对方隐私比我们了解自己还多，我们根本没时间去挖掘。"达拉斯突然住了口。"我说爸，你不生我的气吧？如果你生气，那么让我们到亨利餐馆吃顿午饭弥补一下。饭后我还得赶紧去凡尔赛呢。"

阿切尔没有陪儿子去凡尔赛。他宁愿一下午独自在巴黎街头闲逛。他必须立刻清理一下终生闷在心里的悔恨与记忆。

过了一会儿，他不再为达拉斯的鲁莽感到遗憾。知道毕竟有人猜出了他的心事并给予同情，这仿佛从他的心上除去了一道铁箍……而这个人竟是他的妻子，更使他难以形容地感动。达拉斯尽管有爱心与洞察力，但他是不会理解的。在孩子看来，那段插曲无疑不过是一起无谓挫折、白费精力的可悲事例。然而仅此而已吗？阿切尔坐在爱丽舍大街的长凳上久久地困惑着，生活的急流在他身边滚滚向前……

就在几条街之外、几个小时之后，埃伦·奥兰斯卡将等他前往。她始终没有回她丈夫身边，几年前他去世后，她的生活方式也没有任何变化。如今再没有什么事情让她与阿切尔分开了——而今天下午他就要去见她。

他起身穿过协和广场和杜伊勒利花园，步行去卢浮宫。她曾经告诉他，她经常到那儿去。他萌生了一个念头，要到一个他可以像最近那样想到她的地方，去度过见面前的这段时间。他花了一两个小时，在下午耀眼的阳光下从一个画廊逛到另一个画廊，那些被淡忘了的杰出的绘画一幅接一幅呈现在他的面前，在他心中产生了长久的美的共鸣。毕竟，他的生活太贫瘠了……

在一幅光灿夺目的提香[①]的作品跟前，他忽然发觉自己在说："可我才不过五十七岁——"接着，他转身离去。追求那种盛年的梦想显然已为时太晚，然而在她身旁，静默地享受友谊的果实却肯定还不算迟。

他回到旅馆，在那儿与达拉斯汇合，两人一起再度穿过协和广场，跨过那座通向国民议会的大桥。

达拉斯不知道父亲心里在想些什么，他兴致勃勃、滔滔不绝地讲述凡尔赛的情况。他以前只去匆匆浏览过一遍，那是在一次假日旅行期间，把那些没有机会参观的风景名胜设法一眼饱览了，弥补了他不得不随全家去瑞士那一次的缺憾。高涨的热情与武断的评价使他的讲述漏洞百出。

阿切尔越听越觉得他的话不够准确达意。他知道这孩子并非感觉迟钝，不过他的机敏与自信，来源于平等地看待命运，而不是居高临下。"正是这样，他们自觉能应付世事——他们洞悉世态人情。"他沉思地想，把儿子看做新一代的代表，他们已扫除了一切历史陈迹，连同路标和危险信号。

达拉斯突然住了口，抓起父亲的胳臂大声说："哎哟，我的老天。"

他们已经走进伤残军人院前面栽满树的开阔地。芒萨尔[②]设计的圆顶优雅地浮在绽露新芽的树木与长长的灰楼上方，将下午的光线全部吸到了它身上。它悬挂在那儿，就像这个民族光荣的有形标志。

阿切尔知道奥兰斯卡夫人就住在伤残军人院周围一条大街附近的一个街区。他曾想象这地方十分幽静，甚至隐蔽，竟把照耀它的光辉中心给淡忘了。此刻，通过奇妙的联想，那金色光辉在他心目中又变成弥漫在她周围的一片光明。将近三十年的时间，她的生活——他对其所知极少——就是在这样丰富的环境中度过的，这环境已经让他感到太浓烈、

---

① 提香（1490？—1576），意大利文艺复兴盛期威尼斯画家。

② 芒萨尔（1646—1708），法国宫廷建筑师。

太刺激。他想到了她必然去过的剧院、必然看过的绘画、必然经常出入的肃穆显赫的旧宅、必然交谈过的人，以及一个以远古风俗为背景的热情奔放、喜爱交际的民族不断涌动的理念、好奇、想象与联想。猛然间，他想起了那位法国青年曾经对他说过的话："啊，高雅的交谈——那是无与伦比的，不是吗？"

阿切尔将近三十年没见过里维埃先生了，也没听人说起过他。由此也可以推断他对奥兰斯卡夫人的生活状况一无所知。他们两人天各一方已有大半生时间，这段漫长的岁月她是在他不认识的人们中间度过的。她生活于其中的社会他只有模糊猜测的份，而她所处的环境他永远也不会完全理解。这期间，他对她一直怀着青春时期的记忆。而她无疑又有了另外更确实的友伴。也许她也保留着有关他的独特记忆，不过即便如此，它也一定像摆在昏暗的小礼拜室里的一件遗物，她并没有时间天天去祷告……

他们已经穿过了伤残军人院广场，沿着大楼侧面的一条大街前行。尽管这儿有过辉煌的历史，却还是个安静的街区。既然为数不多、感情冷漠的伤残老人都能住在这样优美的地方，巴黎必须依赖的那些富人的情况也就可想而知了。

天色渐渐变成一团阳光折射的柔和雾霭，空中零零落落射出了电灯的黄光。他们转入的小广场上行人稀少。达拉斯又一次停下来，抬头打量。

"一定是这儿了。"他说，一边把胳臂悄悄搭到父亲手臂上。阿切尔对他的这一动作没有退避，他们俩站在一起抬头观看那所住宅。

那是一座现代式的楼房，没有显著的特色，但窗户很多，而且，奶油色的楼房正面十分开阔，并带有赏心悦目的阳台。挂在七叶树圆顶上方的那些上层阳台，其中有一个凉棚还垂着，仿佛太阳光刚刚离开它似的。

"不知道在几层——？"达拉斯说，一面朝门道走去，把头伸进了门房。回来后他说，“第五层，一定是那个带凉棚的。”

阿切尔依然纹丝不动，眼睛直盯着上面的窗口，仿佛他们朝圣的目的地已经到达似的。

“我说，你瞧都快六点了。”儿子终于提醒他说。

父亲朝一边望去，瞥见树下有一张空凳子。

“我想我要到那儿坐一会儿。”他说。

“怎么——你不舒服？”儿子大声问。

“噢，没事。不过，我想让你一个人上去。”

达拉斯在父亲面前踌躇着，显然感到困惑不解。“可是，我说爸，你是不是打算压根不上去了呢？”

“不知道。”阿切尔缓缓地说。

“如果你不上去，她会很不理解的。”

“去吧，孩子，也许我随后就来。”

达拉斯在薄暮中深深望了他一眼。

“可我究竟怎么说呢？”

“亲爱的，你不是总知道该说什么吗？”父亲露出笑容说。

“好吧，我就说你脑筋过时了，因为不喜欢电梯，宁愿爬上五层楼。”

父亲又露出笑容。“就说我过时了，这就足够了。”

达拉斯又看了他一眼，做了个不可思议的动作，然后从拱顶的门道中消失了。

阿切尔坐到凳子上，继续盯着那个带凉棚的阳台。他计算着时间，电梯将儿子送上五楼，摁过门铃，他被让进门厅，然后引进客厅。他一边想象达拉斯迈着快捷自信的脚步走进房间的情形，他那令人愉快的笑容，一边自问：有人说这孩子“很像他”，这话不知是对还是错。

接着，他试图想象已经在客厅里面的那些人——正值社交时间，屋子里大概不止一人——在他们中间有一位阴郁的夫人，苍白而阴郁，她会迅捷地抬起头来，欠起身子，伸出一只瘦长的手，上面戴着三枚戒指……他想她可能坐在靠火炉的沙发角落里，身后的桌上摆着一簇杜鹃花。

“对我来说，在这儿要比上去更真实。”他猛然听到自己在说。由于害怕真实的影子会失去其最后的清晰，他呆在座位上一动不动。时间一分钟接一分钟地流过。

在渐趋浓重的暮色里，他在凳子上坐了许久，目光一直没有离开那个阳台。终于，一道灯光从窗口照射出来，过了一会儿，一名男仆来到阳台上，收起凉棚，关了百叶窗。

这时，纽兰·阿切尔像见到了等候的信号似的，慢慢站起身来，一个人朝旅馆的方向走了回去。

# 导 读*

◎帕梅拉·奈茨

东西可能会贴了标签——人却不然。[①]

一九二一年，受到《纯真年代》即将被搬上舞台这一消息的激励，伊迪丝·华顿迅速以作者身份对此作出了回应，建议表演要使十九世纪七十年代的特征被表现得准确无误——包括小胡子（“不是像牙刷那样的胡子，而是在两端轻轻弯曲的那种”）、衣服和别在纽孔上的花儿（白天是紫罗兰，晚上是栀子花）、举止和言语表达（没有俚语，没有美国腔）——“英式英语是当时美国贵妇与绅士们所说的语言。”[②]尽管她强调并不想要这部小说变成一部“古装戏”（*Letters*，433），但这种一丝不苟的精神似乎有些出人意料。不过在《纯真年代》中，社交活动的细节至关重要：“正如阿切尔太太说的，有了罗马潘趣酒，情况就大不一样了；倒不在于酒本身，而在于它多重的含义。”为了再现半个世纪前的风俗，她似乎对一切都记忆犹新。对此她在信里解释说，社交聚会是充满生气的，它不可能从记忆中抹掉。她告诉一位朋友，小说讲的是

---

* 本文译自剑桥大学出版社1995年版《剑桥伊迪丝·华顿研究指南》（*The Cambridge Companion to Edith Wharton*）所收录的第一篇文章*Forms of Disembodiment*：*The Social Subject in The Age of Innocence*。

① 引自本书上卷第九章。

② 选自*The Letters of Edith Wharton*，ed. R.W.B.Lewis and Nancy Lewis（London：Simon & Schuster，1988），439。下文所引信件内容均来自此版本。

“两个人力图实践某种信仰的故事……这些信仰‘渗入血液’[①]”(*Letters*, 433);由于担心戏剧表演的效果,她大声呼喊道:“我自己能做出家具的每一根木料和衣服的每一块布料,因为那个遥远场景的每一个细节都不可磨灭地铭刻在我幼小的脑袋里。”(*Letters*, 439)

某些读者对这部小说的兴趣具有心理学的特征:一些读者会问,在一九一九年回到童年场景的行为对伊迪丝·华顿意味着什么。另一些读者则受纽兰·阿切尔的影响,开始沉思“真实”经验(也许是激情,或艺术?)的本质,这种经验远离了使自我每时每刻被牢牢地捆缚到日常社交界里的“专横的琐事”。但是文本很难支持这种理解,即把这些文化性装饰作为“背景”(无论是生动的,还是压抑的)打发掉,或者把人物角色看成是不相关联的存在,认为他们以一种独立的“自我形态”相互隔离,未受任何社会习惯的侵蚀。华顿曾批评过现代小说,认为它把小说的重心完全放在了潜意识的流动上;对她来说,只有意识到“人物性格的边界无法通过线条分明的方式得到重现,但读者却能像流水般悄然不觉地进入到相邻的人与事之中”,小说才能形成自己的形式[②]。而《纯真年代》符合她的这个范式。读者不久就会发现,对个性的任何观察——他或她的意识、情绪、身体、历史,或者言语——都会使我们卷入到某个团体的集体经验中去,它们存在于接踵而来的琐事和社会风俗的基础中,而华顿对人物的构思即来源于此。

这种经验交织的方式能够延伸到哪里以及延伸多远,是小说处理的问题之一。男主角阿切尔虽然提出了这个问题,但当读者听到他“早已放弃了从传统与教养把她(梅)塑造的模式中剥离出她的真实自我的打算”这句话时,我们就意识到了他的局限性。尽管阿切尔承认社会塑造的重要性,但他仍然假设在某个地方有一个“真实”的自我能够幸存下

---

① 见威廉·华兹华斯的诗句:“甜美的感觉,渗入血液,沁入心脾。(Sensations sweet, Felt in the blood, and felt along the heart.)”

② 见 Edith Wharton, *The Writing of Fiction* (1925; New York: Octagon, 1966), 7。

来。而叙述的展开则从根本上暗示，没有某种生活方式和社会模式的存在，也许就根本不会有自我的存在。

在意志或环境的作用下，如果把人与塑造他的世界相互分开，自我究竟会发生什么，华顿一直对此备感兴趣。阿切尔就是她的样本，而非代言人。在检视阿切尔的过程中，《纯真年代》用它自己的方式超越了同类的分析，与同时代关于意识的社会基础的讨论也不相上下。在世纪交替之际的著述中，例如威廉·詹姆斯，查尔斯·霍顿·库利，或稍晚一些的乔治·赫伯特·米德的作品，我们可以发现对这种观念的早期研究，借用伊恩·伯奇克的有效概括，即“个性是在话语内形成的”，也就是说……“自我”和“心灵”是在集体的交际性活动中形成的。[①]对米德来说，恰是在思维的过程中，自我首先通过语言形成，它根植于与社会组织的内在对话中。华顿在创作《纯真年代》的同时，汇集出版了一本随笔集《法国方式及其意义》(*French Ways and Their Meaning*)。在该书中，华顿认为观察一个族类的主要话语是理解他们本质的最佳方式之一。《纯真年代》就包含了老纽约的一系列话语。我们要花很长时间才能从这些被使用的话语中（如“有教养”与“不合宜”等）了解到纽约社交界以何种方式进行自我认同。因此，为了理解社交界，脱离这些话语进行思考就会变得困难。或者说，也很难知道它们是谁使用的话语。我们时常会在小说中读到客观的叙述，它们通常集中在一章的开头，并突然出现在阿切尔的回忆里：“纽兰·阿切尔想起这些往事。”“纽兰·阿切尔从记事起就知道这些事情。”当我们继续阅读下去时，公共空间与私人空间，个性与环境开始融合在一起了，如同纽约的意识与阿切尔的意识在小说中一同出现一样。

阿切尔是一个完全走中间道路的主体。《纯真年代》一开始，他就

① 见 Ian Burkitt, *Social Selves: Theories of the Social Formation of Personality* (London: Sage, 1971), 29。

以体面的绅士形象出现，精心梳了头发，穿白背心以及洁净的套装。关于他的任何事，无论是从对家庭的掌控中所获得的秘密满足感，还是大地产和纽约上流社会“保守”投资的法律顾问的工作，都表明他深深地嵌入了上流社会象征性的秩序。莱特布赖先生的事务所的信笺头上列有姓名的那几个原来的合伙人都早已作古，作为资深合伙人，“就其职业称谓而言，阿切尔成了莱特布赖先生的外孙”，而把阿切尔安置在其中，文本就把他列入了父权制度的名单——这种制度远离信笺所象征的“真实”生活，而这些信笺实际上勾起了阿切尔的幻想。

尽管阿切尔在知识上虚荣做作，并自命为一个“文化上超前”的人，但他的阅读却巩固了他的阶级地位和性别特征。他住在二楼阅读科学与文学，而他的母亲和妹妹挤在楼下的小房间里。后来他还把历史学当盾牌来反对他的妻子。他选择了一位名叫米歇莱的历史学家，如卢德米拉·乔达诺瓦告诉我们的，这位历史学家“痴迷于性别差异”。[①] 他凭借罗塞蒂的诗歌追求埃伦。甚至他所阅读的人类学著作也是远离极端的。我们可以猜想，阿切尔的伦敦书商寄给他赫伯特·斯宾塞和十年间其他主流思想家（比如泰勒爵士、卢伯克和麦克伦南）的书，这些思想家给他提供了一些事例，如抢婚、准女婿仆役地位，和装出勉为其难做父母的假象等。他则根据上述事例把自己的经历演化成自身性格。根据历史学家伊丽莎白·菲的观点[②]，这些作家对男人、律师和像阿切尔这样的业余爱好者来说是保守的。（他们中的一个作家麦克伦南就和阿切尔共享对前拉斐尔派诗歌的喜爱，甚至用“Iconoclast”[③] 的笔名自己写

---

① 见 Ludmilla Jordanova，*Sexual Visions*：*Images of Gender in Science and Medicine between the Eighteenth and Twentieth Centuries*（Hemel Hempstead，U.K.：Harvester，1989），67。

② 见 Elizabeth Fee，“*The Sexual Politics of Victorian Social Anthropology*”，引自 Clio，*Consciousness Raised*：*New Perspectives on the History of Women*，ed. Mary S.Hartman and Lois Banner（New York：Octagon，1976），86—102。

③ Iconoclast 意为“偶像破坏者，提倡打破旧习的人”。

了这样一本诗集。）

阿切尔通过使用“不可思议的图腾恐惧”、“神圣的禁忌”和“野蛮的行为”等术语来观察环绕华盛顿广场的庇护场所，并在一个即将消失的族群的习俗和仪式中，为我们展现了十九世纪七十年代的风貌。不可否认的是，某种程度上他的这个观察视角贯穿在整部小说中。但是不同于把小说作为整体看待的较为复杂的民族学视角，阿切尔的人类学视野明显是陈旧的。到了二十世纪〇〇年代，对“功能”的兴趣（小说的叙述者也有此兴趣）渐渐取代了为“生存”而演变的话语，前者依据功能的时代意义对社会特征进行解释。因此，站在一九二〇年这个有利位置，我们看得比阿切尔更远。（我们发现，当阿切尔沾沾自喜地凝视陈旧过时的事物时，小说文本则向我们展示了一个有力的体系。）《纯真年代》要求我们去探索社会进程的课题。然而，“关于原始人的书”使阿切尔确信女人的危险性和现代父权式家庭的重要性。正如麦克伦南所言，“随着社会的发展……男性的优越性一定会普遍倾向于建立这样的（父权式家庭）体系。”①

因此，阿切尔完全不是一个开明的民族学学者，他自己就是被名门望族的话语建构起来的。他生活的每一步都是家族计划的体现，而小说也是围绕家族才形成的。在对订婚、结婚和父权的叙述中，阿切尔的认同始终关乎身份：他是一个儿子、兄弟和未婚夫，常被“新郎慌乱的动作”困扰。甚至当他意识到自己的境况时（“我是谁？一个女婿”），他也不能冲破藩篱，最终因梅怀上了他的孩子这一胜利消息而陷入绝境。他的角色由官方声音、公司和社交界的发言人等铸造而成。这种角色使得他不得不代表所有的家族长辈们抑制那些威胁他们的女人。甚至当他听到自己说出“我们的思想”时，听起来就像是莱特布赖先生的声音。

---

① 见 John F.McLennan，*Primitive Marriage：An Inquiry into the Origin of the Form of Capture in Marriage Ceremonies*，ed. Peter Riviere（1865；Chicago：University of Chicago Press，1970），91。

叙述继续展开时，阿切尔开始试图以唇舌之功避开那些构成他的世界的语汇。在他与埃伦·奥兰斯卡极其痛苦的（被多次引用的）对话中，阿切尔总是会遇到埃伦自相矛盾的确定性，即他们不可能超越自己的社会角色而走到一起；对埃伦来说，也许并没有新的存在状态（“从这个意义上讲根本不存在我们！”），而只有他们始终不会相遇才有可能存在的一种脱离现实的、浪漫的结合。否则，阿切尔将一直是“埃伦·奥兰斯卡表妹的丈夫”，埃伦则是“纽兰·阿切尔妻子的表姐”，而陷入不光彩的暧昧关系里。

在纽约有条不紊的结构里，埃伦对血统的嘲弄牢牢地吸引了阿切尔（和我们）的注意。如果阿切尔仍然是依附在自己文化中的社会主体，那么我们必须在阶级生存这一较广阔的语境中去理解他。《纯真年代》回顾了华顿父母生活过的纽约，一个被安放在历史或神话边缘的城市，就像谢里曼发现了特洛伊，或消失匿迹的岛屿亚特兰蒂斯[①]。在纽约大都会博物馆，我们首先借助埃伦充满同情心的目光看到被重新发现的伊利昂（古代特洛伊城的拉丁文名）的碎片，它们作为该国的小物品，令人心碎地被损毁了，并且被贴上了“用途未知”的标签；然后在最后一个章节，这些碎片成了按科学分类的宝物。上述任一视角都提供了一个可能的途径（《纯真年代》既被看成是多愁善感的，也被看成是客观冷静的作品），但小说的叙述也提供了更积极灵活的阅读的可能性。它的节奏和年代感（十九世纪七十年代中的两年里从容的场景描写，在结尾处突然转换到了二十世纪〇〇年代初期中的两天里）让我们把那些名目既看成是“用途未知”，也看成是有有效用途的，而且它们都遭遇了社会变迁的压力。

小说中，老纽约的家族们看似安全稳固，实际上已经受到了威胁。尽管音乐学院仍然将“新人”拒之门外，但是一座新的歌剧院（为任何

① 见 Edith Wharton，*A Backward Glance*（New York：Appleton Century，1934），55。

能负担得起的人配置了包厢）正成为人们谈论的对象。从一九二〇年这个隐蔽的叙述视点看，我们知道歌剧院即将修建好，而我们把这看成是一个阶级渐渐陷入危机的仪式。《纯真年代》通过教科书式的笔触，系统地观察了社会，并描绘了自己的领域。正如同时代的埃尔希·克鲁斯·帕森斯在一九〇六年给学生的建议中所指出的，作为进行更复杂的社会分析的基础，完善巩固自己的数据资料是非常重要的："某个居住区的范围和自然环境，组织团体的大小，该地区人们维持生计的模式，它的经济和政治阶级情况，以及一般的社会组织，部落的、君主政治的、民主政治的，等等……特别应该记录那些强制性的风俗所具有的一般流行意义。"①（所有这些在初期的报告中就应涉及。）我们可以试试用她的方案来对比阿切尔眼中的纽约：该地区的各种细节（街道、房屋、房间、家具、衣服、装饰品），维持生计的模式（菜单？还是消遣？——奇弗斯家的宴会，范德卢顿家完美的草地，或是阿切尔家的女人们在沃德箱培育的蕨类植物），阶级情况（阿切尔太太用尖头金笔在每个名字上打着勾的一串客人名单，餐桌上的先后座位，男仆不准说话），或者固定在一起的邀请函、访问、宴会、听歌剧、跳舞和婚礼。所有这些事情带领我们进入了十九世纪七十年代有闲阶级的语言和存在中，同时组成了一种文化资本，通过它，有闲阶级维持并再生产出自身。正如批评家所揭示的，任何人都可以以此方式深入到小说的世界中去。

---

① Elsie Clews Parsons, *The Family: An Ethnographical and Historical Outline with Descriptive Notes, Planned as a Text book for the Use of College Lecturers and of Directors of Home Reading Clubs*（New York: Putnam, 1906）, 7—8。华顿的人类学也可以通过更现代的术语被讨论。比如，Mary Ellis Gibson, "*Edith Wharton and the Ethnography of Old New York*," *Studies in American Fiction 13.1*（1985）, 65—8 和 Judith Fryer, *Felicitous Space: The Imaginative Structures of Edith Wharton and Willa Cather*（Chapel Hill: University of North Carolina Press, 1986）, 116—42。

我们不妨在这里继续举罗马潘趣酒和宴会餐桌的例子（按照民族学的观点，这一直是文化雷区）。《纯真年代》中有大量的宴会描写。在十九世纪七十年代，纽兰·阿切尔们举行结婚典礼时，潘趣酒无疑意味着一种身份的独占性，与之相称的是“灰背野鸭或者甲鱼，两道汤，一冷一热两道甜食，短袖露肩衫，以及有重要社会地位的客人”。在一九二二年之前，埃米莉·波斯特曾告诫道：“吃额外的主菜，喝潘趣酒，或吃热甜点，这是在一个新贵的餐厅里才有的事。”[①] 正如小说第一段告诉我们的，正当“新人”要威胁到纽约的上流社会时，他们就接受了这些“新人”：各种价值处在竞争关系中，并且随着社会的变迁而转变。

为了帮助我们理解难懂的社交规则，了解究竟谁是可以邀请的客人及其原因，《纯真年代》给我们提供了一批权威，这些人充满自信地装配着小型双筒望远镜，夹杂着暗讽的修辞、格言、遥远的记忆和家世谱系，从社会地位的角度指导我们。我们由此学会了解读那些手势，聆听那些不言而喻的话语。甚至在文雅的交谈中，音节之间的间隔（“总之他——最后终于——娶了她。”）都隐含着丰富的寓意。在显示出社交界纯洁度的房间里用餐[②]，阿切尔太太和杰克逊先生可以安心地质疑其他人的背景。墙上的家族画像给他们自己的背景提供了保证。昏暗墙壁上挂着的深色相框，与不加掩饰的光泽相对立，后者是新富人们的标记。（在社交界，真正的贵妇们把自己的巴黎服装至少搁置两年再穿，以此斥责时尚的粗俗。）祖父们依然统治着餐桌：听听纽兰祖父的声音，他给出了如何保持家族纯粹性的忠告（“千万别把博福特那个家伙介绍给姑娘们”）；阿切尔祖父的画像，则在一幢装饰有白色圆柱的乡间别

---

① 见 Margaret Visser, *The Rituals of Dinner*: *The Origins*, *Evolution*, *Eccentricities*, *and Meaning of Table Manners* ( New York: Grove Weidenfeld, 1991 ), 76。

② 指房间里都是社交界的熟人，没有外人存在，比如博福特之类的新兴资产阶级。

墅前面，提醒人们曾经存在过的稳定的社会秩序，以及现在对家族私有财产的社会性的质疑。杰克逊先生以让人难以觉察的动作嗅了嗅蘑菇浇头，但拒绝了它，不过“他很可能要靠谈论埃伦·奥兰斯卡来充饥了”。女人和蘑菇很难被贴上标签，也许她们都是有毒的，都在可疑的地方生长，允许两者上餐桌也许是一件不明智的事。① 在下一章中，纽约社交界抵制了为埃伦举办晚宴的邀请。而在结尾处，则举行了最后的聚会，以此将她永久地驱逐出社交界。

餐桌上的话题是小说描写的中心。像那些宴会中的演讲者一样，《纯真年代》贯穿了外来者和分门别类的问题。在一个视流动性为危机状况的世界，确定事物的边界意味着开始控制它们。阿切尔家族宣称自己的意见是一种社会规范；如阿切尔太太所说，其社会身份与“等级或阶级毫无关系”。它存在于“平民”② 和贵族血统之间的某个位置，而其财富和品行是衡量的准则。阿切尔太太说得很明白，她的家族财富来自于优良、干净的股票。按照这种世界观，其余所有人的世界都是异常形式的体现。过度的财富和纵欲在其他方面被取代了——西方的斯特拉瑟斯夫人的酒吧，杜伊勒里宫或奥兰斯卡伯爵几英亩的玫瑰园，具有历史意义的珍珠和欧洲的索比埃斯基国王的祖母绿。极端贫穷仅仅间接地出现在一个附带的比喻中：“消磨时间”像幻影般困扰着韦兰夫人，“就像失业者的幽灵令慈善家不得安宁一样”。在这里，扮演反叛角色的将是超越了名门望族最远边界的幽灵：十九世纪七十年代持久的经济萧条和纽约街头成千上万的无家可归者。我们知道，处在这个反叛根据地的心脏内部，阿切尔感到自己深陷在“老板和移民”之间，他认为国家掌握

① 在举止、金钱和典型性的语境下，要更多了解杰克逊先生的味觉，可以参考 Richard Godden, *Fictions of Capital: The American Novel from James to Mailer* (Cambridge: Cambridge University Press, 1990), 12—16。

② 指相当有身份的家庭，尽管体面，却没有名望，通过与某个占支配地位的家族联姻而崛起（就像斯派塞夫妇、莱弗茨夫妇与杰克逊夫妇那样）。

在这些人手里。他忧虑自己的阶级地位，害怕发行新的债券，公民社会的扩张以及种族和社会的流动性。为了走“中间道路”就需要经常保持警惕性。由于惧怕政治，“体面的人”和精英要想专心致志维持他们的地位和特权，就需要采取社会控制的其他手段。社会范畴的话语则提供这种手段：通过指出面孔、容貌、性情和理智的特性，渗透于十九世纪的关于“类型”的上述修辞可以辨识出“正确”的人，同时也能够驱逐社交场合中可疑的人群——比如，在这部小说中，即是指在纽约的上流社会这个滑溜溜的小金字塔之外的任何人。（阿切尔是一个机敏的人。他能立刻看出，里维埃先生的脸并不像一大群在“美国旅馆”常见的面孔。）

在一个陷入困境的社会里，欲望常常遵循着主导文化。在爱德华·韦斯特马克一八九四年的总结中，他提到：“一般来说，男性总是在人类有机体的可见特征的充分发展中发现美，比如性特征、种族特征。”此外，我们也许可以再加一条，即阶级特征①。在《纯真年代》中，纽约社交界的每一个事物似乎都是可复制的。在家庭的空间里，我们常听说人物成长为他们父母的翻版；我们知道，梅·阿切尔知足地死了，留下了一个与她自己一模一样的女儿。在更大的公众空间里，我们看到遗产继承使得复制变得可见。歌剧院的演出剧目一年四季不停地重演；婚礼则使阿切尔处在一个可以返回到童年的仪式中。甚至为一场射箭比赛而制造的钻石包头的箭形胸针也是为了传给大女儿。

这种景象虽能自给自足，但它也以外部世界为目标②来了解对这些情况的综合评论。在阿切尔的婚礼上，一家人就礼物是否应该被“展示”进行的争论，并非如他所想象的那样是一种幼稚的行为，而是凸显

① 见 Edward Westermarck, *The History of Human Marriage*, 2nd ed.（London: Macmillan, 1894）, 264—5。这部里程碑式的著作曾多次再版。

② 要了解对这些情况的综合评论，请参看 Amy Kaplan, *The Social Construction of American Realism*（Chicago: University of Chicago Press, 1988）和 Godden, *Fictions of Capital*。

了怎样把自己的阶级地位展示给更多观众的问题。韦兰夫人同样乐意“把记者们放进她家里来”。她意识到自己的恐惧与“那群想方设法靠近帐篷接缝处的裁缝和记者”有关。明戈特太太“怪诞的露面方式”令一家人痛苦不堪，其中还混杂着“他们会给我女儿（梅）拍照，并且登在报上的”的威胁。然而尽管阿切尔夫太太声称“贵族阶层”是新闻业的一个发明，实际上富有的社交界需要媒体将他们的独特性描绘给外面的世界。在小说的第一页，我们得知各类报纸已经学会使用恰当的话语。在音乐学院听歌剧的人被看成是“超凡脱俗的听众”。“本年度最风光的婚礼”预计也将得到一段热情洋溢的描写。范德卢顿先生能够从《时报》报道的到港船只的清单中“阅读”到他自己的重要客人。但是社交界的人们并不想在大街上遇到自己任何一辆马车的廉价仿制品。梅的一张照片是为了装饰新郎的书桌，而不是为了《炉火报》的时尚专栏，这些专栏紧挨着新英格兰的爱情小说和无酒精饮料的广告。如果我们还记得二十世纪初伊迪丝·华顿的《欢乐之家》里范·奥斯布夫的婚礼，那么就可以知道媒体已经穿过了帐篷，大多进了住宅里。在遍布全国的电影放映机里，有闲阶级得到再现。在二十世纪二十年代之前，向外界展示礼物的习俗已很好地建立起来了，而社交礼仪方面的书籍也在警告大家要防范越来越多的日常盗窃行为，比如特鲁布里奇女士嘱咐说：“当有贵重礼物在展览时，应该保证有一个或多个侦探在场。如果婚礼的规模较大，应该提前通知警察，因为在这样的场合中，扒窃行为常常发生在教堂走廊里。”①

这种重要活动强化了独特性和不带杂质的阶级自我再生产的形象。小说的形式结构突出了这个模式，就像戏剧要在许多守旧的变体形式中不断扮演自身，一个家族的名字在不断排列中重又出现。遍及文本的是

---

① 见 Lady Troubridge, *The Book of Etiquette*, vol.1（U.K.: Associated Bookbuyers, 1926）, 46。阿切尔的婚礼采用的是英国模式。

一堆用纸剪出的娃娃和用模板印在墙上的图案①，这些千篇一律的图像萦绕在纽兰·阿切尔（和读者）的心中。然而，我们可以从这些仪式中意识到变化的程度。在格雷斯教堂，朱利叶斯·博福特佩戴着标志其家族荣誉的白色绶带。在夏天的午后，他在家里的草坪上举行射箭比赛，他拥有的财富使他提高了奖品份额。有闲阶级深陷在既想获得同一性，同时又需要差异的两难困境中。外来者的加入意味着原有体系的瓦解或力量得到更新。在任何一个极其狭小的领域里，迁就通融都会起到作用。如果艺术家们不会装饰画廊，人们就会对他们疏远冷淡。激进的团体始终处在小说的边缘位置。撇开埃伦的声音不谈，韦兰夫人以极富喜剧色彩的声调，大声读出了爱默生·西勒顿教授的请柬。这种声调显示出了他们政治或理智上的分歧。我们从未参加过“星期三午后俱乐部”，不过正如朱莉娅·沃德·豪写的那样，我们可以推测，在那里，思想、文学和谈论革新的话题“是明智的，即使是在夏季的纽波特”②。我们也从未走进持不同政见者的家里，那里面住着“长发男人和短发女人”。在那里，西勒顿曾经在应该举办茶点舞会的某一天下午“为一个黑人举办了聚会”。

但是，为了保持防备外来者渗入的界限而改变阶级身份的认同，即使是有限的转变，也一定要小心对待。当外来者适应了该团体，社交界就会重新为其贴上标签，并忘记他们的背景，接纳他们，使之同化。尽管斯特拉瑟斯夫人是在西方殖民扩张和工业制造业的腐化环境下（如同“矿井”对杰克逊先生的意义）发家的，但在小说结尾处，社交界还是接纳了她：“人们一旦品尝了斯特拉瑟斯太太家周日的轻松款待，便不可能坐在家里去想她家的香槟是变了质的劣等货了。”美丽的容貌，一

---

① 阿切尔的原话是：“我们全都跟用同一块折叠的纸剪出的娃娃一样相似，我们就像用模板印在墙上的图案。难道你我不能走自己的路吗，梅？”

② 见 Julia Ward Howe, *Reminiscences, 1819—1899*（1899; New York: Greenwood, 1969），406。

句欧洲的咒语，一位公爵的支持，一个有名的钢琴家，无趣的周日夜晚和一次水痘的发作，这一切使得转变的过程变得缓和。（正因此，纽约“设法完成了它的转变”。）在小说中，朱利叶斯·博福特以同样的方式为社交界所接纳。施展了斯德恩·凡勃伦在《论有闲阶级》（1899）中详细列举的所有手段后，博福特扔掉了在他名声不好的过去之上的一道屏障。他娶了一位来自“美国最受尊敬的家族之一”的穷困的美人，在他显示上流社会地位的宫殿里展示她（“打扮得像个玩偶，珠光宝气”），同时设计她的笑容和会客厅。他的所有工作都在这道屏障的背后进行。他使自己变成了一个绅士：“年轻的博福特太太结婚两年之后，人们已公认她拥有了纽约最引人注目的住宅。”把接纳博福特归因于一个“奇迹”，一个突发的、无法解释清楚的自然转变，社交界保持住了自己的稳定和界限。但是奇迹掩饰了社交界的自我利益。博福特家舞厅的耀眼夺目，他们餐桌上的“灰背野鸭与陈年佳酿”，博福特太太完美的侧影精心地展示给歌剧院正厅前排就座的观众，所有这一切都有力地证明了纽约的繁荣：“博福特的家是纽约人乐于向外国人炫耀的一处住宅。”

老明戈特太太总结了这个过程：“我们需要新鲜的血液和新钱。”在接近小说开头的地方听到这句话——它出自一位被描写为“爱吃肉”的人物之口——我们不久之后就可以觉察到，一个有自己的集体认同，甚至是身体认同的社交团体，整个地存在于文本中。其中一些效果得到增强是因为提及了“家族”（tribe）和“宗族”（clan）这样的修辞，但更根本的原因是无数微弱的个体构成了一个整体。这个整体因为对难以想象的事物感到恐惧而退缩，当恐惧消退时，它会安慰地深吸一口气。同时，它会假设某个声音是“被普通赞同的”，他们在一个“沉默的组织”里聚集起来并按照这个声音行事。这个团体的利益、反应和生存机制虽胜过其中任何单个成员的利益、反应和生存机制，但是，我们的聚焦点在各种不同的、有活力的个体身上。

老凯瑟琳庞大的身躯是社交界最有分量的化身，保有极其充沛的生命力。斯派塞家族的往事，在杜伊勒里王宫度过的生活，具有开创意义的住宅和天花板上的女神像，这些事物激发着她的活力。当凯瑟琳比大多数家族成员更能意识到存在着不同的生存方式时，事情就在这个方面开始发生变化了。“名门望族”这种自我保存的动力在韦兰先生身上有谨小慎微的体现。他由对自己的支气管的关心，进而关注到女儿新房里十分完备的管道，这只不过是自我保存的经济行为的一个极端体现。而其他的家族长辈们则巩固了社交聚会纯洁无瑕和成功保持权力的形象。范德卢顿先生的族长式的手也许“没有血色”，但是手上“那枚硕大的庄园主图章戒指”则是权威的标志。他的几栋住宅使人想起被妥善保护起来的社交界；他的妻子是她的贵族女性祖先年轻时的完美翻版，这使得阿切尔觉得“仿佛她被可怕地保存着……就像那些被冷冻在冰川中的尸体，好多年还保持着虽死犹生的红润”。如果范德卢顿太太被冷藏起来，那么曼森·明戈特夫人一定会对此目瞪口呆：她自己的身体陷入了激增的脂肪里，“像火山熔岩降临一个行将覆没的城市”，她脸上的“形迹”犹存，“仿佛在等待着被挖掘”。在这个家族的神经系统的中心，神秘感保护着他们：正如埃伦所了解的，让他们自己变得极其稀有罕见，他们就能保持影响力。

初读小说时，我们可能会错过上述所有图景中活跃的社交生活的迹象，而通过阿切尔的眼睛——如同戈耳戈使人麻痹的致命眼睛[①]——把纽约看作是平淡乏味的，或最多是不足为奇的。但是（就像阿切尔发现的那样）社交界是一个高度敏锐、强有力的工作系统，它有“无数眼睛悄悄观察、无数耳朵耐心倾听”，对有利于自己的事物很敏感，对危险能作出迅速的反应。因为没有任何经验是个人独有的。名门望族凝视

---

① 戈耳戈是希腊神话中三个蛇发女妖，面貌丑陋可怕，任何人一见她的眼睛即化为石头。作者把阿切尔的眼睛比喻为女妖的眼睛，指的是初读小说时读者可能会被阿切尔的视野误导。

的目光给阿切尔的整个叙述打上了标记。从一开始，就能看到下面这些征兆——交谈进行得太长，碰到埃伦的扇子时阿切尔的紧张，一个“责备的目光”给他造成的负担，范德卢顿太太“一身名贵的黑丝绒和戴着家族的钻石首饰”，以及她提醒和告诫阿切尔的言语。微妙的插入语达到了两方面的效果：“正如阿切尔太太所说的：范德卢顿夫妇只要乐意，他们知道如何教训人。”其他人则接手了这个教训人的任务：韦兰夫人“责怪地皱起眉头”，将阿切尔牵制在了一段漫长的婚约里；当阿切尔似乎就要逃走之际，老凯瑟琳“两只忽然变得像小刀子一样锋利的圆瞪的眼睛”成了闪闪发光的更危险的武器；而杰克逊先生“平静的目光”明显是一个圈套，“仿佛要把阿切尔的脸用弹簧给顶住了似的”。

就这个高度协调一致的有机体而言，女人们明显处在一个危险的位置。如埃尔希·克鲁斯·帕森斯写的，“一个女人越是被彻底地分类，她就越容易受到控制。”① 斯特拉瑟斯夫人“埃及风格”的发型或者金发女子范妮·琳（就像埃尔希·克鲁斯的知识雄心一样）使得既有的符号变得不再可靠，并使整个社交界为之战栗。（在阿切尔太太还是一个小姑娘的时候，她被告知“只有我们认识的人才有马车”。）即使这些身处中心位置的人也很难搞清楚在普通类型的范围之外的人：就像梅认为里维埃先生是个普通人，而埃伦知道在美国她并不会被认为是端庄美丽的。社会地位下降的一个极端例子向我们显示出这个系统的力量。梅多拉·曼森从来没有在任何一个社会范畴里逗留很长时间，她的身体似乎相应地已经失去了自己的体形。她“又瘦又高，一副懒散的样子……穿的衣服又加环又带穗，显得很复杂，单色的方格、长条与镶边交织在一起，其图案让人不得要领”。这个“图案”是什么呢？是拉什沃斯一家鲁莽无礼的色调吗？或是异国友谊和婚姻的色调？或者像一些批评家认

① 见 Elsie Clews Parsons，*Social Rule*：*A Study of the Will to Power*（New York：Putnam，1916），55。

为的，是越界的活力——她把外来者介绍给纽约社交界，并突然攻击各种乌托邦的狂热信徒？（我们在小说中遇到她时，她正徘徊在纵身投入到幽谷爱社的边缘，该社的创建者是有着不吉利的名字的卡弗博士。尽管将梅多拉贴上新女性的标签来欣赏她是一件令人感兴趣的事，但她还有其他的矛盾形象（比如“女侯爵”和奥兰斯卡伯爵的特使），这和文本里所有的传统领域一样。对纽约来说，她依然是难以理解的。对她的叙述使她越来越远离那些可接受的空间，就像她“每一次回来定居住房的档次都要降低一点”一样，她最终因博福特的破产而失去了财产，最后和埃伦定居在巴黎。

如果说梅多拉是个“不幸的例外”，那么小说里则充满了纽约社交界所塑造的始终如一的女人们：在她们中间，有作为老处女的詹妮，她宽松的处女身体，幻想从压抑的浪漫喷泉中迸发出来。也有“恭顺的妻子”韦兰太太，常常面带“无意识”、“愉快的表情”。就像社交界本身，文本通过以下方式勾勒出自己的范畴：展开梅和埃伦两人的故事，把她们嵌入阿切尔的欲望构建的空隙里。

在纽约人的眼中，梅是一个“好姑娘”，是公共场所的雕塑作品中的安琪儿和戴安娜[①]。从男士的包厢里看去，关于她的一切事情都表明她的纯洁无瑕——“纯真”保证了她的感染力，也保证了她的家族特征。就像范德卢顿太太提醒阿切尔的，在他们的晚宴上，梅被认为是整个房间里最美丽的女孩。阿切尔把结婚看成是“物质和社会利益的结合”，而家长的看法也符合他自己的标准：“在纽约再也没有比梅·纽兰更相配的人了。”但是婚约由于家族拜访活动而延期，并且“还有十二打手工刺绣的东西没有做”，而这是为了确保婚姻的“形式”能够有效。只要能顺利结婚，“任何可怕的事也不会有”，梅就非常高兴。对她的丈

---

① 见 Martha Banta，*Imaging American Women：Ideas and Ideals in Cultural History*（New York：Columbia University Press，1987），448—9。

夫来说，梅看起来更像是一种类型而不是一个具体的人，一个适合扮演“公民道德之神或希腊女神”的模型，身上流淌的血液也应是“防腐液体”[①]。对另一代人而言，名门贵族的血统和财产是安全可靠的：梅不是愚蠢的拉什沃斯家族的成员，不是荒唐的奥尔巴尼·奇弗斯，不是寡妇，不是阿切尔所谓的“聪明人”，也不是一个出身可疑的“外国人”，也不是来自“海妖岛”的一个无名加害者。

在小说叙述中，“纯真”是一股强大的力量。为了扮演“家庭港湾”的角色和展现上流社会的稳定，梅写信给阿切尔，劝他回到自己的社会阶层和家庭中来。她发给埃伦的电报和与她进行的交谈占据了小说两个重要的章节，由此阻碍了阿切尔逃往外面世界的企图。（甚至杜拉克小姐家漏水的水箱也成了合谋，以确保这对“正当”夫妇在庄园主的住宅度蜜月。）梅能察觉到埃伦是家庭的威胁，在围绕一盏冒烟的灯的对话中，梅发出了挑战：“‘把它吹灭了，气味就小些。’她带着精于理家的神气解释说。”这之后，她适时的怀孕几乎就像是自我产生的，既是对社交界也是对她自己的权利的肯定。

顺着阿切尔的眼睛看去，“纯真”完全是一种无知。尽管阿切尔一直相信自己已经脱离了出自教养上的偏爱，但在一些基本的形式上它依然会体现出来。在歌剧院，尼尔森夫人夸张地扮演处在恋爱花园中的纯真无瑕的金发少女，他认为这是剧本中很滑稽的安排。但是他心中涌起的一阵“拥有者的激动”明确地说明，在这一点上，阿切尔是完全赞扬梅“一脸潮红的无知”的，就像梦想一次蜜月之旅，通过“那些文学名著，向自己的新娘阐释名著似乎是他做丈夫的特权”。当阿切尔开始质疑按照性别对权力和顺从进行划分的模式时，文本就设计出许多读者能够发现的非常多的令人不安的想法：梅是一个人为制造出的“雪

---

① 原文为：紧贴着她那白嫩皮肤流淌的血液本应是防腐液体而非可以令她憔悴衰老的成分。

人”，目的在于让丈夫行使自己的“高贵意志”，并“把它像雪人般打得粉碎”；她还是一条适应了环境的非常可怕的肯塔基岩洞鱼[①]；在她“优雅”的“帷幕后面竟是空洞无物”。阿切尔对男性的虚荣满足感（至少在某种程度上）进行了解码，但从没有逃避这种满足感。当然，少数评论家会对阿切尔的女权主义急匆匆地表示欣喜。但他所使用的明喻（在歌剧院包厢里他的种种幻想的另一面？）很难与他不满纽约人对婚姻性别的热烈程度相提并论。在蜜月结束之前，阿切尔又恢复了“他所继承的有关婚姻的老观念”。尽管梅因要在巴黎咖啡馆观看唱歌的“风尘女子”而激动不已，阿切尔却审查了这些歌曲的歌词内容。

阿切尔把梅“锁”在他批评过的纯洁无瑕的剧本里。某些读者也愿意看到这种情况。至少对挑剔的批评者来说，梅在小说的末尾部分“淡出”了。对其他人而言，梅作为一个不被赏识的受害者（伤害来自丈夫、父权制或习俗），或作为被情人们恶意诽谤、难以和解的敌人[②]，她也有属于自己的故事。如果说她脸上泛起的红潮像一面“红旗”，标志着女士是可以保持沉默的，那么梅则是“说”出了更多：“老天爷，瞧，她脸上又红上加红了。”梅脸上的红潮，像她眼睛里的蓝色光泽，证实了其内在的自我、想象力、血统和感情，而这些都是阿切尔宁愿忽略不计的。在他们结婚之前，阿切尔将之简单归因于她“为了讲话而付出的努力”[③]，但在另一方面，他仅仅用被社交界认可的修辞解释她的特征。他认为她的眼睛明澈、盲目，如被布带蒙住了，并且不愿再在她的沉静里读出什么意义。对阿切尔来说，她仍然是一个真空和空虚的存在，是

---

① 原文为：肯塔基的岩洞鱼，那种鱼由于眼睛派不上用场，它们的眼睛已经大大地退化了。

② 见 Susan Goodman, *Edith Wharton's Women: Friends and Rivals*（Hanover, N.H.: University Press of New England, 1990), 96—104 和 Mary Suzanne Schriber, "*Convention in the Fiction of Edith Wharton*," *Studies in American Fiction 11.2*（1983), 195—7。

③ 原文为：显然，为了讲那番话所做的努力远比她表面的镇静所表现的要大。

将习俗涂在上面的一页白纸，是无性、幼稚、孩子气、坚硬、冷淡、令人窒息的存在。(“这屋子很闷，我需要点空气。”)

相反，埃伦似乎是作为“阅历丰富的女性”登场的，并存在于一种来自情节剧所特有的情境中。①在阿切尔的评价体系中，与梅的空洞无物相比，埃伦代表了一种难以企及的丰富性。从一开始，他就在她的“建议”里塞满了各种事物：像谜一样的人，充满热情和女性气质，漫游欧洲，神秘的喜悦，令人震惊的遭遇，种种习俗，艺术，音乐，文学，她房间里呈现的异国情调，在审美上的权威，以及富有感情的眼睛。他想象她是一个在撒马尔罕城的神圣遗迹中旅行的人，并且在下面这些图像中想象她的样子：燃烧的蜡烛的光线，翩翩起舞的蝴蝶，闪烁摇曳的火苗，夏天的闪电，前拉斐尔派朦胧的画作，提香画笔下的光辉，和巴黎金色的阳光，这一切“让他感到太浓烈、太刺激了”。

可以用黄玫瑰作为埃伦的特写，就像可以用山谷中的百合花来形容梅一样，这些名单还可以无限地延长。阿切尔的措辞符合习俗：尽管他把埃伦浪漫化了，社交界也害怕她，她依然是“不稳定”的因素。像阿切尔一样，纽约人对梅一清二楚，但对埃伦的事却无法下判断：出生于明戈特家族，埃伦始终是在完全动荡的环境中成长起来的。从她的丈夫那里逃脱后，她在不同的地方和国家漫游——瑞士洛桑，西二十三大街，“外交学会”，位于贝克斯的女性之家。小说的第一章里，她走进明戈特家的包厢时，小说是通过来自“举止”和“家族”方面的仲裁者们发出吃惊的喊叫这一描写作为她出场的背景，而歌剧院包厢里的人们则带着“明显的悬念”等待着权威们的判决。像阿切尔太太一样，社交界更喜欢“单纯天真”的年轻女性。而埃伦独自走过客厅触犯这一观念。按照礼节，女士应该像个“木偶”一样，完全注重外观，反应要迟滞，如一个装饰物，好让男士们在谈话结束之后可以感到轻松。埃伦的“健

① 见本书第288页注①，448—9。

谈”和放松的姿势则是令人惊恐的任性和有活力的表现。面对她的离婚文件，莱特布赖律师“看起来就像一位因为无法判断病人症状而苦恼的家庭医生”。如果这些病症正是他所猜想的，那么“不愉快的事”就会威胁到整个家族的稳定。因此，小说接下来的叙述旨在把埃伦放到合适的位置上，要么重新把她接纳到家族里来，帮她找到一个小房子住，把她送回到她丈夫那里去，不停揣测她的计划，要么把她供奉在记忆中昏暗的小礼拜室里。

读者会发现埃伦甚至比纽约社交界还要复杂。她像一个无限变化的文本，不可能让人明确地读出其意义。尽管她经历过其他存在的形式，小说却让它们变得很神秘。她丈夫的信像“扮鬼脸的……幽灵”，而我们无法看到其详情。她的秘密留在了莱特布赖先生一个上锁的抽屉里。她在欧洲（和奥兰斯基伯爵或里维埃先生）的生活对纽约人和叙述者来说，都是无法逐字说出口的。尽管读者可以从关于她的故事的缝隙中拼凑出轮廓，但要描绘它可能就需要风格完全不同的小说了：比如，写于世纪之交的女权主义式的小说，或者现实主义之外的某个类型。毕竟，埃伦的过去存在于如《德拉库拉》[①]描绘的奇异王国里：一场“沸沸扬扬”的婚姻和一个“苍白的面孔上露出讥笑”的伯爵，他拥有特兰西瓦尼亚许多平方英里的猎场。

晦涩难解是创作神秘女性故事的标准结构的一部分。但是超越这种老套的想象力，我们也许可以看到一个更加有趣的人物，这个人物可以书写她自己的故事。埃伦知道如何操纵符号或使这些符号的意义变得混淆起来。她对男人利用女人作为他们体面的象征这一套做法很敏锐：她使她的姑妈避免了被卡弗博士利用，也抵制回到她丈夫那里，并且当里吉纳·博福特如一张过时的纸币一样没有价值时，她把明戈特家的马车停在自己家门前来帮助恢复自己的信用。作为一个女孩，她穿一身深红

① 爱尔兰作家布拉姆·斯托克所写的哥特式鬼怪小说。

色的衣服，看起来就像一个吉卜赛小孩；作为一个初进社交界的女子，她则穿着一身黑色的衣服。她的房间有一种东方的神秘感，而对她的纺织品和皮草（这些使人们开始注意到二十世纪九十年代有关濒危物种的一份清单，包括青猴，海豹皮，她扇子上鹰的羽毛，她帽子上苍鹭的羽翼）的冗长陈述使见过她的每个人产生了情欲的冲动。（对布兰克小姐、梅多拉和詹妮而言，埃伦有一个“浪漫”的外表，阿切尔也这样认为。）她展现出性感的形象（“穿了一件红丝绒的长睡袍，睡袍上端是光滑的黑毛皮镶边，环绕下巴一周并顺着前胸垂下来”），让她看起来无疑是一种感官的类型。在小说的手稿中，埃伦甚至主张事实上的婚前同居，但她离开阿切尔是因为她“已经吃了石榴籽[①]并且没有它就再也无法存活”。[②]但是即使我们能够在手稿中发现埃伦的原初形象，在公开出版的文本中却从没有证实这些形象。隐藏在埃伦的面纱和屏障背后的，可能同样是不合群和纯洁的性格，就像对其家族而言，她同样是难以理解的。这个家族坚信，女人仅仅能在与男人的关系中得到明确规定。甚至梅多拉也宣称“结婚是一种牺牲”的意识形态，老凯瑟琳则相信一个结过婚的伯爵夫人好过一个单身的女人：无论埃伦的活力来源于哪里，是难以归类还是“已经归类……无法弥补了”，她始终处在困境中。

如果说不受控制的女人会给纽约社交界带来麻烦，那么不受控制

---

① 据说地狱之神哈德斯把哥哥宙斯的女儿帕赛弗妮骗去阴间后，宙斯命令哈迪斯立刻释放帕赛弗妮，并让信使赫耳墨斯保证帕赛弗妮归途的安全。赫耳墨斯到阴间看见帕赛弗妮坐在哈迪斯的身边。帕赛弗妮一见到赫耳墨斯就很高兴可以离开地狱。哈德斯知道他别无选择，必须听从哥哥宙斯的命令放了帕赛弗妮。可是哈迪斯非常想让帕赛弗妮能够再回到地狱。于是，在帕赛弗妮离开前，哈迪斯给了帕赛弗妮一颗石榴作为礼物。帕赛弗妮高兴地接受了。哈迪斯于是知道帕赛弗妮一旦尝过了甜甜的石榴籽就一定会回到自己身边。事实上，帕赛弗妮也确实从此以后每年都会回到哈德斯身边度过三个月。这三个月由于帕赛弗妮的地狱之旅而变成了寒冷无比的冬天。石榴石也因此代表了爱人的远行以及可以修复恋人间感情的创伤。

② 见 Candace Waid，*Edith Wharton's Letters from the Underworld*：*Fictions of Women and Writing*（Chapel Hill：University of North Carolina Press，1991），12。

的资本同样也会如此。也许是因为小说处理其意图太简洁了，一些读者已经觉察到，比起华顿的某些早期小说，《纯真年代》对资本的动态分析兴趣较低。但是从开头到结尾，文本始终写到钱：它的来源、合法性和限制。鉴于文本把女性性格的不同方面分配到一组不同的人物中，小说主要把金融资本集中到一个人物身上：朱利叶斯·博福特。像埃伦一样，在叙述上他是一个永远的谜语：任何对此谜语的回答仅仅会导致同样的疑问："博福特是谁？"按照惯例，我们把他看成是一个纽约人，但他在文本中的每一次露面，都会引起令人不安的动向。如《欢乐之家》中的西蒙·罗斯戴尔，博福特是一个外来者，可能是一个犹太人（他"假扮成一个英国人"①）。关于他荒淫行为的谣言"不仅在第五大街而且还在华尔街"流传。无论是在金钱还是性生活上，人们都是依据以下角度来观察他的：挥霍、破产的细微迹象，掏了血本，花费太多，钱快用光了："有人说他投机铁路亏了本；另一些人则说，他被她那一行里一个最贪得无厌的人敲了竹杠。对于每一次破产危机的报道，博福特总是以新的挥霍作答。"

奢侈的开支、投机、高风险的投资、腐败的资本，所有这一切都与构成纽约有闲阶级的自我形象背道而驰。良好的举止约束着其他的男人。（莱弗茨的情人不会在社交时间驱使鲜黄色的马车。）虽然对轻率的消费保持谨慎、保守、抵制的态度，纽约社交界仍支配着激情与金钱；它保持着偿付能力，它的道德和商业良心是完好的，它的身份认同也清清楚楚。当博福特仿效这种诚实时，他就能够被社交界接受。一旦他走过了头，他的破产就将威胁到整个纽约社交界："我们认识的每一个人都会受到这样那样的打击。"当性关系和金融的灾难升级为一种危机时，社交界将会经历种种震荡。作为家族法律顾问的莱特布赖先生，"脸色

---

① 见 Marilyn R.Chandler，*Dwelling in the Text*：*Houses in American Fiction*（Berkeley and Los Angeles：University of California Press，1991），159。

苍白，一筹莫展”。当消息在家族内部炸开了锅时，明戈特太太也中风了。对读者而言，这两件事之间的联系没有多少神秘感，博福特的崩溃已显示这是一件最糟糕的事情——发生在纽约中心的一次无法接受的破产，向世界公开暴露它的不体面：“这天下午，博福特破产的公告见诸各家报端……整个纽约被博福特的无耻行径罩上一层阴影。”

现在回到阿切尔身上。正如华顿在《虚构的作品》里暗示的，一部小说的中心人物常常似乎是最空虚的。阿切尔也不例外。小说其他人物则以集中和生动的形式代表着社会权力。在小说大部分篇幅中，阿切尔是一个处在不断崩溃的过程中的主体：“心不在焉——这正是他目前的状态，他对于周围人们觉得实实在在的东西一概视而不见，以致有时候，当他发现人们依然认为他还在场时，竟会让他大吃一惊。”考虑到他在社会中的构成过程，最令他不安的两个人，也是最折磨他所属阶级的两个人，这几乎没什么惊奇的。埃伦·奥兰斯卡和朱利叶斯·博福特所引起的震荡，威胁的恰恰是他的社会结构。一听到埃伦的名字，他的心就像停止了。他心里纳闷“是否一听到这个双音节的词，他精心营造起来的世界就会像纸糊的房子那样在他面前倒塌”；而面对博福特的存在，他感到一种“奇怪的失去形体的感觉”和愤怒的困惑感。在这种状态中，阿切尔竭力维持自己的阵地。矛盾的是，他又要竭力从那些使他陷入困境的言语和角色中逃脱出来。

但是，如果社会角色似乎成了压抑人的东西，那么难以归类也就意味着存在感的丧失。在阿切尔的婚礼上，作为一个心急的新郎，当他在圣坛的台阶上等待时，种种符号漫无目的地显示出自身的意义：

> 乐声悠扬，圣坛上百合花散发出浓郁的芬芳，新娘佩戴的面纱与香橙花像飘动的云朵越来越近；阿切尔太太因幸福的啜泣而面部变形，教堂司事低声叨念着祝福，八位粉妆伴娘与八位黑衣引座员各司其职，秩序井然。所有这些情景、声音、感觉原本是那样的熟

悉，如今换了新的角度，却变得异常陌生，毫无意义，乱纷纷地充斥于他的脑际。

这个段落的结构似曾相识：一系列事物跟随着它们在阿切尔意识中的位置。但是这次的场景充斥着各个分离的感觉材料，没有统一的解释。当我们进入阿切尔的意识，我们发现那些已知的事物变得陌生了。似乎正是在他要公开恪守对纽约社交界的承诺的时刻，他倒转了这些象征秩序的入口，自我也再一次趋向瓦解。一些批评家欣赏华顿在小说初版中的俏皮话，其中用丧葬服务的语汇来开始这场婚礼。①（阿切尔自己可能也从他阅读的人类学著作中得知了，“在婚礼上，新郎的灵魂易于飞离”②。）但是比起在梅的婚礼中简单地放置一块墓碑，这个葬礼的暗示有过之而无不及。这些暗示似乎将阿切尔完全带出了社交界。甚至日常语言的各种细节（阿切尔的心脏“停止跳动”，“幽灵”的景象，梅多拉·曼森这个古怪的人物）都呈现出幽灵般的回响。阿切尔想知道自己是否产生了幻觉，也许他确实有了幻觉——但是当这些社会表象变得“异常陌生”时，文本本身似乎窥视到一种不同的话语。正是在这些段落里，阿切尔似乎趋向了一种不同的自我（决不可能超越社会的自我）：一种类似于现实主义的模式，在这个模式里，细节以转喻的方式被控制在更大的场景里，而自我似乎也在其中感受到其他的压力，因为这部有关礼仪举止的小说转变成了幻想。在幻觉研究的领域里，艾伦·怀特认为，“在镜像阶段，个人的崩溃与身体的构造是相颠倒的，并且只有当统一和先验的自我面临瓦解的威胁时，上述状况才会发生。”③

---

① 见 R.W.B.Lewis, *Edith Wharton: A Biography*（London: Constable, 1975）, 430。

② 见 Elsie Clews Parsons, *The Old fashioned Woman: Primitive Fancies about the Sex*（New York: Putnam, 1913）, 263。

③ 见 Allon H.White, “*L'éclatement du sujet: The theoretical work of Julia Kristeva*”, 引自 Rosemary Jackson, *Fantasy: The Literature of Subversion*（London: Methuen, 1981）, 90。

为了理解《纯真年代》里的这个过程，我们并不需要精通法国精神分析的理论。在阿切尔的世界里，认同是在社会意识内部得以塑造成形的。当阿切尔面对他的存在范畴的挑战时，他就开始崩溃，失去了对自我、言语、姿势、身体空间的感觉。某些读者可能会赞同阿切尔，认为被锁在家庭的牢笼里就等于被活埋一样，但是文本也暗示，社会存在感的丧失同样也是一种死亡的形式。为了创作《纯真年代》，伊迪丝·华顿搁置了一部战争小说《战地英雄》。这部小说的框架以她的画像师坎普顿的世界为开始，但坎普顿并没有理解它。阿切尔也一样不知道如何看待事物。当埃伦问他是否会接受他们家里人的观点时，他只能在屋子里踱步，"两眼茫然"地瞪着。他在家族里失去了话语权——"他们说起回到丈夫身边是她的本分时，从来没引述过你的话"——而他最普通的话语听起来像是"一种陌生的语言"。当他的身体腐烂，并且从集体周而复始的经验里分离，墓地、墓碑和地窖的意象将包围着他。当去除了任何意义的根源时，他便容易着魔："魔鬼"和"内心深处的邪恶"周旋徘徊，萦绕在他心中。

文本让极端的人物在身体上感到失调痛苦，以此来调整那些虚构的细节，凭借这些细节，社交界的故事才能进行下去。小说用以下方式记录了阿切尔的失控：脸红、歇斯底里地大笑、逃避退缩、砸下去的拳头、从椅子上跳起来、猛然打开一扇窗户和瞪眼恐吓人。当他的大脑开始眩晕，热血涌上太阳穴时，他在圣坛上所感受到的混乱意识成了常常发作的症状。（明戈特太太的中风就在这期间发作。）为了把阿切尔从社交界的客厅弄走，文本创造了完全不同的空间。由于对那些实际的事物有一种空虚感，阿切尔的心变成了"空荡荡的回音室"，一个砰地关上了门的内在世界——或者如一个平坦而荒芜的风景，在那里，他觉得一股热血冲上了太阳穴，"仿佛被灌木丛中的一根弯枝给绊住了似的"。或者也像避开了一次险情，或如迅速消失的夜晚，"像没有知觉的河水不停地流啊流，而且不知道何时才该停"。此时，阿切尔完全失去了立足点：他感到“仿佛自己是从时空之网悄悄溜了出来似的”，或“仿佛正在枝形吊灯与天花板之间的一个地方漂浮”。对读者而言，这种不真实的状况仅仅是通过叙述而存在的，但阿切尔开始表现得这好像能够成为现实一样，幻想着孤注一掷地从此时此地的束缚中逃离出去（“他自己幻想是倾向于到日本去”），或者倒转时空回到童年去。

最能引起读者共鸣的许多情节都集中在以下主题中，即这个情景既是内在的，又是外在的。（或者如华顿更具诗意的表达，“处在心灵发展过程中的一个事件”。①）这里仅举一个例子：阿切尔和埃伦在庄园主的住宅里的相遇。这个情节恰当地说明了文本中人物表层的平稳与深层的无序状况之间的融合，公共与私人空间的同一，也能说明阿切尔在幻想的同时又对个人自由发表意见。（里维埃先生也许用了“自重”这样的词，但它依然是一个神话。）这栋别墅本身占据了多维的空间——心理的、社会的、历史的——对两个迷失的孩子来说，别墅变成了童话故事中才有的姜黄色的小屋（埃伦穿着“红斗篷”，看起来就像“小时候的埃伦·明戈特”）：独处和逃离现实的幻想。这里原来是荷兰统治者的小别墅，正如钱德勒②强调的，它体现了有闲阶级权力本身的保证。——它的原始标记（建造于一六一二年）——事实上就是对美国的殖民统治即将结束的历史时期。这个如同魔术创造出来的别墅暗示了阿切尔和埃伦可以回到过去，从他们的历史中逃脱并且重新开始。（《了不起的盖茨比》的著名结尾延伸到了同样的历史时刻，将视线对准了这片还未被垦殖的大陆。）华顿让人物在自己的过去看到同样的渴望：在阿切尔看来，埃伦就像他们还是孩子时的模样。而在此之上展现的则是从一切社会分类体系中逃脱的梦想。尽管我们知道这是不可能的，但在某个时刻，这栋别墅看起来“就像是魔术师变出来迎接他们的”，依然还

---

① 见本书第 274 页注②，84。
② 见本书第 294 页注①，171。

有“奇迹”将会发生的幻觉：他们将在一个超越了时间和历史的童话世界中相遇。

但是正如我们已经看到的，因为社会已教会了个人如何感觉以及感觉到什么，一旦阿切尔失去了与他要扮演的社会角色的联系，他就会迷失自我。在这里，文本将他描述为一个完全失去了勇气的人物。他有强烈的渴望，但却无法行动：他从壁炉边挪开，看着窗外的白雪。这是为了把生活努力拉回到现实中来。当阿切尔试图结束他尴尬的感觉时，“白雪映衬下的黑树干”所具有的风格与形式使人想起了监狱的栅栏。内心世界的压力使外部世界和内部世界的差别也变得模糊不清了。阿切尔的感觉彻底混乱了：他最初看见埃伦时，仿佛就理解了她经历的所有苦难，就像一张图画印在一块白板上。然后以同样的方式，就在他感到即将要打破所有的规范时，他看到了银行家博福特。如钱德勒提醒我们的，博福特颇具讽刺意味的不期而至使这个神秘世界与商业世界纠缠在了一起，为埃伦找的“理想的小房子”① 即是博福特出现在这里的一个理由。

但是社交界的有趣事件也会即刻变成暗淡的幻想。我们知道，对阿切尔来说，博福特是一个好色和行为不得体的强力人物，但也是一个因其与纽约社交界的差异而有魅力的人物。由于不知其籍贯，他通过金钱、女人、语言、外国住地和新的事业，提供了多样的可能性，使自己成了另类的人物。他甚至可以说埃伦的方言，而这是阿切尔无法做到的。正如阿切尔暗示的，埃伦喜欢博福特，“因为他和我们相比是如此不同”。当阿切尔意识到这个“不期而至的人物”尾随着他和埃伦的相遇时，小说的叙述把他抛入了充满压力的时刻。甚至一想到埃伦就会想到博福特出现：阿切尔“思念着的那位夫人正坐在一个包厢里，跟博福特夫妇在一起”。在庄园主的住宅里，在情绪被激起和想象力被扰乱的

---

① 见本书第 294 页注①，172。

情境下，博福特的出现似乎是阿切尔本身，是他的罪恶感的一个奇怪的化身，以忧郁的竞争者的形象投射到雪地里。

那次不期而遇强烈地影响了阿切尔，困扰着他："每一次听见他的名字，他总会清晰地回想起博福特那笨拙的身影，穿着豪华的皮衣皮靴在斯库特克利夫的雪地上大步行走的样子。"在华顿写的鬼故事和其他作品中，她始终对二重身兴趣浓厚，其中另一个人往往是自我的阴暗面①。越往后的作品中，这个幽灵特指经济和道德的主体，这个主体起而反叛、困扰那个把财富建立在他的劳动之上的人。没有给书取名为《文化的经济基础》，而是让这个富人呈现为一个阴郁的形象，让一顶帽子遮蔽了他的脸。这就是小说始终如一地描绘博福特的方式：他声音低沉，没有个性或有一定的威胁，"在明亮的灯光下，黑色的身影十分突出"。那么，回答博福特的"真面目"是谁这一反复出现的问题，一个可能的答案是，他是另一个阿切尔——是阿切尔的一个自我，他扮演了所有阿切尔无法胜任的角色。

为了与博福特竞争社交和心理上的相同地位，阿切尔对这位银行家的存在，有"一种无形的、不存在的感觉"。当埃伦把他和博福特的名字连接在一起时，阿切尔就退缩了。但是当他们一起追求埃伦，一次接一次的相遇，一次接一次的赴宴，这种连接就会反复发生。博福特唤起了阿切尔来自心底的某些困扰："有关博福特的含沙射影已使他气得不顾一切了"。他对埃伦的所有质疑都否定了这个身份，但也在证实它，这在当他直接问埃伦博福特是否将要取代他时达到了顶点。他自觉的野心是要让埃伦"认清博福特的真面目，以及他代表的一切，并且对之产生厌恶。"而他比较阴暗的野心是要变成博福特。对阿切尔来说，只有

---

① 见 Kathy A.Fedorko，"*Edith Wharton's Haunted Fiction*：*The Lady's Maid's Bell' and The House of Mirth*"，引自 *Haunting the House of Fiction*：*Feminist Perspectives on Ghost Stories by American Women*，ed. Lynette Carpenter and Wendy K.Kolmar（Knoxville：University of Tennessee Press，1991），80—107。

扮演博福特的角色才能获得埃伦。（在晚宴上，关于博福特破产的谈论是对阿切尔自己的警告。）

对于绅士的行为和渗入其血液中的道德，那些根深蒂固的设想，意味着华顿不可能以阿切尔和埃伦的结合作为小说的结束。当她在手稿中给埃伦的情人们提供在一起生活的情节后，她实际上无法完成小说。在已出版的文本里，阿切尔不可能超越他社会角色的限制进行思考：和埃伦的交谈使他“哑口无言”，带着被“寒风冻结了的眼泪”，一脸茫然。（这位绅士甚至在面对想象不到的事情时，依然要放低自己的声音，为了不使他妻子的马车夫听到他们谈话。）他不可能变成博福特那样的人。为了确保未来，任何导致自我和社交界的结构分崩离析的人物一定会从纽约和小说叙述中被驱除出去。否则，如此写的话就相当于宣判一个阶级的价值观念的终结。一个难以归类的女人（没有结婚的、已离婚的、单身的或情妇）在该文化中没有任何位置：埃伦被送到了巴黎。当社交界的伤口自我愈合之后，博福特的淫荡生活一定会被谴责。纽约把明戈特太太的中风重新描述为一次因消化不良引起的疾病，由此消除了丑闻。

人们听说“博福特到了君士坦丁堡，再后来又去了俄国。十几年以后……在布宜诺斯艾利斯”。在最后一章，读者没有再直接见到这个被放逐者。在这个封闭的空间内，对自我的种种选择被牢牢控制：在摒弃欲望和纵欲中，它抵抗社会规范的崩溃，所以从来没有试验不同存在形式的可能性：阿切尔被重新统一于一个稳固的（即使是刻板的）身份里。为了遵守已知的形式，文本也放弃其他的描写模式，并且意识到了现实主义的界限。另一种（幻想、现代主义，或者当代女权主义的）小说也许会把这些碎片当作一种从传统形式、阶级、性别和“性格”等概念中的解放。在这里，社会、心理和叙述的顺序结合为了一体。

小说如果以梅的讣告结束，我们也许会目睹有闲阶级作为一个能有效自我调整的系统的运作过程。在一部十九世纪的小说中，以现在时态结尾也许是为了证实人物的选择，同时暗示，现在所有一切都处在合适的位置。然而，《纯真年代》却将这一切都丢弃了。首先，在令人惊讶的最后一章里，作者把十九世纪七十年代扫进了遥远的过去，似乎要颠覆它所有的价值观念。而直接的冲击是因为剧烈的社会转变和被释放的情绪，表现在社会流动的生气勃勃的景象、人们的行为、穿着打扮、体格和社会关系上。随着电话和横跨大西洋的出现，事物之间的各种界限似乎也消失了。现代的这一代人已经清除"路标"和"危险信号"，创造了一个世界，在那里，"所有的社会原子都围绕着同一个平面而旋转"。但当我们意识到即使是这个同时代的景象，其本身也成了一个无法挽回的过去，随后就是第二波的震撼，它来自读者身处在第一次世界大战的漩涡中。（华顿的信告诉我们，描写这场战争一定需要一种历史的想象力：小说家和读者都无法简单地忽视如下事实：该小说是在战前构思的。）也许在小说叙述内部，连续性比变化更为重要？叙述上有多少真正的变化？最后一段是计划写有闲阶级的死亡还是它的幸存？如果真的发生，那么其中的得与失在什么地方？

这些交错在一起的复杂看法使得回答这些问题中的任何一个都很困难，甚至不可能。小说的叙述完成了一次细心的平衡艺术——"说到底，旧的生活方式也有它好的一面……新秩序也有它好的一面"——这在一系列人物身上得到进一步发挥，他们是先前看起来似乎不可能和解的人。尽管由于他们本身的存在，似乎把阿切尔的老纽约变成了特洛伊的废墟，但同样他们可能也会被看成非常成功地适应了那个世界，如明戈特太太所说，充满了新鲜的血液和金钱。面对二十世纪，这个世界也会维护它的文化遗产。

文本并没有直接恢复那些它已经驱逐的人物，但是某种程度上合法化了他们的能力。在十九世纪的小说中，与他们相同的人可能早已经被果断地消灭了，而博福特和埃伦生活在完全崭新的社会空间里，依然保持着他们的影响力。尽管保持了一段距离（在小说结尾处，博福特死了），但我们知道博福特被允许拥有别处的财产和第二次婚姻（这次生了一个小孩），而正如最近一些女权主义的批评暗示，埃伦在巴黎的生活为女人们指出了新的角色，即使这并非是小说要处理的任务。虽然她住的公寓是明戈特太太资助的，与她的丈夫也彼此分开生活，但她并不是一个被囚禁在塔楼里的中世纪女英雄，如在黑暗房间的伊莎贝尔·阿切尔，或是一个十九世纪的反叛者，命中注定要死去。①（她更像是艾达·路易斯，一个住在石灰崖上塔楼里的英雄的守塔人，或者如一些评论所述，伊迪丝·华顿自己就是一个富有而独立、在巴黎生活的移民。）阿切尔想把埃伦最初的样子保存在记忆里，但是文本让读者产生了更多变的想象。

最后一章给予文本中的新人物以更多的空间。就像《欢乐之家》创造了内蒂·斯特拉瑟这个人物，她对小说其他人的许多矛盾冲突提供了一个（至少在幻想中的）解决方案，《纯真年代》以温和的方式，借助小说主要叙述的那些把活力封闭起来的人物，也解决了问题。

议论最多的话题必然是范尼·博福特的出现，混同于莱弗茨讥讽的预言中："博福特家的杂种"将会嫁给阿切尔家的长子。通过范妮复杂的出身（她由一群没有希望的人抚育长大：博福特、范妮·琳、埃伦·奥兰斯卡和杰克·韦兰太太），小说叙述者把那些被放逐者带了回来，并把他们吸收进了社会结构里。在"差不多与纽兰·阿切尔的孩子们成了表姐妹的关系"中，范妮提供了一场"异国"婚姻，它有着家族内部通婚的安全性；她戴上绿宝石与小粒珍珠，很高兴自己看起来像一幅伊萨贝的小画像，但对德彪西的音乐和巴黎剧院的熟悉，使她可以稳

① 见 Katherine Joslin, *Edith Wharton*（Basingstoke, U.K.: Macmillan, 1991）, 89—107; Sandra M.Gilbert and Susan Gubar, *No Man's Land*: *The Place of the Woman Writer in the Twentieth Century*, *vol.2*: *Sexchanges*（New Haven: Yale University Press, 1989）, 123—68; Fedorko, "*Edith Wharton's Haunted Fiction*", 81—2。

健地把现代与传统结合起来。当詹妮把阿切尔太太的珠宝作为范妮的新婚礼物时，这个家族的遗产正是通过她的双手得以继承的。

这些珠宝在范妮那里安全吗？尽管阿切尔表现出一丝怀疑——“范妮·博福特，不论人们对她有何看法”——读者可能也会如此想。小说描绘了一个有活力的“杂种”成长其间的社会，但并没有向我们显示出社交界已经瓦解，乃至重新调整。玛丽·阿切尔也许比她的母亲更能容忍，并对慈善事业感兴趣。但她成年后依然举办了一场格雷斯教堂的婚礼，而并没有在社会服务所工作。伊迪丝·华顿并不是厄普顿·辛克莱：对于他的小说《石油》，她同意腐败的资本家们会让每个人都渴望“社会组织的某些激进的改变”，但是她反感他的社会主义解决方案和他明显政治化的作品。与此相反，她的小说保存了一幅由金钱和传统支持的“文明生活”的图景，同时不断调节其不被接受的地方。

为了处理好这个微妙的折中路线，艺术与政治重新起了作用，并清除了它们之间“不愉快”（或具有破坏性）的结合。达拉斯·阿切尔从他父亲那里继承了“对‘艺术’的笼统爱好”，但把它们转变成了一种职业。阿切尔的品味仅仅帮助达拉斯选了一张合适的办公桌和一枚合适的订婚戒指。而达拉斯自己的审美则更具潜在的影响力——建筑师们有极大的权力重塑或再生产出种种社会形态。达拉斯一直在这个独一无二的领域里，但他的工作还是显示出一些变化：在对他目前的项目的首次描述中，我们得知他正在亲手建造新富阶层居住的空间。“郊区那些做食品杂货生意的百万富翁”坚持要住在“殖民时期”的住宅里。而达拉斯的客户将拥有较好品味的住宅。他被派到欧洲去考察意大利花园，也许口袋里正揣着华顿新近出版的《意大利别墅与花园》，并且保证能给一位年轻富翁提供与范德卢顿先生家相仿的湖畔宅邸：“过去人们一直听说斯库特克利夫的那所宅院是一座意大利别墅。”但是如果阶级的界限可以一直延续到芝加哥，那么剩下的会是什么呢？达拉斯属于“从身体到灵魂都是崭新的一代人”。他和博福特之间没有多少差别。他也缺乏对内在世界的关注。达拉斯能代表他的阶级的灭亡，及其所有价值观念的抹除吗？还是说，他是一个新鲜的开始？——在自己的领域内工作，残留着事物过去模样的文化记忆。

无论达拉斯是谁，他的社会功能就在于把新的活力引导进旧的形式里。如同博福特破产后依然安全并被容纳进纽约的规范，他的继任者们也需要通过旧的原则来控制事物。文化实践采取的是这一方式，但二十世纪〇〇年代需要一种更直接的管理形式。在十九世纪七十年代，阿切尔对老板、移民和金融资本家的忧虑从来不会体现在行动上。他会保持绅士乏味和呆滞的作风，并耸肩蔑视温塞特“挽起袖子，到泥水里摸爬滚打”的建议。（在一个有着完备管道的房子里，没有人会这么做。）在二十世纪〇〇年代，小说（像本文的结尾部分）最终要制造出一个隐蔽的英雄、最重要的赴宴客人，他握紧拳头砸向桌子，咬牙切齿，试图激起有闲阶级付诸行动。

很少有读者会预知西奥多·罗斯福被作为埃伦·奥兰斯卡离开后对阿切尔的补偿。如果埃伦变成“一个他所失落的一切聚集于内的幻影”，那么罗斯福出现在小说叙述中便是作为对阿切尔尽职尽责的奖励。就阿切尔的性格而言，我们也许能猜想，他像里维埃先生一样，可能更愿意认识莫泊桑，但按照小说叙述的轨迹，提及罗斯福则更有趣。非常明显的是，罗斯福拯救了绅士的形象。构建于他性格内的是男子气概，与阿切尔摇摆不定的空虚相反。他开始成为文本中典型的贵族原型、畅销书作者、气质学者、文学爱好者、有体育天分和传奇魅力的人物——作为即使是小说最后一个出场的男性角色，他有完美的信用保证。的确，他的脸甚至会进入种族样本的书籍里，作为美国的一个理想类型：“积极、进步、勤奋、充满商业头脑和思想”。[①] 作为总统（和族长），他主张维

① 见 V.G.Rocine, *Heads*, *Faces*, *Types*, *Races*（1910），引自 Banta, *Imaging American Women*, 121（附插图）。

护上层阶级的家族利益，因为担心“种族自杀”，他催促有闲阶级的精英们多多生育。

通过这个强有力的完美人物，小说提供了关于社会代理人的不同模式，恢复了有活力的公共愿望，它更多的是对那些制造骚乱的人怀有敌意而非针对一个单身女人。我们在文本里可以直接听到这种愿望，它吁求致力于繁杂的家政事务：“阿切尔，你才是国家需要的那种人。要想把马厩清理干净，像你这样的人必须伸出手来帮忙打扫。”在由认识总统带来的一般满足心情里，阿切尔的记忆塑造了一八九九年或一九〇〇年的某一时刻，期间正是罗斯福作为纽约州州长的短暂职业生涯。这个时间安排也许取决于逼真的设计（在奥尔巴尼发出晚餐邀请函比在白宫更为方便），而这段演讲有望使人回想起小说更广泛的关注点。罗斯福不仅如内德·温塞特呼吁的那样召唤阿切尔，同时也树立了一个榜样：作为州长，他接纳了老板们，并开始调节资本的种种罪恶。作为总统，他时常在阿切尔任纽约公职期间，谴责过度增长和公然违反规则的行为，但同时充分意识到新兴商业财富的益处。尽管他担心阿切尔在纽约州议会中的工作效力，但他还是引导他进入对“好公民”（这个修辞扩展了“名门望族”的概念）和一份改革周刊作者的新的身份认同。稍后，罗斯福可能已经在达拉斯找到了他的一个新人：“建筑师”赫伯特·克罗利，他的书《美国生活的希望》为罗斯福自己的改革计划提供了一个哲学基础①。

小说中，他的直接化身罗斯福是一个解围之人，把他写进小说是为了拯救处于危险之中的绅士身份。作为后见之明，他看起来更像是他所属绅士集团的最后一个标本。我们知道，他是伊迪丝·华顿自己对政治家想象的模范，是一个亲密的朋友，也是通过与她的一个表亲结婚而成

---

① 见 Gwendolyn Wright，*Moralism and the Model Home*：*Domestic Architecture and Cultural Conflict in Chicago*，*1813—1913*（Chicago：University of Chicago Press，1980），275—7；由 Fryer，*Felicitous Space*，31 引用。

为的家族成员。一九一九年一月他死后，华顿依据人类学的知识写了一首纪念性诗歌，正如她的传记作者所说，诗中使用《金枝》中的一个民间故事，她用船渡他过河，在一片死亡之地会见朋友。[①] 对华顿来说，这位男主人公刻骨铭心；她描绘了一幅与二十世纪九十年代有关的可怕图景，每一次与他相遇都会“使她身体发热，就像吃了一小口镭”。[②]

《纯真年代》的创作和它首次被大众阅读，是在罗斯福逝世之后的余波中，在第一次世界大战的直接刺激下进行的。我们设计了这个能够纪念大量牺牲的结尾，这些牺牲出现于小说结局与阅读间隙中：不仅是罗斯福的死，也是战前世界和华顿视之为价值寄托的一切的毁灭。甚至达拉斯也与那些在战争中被杀死的、快乐的人们具有明显的相似之处，在《战地英雄》中，华顿同样万分痛苦地纪念了这些人。这个认知使小说的其余部分反过来变得异常不稳定。在《战地英雄》中，华顿担心的是艺术的创作问题。（这个“英雄”有两个父亲，一个银行家和一个画家。）回首过去是一种极其暧昧的行为：在回顾自己所构想的英雄的轮廓中，他感觉自己正在挖掘死亡。记忆可能仅仅是旧形式的循环，或者它也许会制造出新的形式。在这些岁月里，华顿怀疑自己是否还能继续从事写作：“我所成长和被其所塑造的世界已经在一九一四年被摧毁了，我感到自己已经无力把战后世界的原材料变成一件艺术作品了。”[③]

如果一个主体是通过一种话语被建构出来的，那么当社会变迁时，这个主体就成了空洞、失去自己声音的主体。对上演《纯真年代》戏剧版兴趣浓厚的华顿，似乎忙于解释和重新创造一个关于过去的稳固形象。但是在叙述中，小说却拒绝了对平衡性的追求，转而寻求那些陈旧的遗迹和一个已死世界的碎片，并把它们重新集合，即使他们会像“夜间的幻影”一样消失。对小说男主角来说，明白自己终于能被正确理解

---

① 见本书第 296 页注①，391—2。
② 见本书第 278 页注①，317。
③ 见本书第 278 页注①，369—70。

使其释放了自己的心情，“仿佛从他的心上除去了一道铁箍”，在此基础上他的生活变得前后连贯了。小说始终保持着较复杂的面貌：一本获得普利茨奖的道德小册子；对现实主义和一个不复存在的社会秩序的纪念；一个隐蔽的现代主义手法，从根本上拆解了那些陈旧的形式；这些“历代收藏品”等待着在世纪末一部数百万美元的电影的首映之夜出现。所有这一切反复交织成一种理解：“难道纽约是个迷宫吗？”埃伦感到疑惑。“我还以为它直来直去……”

（吴宝林　译）

## 企鹅经典丛书书目

### 第一辑

长夜行 【法】塞利纳
大都会 【美】唐·德里罗
纪伯伦经典散文诗 【黎巴嫩】纪伯伦
磨坊文札 【法】都德
去吧，摩西 【美】福克纳
人间失格 【日】太宰治
苏菲的选择 【美】威廉·斯泰隆
丧钟为谁而鸣 【美】海明威
神曲 【意大利】但丁
人间天堂 【美】菲茨杰拉德

### 第二辑

我是猫 【日】夏目漱石
看不见的人 【美】拉尔夫·艾里森
流浪的星星 【法】勒克莱奇奥
微物之神 【印度】阿兰达蒂·洛伊
漂亮冤家 【美】菲茨杰拉德
玻璃球游戏 【德】赫尔曼·黑塞
绿房子 【秘鲁】马里奥·巴尔加斯·略萨
炼金术士及其他鬼故事 【英】蒙塔古·罗兹·詹姆斯
老虎！老虎！ 【英】吉卜林
小王子 【法】圣埃克絮佩里

### 第三辑

契诃夫短篇小说选 【俄】契诃夫
死屋手记 【俄】陀思妥耶夫斯基

| | |
|---|---|
| 双城记 | 【英】狄更斯 |
| 洪堡的礼物 | 【美】索尔·贝娄 |
| 局外人 | 【法】加缪 |
| 一九八四 | 【英】乔治·奥威尔 |
| 世界末日之战 | 【秘鲁】马里奥·巴尔加斯·略萨 |
| 圣殿 | 【美】福克纳 |
| 魔山 | 【德】托马斯·曼 |
| 暗店街 | 【法】帕特里克·莫迪亚诺 |

## 第四辑

| | |
|---|---|
| 飘 | 【美】玛格丽特·米切尔 |
| 海底两万里 | 【法】儒勒·凡尔纳 |
| 罪与罚 | 【俄】陀思妥耶夫斯基 |
| 了不起的盖茨比 | 【美】菲茨杰拉德 |
| 交际花盛衰记 | 【法】巴尔扎克 |
| 少年维特的烦恼 | 【德】歌德 |
| 一个女人一生中的二十四小时 | 【奥地利】斯蒂芬·茨威格 |
| 奥吉·马奇历险记 | 【美】索尔·贝娄 |
| 美妙的新世界 | 【英】阿道斯·赫胥黎 |
| 英国病人 | 【加拿大】迈克尔·翁达杰 |

## 第五辑

| | |
|---|---|
| 简·爱 | 【英】夏洛蒂·勃朗特 |
| 虹 | 【英】D.H. 劳伦斯 |
| 坟墓的闯入者 | 【美】福克纳 |
| 雨王亨德森 | 【美】索尔·贝娄 |
| 汤姆·索亚历险记 | 【美】马克·吐温 |
| 你好，忧愁 | 【法】萨冈 |
| 茵梦湖 | 【德】施托姆 |
| 上尉的女儿 | 【俄】普希金 |
| 莎士比亚悲剧选 | 【英】莎士比亚 |
| 施尼茨勒中短篇小说选 | 【奥地利】阿图尔·施尼茨勒 |

## 第六辑

| | |
|---|---|
| 动物农庄 | 【英】乔治·奥威尔 |
| 八十天环游地球 | 【法】儒勒·凡尔纳 |
| 纯真年代 | 【美】伊迪丝·华顿 |
| 呼啸山庄 | 【英】艾米莉·勃朗特 |
| 当代英雄 | 【俄】莱蒙托夫 |
| 德伯家的苔丝 | 【英】托马斯·哈代 |
| 失窃的孩子 | 【美】凯斯·唐纳胡 |
| 格列佛游记 | 【英】乔纳森·斯威夫特 |
| 小人物，怎么办? | 【德】汉斯·法拉达 |
| 罗马爱经 | 【古罗马】奥维德 |